Louisa et Clem

Du même auteur
aux Éditions J'ai lu

REFAIRE LE MONDE
N° 9492

JULIA
GLASS

Louisa et Clem

ROMAN

Traduit de l'anglais (États-Unis)
par Anne Damour

J'AI LU

Titre original :
I SEE YOU EVERYWHERE

Éditeur original : Pantheon Books, New York.

Pour Carolyn
et Robert

Ne me dis pas au revoir
Raconte-moi le ciel
Et si le ciel tombe, avise-moi
Nous attraperons des oiseaux moqueurs

Tiré de *Green Grass*
par Tom Waits et Kathleen Brennan.

Nage jusqu'au milieu

1980

J'évite les réunions. Je ne suis ni rebelle, ni recluse, ni même asociale, et je suis trop jeune pour être qualifiée d'excentrique, même s'il est vrai que j'ai récemment passé le soir de mon vingt-cinquième anniversaire non à faire la fête entre amis ou à boire du champagne à la lueur des bougies avec un amoureux, mais face à moi-même et mon travail : vernir une grande coupe ovale de céramique en écoutant Ella Fitzgerald chanter des airs des frères Gershwin. (Une excentrique serait incapable d'apprécier Gershwin.) Mon seul véritable amoureux à l'université m'avait reproché, peu avant notre rupture, mon excessive nostalgie. Il professait un profond mépris pour ce qu'il appelait « l'illusoire leitmotiv sur l'illusoire existence de nos parents ». Il m'avait signifié qu'on ne peut éprouver de nostalgie pour des choses dont l'heure de gloire a eu lieu avant que nous soyons nés. Il n'y a pas un membre de ma famille qui ne l'aurait tourné en ridicule, fichu à la porte et reconduit au bout de l'allée.

Les réunions de famille sont les pires – assauts de rivalité dissimulés sous de bons sentiments – et aussi les plus difficiles à éviter. Mais quand la grand-tante de mon père, Lucy, est morte l'été dernier, un héritage était en jeu, une collection de bijoux anciens. Pas de ces spécimens étincelants hors de prix – diamants, tiares ou cascades de perles. Pas de ces objets précieux que vous vendez, mais des choses si délicieusement anciennes et élégantes que les porter vous transforme en personnage d'un roman de Jane Austen ou d'une pièce de Tchekhov. Le bijou dont j'ai le plus souvenir, 2,5 par 2,5, était un camée d'ivoire sur un corail du Pacifique bleu acier, un visage de femme incliné sur sa main, tenant un iris entre ses doigts minces. Tante Lucy le portait jour et nuit, été comme hiver, sur de la dentelle ou de la laine. Peut-être nous avait-elle légué un bracelet porte-bonheur, des boucles d'oreilles de grenat ou d'argent mexicain, mais je m'intéressais surtout au camée. Et c'était lui que je voulais. Je le voulais depuis que j'étais petite. Je me revois assise sur les genoux de tante Lucy, me tortillant pour trouver une position confortable sur ses cuisses osseuses, mais heureuse d'entendre sa voix douce dans mes cheveux tandis qu'elle bavardait avec les autres grandes personnes rassemblées dans sa galerie. Elle ne s'opposait pas à ce que je tripote le camée, parcourant du doigt ses détails délicats : les paupières et les oreilles de la femme, ses ongles, les mèches qui s'échappaient harmonieusement de sa chevelure. Elle m'avait un jour permis de l'emprunter, pour un dîner familial dans une auberge de campagne.

Comme Lucy n'avait jamais eu d'enfant, ni même de mari, c'est mon père qui avait veillé sur elle durant les dernières décennies de sa très longue vie. Géographiquement, il était le plus proche membre de sa famille ; au sein d'un vaste clan de sudistes obstinés, ils étaient les deux seuls à vivre partout où la neige ne fait jamais défaut. Quand papa eut décidé de s'établir dans le Nord, après avoir obtenu deux diplômes d'Harvard, la famille l'assimila à Lucy. « Comment les traîtres se portent-ils là-haut ? » demandait parfois un cousin à mon père à l'occasion d'un mariage à Memphis ou à Charleston. Heureusement, une véritable affection était née de leur proximité.

Papa se retrouva donc exécuteur testamentaire de Lucy ; on découvrit le document dans un tiroir de son bureau avec une lettre adressée à mon père, écrite un an avant sa mort. Elle débutait ainsi :

À mon merveilleux petit-neveu Beauchance : avant de prendre mon congé définitif (que j'ai pris à l'heure qu'il est, j'imagine, si étrange que cela puisse paraître) je profite de ce moment de lucidité pour consigner certains détails concernant ma maison et les possessions diverses qu'elle contient. Je me doute que je laisserai probablement cette demeure dans un état déplorable, ce dont je m'excuse. Montrez-vous bienveillants, si vous le pouvez, envers les chauves-souris ou les ratons laveurs qui ont peut-être installé leurs colonies dans le grenier ou le sous-sol (bien que je n'en aie jamais vu), et, s'il vous plaît, croyez Sonny sur parole lorsqu'il vous réclamera le paiement de travaux que je lui dois encore ; notre comptabilité commune est devenue un peu floue, pour ne pas dire fantasque...

Au téléphone, papa me rendit compte de la lettre dans sa totalité, à la fois précise et contournée, s'interrompant de temps à autre pour émettre un gloussement. C'est seulement à la fin que je perçus les larmes dans sa voix, lorsqu'il lut :

Je lègue à tes filles, Louisa et Clement, les quelques modestes ornements que je possède et qui peuvent passer pour des bijoux. Je n'ai pas établi avec elles des liens aussi intimes que je l'aurais souhaité, mais j'ai eu la satisfaction, un été après l'autre, de les voir grandir ; comme j'aurais aimé te voir changer quand tu étais jeune. J'aurais souhaité savoir bien plus tôt, Beau, que tu deviendrais la réplique d'un fils parfait, un don du ciel dont j'aurais rêvé de goûter le plaisir en personne.

La voix de mon père s'était brisée sur le mot *don*, comme s'il ne méritait pas une telle gratitude, lui qui est capable de faire n'importe quoi pour n'importe qui, exaspérant ma mère à force de rendre service à tout le monde (y compris, selon son expression, à un quidam de la Basse-Slobovie et de ses faubourgs les plus désolés).

Je décidai de prendre l'avion et de traverser tout le pays ; l'idée que si je n'étais pas là en chair et en os, ma sœur pourrait bénéficier de la totalité de l'héritage – y compris le camée – m'était insupportable. Durant le vol, je cherchai à déterminer lequel de ces deux motifs tout aussi méprisables, matérialisme ou dépit, m'avait poussée à acheter un billet au-dessus de mes moyens pour un endroit où il n'y aurait personne que j'aie envie de voir. Je ne menais pas la vie de mes rêves, comme on dit, bien qu'habitant, ironiquement, la mythique Santa Barbara. Je me trouvai une excuse et organisai mon arrivée afin d'éviter les flots de cousins, oncles et tantes qui allaient envahir la maison de Lucy, tripoter les biens de famille pendant la journée et se noircir au bourbon le soir. Je partage peut-être leurs origines huguenotes, mais pas leur mauvais goût en matière de boisson ni leur accent gras et traînant. Je n'oublierai jamais, à la mort de grand-mère voilà deux ans, leur descente dans sa maison de

La Nouvelle-Orléans, manifestant aussi peu de respect que les soldats de l'Union qui, un siècle plus tôt, nous avaient totalement dépouillés. Avec toutes leurs coûteuses études, on aurait pu penser que les Jardine sauraient éviter les guerres civiles. Tu parles ! Il y eut une vilaine bagarre, accompagnée de pleurs et d'une lampe brisée sur le Steinway. Décidé à jouer les Salomon, quelqu'un alla jusqu'à actionner une tronçonneuse. J'étais incapable de supporter ce genre de réunion une fois de plus. Restait à voir si je serais capable de supporter Clem.

Ma sœur avait habité chez tante Lucy pendant son dernier été. Après la mort de Lucy, tandis que la famille allait et venait, Clem prolongea son séjour, terminant ses petits jobs d'été avant d'entrer à l'université. Pendant la journée elle travaillait chez un marchand de vélos et était bénévole dans un refuge de rapaces convalescents, des oiseaux, m'avait-elle expliqué au téléphone, blessés par un coup de fusil, heurtés par des petits avions ou torturés par des gamins. Le soir, elle veillait sur Lucy – jusqu'à sa mort soudaine dans les premiers jours d'août. Non que notre tante fût infirme, incontinente ou gâteuse, mais durant les derniers mois de son existence elle s'était mise à souffrir d'une extrême agitation qui la poussait à s'embarquer la nuit tombée dans des missions aussi urgentes qu'excentriques. Winooski, dans le Vermont, est un village agréable et chaleureux, où elle ne risquait pas d'être agressée ni enlevée. Néanmoins, disait papa, comment être certain qu'elle n'allait pas entreprendre quelque chose de radical, comme vendre ses dernières actions Monsanto ou Kodak, se rendre à l'aéroport et disparaître sans raison ?

J'avais à peine parlé à Clem depuis mon départ sur la côte Ouest deux ans plus tôt. Mes études terminées, à la poursuite d'un homme que je préfère éliminer de ma mémoire, j'avais transporté mon tour de potier, mon cœur et ma pauvre jugeote depuis Providence jusqu'en Californie. Cela ne me ressemblait guère de me lancer dans quelque chose d'aussi irréfléchi ; j'essayais peut-être, inconsciemment, de retrouver Clem en prétendant *être* Clem, de lui voler son rôle d'aventurière risque-tout. Quelles que fussent les raisons de cet acte impétueux, il se solda par un échec. Trois mois après avoir signé un bail et acheté un four d'occasion, je fus larguée par le *boyfriend* comme un manteau trop étroit au col qui gratte. Pour pouvoir payer le loyer que j'avais espéré bêtement partager avec lui, j'ai dû vendre ma voiture. Puis j'ai vendu une cruche par-ci, un plat par-là, et, afin d'éviter l'expulsion, j'écrivais des articles pour un magazine qui expliquait à des médecins surmenés comment occuper leur temps libre. À l'université, j'avais appris à manier les mots aussi bien que l'argile, et un de mes condisciples de littérature anglaise avait fondé cette publication bizarre. Les gens s'étaient moqués de nous, mais les abonnements à *Doc's Holiday* s'étaient vendus comme du déodorant.

Certes, ce travail m'évita de mourir de faim, mais il m'obligea aussi à demeurer dans un endroit qui aurait dû me plaire et que je n'aimais pas. Tout m'y angoissait – les ombres échevelées des palmiers en travers des pelouses, le soleil qui se couchait – au lieu de se lever – sur la mer, la solitude des trottoirs tandis que je me hâtais à pied, sans voiture, suscitant l'étonnement. Ma boussole interne refusait de bouger. *Au nord !* m'intimait-elle. *À l'est !* J'en étais arrivée à la conclusion que je n'appartenais pas à ce pays et ne lui appartiendrais jamais ; et j'étais insatisfaite de ce que je faisais, d'un travail comme de l'autre, mais je n'avais pas l'intention de mettre Clem au courant de mes angoisses. J'avais résolu de ne plus lui faire confiance, de ne jamais céder à son charme comme tout le monde, en particulier les hommes. Et de prendre ce camée. Peut-être un collier de perles. Ah, *String of Pearls* de Glenn Miller ! Je l'aime tant, lui aussi. Qu'est la vie sans un peu d'illusion ?

Si vous devez écouter la version de Louisa sur ce qui s'est passé l'été dernier, vous entendrez aussi la mienne. Le pire défaut de Louisa, c'est son côté juge. À la manière des procès en sorcellerie de Salem. Il y a cette expression sur son visage qui signifie au monde et à ses habitants à quel point ils sont indignes de sa présence. *Prenez garde !* dit-elle. *L'Inquisition espagnole, c'était du gâteau !*

Sa nouvelle existence à Santa Ladeedabra ne semblait pas l'avoir adoucie d'un iota, car lorsque j'arrivai à l'aéroport, c'était l'expression qu'elle arborait, raide comme un chapeau de cérémonie, enveloppant de son dédain désabusé tout l'État du Vermont. J'étais en retard, c'est entendu, ce qui ne facilitait pas les choses. Et que ce soit moi qui vienne la chercher n'arrangeait rien non plus.

Je me demande parfois quel genre de sœurs nous serons dans nos vieux jours (si nous y arrivons). Olivia de Havilland et Joan Fontaine : avant cette visite, vous auriez parié votre dernier sou que nous finirions comme elles. Froides ? Soupçonneuses ? Amères ? Avez-vous jamais remarqué que deux sœurs, quand elles ne sont pas les meilleures amies du monde, peuvent se montrer des rivales particulièrement haineuses ? On les dirait capables d'être ennemies dès l'instant où l'une pose ses petits yeux de fouine sur l'autre, peut-être parce que leur mère encourage leur rivalité ou qu'elles n'ont pas assez d'amour à se partager et – non par avidité, mais instinctivement, tels deux faucons piquant sur un roitelet – n'ont d'autre choix que de se fondre dessus. (Ce sont les lois de la nature, tout simplement. Rester vigilant et survivre. L'altruisme ? Un mythe. Le partage ? Allons donc ! Quel que soit l'objet de votre convoitise, plongez en piqué d'abord, philosophez ensuite.) Il est aussi possible qu'elles s'éloignent l'une de l'autre plus consciemment, à la suite de conflits liés à leurs mariages : les hommes qu'elles choisissent se traitent mutuellement de nuls ou de vendus ; les femmes restent désespérément fidèles. Mais ce n'est pas notre histoire. Il n'y a pas encore de maris, pas l'ombre d'un mari.

J'ai toujours été la préférée, de notre mère du moins. En partie à cause des animaux. Maman a grandi dans une ferme sortie d'un livre pour enfants, où les bêtes dictaient leur loi plus rigoureusement que les horloges. Et il se trouve que c'est mon objectif dans l'existence. Sauver des animaux est la seule chose que j'aie jamais voulu faire. Lorsque j'étais en primaire, j'avais demandé à maman de me donner toutes ses boîtes à chaussures. Un hôpital, c'était mon objectif. Je découpais des fenêtres dans les côtés et les empilais sur le plancher de ma penderie comme des tours d'appartements. Mon premier bébé oiseau avait été logé dans la boîte la plus haute. Le lendemain, il était mort. Ils meurent toujours, je l'appris plus tard. Mais cela ne m'avait pas arrêtée. « Tu es bien ma fille, c'est certain », avait dit maman à la vue de mon échafaudage (mais son ton m'avait fait douter que cette ressemblance fût une si bonne chose).

Louisa pense que cela me facilite la vie – d'être la préférée. Elle ne comprend pas que si vous êtes source de déception, ou si vous choisissez une voie jugée bizarre ou inacceptable, votre combat est perdu d'avance, non ? De l'autre côté de la barrière – le mien –, toute attente satisfaite (ou qui pourrait l'être, volontairement ou non) vous hisse à un échelon plus proche du bord de cette immense falaise d'où vous pourriez un jour gouverner le monde – ou vous écraser au sol avec panache.

Dans la voiture, je laissai Clem mener la conversation. Elle était arrivée en retard, et je m'en réjouis secrètement : cela me donnait une raison de faire la tête le temps de reprendre mes esprits. J'étais contente d'être de retour en Nouvelle-Angleterre, mais épuisée au point de ne pouvoir tenir les yeux ouverts. Je ne peux pas dormir en avion. Clem me rapporta la lecture du testament et ce qu'elle appelait le Grand Partage : les membres de la famille serrant des listes dans leurs doigts crispés, tirant au sort des lots, grouillant dans la maison comme des fourmis rouges. Mais il n'y avait pas eu de bagarre cette fois, tout le monde, me dit Clem, se souvenait du vacarme autour du piano.

Je n'avais pas revu la maison depuis cinq ans, et lorsque nous arrivâmes, je restai immobile sur le chemin à la contempler. C'était une bâtisse victorienne plus prétentieuse qu'imposante, qui avait toujours eu l'air à l'abandon, mais n'était plus désormais qu'une épave.

La peinture jaunâtre des bardeaux, jadis blanche, se détachait en larges rubans incurvés, et le plafond bleu de la galerie avait l'aspect croûteux d'une grotte, stalactites comprises. Les dalles de pierre étaient frangées de mousse. Les marches du perron s'affaissaient. La pelouse récemment tondue donnait à la maison un aspect encore plus délabré. « Comment papa a-t-il pu la laisser vivre dans ces conditions ? » demandai-je.

Du bout de sa chaussure de tennis, Clem balaya l'herbe coupée sur les marches. « C'est elle qui insistait. Elle se sentait plus en sécurité. Personne ne s'introduit chez vous si on croit que vous n'avez pas de quoi repeindre la maison. » Elle haussa les épaules : « Cela me paraît logique.

— Mais je me souviens de cet homme à tout faire...

— Sonny ? » Clem éclata de rire. « Lou, as-tu une idée de son âge aujourd'hui ? »

Je la précédai dans la maison. Je me préparais à trouver les canapés recouverts de toiles d'araignées, les rideaux tachés de moisi, mais grand fut mon étonnement. Les tables anciennes étaient parfaitement cirées, l'étoffe des sièges avait un aspect lisse, les verres qui protégeaient les échantillons de broderie et les aquarelles marines reflétaient le miroitement du feuillage. Le sol, autrefois un plancher de chêne recouvert de sombres tapis d'Orient, était une surface brillante de linoléum aux grands carrés noirs et blancs, qui s'étendait du salon à la cuisine. Je posai ma valise. « Qu'est-il arrivé ici ?

— Elle m'a dit qu'elle avait toujours voulu vivre dans un Vermeer. » Ma sœur m'observa pendant un moment. « Toi, l'artiste, tu dois faire le rapprochement.

— Vermeer ? C'est plutôt la maison du Captain Kangaroo.

— C'était un essai, dit Clem. Ne sois pas aussi coincée. »

Je me dirigeai vers la salle à manger. La même vieille table de marine rongée par le sel et les chandeliers de cuivre à cinq branches soutenus par des Maures enturbannés ressemblaient à présent à des pièces sur un échiquier. Mais de toutes les parties de la maison la cuisine était devenue la plus excentrique, un bond en arrière dans le passé. Les placards étaient tels que dans mon souvenir, avec leurs vitres ondulées encadrant des assiettes de porcelaine, des rangées de tasses à thé translucides, des soupières ventrues (dont certaines que je regrettais après coup de ne pas avoir réclamées). Au centre de la pièce, comme une relique de Pompéi, trônait la même baignoire aux pattes de lion : pas de robinets, mais en dessous un chauffe-eau à gaz rouillé. Quand j'étais petite et que nous séjournions ici, papa apportait l'eau prise à la pompe au-dehors et allumait le gaz. Après l'avoir éteint, il appliquait une ou deux serviettes dans le fond pour que Clem et moi puissions prendre un bain sans nous brûler les fesses. Au-delà de la pompe se trouvaient les cabinets extérieurs entourés de lilas. Lorsque papa avait voulu faire installer l'eau courante, tante Lucy avait regimbé. Le compromis serait des toilettes, une machine à laver et un évier dans la cuisine ; et après ça, pour remplir la baignoire, elle brancherait un tuyau d'arrosage sur le robinet de la grande pierre d'évier. « Le comble du luxe ! Absolument splendide ! Mes chéris, vous n'imaginez pas la *sensation* que procure le confort moderne, disait-elle. Pour vous, c'est l'air que vous respirez. Pour moi, c'est un pays étranger, un langage oriental. »

Pourtant le long comptoir de bois, avec ses siècles d'entailles, butait désormais sur un réfrigérateur Amana à double porte et dégivrage automatique, aussi imposant qu'un glacier. Alignés sur le fond du comptoir se trouvaient plusieurs nouveaux appareils ménagers. Un mixer Cuisinart, un moulin à café, un four à micro-ondes côtoyaient une petite fusée turquoise dont je déduisis la fonction grâce à son nom, Juice King. À l'extrémité, une machine cylindrique avec un dôme en plastique. Me voyant regarder à l'intérieur, Clem dit : « C'est pour faire du pain », et elle ouvrit la porte du congélateur. À l'intérieur étaient empilés des douzaines de cubes enveloppés de papier d'aluminium. « Elle avait pratiquement perdu le sommeil, et comme il m'arrivait de rester debout, moi aussi, nous faisions des sortes d'improvisations. Elle ne se contentait jamais de pain blanc ordinaire, de *rien* de simple. J'étais épuisée en allant travailler le lendemain, alors qu'elle récupérait en dormant toute la matinée, mais nous nous amusions comme des folles. »

Côte à côte, nous examinâmes le contenu du congélateur, dans une buée glacée qui nous brûlait la peau. Chaque pain était étiqueté de rubans adhésifs portant l'écriture cursive de Lucy dans le style de Christina Rossetti : MILLET-COURGETTE, SEIGLE-BANANE-ÉRABLE, COURGETTE-CHOCOLAT, PRUNE-PÉCAN-CASSIS. Je lus tout haut : « Blé au levain et xérès Harvey's Bristol ? »

Clem tendit le bras et sortit le pain. « Fabuleux avec du fromage frais. Nous en prendrons au petit déjeuner. » Elle referma la porte et s'y appuya, les bras croisés. Debout, elle ressembla pendant une seconde à notre mère, sûre de sa place dans un monde où elle était arrivée presque par accident. Je ris.

« Oh, ça va, dit Clem.

— Quoi ?

— Tu ne l'as pas perdu, après tout.

— Quoi donc ? »

Clem s'approcha de moi et feignit de retirer quelque chose de ma poche de poitrine. Elle brandit l'objet invisible, le secoua devant mon visage. « Ton sens de l'humour. » Elle le remit en place, avec une petite tape amicale sur ma poche.

Je sentis l'air bouger entre nous, comme si nous étions enfin réunies d'une certaine manière. Ce n'était pas ce que je voulais. Je traversai la pièce et regardai par la fenêtre le jardin derrière la maison : j'y comptais quatre mangeoires à oiseaux, toutes pleines. Ma sœur, saint François d'Assise.

« Les cousins t'ont regrettée, dit Clem. Dommage que tu aies eu cette date de remise. Tu n'aurais pas pu emporter ta machine à écrire dans l'avion ? »

Je m'assis sur le rebord de la baignoire. J'aurais pu lui dire que j'avais du mal à travailler loin de chez moi, mais c'eût été un mensonge, et le point de départ d'une véritable conversation, ce que je m'efforçais à tout prix d'éviter. « Par quel miracle la maison n'a pas été pillée ? »

Clem indiqua la table de cuisine et les chaises. Je remarquai alors que chaque objet portait une identification : une étiquette ou un bout de ruban adhésif marqué RACINE, JACKIE J., GAIA, BEAU, et ainsi de suite. Les déménageurs emballeraient le tout la semaine suivante, lorsque Clem aurait repris ses cours. Mon père reviendrait ensuite, engagerait un peintre et consulterait des agences immobilières.

Clem ne m'avait pas quittée des yeux. Elle avait remarqué ma résistance, et je savais qu'elle s'apprêtait à répondre au défi. « Donc tu m'invites à dîner ce soir ?

— Si tu m'invites demain. Je n'ai pas le souvenir de te devoir une faveur particulière. »

Son sourire s'élargit. J'ai toujours envié ses dents impeccables : petites et carrées, aussi parfaitement alignées que la rampe d'une balustrade. « Affaire conclue », dit-elle.

M'amuser était la dernière chose à laquelle je m'attendais lorsque papa m'avait embringuée dans ce job de baby-sitter pour la douairière de la famille. Mais être logée gratuitement tout l'été dans le Vermont, comment refuser une telle proposition ? Je me suis donc dit : bon, mon amoureux du moment est parti en Alaska pour se faire du fric dans les puits de pétrole. Pas le genre d'aventure qui me tentait, même si j'avais pu soutirer le prix du billet d'avion à papa, et comme ça je pourrais m'occuper de toutes ces créatures extraordinaires – hiboux, éperviers et faucons, ce que je ne pourrais pas m'offrir sans être superdiplômée – et peut-être faire un peu de vélo sérieusement. Tante Lucy connaissait un type qui tenait un magasin de bicyclettes : elle avait engagé son père comme jardinier quand elle s'était mis en tête d'avoir un jardin. Très bien, me dis-je, je vais passer l'été à réparer un tas de trucs – des dérailleurs rouillés, des rayons faussés, des becs cassés et des ailes fracturées, les fantasmes de mon arrière-grand-tante. Je m'occuperais d'oiseaux et de bicyclettes. De gâtisme ? Bon, on verrait sur place.

Lucy avait quatre-vingt-dix-huit ans et demi quand elle est morte. Elle était encore alerte, malgré son pas un peu ralenti, et étonnamment forte. Quand elle marchait, elle m'évoquait un chat sur une branche : agile mais prudente. Elle mangeait aux heures normales, mais restait éveillée la plus grande partie de la nuit, et dormait, éventuellement, pendant la journée. C'était sa seule habitude insolite. Je pensais à cette époque (à cette époque !) qu'elle représentait une excellente raison pour refuser le mariage et les enfants, et c'est ce que je dis à mon petit ami catholique. (Luke va encore à la messe quand il retourne chez lui. Ce que j'essaie d'ignorer.) S'il lui arrivait de se sentir seule ou de s'ennuyer, elle n'en disait rien. Le jour de mon arrivée, une camionnette de livraison partait. Lucy était dans la galerie et poussait un énorme carton à travers la porte, centimètre par centimètre.

« Attends, laisse-moi faire ! » criai-je. Je laissai tomber mon sac à dos par terre.

Elle baissa son regard vers moi et dit : « Bonjour, ma chérie. Je suis en train de moderniser mon existence. » Sans m'attendre, elle se remit à sa tâche. Lorsque je franchis la porte, elle venait de retirer de son enveloppe la description du contenu de l'emballage. Elle la consulta le bras tendu. Son visage s'éclaira comme un phare. « Oh, c'est parfait ! »

Je restai à côté d'elle tandis qu'elle sortait de la poche de son tablier un cutter et en ôtait le capuchon avec ses dents (avec ses *vraies* dents, croyez-le ou non). Lentement et avec une concentration qui ignorait totalement ma présence, elle fendit le papier adhésif. Quand elle ouvrit le carton, une pluie de billes de polystyrène en jaillit comme un geyser de confettis. « Je déteste ces machins, pas toi ? On en retrouve dans tous les coins. Comme des punaises d'eau dans une tornade. » Le capuchon sifflait entre ses dents pendant qu'elle parlait.

« Ouais, et tu sais, dis-je, ils survivront à l'espèce humaine pendant plus d'un million d'années. Le polystyrène et les punaises d'eau. » Je retirai quelques billes collées sur sa robe.

Elle me regarda attentivement, comme si je passais un examen silencieux. « J'aimais les vieux journaux, dit-elle. J'aimais lire les articles, surtout sur des villes qu'on ne visite probablement jamais. "Le neveu du maire accusé de voler des poules", "Un élagueur d'arbres et une employée de la fourrière vont se marier à l'automne", "Un passage de bestiaux provoque d'énormes dégâts sur l'autoroute". Bagatelles et hasards. Pas forcément sans importance, mais jamais tragiques. » Elle reboucha le cutter, se redressa et m'examina. « On t'envoie ici, jeune fille, pour m'empêcher de me distraire. Ton père a été clair sur ce point. Il a aussi résilié ma carte American Express. Comme si je dilapidais un magot impérial. Je tolère les initiatives de Beau parce qu'il intervient de loin. Quant aux tiennes, nous verrons. Tu représentes la pente glissante vers ce que l'on appelle, je crois, les "aides-soignantes à domicile". » Elle soupira, se pencha en avant et sortit un tube en plastique pointu du carton. Elle le brandit comme un mât de pavillon. « Capable de passer derrière les coussins ! »

Dieu du ciel, pensai-je, je vais passer l'été avec une vieille dame qui se pâme devant un nouvel aspirateur.

Au moins ne portait-elle pas de couches.

Ainsi mon arrière-grand-tante, qui arborait encore des bottines à lacets et des robes à manches longues, qui lui arrivait à la cheville, au mois de juin, était devenue une consommatrice achevée. Un peu comme si elle avait perdu sa virginité et découvert la tyrannie du désir. Elle adorait feuilleter les catalogues, mais sa distraction favorite depuis peu consistait à sortir sa Ford Fairlane 1966 après le dîner et aller à Burlington, où les magasins restaient ouverts tard le soir à cause des étudiants. Ces expéditions – pour lesquelles elle refusait de faire appel à l'homme qui était censé lui servir de chauffeur –, papa les appelait ses « missions nocturnes » (sans penser à mal, bien sûr). Elles étaient la principale raison pour laquelle il désirait qu'elle soit surveillée. Lucy et moi passâmes donc un marché. Je conduisais, et j'avais droit de veto sur les achats outrageusement inutiles ou hors de prix. De retour de la station d'ornithologie à dix-huit heures trente, je plaçais nos repas surgelés dans le four à micro-ondes. Je parlais d'oiseaux, elle parlait de livres. Elle aimait la poésie et les souvenirs de guerre, une étrange combinaison, et récemment elle s'était abonnée à des revues telles qu'*Architectural Digest* ou *House Beautiful*. « C'est curieux, remarquait-elle, comme mes goûts esthétiques ont viré au matériel. » Après le dîner, je lui préparais son thé à la menthe et, presque tous les soirs, elle jetait un coup d'œil à la pendule de parquet avant de reposer sa tasse à peine vidée sur sa soucoupe et disait : « À tes marques, chère Clement ! » À peine avais-je sorti la voiture du garage qu'elle était dehors, devant la maison, avec son sac – pardon, son sac à main.

Ma vie se déroula de cette façon durant deux mois. Hormis l'absence de Luke, j'aurais volontiers vécu ainsi pendant un an.

Clem m'installa dans la chambre qui avait été, des lustres auparavant, celle de la tante Vetty. Vetty était la sœur de Lucy, elle avait vécu et était morte ici bien avant ma naissance. Sur le lit était jetée la grande courtepointe vert et jaune à motif d'alliances que Vetty, selon tante Lucy, avait confectionnée en l'honneur de son mariage (avant qu'il ne tourne mal). Son cerceau à patchwork était encore suspendu à un crochet derrière la porte. Sa brosse et son peigne étaient posés sur le bureau, sa bible sur la table de toilette, ses robes et ses chaussures enfermées dans la penderie au miroir laiteux rayé. Récemment collé sur la glace, on pouvait lire : PROPRIÉTÉ DE GAIA : BAS LES PATTES ! Gaia, qui a mon âge, est une cousine issue de germains, et elle rêve de devenir costumière à Broadway. Je crains parfois que la folie des grandeurs artistiques n'irrigue notre sang. Ce qui ne signifie pas que ma cousine soit dépourvue de talent. C'est pour moi que je m'inquiète. Est-ce que je me sens autorisée à vivre à l'écart des règles ? C'est chose courante dans notre famille. Parfois, lorsque je conduis, mes mains luisantes d'argile posées sur le volant, fascinée par sa rapide rotation, je m'interroge : ai-je du talent ? Suis-je une mystificatrice ? Ai-je perdu le sens des réalités ?

Dans la chambre de Vetty, le seul autre changement était un ovale un peu plus sombre sur le papier mural au-dessus du lit : le fantôme du mari de Vetty, d'après papa. Tante Lucy, raconte-t-il, avait décroché ce mufle, en le regardant droit dans les yeux, moins d'une heure après la mort de sa sœur. Papa dit qu'elle avait insulté le portrait. Quand il raconte l'histoire, il fait mine de tenir le tableau devant lui et murmure avec un profond mépris : « Hors d'ici, trouillard ! » Nous ne rions pas, car nous savons tout ce que tante Lucy a sacrifié à cause de cet homme.

Dans l'histoire familiale, elle passe pour une sainte, une cinglée ou une lesbienne militante en avance sur son temps, au choix. Si elle s'était établie normalement – si elle avait fait le mariage auquel elle était destinée, avait fondé une famille et présenté sa progéniture à la bonne société –, elle aurait régné sur une demeure ensoleillée du

French Quarter, ornée de grilles en fer forgé, de chaises dorées, un monde ombragé de lauriers blancs. Tante Lucidité, nous aurions pu l'appeler ainsi. Mais peut-être n'aurait-elle pas vécu aussi longtemps. Peut-être ne l'aurions-nous jamais connue.

Le début ressemble à un conte de fées. Il était une fois trois sœurs dans la famille Jardine : Vetty, Amy, Lucy. Vérité était l'aînée, Amitié la suivait de deux ans et Lucidité, éclair sentimental, était arrivée vingt ans plus tard. Il y avait aussi un fils, le jumeau de Vetty, Aristide (le grand-père de mon père). Aristide avait eu l'honneur angoissant d'être le premier sudiste admis à West Point après la guerre de Sécession. Seul membre de sa promotion à supporter le poids d'une défaite culturelle autant que militaire, il fut l'objet, selon le cas, de la pitié, de l'estime ou du mépris des autres cadets. Difficilement acquise, son éventuelle popularité était toujours sur la sellette. Après avoir gravi les échelons plus rapidement qu'aucun de ses camarades, il fut nommé général à l'âge de cinquante ans, et le 11 novembre 1918, à Rethondes, il joua un rôle essentiel, avec ses manières sudistes raffinées et son français impeccable, dans la conclusion de l'armistice.

À l'occasion de la remise du diplôme d'Aristide, la famille réserva un wagon de première classe pour se rendre dans le Nord, les femmes arborant le moindre grain d'ambre, la moindre perle ayant échappé à la confiscation de la moitié de leur fortune sucrière (j'imaginais le camée bleu ornant fièrement la gorge de mon arrière-arrière-grand-mère, à peine enceinte de Lucy). Ils avaient tenu bon malgré les pertes terribles de la guerre, refusant de fuir et de reprendre le chemin de la France, comme tant de leurs compatriotes. Ils montreraient à ces nordistes qu'ils avaient fait plus que simplement survivre.

Lors des festivités, les Jardine devaient trancher sur le reste de l'assistance comme des pivoines dans un champ de gerbes d'or, arpentant le campus, admirant la vue, s'exclamant à tout instant avec leur accent patricien du Sud, agitant éventails et ombrelles. Le meilleur ami d'Aristide, Josiah Moore, escortait les deux sœurs en compagnie de leur frère lorsque les parents déclaraient forfait. Poitrine étroite et menton proéminent, blond, l'œil sombre d'un Vénitien, Josiah avait l'allure étonnamment virile dans son uniforme. (Comment décrire son sourire, ravageur, maintenant qu'il ne reste de lui qu'un vague tirage au mercure sur une plaque de verre datant de la remise des diplômes ?) Une semaine après le retour des Jardine à La Nouvelle-Orléans, Vetty repartit vers le nord pour s'enfuir avec Josiah. Elle écrivit depuis Boston à sa famille, implorant amour et pardon.

Ce qu'elle obtint en retour fut une répudiation sans appel. C'était une chose, en 1881, de partager l'éducation et la camaraderie martiale d'un des vainqueurs, une autre d'en épouser un, de surcroît clandestinement. Durant les vingt années qui suivirent, le père Jardine rebâtit sa fortune, une plantation de cannes après l'autre ; le lieutenant Aristide Jardine contribua à la défaite de Geronimo ; Amy épousa un roi du pamplemousse et mit au monde les trois premiers de ses cinq enfants ; la jeune Lucy grandit et, sous l'œil de sa mère et de sa sœur aînée, se prépara à faire une entrée remarquée dans le monde. Elle ne connaissait l'existence de sa sœur la plus âgée que par des sous-entendus surpris ici et là hors de chez elle. À en croire papa, Lucy était jolie, courtisée, prête à s'engager sérieusement, quand était arrivée une lettre de Vetty que l'on avait ouverte peut-être uniquement parce que le cachet de la poste était une énigme. Le Vermont ? Qui donc connaissait quelqu'un là-bas ?

Le mari de Vetty l'avait quittée. Sans enfant, elle n'osait demander l'aide de sa famille et craignait de ne pas survivre à un nouvel hiver dans l'isolement. Elle était trop désorientée, disait-elle, pour revenir seule à la maison et, en outre, ne savait pas si ses proches l'accepteraient.

Par ailleurs, sa sœur Amy était enceinte pour la quatrième fois – elle accoucherait de jumeaux à son tour – et l'aide de sa mère lui était indispensable. Le père Jardine était pris par ses affaires, et Aristide s'apprêtait à s'embarquer pour une mission aux Philippines. C'est ainsi que Lucy, à peine âgée de dix-neuf ans, entreprit courageusement le voyage en compagnie d'une fidèle domestique, afin de ramener à la maison une sœur qu'elle n'avait jamais connue. (N'est-ce pas là un vrai conte victorien ?)

Que la domestique soit revenue à La Nouvelle-Orléans quelques mois plus tard sans aucune des deux sœurs reste mystérieux. Mais, au bout du compte, la seule chose certaine est que Lucy demeura dans le Vermont pour prendre soin de Vetty, une femme à demi recluse, préférant rester dans sa chambre à confectionner des patchworks, la couture étant sa manière de porter le deuil à jamais.

Les rumeurs courent encore sur la mystérieuse et solitaire Vetty : on a prétendu que Josiah l'avait quittée beaucoup plus tôt qu'elle ne le disait, peu après sa répudiation par la famille, son mari n'en ayant qu'après l'argent ; on a insinué qu'elle avait eu un enfant mort en bas âge ; que Josiah s'était enfui avec leur servante après l'avoir mise enceinte. Quoi qu'elle ait su, Lucy n'en avait jamais rien dit. Lorsque je demandai à papa pourquoi il ne l'avait pas poussée à tout raconter, il dit : « Louisa, nous vivons à une époque où garder des secrets n'est plus de mise, et c'est dommage. Si elle avait voulu se confier à nous, elle l'aurait fait, c'est tout. »

J'ai souvent entendu ma famille se chamailler sans fin sur le sens du choix de Lucy, comme s'il datait de la semaine précédente. Pour les uns, elle était une martyre stupide à qui avait échu une solitude méritée ; pour d'autres, au contraire, Lucy était une femme avisée et volontaire qui avait saisi la chance de se libérer d'une existence vouée à une luxueuse monotonie. D'autres encore prétendent qu'elle était simplement une honnête jeune fille qui observait – et peu d'enfants le font de nos jours, ajoutent-ils avec un regard affligé aux membres de ma génération – la *chose la plus importante* : la loyauté envers son sang, quel que soit le prix à payer. Certains de mes plus jeunes cousins sont convaincus que Lucy était homosexuelle et entretenait peut-être une liaison avec sa propre sœur. Je ne crois rien de tout cela ; je pense qu'elle a été emportée par le courant, comme la plupart d'entre nous. Vous nagez avec application, droit devant vous, attentif à chacun de vos mouvements, quand vous levez la tête et vous rendez compte, médusé, que vous avez été imperceptiblement déporté de votre trajectoire.

Un week-end, un *week-end* entier avec Louisa ? Elle était devenue franchement grincheuse. Mais j'étais obligée de jouer les hôtesses, aussi avais-je demandé mon après-midi au patron du magasin de vélos. Ce matin-là, je tranchais le pain que j'avais décongelé et Louisa dormait encore sous le coup du décalage horaire quand Ralph débarqua impromptu. Ralph et Hector s'occupaient de la station des rapaces. Ils étaient diplômés de zoologie, deux types musclés, genre amateurs de grand air, que vous n'imagineriez jamais amants jusqu'au moment où vous vous rendez chez eux et découvrez leur lit (un lit à eau extra-large recouvert d'une fourrure d'ours polaire). Ralph porte un diamant de la taille d'un grain de poivre à l'oreille gauche, mais il arbore également un tatouage – un cormoran bleu – sur le biceps opposé. Ralph a participé à l'Iditarod, la grande course de chiens de traîneau, et Hector, originaire du quartier portugais de New Bedford, s'habille comme un pêcheur fraîchement débarqué de son bateau – propre mais pas vraiment élégant. Quand Ralph m'a demandé si j'avais envie d'aller entendre un nouveau groupe, je me suis dit que mes prières avaient été exaucées. Je laissai un mot à Louisa et partis me plonger les mains dans le cambouis au magasin.

Lucy appréciait mes talents mécaniques. Elle me prenait pour l'électricien, le plombier, le réparateur bénévole ; j'étais Mlle Sait-tout-faire. C'était une façon subtile de se venger du rôle de contrôleur judiciaire que je jouais auprès d'elle, aussi discrètement que possible. Si je rentrais pour déjeuner à la maison, je trouvais un sandwich, une canette de bière dans un bol rempli de glaçons, et une note disant : « Chère Clement, l'évier semble à moitié bouché ; pourrais-tu nettoyer la vidange ? » ou : « Sais-tu changer un fil électrique ? La lampe à pendeloques près du Chesterfield rose s'est mise à clignoter. » À cette heure-là Lucy dormait dans sa chambre, si bien qu'elle ne faisait jamais ses demandes en personne. J'aurais pu rester en ville toute la journée, pourtant dès midi j'attendais avec impatience de rentrer à la maison ; j'aimais le silence vert à peine troublé par le vent dans la galerie, j'aimais trouver ma bière, jeter un coup d'œil dans la chambre de Lucy par la porte pour m'assurer qu'elle respirait. Peut-être était-ce l'expérience la plus proche que j'aurais jamais d'avoir un enfant.

Le plus surprenant fut l'intérêt que je pris à nos shoppings marathons d'après dîner. Dès les premiers jours de juillet, j'étais devenue chauffeur et conseillère en achats. Au début, nous partions à la chasse aux gadgets : c'était une véritable obsession. Comme ce presse-fruits, par exemple, dont j'essayai de la détourner. M'ayant demandé à quoi il servait, je lui expliquai qu'il était destiné essentiellement à des fanas de la santé, qui vivent de jus de carotte et ont de la peau d'orange sous la plante des pieds, et elle déclara : « Je ne mange jamais que des carottes bouillies. » Mais elle avait entouré de ses mains le récipient cylindrique et dit : « Tu ne le trouves pas adorable ? Si délicieusement masculin ! Un docker. Un *gigolo*. » Dans sa bouche, le mot devenait une friandise, une cerise enrobée de chocolat, et elle m'adressa un sourire nouveau – différent du sourire d'une tante vieille fille –, si bien que je renonçai à mon interdiction. (Les choses auxquelles je m'opposai : un engin à faire les pâtes, un tire-bouchon électrique, une machine à cirer les chaussures.)

Son obsession nous ramenait sans cesse aux mêmes trois magasins ; au bout de deux semaines, elle avait vu tout ce qu'il y avait à voir. Aussi un beau soir – il flottait une odeur de pin en provenance du lac Champlain et le coucher de soleil embrasait l'eau comme le plumage d'un flamant –, la voilà qui m'entraîne dans une rue pleine de boutiques hippies, un de ces endroits où il vous suffit de jeter un coup d'œil en passant pour sentir le yogi des jours entiers. Je suppose qu'elle en est consciente car elle se borne au début à jeter un rapide coup d'œil par la porte, émet quelques remarques désapprobatrices : « Quelle pagaille ! » ou « C'est Beyrouth ici », voire un sec « Remarquable ! » Puis elle s'exclame soudain : « Nous y voilà ! », comme si elle était une habituée des lieux, et m'attire dans l'antre d'un collectionneur rempli de robes vaporeuses, de boucles d'oreilles pareilles à des pendeloques de lustre, et d'un million de bidules destinés à fumer de l'herbe. Je m'inquiète, craignant de l'entendre demander à quoi servent tous ces bongs et pipes, mais elle contemple le plafond et son escadrille de cerfs-volants chinois. Elle en désigne un de couleur noire, un dragon sinueux aux écailles dorées. Il est étonnamment bon marché pour un objet aussi extraordinaire, fait à la main, je présume, parce que le papier est fragile et qu'il n'est pas destiné à voler. Je préviens Lucy, mais elle dit qu'elle est trop vieille pour faire planer des cerfs-volants, elle veut le suspendre au-dessus de son lit. (Aucun doute sur la personne qui va s'en charger.)

Pendant que la vendeuse l'enveloppe – comme dans un songe au ralenti dont je sais, ou pressens, la cause exacte –, Lucy erre dans le magasin. « C'est ça, la *mode* actuelle ? », et elle sort d'un rayon une minirobe à minuscules motifs impression cachemire marron. Puis elle se tourne vers une glace et la tient devant sa poitrine. Elle part d'un rire doux et rauque. La robe est tout à fait ridicule sur sa tenue de douairière, un tailleur bleu marine qui date sans doute de la naissance de ma sœur, épaules carrées inspirées des joueurs du Super Bowl, le col fermé par ce camée ancien qu'elle porte en permanence : une délicate damoiselle humant une fleur. Mais à ce moment, pour la première fois, je vois dans mon arrière-grand-tante davantage qu'un charmant fossile. Son visage plissé de rides est une carte géologique en soi, et ses mains noueuses et tavelées ressemblent à du bois flotté. Je parie qu'elle a perdu dix centimètres de taille – elle n'était déjà pas très grande au départ. Mais elle est mince et se tient droite, ses cheveux argentés sont roulés en une stricte torsade, et elle sourit parfois comme si elle avait seize ans, alors, me dis-je, pourquoi pas après tout ?

Je la conduis dans un coin éloigné où sont suspendues des robes en solde déjà démodées, dans le style moins court du printemps dernier. J'en choisis une violet foncé à fleurs rouges, en soie artificielle plissée, avec une taille peu marquée et des manches longues. Lucy fait tinter les sequins fixés au col. Elle manifeste une prudente approbation. « Alors ? dis-je. Essayez-la. »

Elle réplique énergiquement qu'elle a passé l'âge de se déshabiller ailleurs que dans sa propre chambre à coucher. Mais je devine sans mal sa taille – plutôt menue – et pour neuf dollars ça vaut le coup. Lorsque je fais remarquer que c'est une promotion, deux robes pour le prix d'une, elle dit : « Très bien, alors prenons celle-ci aussi. » La deuxième est tout aussi modeste, mais elle est d'un vert indien électrique aux reflets turquoise, comme la mer des Antilles à midi. Elle est vendue avec une longue écharpe dorée. En la voyant caresser le tissu, se moquer doucement d'elle-même, je pense à toutes les années qu'elle a vécues, à tous ceux qui ont traversé sa vie – innombrables –, et je suis pratiquement certaine qu'ils n'ont jamais vu la Lucy que je vois ce soir.

J'ai dormi jusqu'à onze heures, furieuse contre moi-même. Clem était partie, mais avait laissé ce pain bizarre qu'elle affectionne, du fromage frais, du beurre d'érable et du café dans une machine à café suédoise flambant neuve. Je remplis une tasse et emportai la note qu'elle avait écrite dans la galerie. La maison n'était pas éloignée de la rue, mais grâce à l'indifférence de tante Lucy pour le paysage elle était cachée par des houx qui avaient noué leurs branches en une redoutable forteresse.

Clem avait prévu de sortir avec deux garçons, Hector et Ralph, est-ce que j'y voyais un inconvénient ? Ma première réaction fut : *Et si c'était le cas ?* Et la deuxième : *Avec lequel a-t-elle une liaison ?* Clem a toujours un ami ou deux. Elle n'est pas vraiment belle, mais elle est grande, robuste, avec des cheveux – sombres et drus – qui bougent au moindre mouvement. Physiquement, elle est audacieuse mais peu gracieuse, court et lance comme les garçons (vite et loin, ce qu'ils ne manquent pas de remarquer, transportés d'admiration). Je ne suis pas aussi grande, pas aussi forte, et mes cheveux, lisses et d'un blond léger, restent toujours en place. Je décidai que quel que soit son jules, je ferais tout pour le lui piquer, ne serait-ce qu'une nuit. J'étais déterminée, sinon optimiste.

Après avoir avalé un toast et une autre tasse de café, je fis le tour de la maison. Clem occupait la chambre voisine de la mienne. Elle ressemblait à une piaule d'étudiante : une pagaille de draps, de chaussures de tennis et de livres. Clem lit surtout des romans policiers et des guides sur la nature : tout ce que vous avez toujours voulu savoir (ou pas) sur les dauphins, les comètes, les chants d'oiseaux et la flore menacée du nord de la Nouvelle-Angleterre. La commode était jonchée de boucles d'oreilles – des tigres en bois, des perroquets d'argent, des poissons esquimaux en stéatite – et le plancher couvert de bas de maillots de bain, brillants et noirs comme ses cheveux.

Mais c'était dans la chambre de tante Lucy que j'avais envie de fourrer mon nez. En partie parce que je voulais voir quels trésors, s'il y en avait, elle avait laissés, mais surtout parce qu'elle avait toujours été une telle énigme. Après la mort de sa sœur – pendant la Seconde Guerre mondiale – Lucy s'était mise à dormir dans le petit bureau à côté du salon. Les meubles étaient massifs et sombres, le linge amidonné et d'un blanc virginal. La courtepointe sur le lit, une de celles confectionnées par tante Vetty, à motif de vigne, était blanc sur blanc. Le papier mural, un enchevêtrement de fougères, apportait à la chambre sa seule touche de couleur.

Dans le passé, la commode ne contenait que des objets utiles. Lucy n'aimait pas les étalages de photos, surtout celles où elle figurait. Par conséquent, pas d'effigie de la famille sur la commode, mais, glissée dans le cadre de la glace, une photo de Jimmy Carter, une couverture récente du magazine *Time*. En dessous, sur le napperon de dentelle, parmi des brosses soyeuses et des flacons aux bouchons d'argent, un lecteur de cassettes se détachait tel un intrus urbain, un de ces nouveaux appareils d'aspect masculin qui ressemblent à une valise. Certaines des cassettes empilées à côté étaient des enregistrements classiques – Chopin, Mozart, Puccini –, mais sur le dessus trônaient Bob Marley, Bruce Springsteen, les Grateful Dead. Quand j'appuyai sur *play*, Van Morrison emplit la pièce, un air qui traversa ma mémoire comme un flash : à l'université, un pique-nique à Boston Garden, des sandwichs au rosbif, du chablis dans des bouteilles à capsule. L'image floue des bateaux-cygnes glissant derrière les saules. *These Dreams of You*.

Au-dessus du lit planait un cerf-volant, un dragon avec une queue en tire-bouchon, maintenu par des crochets et du fil de pêche. Sur la table de nuit, un réveil mécanique s'était arrêté à neuf heures vingt et une.

Les tiroirs de la commode étaient vides, hormis les garnitures de papier froissé décoré de minuscules violettes.

« Les bijoux, dit Clem, sont à la banque. » Elle se tenait dans l'embrasure de la porte. Je refermai le tiroir du haut. « Ce n'est pas ce que je cherchais.

— Je sais. » Dieu merci, pour une fois son ton n'était pas sarcastique. « Moi aussi, j'essaie de ne pas l'oublier. Tous les petits détails. Les bizarreries. Mais, franchement, elle n'a pas laissé grand-chose d'elle-même – ce qu'elle était vraiment – derrière elle. » Clem regagna le salon et regarda autour d'elle. « C'est elle qui préparait mon déjeuner. Je crois que nous ferions mieux de sortir. Il y a du pain pour une vie entière, mais rien à mettre entre les tranches.

— Il me semble avoir vu de la soupe dans le placard, dis-je. Quand je cherchais du sucre. »

Clem rit. « Bon. Tu prends le sucre.

— Qu'y a-t-il de si drôle ?

— Oh, à peu près tout.

— La mort est drôle ?

— Parfois, Louisa, oui. Réellement. Mais ce n'était pas ce que je voulais dire. »

« De l'aérobic aviaire, expliquais-je à Louisa. Thérapie corporelle. »

Ralph maintenait un faucon pèlerin pendant que je faisais bouger son aile récemment guérie, la pliant et la dépliant à plusieurs reprises. Lancelot (Ralph affublait tous les oiseaux des noms des chevaliers de la Table ronde) s'était habitué à ces exercices, mais mieux valait rester prudent. En juin, une effraie des clochers m'avait attaquée. Je la croyais assez petite pour que je puisse la manipuler seule ; en une seconde elle avait libéré une de ses pattes et enfoncé ses serres de deux centimètres dans mon bras. J'étais parvenue à ne pas crier ; elle m'aurait mise en lambeaux. Hector, précis et silencieux comme un chirurgien, avait libéré mon bras, extrayant l'une après l'autre les serres en forme de faucille.

Louisa avait fini par émerger du nuage d'orage qui semblait l'accompagner. Tout ce que nous lui montrions paraissait la ravir. Mais elle était trop élégante avec cette robe blanche presque transparente et ces longs pendants d'oreilles en or que Lancelot aurait volontiers piqués ; je voyais son regard froid comme un rayon laser hypnotisé par leur éclat métallique quand elle riait. Elle se recula au moment où j'emportai l'oiseau dehors et déclina ma proposition d'aider à nourrir nos bébés cygnes orphelins.

Ralph expliqua que Lancelot avait été capturé dans un piège à loup et qu'il s'était cassé l'aile en deux endroits en se débattant. Lancelot est un des miracles de Ralph. Au contraire de la plupart de nos oiseaux, qui finissent dans des zoos ou des parcs animaliers, il sera remis en liberté.

« Il est magnifique, dit Louisa à Ralph.

— On nous l'a amené du Canada. Ils ne nous prennent pas pour des guignols. » Il remit Lancelot dans sa cage.

« Parle-lui des buses à queue rousse », dis-je.

C'était notre plus grande réussite, à vrai dire celle de Ralph. L'automne précédent, avant mon arrivée, il avait sauvé une buse à queue rousse femelle qui avait une patte abîmée. Elle était devenue une star parmi les pensionnaires de la station. Ralph avait une passion pour elle, mais il prenait soin de ne pas l'apprivoiser. Deux semaines après ma première visite, elle était prête à retrouver son habitat. « Nous la conduisons donc le long de cette route défoncée, racontait Ralph, dans une grande cage à l'arrière du camion, secouée comme un prunier, criant en signe de protestation – c'est du moins ce que je croyais jusqu'à ce que j'arrête le moteur et que j'entende les appels quelque part au-dessus de nous. Et nous levons la tête et nous voyons... » Les yeux de Ralph s'emplirent de larmes, comme toujours quand il racontait cette histoire. « C'était son compagnon. Il avait attendu tout ce temps. Huit mois ! Ils s'appellent – un vacarme incroyable – et puis nous le voyons planer. Nous la lâchons, et elle s'élance pour le retrouver et... » Il leva la main et fit un geste vers le ciel.

« Ils s'éloignent dans le soleil couchant, dis-je. Roméo et Juliette. » Je devenais larmoyante à mon tour.

« Sauf que l'histoire finit bien, dit Louisa. Ouah ! »

Ralph s'essuya les yeux. « C'est incroyable ce que j'arrive à faire. »

Lorsque j'ai fait la connaissance de Ralph, il m'a fallu quelque temps pour comprendre pourquoi il est si sympathique, si naturellement attirant : c'est parce qu'il est génial dans son travail sans la moindre trace de modestie, vraie ou fausse. Il pose sans cesse des questions. Hector est aussi intelligent, mais il est timide. Il a des manières furtives et une voix douce qui immobilise les oiseaux quand il les tient. Une question d'âme, pas de technique.

L'orchestre ne jouerait pas avant dix heures, et après avoir fermé la station, nous emportâmes un pack de bières et une bouteille de vin au lac. Nous trouvâmes une grande étendue déserte de roches grises et lisses, zébrées de minces nervures blanches. Louisa parla à Ralph de ses poteries, raconta qu'elle avait été exposée dans plusieurs manifestations, mais aucune qui lui fût consacrée personnellement. J'avais vu les invitations sur le réfrigérateur dans la maison de mes parents. Louisa ne me les envoyait jamais. La plupart de ses poteries sont hautes et courbes, comme des échalas reflétés dans un miroir déformant. À leur vue, on ne peut s'empêcher de sourire. On les croirait faites par quelqu'un qui est perpétuellement d'humeur enjouée.

Lorsqu'elle eut fini de nous raconter sa vie, Louisa poussa un gros soupir. « En réalité, je ne peux m'empêcher de regretter l'Est. Je suis une incorrigible Yankee. »

À qui le dis-tu ! aurais-je pu ajouter. Mais je répliquai : « Alors reviens. Avant de tomber amoureuse d'un garçon qui ne te convient pas et d'être coincée là-bas. Santa Barbara, c'est bien une sorte de capitale du golf ? Tout ce qu'il te faut : un type qui ne peut pas voir le bout de ses chaussures blanches par-dessus son bide rempli de bière. »

Ralph éclata de rire. Louisa me décocha son regard assassin. « On essaye de changer de côte quand on est fauché.

— Je suis constamment fauchée.

— Tu n'es qu'une étudiante, dit-elle. Ça ne compte pas. Papa te renflouera.

— Il te renflouerait aussi.

— Hors de question que je le laisse faire. »

Je ne pus m'empêcher de rire. « Tu ne voudrais pas...

— Je ne voudrais pas quoi ?

— Tu ne devrais pas être aussi fière, c'est ce que je voulais dire. » J'avais été sur le point de dire qu'elle ne semblait pas disposée à laisser quiconque lui venir en aide.

« Je suis quelqu'un de pratique. Je dois gagner ma vie. Mettre de l'argent de côté.

— Ne sois pas vexée, mais faire de la poterie, qu'est-ce que ça a de pratique ?

— Ne seriez-vous pas davantage à votre place à New York ? demanda Hector avant que Louisa puisse me répondre. N'est-ce pas l'endroit idéal, quand on est artiste, pour être reconnu ?

— J'aime New York, mais (elle soupira) je voulais quelque chose de différent. Et ce que j'ai découvert est différent. Différent ou plutôt sans aucun rapport. » Elle haussa les épaules. « Mais je trouverai ma voie. Je ne veux pas me plaindre. Et vous tous (elle se tourna pour inclure Ralph), vous êtes une source d'inspiration. »

Elle interrogea Ralph sur sa thèse. Il étudie les oiseaux qui nichent au bord du lac Michigan, et l'influence des pesticides sur la coquille de leurs œufs. Des analyses de la couche superficielle du sol viennent de mettre au jour, parmi d'autres poisons, la présence d'un produit utilisé il y a dix ans pour éradiquer l'anthonome du cotonnier, qui ne sévissait pas au-delà du nord de la Géorgie. Louisa hocha la tête avec un intérêt sincère, s'exclamant : « Incroyable... c'est une tâche tellement importante... les gens n'en ont aucune idée. » Ses propos exagérément flatteurs m'exaspérèrent.

Je l'interrompis : « Sais-tu ce qui me sidère à propos de Ralph ? Il a participé à l'Iditarod.

— Une fois, dit Ralph, la bouche pleine de bretzel. C'était fantastique, mais une fois suffit. Je tiens beaucoup à mes doigts et à mes orteils. Ils me sont très utiles. » Il leva ses doigts couverts de sel à la hauteur de son visage. Il jeta un regard en biais à Hector, qui sourit en rougissant.

« Le quoi ? fit Louisa.

— C'est une course de mille *miles* en traîneau à chiens, dis-je. À côté, le marathon de Boston ressemble à une partie de cartes. »

J'entrepris de raconter comment l'itinéraire de la course retraçait celui des relais ayant permis de faire parvenir un flacon de sérum antidiphtérique jusqu'à la ville de Nome bloquée par la neige en 1925, mais Louisa me coupa la parole en se tournant vers Ralph : « Avez-vous gagné ? » C'est tellement elle, l'étudiante qui décerne un classement à tout ce qu'elle croise.

« Avant-dernier, mais, croyez-le ou non, je suis arrivé au bout. »

Louisa retira ses sandales dorées et s'avança dans l'eau jusqu'aux chevilles. La lumière du soleil bas filtrait à travers sa robe. « Est-ce que vous vous rendez compte à quel point c'est beau ? » dit-elle en contemplant le lac. Elle était ravissante – sexy, grande et élancée, comme une de ses poteries –, mais elle semblait aussi extravagante, telle une déesse grecque qui serait descendue sur terre pour semer le trouble parmi les mortels.

Ralph me pinça le bras. « Dis donc, demain, emmenons-la aux gorges. On prévoit qu'il fera une chaleur d'enfer. J'amènerai les garçons. Et de la musique. Vous vous occuperez du déjeuner.

— Parce que nous, les femmes, nous sommes bonnes pour la cuisine ?

— Et si j'ajoutais : je suis ton patron, donc tu fais ce que je dis ? C'est moi qui ai le 4 × 4, n'est-ce pas, ma chère Clement ? » Il avait entendu Lucy m'appeler ainsi.

« Quelles gorges ? demanda Louisa.

— Un endroit où nous allons quand nous en avons assez du lac, répondit Hector.

— Quand nous avons envie d'un peu de danger, ajouta Ralph dans un murmure menaçant.

— Il y en a qui plongent d'un très haut rocher, dis-je, c'est incroyablement stupide, mais très excitant. Je l'ai fait une fois, pour la sensation. Un type s'est tué l'année dernière en effectuant un saut arrière. Il s'est fracassé le crâne. Il croyait pouvoir faire un saut périlleux. Non seulement il était débile, mais complètement torché.

— Personne n'a été poursuivi ? » Louisa avait l'air un peu mal à l'aise.

Ralph dit : « Nous sommes dans le Vermont, ma petite. Vous êtes responsable de vos actes. Ce que vous cassez, vous le payez. »

Tout le monde rit, sauf Louisa.

La seule vue de *dreadlocks* me fatigue. Je ne peux m'empêcher de penser : *tous ces cheveux doivent peser une tonne ! Comment fait-on pour les laver ?* Nous étions tout près de la scène et la musique était assez forte pour vous échauffer le sang, et l'odeur de la dope frisait la quatrième dimension. Je ne suis pas une fan du dieu rasta, quel qu'il soit, mais je fis de mon mieux pour simuler un certain enthousiasme. Clem dut s'en rendre compte lorsque je fus incapable de reprendre en chœur l'interprétation par les Natty Lads de *No Woman, No Cry*. Elle suggéra (elle dut hurler) d'aller faire un tour dans un bar appelé le Galaxie, qui avait, ajouta-t-elle (en hurlant), « un juke-box pour filles blanches ».

Ça va, me dis-je, *ne cherche pas à tromper le monde.*

En chemin, les garçons marchèrent d'un même pas devant nous. Clem me murmura : « Tu te sens trop seule en ce moment ou quoi ? Tu es tellement... Comment dire ? Agitée.

— Est-ce une question ? demandai-je.

— Tu vois ce que je veux dire ? » fit-elle à voix haute. Ralph se retourna pour nous sourire, puis nous attendit avant de passer son bras autour des épaules de Clem. Et à ce moment, grâce à Dieu, nous arrivions au bar. Parce qu'elle avait raison, j'étais trop seule. Je savais que j'étais odieuse, et je m'en fichais, mais quoi ? Si je ne pouvais pas faire autrement ? Si j'avais essayé d'être agréable sans y arriver ?

Lorsque vint le tour de Marvin Gaye, Ralph m'invita à danser. Il me fit virevolter avec une telle assurance et une telle vélocité que j'en fus tout étourdie, mais avec ce plaisir que donne la certitude d'être entre les mains d'un homme qui ne va pas rater un seul mouvement. Qui danse si bien que vous en faites autant, aussi gauche que vous soyez. C'était sûrement lui, pensai-je – à la manière dont il entourait les épaules de Clem et murmurait à son oreille –, mais il me plaisait, à moi aussi. J'aimais la façon dont sa moustache brune remuait quand il parlait, j'aimais la passion qu'il montrait pour les petits détails de son travail : les mesures, en millimètres, du diamètre de l'axe des plumes, de la circonférence des œufs, de la largeur des crânes des oisillons. J'avais d'abord pensé qu'il s'agissait d'un jeu – une sorte de revanche –, mais à présent, avec le vin qui chantait dans mes oreilles, je devais admettre, à la fois ravie et mélancolique, que j'étais en train de tomber amoureuse de ce type. Le matin j'avais mis au point un plan. Samedi l'inspection, dimanche le coup de grâce, lundi les bijoux, mardi une visite chez mes parents. À présent les choses ne paraissaient pas aussi faciles.

Entre ses virevoltes Ralph aimait parler, un peu essoufflé. « C'est bien que vous deux soyez amies. » Il me fit pirouetter, me rattrapa. « J'ai un frère à Chicago, il ne peut pas me blairer. Je fais un effort de temps en temps, mais ça ne marche pas. » Je tournoyais sous son bras, comme projetée au bout d'un ruban de soie.

« Nous avons des moments difficiles, dis-je quand je fus à nouveau face à lui. Des différences. » Je ne lui avouai pas que j'éprouvais depuis peu pour Clem les mêmes sentiments que son frère à son égard.

Je pivotai à l'intérieur de son bras pour me retrouver contre sa poitrine. Je sentais l'odeur de sa transpiration, faiblement, à travers sa chemise à carreaux. « Vous savez, j'ai rencontré votre tante Lucy », me dit-il. Pendant quelques minutes nous nous fîmes face. Les mains posées sur mes épaules, il se balança avec moi d'avant en arrière. *Pitié, arrête de parler,* me dis-je. « Bon Dieu, quel paquet d'énergie ! poursuivit-il. Quelqu'un aurait dû chercher à deviner son secret. Je dirais que je suis triste qu'elle soit morte, mais il semble qu'elle ait vécu la vie de son choix, pas une autre. Vous voyez ce que je veux dire ? »

Il applaudit bruyamment quand la musique se tut, comme si Marvin Gaye était présent parmi nous. Il me prit par le bras et me ramena à notre table. Je dis : « Oui, sans parler de son dévouement pour sa sœur. »

Comme je commençais à raconter l'histoire de Lucy et Vetty, Clem se leva. Elle m'effleura le dos. « Je vais me poudrer le nez. » Elle nous gratifia d'un petit geste charmeur. Ralph le lui rendit. Mon cœur se serra.

Je racontai la version courte de la saga familiale parce que le juke-box était à proximité de notre table. Je touchai la main de Ralph à plusieurs reprises. Lorsque j'eus fini, j'avais mal à la gorge à force de crier, et Clem n'était toujours pas de retour. À voir l'attention totale, sincère que Ralph (imité par Hector) montrait pour mon récit, à la manière dont sa main ne réagissait pas au contact de la mienne, je compris que son intérêt ne me concernait pas. J'en fus à la fois mortifiée et soulagée. Je les priai de m'excuser et les quittai.

Je la trouvai en train de parler dans une cabine téléphonique des toilettes pour dames. Je l'entendis dire : « Comme une folle, espèce de sauvage », avant de raccrocher.

« Un autre sur la liste d'attente ? Tu me surprendras toujours.

— Un autre quoi ? C'était mon copain Luke. Tu ne sais pas qui c'est. Il passe l'été en Alaska. » Elle se tourna vers la glace, haussa les sourcils pour mettre du rouge à lèvres. Elle ondulait des hanches en cadence avec la musique et, avant de refermer le bâton de rouge, elle le lança en l'air et lui fit décrire un looping comme s'il faisait partie de sa danse.

« À qui l'as-tu piqué ? Il est aussi champion de courses de traîneaux ? »

Clem eut un petit rire. Elle s'affaira à repousser ses cheveux derrière les oreilles. « Et moi ? Tu crois que je pourrais la faire, Lou, la course vers le Pôle ? »

Elle me tendit son rouge à lèvres. Je le pris d'un geste rageur. Il était d'une couleur dix fois plus vive que toutes celles que j'avais jamais portées. « Tu es vraiment dingue, dis-je. Mais bien sûr, pourquoi pas ? Ça te ressemble, n'est-ce pas ? Des aventures à droite et à gauche qui n'attendent que ta venue. C'est la même chose pour les hommes.

— Ouille ! » Clem me regarda dans la glace. « Tu parles de Mike ?

— Non.

— Si, bien sûr que si. C'est évident. » Elle leva les yeux au ciel. « C'était stupide de ma part de croire que tu m'avais pardonné après tout ce temps, hein ? Tu es donc venue ici pour raviver la rancune, c'est ça ?

— Je suis venue pour présenter mes derniers respects. Et pas pour toi.

— Oh, foutaise, dit Clem. Louisa, tu te sens seule, ou en colère, ou les deux ? Est-ce que je me trompe quand je me souviens que nous avons eu des bons moments ensemble autrefois ? »

Au lieu de répondre, je me regardai dans la glace et appliquai le rouge à lèvres. « Ce n'est pas ça, dis-je, mais je parlais de la couleur.

— Ouah ! s'exclama Clem. Bon. Qui va être l'Union soviétique et qui va être les États-Unis ? »

Une fille complètement ivre entra et s'arrêta pour s'appuyer au distributeur de serviettes en papier. Elle croisa mon regard dans la glace et rit. « Oh-oh ! » Je lui demandai si elle se sentait bien, mais elle s'engouffrait déjà dans un des waters. Clem et moi l'entendîmes vomir. Je me dirigeai vers la porte qui ramenait à la civilisation.

« Non, dit Clem, me barrant le chemin. Tu t'es fait cette *idée* de moi. »

Je soupirai. « Oui, c'est vrai, nous avons eu de bons moments. Autrefois.

— Alors, si je dis que je regrette, est-ce que tu laisseras tomber toutes ces idioties ? »

Une autre fille entra, appela à voix haute : « Fran, Fran, tu es là ? »

Clem se mit à rire. La nouvelle venue lui jeta un regard noir. En sortant des toilettes, Clem s'appuya sur moi et me dit d'une voix douce : « Écoute, je suis en train de voir à quoi ressemble la monogamie. Et, tu sais, ce n'est pas vrai que j'ai été tellement... immorale. » Elle soupesa le mot avec soin. « C'est ce que tu penses. Eh bien, tu te trompes. »

Barry White chantait. Hector et Ralph dansaient. Ensemble.

« Holà ! Regarde les garçons, dit Clem. Ils sont trop mignons, non ? »

Elle s'aperçut de ma répugnance, inscrite sur ma figure. « Les hommes. Faux-jetons même quand ils ne le font pas exprès. Un éternel problème.

— Pour certaines d'entre nous.

— Même pour *moi*, dit Clem, me barrant la voie de son bras pour m'obliger à la regarder dans les yeux. Lou, je ne suis pas celle que tu crois. » Je n'eus aucune réponse à lui offrir, et je crois qu'elle n'en attendait pas.

Je la laissai me précéder jusqu'à notre table. Nous regardâmes les deux garçons danser.

Clem dit : « Si je pouvais piquer un de ces deux superbes garçons à son copain, je crois que je le ferais.

— Au temps pour ta résolution de monogamie. » Mais je ne pus m'empêcher de rire. Surtout de moi-même.

Mike était le garçon qu'elle m'avait piqué sous mon nez deux étés auparavant. J'avais vingt-deux ans, Clem en avait dix-huit. C'était le dernier été que nous passions toutes les deux à la maison, avec nos parents. Mike habitait la même rue. Il collectionnait les motos, réparait les voitures de sport de nos voisins et, je le suppose rétrospectivement, prenait soin de leurs épouses avec la même compétence. Un jour, je lui demandai de jeter un coup d'œil sur ma Dodge Dart rouillée, qui émettait depuis peu un bruit de casserole menaçant. Dans l'allée qui menait chez lui, je crus que ses gentils sourires s'adressaient à moi personnellement, à moi seule. Nous passâmes une nuit moite et embaumée dans le hamac derrière l'appartement qu'il occupait au-dessus du garage et – Seigneur ! – comment ai-je pu me faire des idées aussi ridicules sur la signification de cette nuit ? Deux jours plus tard, il vint me chercher sur une de ses motos et m'emporta à toute allure vers une plage éloignée. Nous nous jetâmes l'un sur l'autre, gauches, dans tous nos états, contre une haie de prunus maritimes.

Une semaine s'écoula ; je m'attardai plusieurs soirs de suite au musée où je préparais une exposition de jeunes photographes (c'est ainsi que j'ai rencontré celui que j'ai suivi sur la côte Ouest – c'est la faute de Clem si Mike a joué un rôle dans cette décision). Un soir en rentrant, je les trouvai tous les deux dans la galerie. J'ai pensé que Mike m'attendait. Après avoir regardé les informations ensemble, serrés l'un contre l'autre, il a dit qu'il avait encore du travail. Il ne m'emmena pas avec lui et je me suis dit : *Très bien, un peu de distance ne fait pas de mal.* Le lendemain soir, la bicyclette de Clem n'était plus là et resta invisible jusqu'au matin. Le téléphone sonna sans réponse chez Mike. La nuit suivante, sous un patchwork d'étoiles, je traversai pieds nus les jardins de cinq propriétés voisines. Je les entendis bien avant de les voir, mais je ne regagnai pas la maison pour autant. Il fallait que je les voie de mes propres yeux, pratiquement nus sur la chaise longue près de la piscine du Dr Eccleston. En repartant, je m'entaillai le pied sur un morceau de verre.

Il eut le toupet de venir au barbecue organisé par mes parents pour le 4 Juillet, et Clem celui d'emprunter une de mes robes dans ma penderie. C'est franchement affreux de voir quelqu'un porter votre robe préférée, faire des avances au garçon dont vous êtes folle. Je me dirigeai vers elle et lui lançai mon verre de Mateus rosé à la figure. J'allai en voiture jusqu'à la plage et m'allongeai sur le sable en attendant de voir éclater le feu d'artifice au-dessus des arbres. Quand je lui dis qu'elle était la pire salope de la terre, elle répliqua que je n'avais peut-être pas tort.

Les habitudes de Lucy devinrent les miennes, à tel point que j'étais prise au dépourvu chaque fois qu'elle en changeait. Un samedi soir venteux, après avoir garé la voiture près de la pelouse communale de Burlington et l'avoir aidée à en descendre, je l'entends déclarer d'un ton joyeux : « Pas de magasins, pas ce soir. » Elle passa son bras sous le mien, manière silencieuse de demander mon aide. « Fais-moi faire le tour de la ville, ma chère Clement.

— La ville ? »

Elle rit. « Ne joue pas les innocentes. Je sais reconnaître une fêtarde. Emmène-moi dans ton night-club habituel, ta... boîte préférée. Ton repaire d'iniquité. »

Je ris à mon tour. Qu'avais-je à craindre ?

La foule affluait au Galaxy. Nous attirâmes quelques regards curieux, mais Ralph était là et nous faisait signe depuis une table près d'une fenêtre. Bob Marley chantait *Positive Vibrations*. Ralph nous cria : « *Cool runnin's, baby !* », entamant le chant de l'équipe jamaïquaine de bobsleigh.

« *Africa, unite !* » criai-je en retour et je levai le poing à la manière de Bob Marley. « Je connais ces garçons », dis-je à Lucy en la pilotant avec précaution à travers la foule.

Ralph et Hector se levèrent ainsi que l'auraient fait nos pères et approchèrent une chaise entre eux. Ils se comportaient comme si le fait d'amener votre arrière-grand-tante dans un bar était la chose la plus naturelle du monde. C'est à ce moment que j'eus vraiment le béguin pour eux. Ralph prit le sac à main de Lucy et le mit sous son manteau sur l'appui de fenêtre. Hector insista pour nous inviter.

Après s'être installée et avoir regardé autour d'elle, Lucy se tourna vers lui et dit : « *Africa unite ?* est-ce une expression des Black Panthers ? »

Ralph éclata de rire et se pencha vers Lucy. « Madame Jardine, c'est une expression reggae. Nous sommes plongés dans le jargon de cette musique, c'est un fantasme. Nous sommes trop pathétiquement blancs pour être des Rastafariens. »

Elle lui demanda de l'appeler Lucy. « Je n'ai jamais été Mme Unetelle, pas plus que je ne serai Mlle Machin-Chose. » Elle fronça les sourcils. « Des rosicruciens, dites-vous ? Les rosicruciens font de la musique ?

— Écoutez, dit-il. Permettez-moi de vous servir de DJ. » Et il se dirigea vers le juke-box.

Nous la regardâmes s'imprégner de la musique et de l'atmosphère ambiantes. Hector déposa le *cream sherry* de Lucy au centre d'une serviette, tel un maître d'hôtel en gants blancs.

Lucy mit sa main en conque derrière sa meilleure oreille pour entendre la musique dans le brouhaha du bar bondé. Elle répéta avec application, incertaine : « Quand l'eau abonde, le fou a soif ? C'est cela qu'il vient de chanter ? » Elle écouta à nouveau, puis me regarda. « Si j'étais une jeune fille aujourd'hui, c'est donc la musique que j'aimerais ? »

Oh, Lucy, aurais-je aimé lui dire, *vous êtes une jeune fille.* J'étais tellement émue par l'expression de son visage que j'eus du mal à répondre. Je demandai : « Bon, songeriez-vous, comment dire, à révolutionner vos goûts ?

— La révolution n'est plus possible désormais, dit-elle, mes goûts, comme mes os, se sont fossilisés voilà des décennies. Arrivé à un certain âge, on est obligé de devenir anthropologue. C'est la seule façon d'oublier que le reste du monde vous considère comme un objet d'une autre époque, que votre culture a décliné derrière l'horizon, vous laissant dériver sur votre minuscule radeau solitaire. » Elle prononça ces mots sans apitoiement ni tristesse. Je vivais avec elle depuis un mois et n'avais pas imaginé un instant, jusqu'à ce moment, qu'elle n'avait aucun ami de son âge, pas un seul.

Ralph était de retour. « Bob Dylan, the Dead, Marianne Faithfull, Lou Reed, Al Green, Hendrix. C'est un début. »

Lucy ferma les yeux. Elle semblait écouter la musique afin de la retenir. Pour Jimi Hendrix, elle se pencha en avant, les paupières closes. Au début, je crus qu'elle trouvait le vacarme de sa guitare insupportable. Puis elle ouvrit les yeux et demanda : « Il embrasse le ciel ? »

Son verre de sherry était vide ; avec un léger signe de tête elle le tendit à Hector, qui se leva aussitôt pour aller le remplir.

« Quelle idée charmante ! Embrasser le ciel », dit-elle d'un air songeur, une ombre de son enfance sudiste dans la voix.

Quelques chansons plus tard, elle me demanda si nous pourrions nous rendre chez un marchand de disques le lendemain. « Tu te souviendras de ce que nous avons entendu ce soir, n'est-ce pas ? » dit-elle tandis que je l'aidais à se lever. Je la rassurai.

« Revenez quand vous voudrez, dit le barman quand nous passâmes devant lui.

— Ce n'est pas impossible, lui lança Lucy. Je pourrais devenir une habituée. »

Mais elle ne demanda jamais à y retourner. Deux semaines plus tard elle mourut, comme elle le méritait, pendant son sommeil. Je lui avais préparé son dîner, son verre de sherry, mais elle ne répondit pas quand je frappai. La veille, elle avait déclaré qu'elle était trop fatiguée pour faire un tour en voiture, dit qu'elle allait se coucher tôt et lire. Peu après l'aube, j'étais certaine de l'avoir entendue dans la cuisine, en dessous de ma chambre. Pourtant le soir où nous étions allées au Galaxy, elle s'était montrée infatigable, aussi fêtarde à sa façon que je le suis à la mienne. En regagnant la maison, elle m'avait demandé de m'arrêter au Star Market ouvert toute la nuit. « Des carottes, avait-elle dit. Je veux essayer mon petit gigolo bleu. » Elle m'avait attendue dans la voiture. À mon retour, j'avais remarqué que son nez dépassait à peine le tableau de bord.

Lucy avait ensuite insisté pour avoir une cruche, un plateau, des verres de cristal et de la menthe sauvage qui poussait près de la vieille pompe à eau. J'apportai cet attirail digne d'une comédie musicale de Gershwin dans la galerie.

« On dirait du punch ! Miraculeux ! Splendide ! » s'était-elle exclamée. Mes mains étaient orange vif, ainsi que mon tee-shirt Red Stripe et presque tout le comptoir de la cuisine.

Pendant que j'allumai les bougies antimoustiques, je lui dis : « Si je vous parais irrespectueuse ou trop curieuse, dites-le-moi, mais je me suis posé des questions – à vivre ici auprès de vous – à propos de tante Vetty. Elle ressemble à un personnage gothique dont tout le monde parle à voix basse. Comme si elle avait été un fantôme même de son vivant. Et cette pièce sépulcrale là-haut, avec toutes ses affaires...

— Eh bien, ma chérie, dans toute famille qui a la chance d'être héritière d'histoires du passé, il y a toujours des spectres.

— Quels inspecteurs ?

— Non, Clement chérie. » Elle rit. « Peut-être devrais-je dire que nombre de coffres à trousseau renferment quelques cadavres. » Elle savoura son jus, faisant durer le suspense. Et finit par dire : « Je me suis demandé si ton père savait. Il est le seul de la génération actuelle qui le pourrait.

— Tout le monde convient que vous lui avez sauvé la vie, que vous avez été incroyablement altruiste. » Pour la deuxième fois ce soir-là j'étais nerveuse, mais pour une raison différente.

Lucy me regarda à nouveau en silence, pendant ce qui me parut une éternité. Je craignis qu'elle ne soit fâchée jusqu'à ce qu'elle dise : « Tu sais, Clement chérie, aucun membre de notre famille prolifique ne m'a jamais demandé ma version des événements jusqu'à aujourd'hui. Jusqu'à toi. Comme s'ils pensaient que j'allais m'effondrer au souvenir de toute cette histoire. » Elle m'adressa alors cet étrange sourire, son sourire de petit gigolo bleu, presque sensuel, provocant. Je pensai, tristement, qu'elle n'avait jamais eu l'occasion de l'exploiter dans des circonstances appropriées. « Mais je ne sais pas si je l'aurais raconté, continua-t-elle. C'est un secret – uniquement parce que personne n'a cherché à le découvrir. Et si tu restes là à écouter, je ne vois aucune raison de ne pas te le révéler. Considère que c'est une partie de la récompense pour la tâche difficile que tu as accomplie. M'empêcher de sortir des rails. Je pense que ton père doit être satisfait. »

J'attendis. Je ris nerveusement. « Bon, j'espère qu'il y a un coffre plein d'argent enterré dans le jardin qui me permettra de vivre royalement le reste de mes jours. »

Je regrettai aussitôt ma plaisanterie, mais Lucy continua à sourire, davantage comme une grand-mère à présent. « Pour parler comme toi, ce serait géant. » Elle effleura sa gorge un instant, à l'endroit où elle portait son camée ancien avant que nous rajeunissions sa garde-robe. Elle faisait sans cesse ce geste, oubliant qu'elle avait renoncé à le porter.

« Ma sœur Vetty avait trente-sept ans quand je l'ai vue pour la première fois, dit-elle. Tu imagines ? Et tout ce que je savais d'elle alors était qu'elle avait accompli cette chose irréfléchie, impétueuse, désastreuse : s'enfuir avec un jeune homme d'apparence parfaitement respectable, dont la seule tare était ses origines. N'est-ce pas un lamentable, voire comique tournant du destin ? » Elle adressait sa question aux houx, aux lucioles, au chœur des criquets.

« Lorsque je l'ai connue, son mari l'avait quittée, comme tu l'as appris – non par la faute, il faut le reconnaître, de nos parents moralisateurs. Vetty et Josiah n'avaient pas d'enfants, mais elle l'aimait. Une telle passion pour un homme aussi ordinaire, et elle a tout fait pour le garder ! Quand il a quitté l'armée après les guerres indiennes, il est revenu chez lui – ici – pour gérer la scierie de son père. Vetty était ravie. Il ne courrait plus de danger, ils dormiraient sous le même toit. Mais au bout de cinq ans il est allé chercher une nouvelle femme à l'autre bout de la ville. Si elle avait eu une famille à entourer, à chérir, les événements se seraient peut-être déroulés différemment. Malgré tout, il continuait à lui donner de l'argent, il sciait toujours son bois, fréquentait toujours leur église – c'est elle qui avait dû changer de banc –, mais elle était aussi seule que possible. D'autant plus qu'il était à proximité. Dieu merci, elle était douée pour la couture et lorsque je suis arrivée, elle exerçait une activité lucrative de couturière. On la plaignait, mais elle était respectée. Personne ne la blâmait. Le doigt de Dieu et tout ce qui s'ensuit. »

J'observai Lucy. « Mais vous... vous êtes venue ici pour lui porter secours.

— Pas du tout. » Elle me regarda, cette fois sans le moindre sourire. « Je suis venue ici afin qu'elle puisse me sauver. » Lucy baissa lentement son bras et prit le verre posé par terre. « Un autre, merci. »

Je versai le reste du jus de carotte. « Chère Clement, à l'âge de dix-huit ans j'ai rencontré un homme. Un homme qui n'aurait pu mieux convenir à ma famille ! Un homme dont j'étais folle ! Tout était parfait ! Promesse de fiançailles aux yeux de tous, sauf des siens, s'avéra-t-il. Me voilà donc, six mois plus tard, sans bague au doigt, mais aussi enceinte que le ciel est bleu. Une situation bien ordinaire, s'agissant de péché – même si c'était péché d'être aussi dramatiquement ordinaire. La plus commune des mésaventures féminines. Et mon père pouvait supporter bien des choses plutôt désagréables, mais des choses *communes*, non. Il appartenait au même club que le père du jeune homme, mais ils n'avaient pas d'affaires en commun, donc il n'y avait pas de moyen de pression. Nous étions à la première année d'un beau siècle nouveau. Les duels appartenaient au passé. Et quoi de plus sensé, dans la hâte désespérée que montraient mes parents à étouffer encore un scandale, que de retrouver et reprendre possession de la fille perdue numéro 1 pour donner un refuge à la fille numéro 2 ? Logique, n'est-ce pas, chère Clement ? » Elle vida son verre d'un grand trait emphatique et le tint serré entre ses genoux.

« Vetty. Imagine avec quel ravissement elle a dû attendre mon arrivée : la sœur qu'elle n'avait jamais vue s'apprêtant à accoucher pour donner à la pauvre Vetty une raison d'exister en chair et en os. Infortune aux yeux de certains, mais pour elle l'occasion de retrouvailles avec sa famille, et le cadeau de l'enfant dont elle avait toujours rêvé. À titre d'alibi, on raconta que je faisais un tour d'Europe pour oublier l'attitude d'un goujat – au mieux une affliction pittoresque – et serais de retour sur le marché du mariage ma douleur effacée, aguerrie. On me raconterait quantité d'histoires sur Paris et Constantinople afin que je charme de nouvelles cohortes de prétendants. Comme mes parents étaient intelligents ! Quel souci du détail !

— Vous avez eu un bébé ? dis-je. Vous avez eu un *bébé* ? » Je mourais d'envie d'une bière, mais n'osais pas quitter la galerie.

— Un petit garçon. » Il n'y avait aucune trace de larmes dans ses yeux. Elle adressa un sourire ravi à la nuit. « Il est resté avec nous, Vetty et moi, pendant moins d'un mois quand notre père est arrivé. Les bras nous en sont tombés. Seigneur, cette froideur... climatiquement plus adaptée à ces régions qu'à la joyeuse et étouffante Nouvelle-Orléans. Un gène, Dieu merci, qui semble en voie d'extinction. »

Elle émit un petit rire sec, étouffé. « Notre père était un stratège redoutable. Je pense qu'il ne lui fallut pas longtemps pour comprendre à quel point il était *utile* que notre sœur Amy attende son quatrième enfant. Aristide, mon frère et ton arrière-grand-père, ne l'aurait jamais permis. Il avait toujours écrit en secret à Vetty et à son mari. Sa sœur jumelle et son meilleur camarade d'école : leur union lui avait toujours paru bonne. Mais il était à l'étranger à l'époque de ma tragédie, ignorant tout de l'affaire. Je pense parfois que mes parents ont décidé de ne pas souffler mot de leur décision et attendu qu'il soit loin, très loin, en Extrême-Orient. Donc Amy, notre sœur préférée, la seule qui n'ait ni trahi ni déçu, la voilà qui met soudain au monde des *jumeaux*. L'un d'eux, un vrai malabar, étonnant ! Personne n'avait jamais vu un nouveau-né aussi grand, aucune mère plus fière. Elle m'a écrit souvent, je dois le dire. Elle m'envoyait un portrait tous les ans à Noël : mon fils sur ses genoux. Parfois, tu sais, je pense à l'obligation dans laquelle s'est trouvée Amy d'être toujours l'image de la vertu, combien cela a dû être encore plus pénible pour elle après que j'ai, moi aussi, quitté le droit chemin.

— Attendez ! » m'écriai-je. J'appartiens à une de ces familles dont chaque membre pourrait fournir sous la torture un arbre généalogique impeccable, chaque nœud et chaque protubérance à leur place, remontant cinq générations en arrière. Je faisais rapidement une rapide ascension dans ses branches. Les jumeaux d'Amy étaient mes grands-oncles Charles et Christopher, tous deux récemment disparus. Je lui demandai : « Lequel ?

— Ah, dit-elle, ma confession s'arrête ici, ma chérie. » Elle me tendit son verre vide, se leva et s'appuya au dossier de son fauteuil.

« Je ne le dirai à personne si tel est votre souhait. Je garderai le secret. » Mentalement, je reconstituai les deux groupes de cousins issus de germains ; lequel en réalité était le descendant de Lucy ?

« Si tu as la chance de vivre aussi longtemps que moi – c'est-à-dire si tu penses que c'est une chance, et je ne dis pas le contraire –, je ne peux raisonnablement exiger de toi une telle promesse. Mais promets-moi au moins ceci. » Elle passa son bras sous le mien. Tandis qu'elle s'appuyait sur moi, je sentis sa poudre parfumée au gardénia, une odeur de grenier et de jardin. « Promets-moi qu'on m'incinérera dans cette merveilleuse robe verte que tu m'as fait acheter, celle qui a une grande ceinture dorée. »

Le lendemain, lorsque je rentrai à la maison pour déjeuner, elle semblait impatiente de me voir arriver. Elle me demanda si j'avais le temps de la conduire à la banque. Sur la table du salon trônait une grande boîte en crocodile vert. Elle ne mettait plus ses bijoux, dit-elle ; mieux valait qu'ils soient en lieu sûr. Puis elle tendit le bras et me fourra quelque chose dans la main. Je sentis une petite piqûre et baissai les yeux pour apercevoir le camée bleu ancien ; sa vue familière, comme celle d'un objet inséparable d'elle, me laissa tout étourdie, pourtant je sentis que je devais objecter qu'il ne me revenait pas, parce que je ne le porterais jamais. Mais elle dit : « Peux-tu, s'il te plaît, le faire parvenir à ta cousine Gaia ? Elle aime le style victorien. Et n'oublie pas de l'assurer, ma chère Clement.

— Pour quelle somme ?

— Oh, fit-elle en agitant la main, assez pour convaincre les gens de la poste qu'il a trop de valeur pour qu'on le perde. »

En sortant de la banque, Lucy déclara qu'elle était trop fatiguée pour aller acheter des disques. Je la déposai à la maison afin qu'elle y fasse une sieste et me rendis à la station. Quand j'eus fini de nettoyer les cages, j'allai seule chez le disquaire. Après le dîner, je sortis le lecteur de cassettes dans la galerie. Nous écoutâmes les chansons, l'une après l'autre. Bob Marley était en train de chanter *Exodus* – j'adore la façon dont il prononce *Exey-duss*, tirant ce noble mot de la Bible – quand je compris soudain. Ma cousine Gaia était l'arrière-petite-fille de Lucy. Qu'est-ce que cela changeait ? Tout et rien.

Je me tournai vers Lucy pour lui exprimer ce que je ressentais, mais elle s'était rendormie. Son corps s'apprêtait à dormir une fois pour toutes. Quelques semaines plus tard, avant que les membres du clan ne débarquent pour se partager le reste des dépouilles, papa et moi parvînmes à faire un tour en canoë sans chavirer, pour disperser ses cendres à la surface du lac Champlain. J'avais cette image de Lucy voletant légère comme l'air au-dessus de l'eau, avec sa large ceinture hippie semblable à la queue d'un paon. Lucy, là-haut, invisible, découvrant à quoi ça ressemble d'embrasser le ciel.

Nous étendîmes un vieux dessus-de-lit en chenille sur une roche près de la gorge, lestâmes les coins avec des packs de bières, de Coca-Cola et un panier de sandwichs (poulet et concombre entre d'épaisses tranches de pain aux pruneaux de tante Lucy). Hormis les bouleaux qui nous entouraient – éveillant en moi une douloureuse nostalgie pour tout ce qui était nordique, tout ce qui était lié au gel –, l'endroit évoquait à mes yeux un paysage du Sud-Ouest : le long du parcours sinueux de la rivière, des blocs de rochers s'inclinaient en tous sens, telle une troupe d'ivrognes à l'équilibre instable. La rivière coulait dans une gorge ombragée d'environ quatre mètres de large, aux parois tachées de lichen.

Quelques promeneurs étaient passés peu avant nous, et la route était un tunnel de poussière qui recouvrait ma peau et mes cheveux, car j'étais montée à l'arrière du pick-up pour être avec Tuck et Moe, les chiens de Ralph. Des écriteaux récents DÉFENSE D'ENTRER étaient accrochés aux arbres qui surplombaient le chemin. À cause des nids-de-poule, mon postérieur était comme lardé de novocaïne.

Allongés sur la roche, les corps, à demi dévêtus ou complètement nus, absorbaient le soleil. La géologie tourmentée de l'endroit permettait facilement de préserver son intimité ; en zigzaguant vers le coin préféré de Clem, nous passâmes près d'une faille inattendue entre deux rochers où un couple mince et bronzé faisait l'amour.

Seules deux ou trois personnes nageaient. À plat ventre, en me penchant au-dessus de la paroi verticale, je parvins à toucher la surface de l'eau du bout des doigts. « Ouïe ! » m'écriai-je, électrisée par le froid.

Clem avait déjà pris un sandwich. « Oh, tu vas y aller. Il fait trop chaud pour s'en priver. » Comme pour le prouver, Tuck et Moe se jetèrent à l'eau, côte à côte, nous éclaboussant tous. Ils haletaient en nageant, pointant le museau vers le ciel.

« Oh, mon Dieu ! » s'écria Ralph. Il ôta sa chemise et plongea.

« Que se passe-t-il ? demandai-je.

— Il y a une cascade plus loin, derrière la courbe, dit Clem avec nonchalance. C'est chaque fois la même chanson, mais en général ils attendent que nous soyons dans l'eau. »

Hector suivit le bord de la rivière, marchant à la hauteur de Ralph et des chiens, qui flottaient en tandem, emportés par le courant paresseux. Tous les quatre disparurent hors de notre vue là où la rivière faisait un de ses nombreux coudes.

Clem vit mon anxiété (elle la remarque toujours). « Détends-toi. C'est moins escarpé plus loin. Hector les retire de l'eau. Ralph l'aide en poussant. » Elle rit. « Difficile de croire qu'autrefois ces chiens stupides travaillaient pour gagner leur vie. »

Clem rabattit sur ses yeux les lunettes de soleil qu'elle avait remontées sur sa tête. Elle dégrafa le haut de son maillot, le jeta de côté et s'allongea à nouveau sur le couvre-lit. « Cancer, viens m'attraper. »

Ses seins sont plus petits que les miens, mais fermes et dorés, comme la peau de notre père – l'ancêtre basque trouble-fête, aime-t-il à dire. Ses mamelons sont plus sombres également, d'un violet étonnant. Je me rendis compte qu'elle était nettement plus vieille que la sœur à laquelle j'avais décidé de renoncer pour de bon ; plus vieille que j'avais envie qu'elle soit. Elle était plus jolie, ce que je m'efforçais de ne pas voir, mais aussi moins détendue. Au-dessous de ses lunettes, je vis la première trace de rides à la naissance du nez.

Je demandai : « As-tu pensé aux bijoux ? »

Elle leva la tête, me regarda et se rallongea. « Pas vraiment. Tout est dans un grand coffret en cuir que nous avons déposé à la banque. Je n'ai pas demandé à l'ouvrir. C'eût été indélicat.

— La délicatesse n'a jamais été ton fort, dis-je, mais d'un ton que j'espérais désinvolte.

— D'accord, touché, Miss Bonnes Manières, fit Clem. Mais tu sais, les bijoux de famille n'ont pas vraiment de place dans ma vision de la vie. Tu imagines des rubis dans les Outer Banks et des épingles à chapeau sur le Kilimandjaro ? »

Je m'apprêtais à dire « Quand projettes-tu de faire l'ascension du Kilimandjaro ? » lorsque j'entendis la voix de Ralph lancer un sonore « Attention les filles ! », suivi d'un grand éclat de rire et d'une giclée d'eau glacée. Les chiens arrivèrent avant les hommes et se secouèrent vigoureusement au-dessus de notre petit campement.

« Brutes, espèces de brutes ! Salauds d'Esquimaux ! Merde ! » Clem s'était levée d'un bond, empoignant une serviette.

« Surveillez votre langage, mademoiselle. » Ralph prit la serviette de Clem et, l'en enveloppant par-derrière, la serra dans ses bras musclés.

« Sèche-moi, beau gosse », dit-elle, et elle se contorsionna dans la serviette pour lui faire face. Puis elle le repoussa, lui jeta la serviette à la tête et, passant devant lui, piqua un plongeon dans la rivière. Dans l'eau sa peau était bleue comme la neige au clair de lune. Le bas foncé de son maillot de bain séparait son corps en deux. Avant qu'elle ne refasse surface courbée comme un arc, je vis les plantes de ses pieds dans un nuage de poussière, leur pâleur réfléchie par le soleil.

« C'est une véritable athlète, dis-je. Je l'ai toujours enviée.

— Une sacrée nageuse, renchérit Hector. Mais cinglée. Je l'ai vue plonger du haut de ce rocher. Elle et Ralph. Quant à moi, pas question. » Il regarda en amont vers l'endroit du plongeon fatal.

Clem perça la surface. « Waouh ! Il fait un froid polaire là-dedans !

— Écarte-toi ! » cria Ralph, et il plongea à nouveau. Hector se baissa et dénoua ses tennis. Il les disposa symétriquement, puis retira son tee-shirt, le plia en carré et le disposa sur les chaussures. Si Clem et Ralph formaient un couple assorti, Hector et moi aussi avions des traits communs : prudence, circonspection. Mais qui voulais-je tromper ? J'étais seule.

« Venez ! » me lança Hector avec un chaleureux sourire, et bientôt tous les trois se retrouvèrent dans la rivière, leurs têtes flottant à la surface. Même les chiens m'avaient abandonnée ; restés sur la rive, ils étaient partis en amont, à la recherche de nourriture laissée sans surveillance.

Clem fendait l'eau à côté de Ralph. « Viens donc, pseudo-hippie trop civilisée. »

C'était exactement le genre de situation où je me trouvais insignifiante face à elle. « Peut-être tout à l'heure. Je crois que je vais lire un peu. Je n'ai pas encore assez chaud.

— Comme tu voudras », dit Clem. Elle nagea en direction des garçons, assis à présent sur un rocher affleurant la surface de l'eau, leurs jambes submergées jusqu'au genou.

Étendue à plat ventre, je prétendais lire, mais je surveillais le fond de la rivière. Bien qu'élevée au bord de la mer, je n'ai jamais aimé avoir la tête sous l'eau. J'avais aperçu le fond rocheux en me penchant par-dessus bord, et je savais que la profondeur est toujours illusoire ; ces rochers pouvaient être deux ou six mètres plus bas. Je m'encourageai. Allons, devant ces deux garçons charmants, intelligents, et ma charmante et invincible sœur, allais-je vraiment rester seule allongée sur ce rocher, à lire *Mrs Dalloway* ?

Ils parlaient et riaient. De moi peut-être. Je n'entendais pas un mot à cause de la cascade invisible, de son grondement continu. Clem faisait de grands gestes, agitant les bras au-dessus de sa tête. Hector souriait devant ses mimiques. Quelle histoire pouvait-elle raconter avec une telle animation ?

J'enfilai mon maillot et m'assis sur le bord. J'ai horreur de plonger car mes oreilles se remplissent toujours d'eau, et ce saut n'était pas rien. Je me mis à quatre pattes et cherchai des prises dans le rocher pour les pieds. À mi-chemin, je glissai, m'écorchant le tibia droit, et me retrouvai dans l'eau – si froide que mes poumons se transformèrent en pierre. Je tentai de reprendre ma respiration et m'agrippai à la paroi près de moi. La rivière était calme, mais mes genoux furent saisis par un violent courant sous la surface. J'inspirai à fond, lâchai le rocher et me mis à nager aussi vigoureusement que je pus. Sans même lever la tête, je sentis que je n'avançais pas, que je n'avais pas assez de forces pour remonter le cours de la rivière, qui s'obstinait à me persuader que c'était bien mieux en aval. En levant la tête pour respirer, je constatai que je dérivais lentement en arrière, vers la cascade. Je tendis la main pour saisir le rocher, sans trouver ni fissure ni saillie. Sa surface était glissante sous l'écume.

« Et alors ! Pas difficile, hein ? » Clem m'avait repérée. Elle avait un sourire moqueur. « Viens par ici. C'est fantastique, non ? »

Je me débattais désespérément, mais le haut de mon corps était figé par une peur glacée. « Où as-tu appris à nager ? l'entendis-je crier d'un ton moqueur. Ah oui, bien sûr. C'est *papa* qui t'a appris. »

Ma bouche était incapable d'articuler un seul mot. Je vis vaguement que Ralph fronçait les sourcils et disait quelque chose à Clem. Elle se mit debout et cria : « Ça va ? »

Je ne pus que secouer la tête. J'essayais toujours d'agripper le rocher quand j'entendis la voix de Clem à nouveau, au-dessus de moi. Elle se tenait au bord de la gorge, à un mètre cinquante de ma tête. Puis elle se mit à genoux, ses cheveux humides et sombres balayant son visage. Je ne pouvais voir son expression. Elle dit d'une voix basse et mesurée, une voix de professeur : « Nage jusqu'au milieu de la rivière.

— Non, parvins-je à souffler, non.

— Nage vers le milieu, Louisa, répéta-t-elle, mais d'une voix plus forte. Le courant est plus violent à l'endroit où tu es, le long de la berge.

— Je ne pourrai pas. » J'avais l'impression d'être enfermée dans un corset de fer. L'écorchure de mon genou droit m'élançait comme un feu glacé. *Bon Dieu,* me dis-je, *je risque de mourir à cause d'un stupide bijou et d'une rancune d'adolescente.* Bêtement, je pensai à la « vision » que Clem avait dit avoir de sa vie. Je n'avais pas une telle conception de la mienne.

« Fais ce que je te dis, Louisa. » Plus tard, je me souviendrais de ce moment avec netteté, de l'absence totale de panique dans sa voix. Tuck se tenait à côté d'elle, penché vers moi, m'observant de son étrange regard bleu glacé, souriant et haletant. Je me demandai si je n'allais pas devoir subir l'humiliation d'être sauvée par un chien. Je me demandai comment il s'y prendrait, quelle partie de mon corps il saisirait entre ses mâchoires.

Je m'écartai du rocher à l'aide de mon pied droit et m'élançai plus que je ne nageai vers le milieu. Elle avait raison. L'eau me libéra dès que je quittai le bord. Le milieu de la rivière, un sillon éclairé par le soleil de midi, était calme et plus chaud, et après avoir battu des jambes pour permettre à mes muscles de fonctionner à nouveau, je nageai lentement contre le courant. Clem m'accompagna sur la berge, comme Hector avec les chiens, puis elle descendit à l'endroit où la roche s'abaissait au niveau de l'eau, où je l'avais regardée raconter son histoire avec force gestes, et elle tendit la main pour me ramener au sec. À peine assise à côté d'elle, je me mis à sangloter.

« J'ai toujours su que tu étais une mauviette, dit Clem, me frottant le dos avec une serviette. Allons, calme-toi. »

Je pleurai dans la serviette, pliée en deux. Pleurer était mon seul moyen de m'exprimer.

« Franchement, dit-elle, le courant est violent. Nous nageons ici depuis deux mois. J'ai oublié de te mettre en garde. Mais ça va maintenant. N'est-ce pas ? »

Lorsque nous fûmes de retour sur les lieux du pique-nique, les chiens occupaient la part du lion du dessus-de-lit, et Hector déchiquetait son sandwich pour donner à chacun une bouchée de poulet. Ralph passa son bras autour de mes épaules et me tendit une bière. « À l'immortalité ! » dit-il.

Je m'assis près de Moe. Sa fourrure chaude était délicieusement agréable contre ma cuisse. Quand je lui caressai le cou, il s'écarta d'Hector et me lécha le visage avec enthousiasme.

« Oh là là ! Il est amoureux, dit Hector. Il n'agit jamais comme ça. »

Je perdis à nouveau mon contrôle et recommençai à pleurer et à trembler sans pouvoir m'arrêter. Je vis que Clem ne savait que faire. J'aurais voulu me remettre en colère contre elle, lui reprocher cette situation si peu glorieuse, mais je ne pouvais lui en vouloir car j'avais fait ce qu'elle m'avait dit de faire, et elle avait eu raison. Contre mon instinct, j'avais nagé jusqu'au milieu.

« Écoute, ça va maintenant. Ça va », me dit-elle de son ton grondeur, mais moins assuré. Hector enveloppa une deuxième serviette autour de mes épaules. Je pensais que si elle avait envie du camée, je devais le lui laisser à présent, puis je me souvins de sa remarque sur les épingles à chapeau et le Kilimandjaro.

Le Kilimandjaro ? Soudain je compris : c'était la première fois depuis trois ans que j'avais une question pressante à lui poser, une question à laquelle je voulais vraiment qu'elle réponde.

Ce n'est pas le bon moment
1983

La seule chose que nous avons réellement partagée cet été-là, c'est la solitude. Du moins, j'en vins à le penser. Pour moi la solitude de la retraite et de l'attente, pleine de désirs et de soupirs – mais j'imaginais celle de Clem confiante et intrépide, une fuite hors de tout ce que la civilisation a d'amollissant. Je corrigeais des élucubrations sur l'art. Clem comptait des phoques. Comme à l'habitude, nous échangions des lettres. C'est par écrit que nous communiquons le mieux. Au téléphone, nous nous disputons. Face à face, nous avons tendance à devenir sarcastiques. Nos lettres, au contraire, comportent une touche de connivence romantique.

J'avais quitté mon appartement de Brooklyn au quatrième étage sans ascenseur pour garder la maison de Mars et Leah Katz. Je connaissais à peine ces gens – des amis d'amis, partis folâtrer dans les champs de lavande de Provence –, mais j'étais enchantée de me glisser dans leur existence facile, esthétiquement protégée. La maison des Katz, une petite construction victorienne avec sa véranda bordée de fuchsias, était agréablement située au sommet d'une colline près du Long Island Sound, dans l'une de ces enclaves du Connecticut où le raffinement n'est troublé que par le passage en trombe du train toutes les heures en direction de Grand Central Station.

De la chambre principale dans la tourelle, je voyais une bonne partie de la côte découpée, un horizon moucheté de bateaux, et la brume chocolat au-dessus de New York. Jusqu'à une date récente, Mars était le chef d'un restaurant célèbre de New Canaan. Leah écrit des livres de jardinage. Ils avaient pris un congé sabbatique de deux mois et m'avaient confié un laissez-passer pour la plage, une bicyclette à trois vitesses et dix pages d'instructions : elle pour ses fleurs luxuriantes toujours assoiffées, lui pour ses clapiers de lapins, ses faisans et ses cailles. Mon seul regret d'avoir quitté la ville : j'étais tombée amoureuse.

Je me trouvais donc là, avec tout le confort, tandis que Clem, exploratrice dans l'âme, s'accommodait d'une baraque de chantier sur la côte du Labrador, un endroit tellement désolé qu'il ne méritait pas plus qu'un point sur mon énorme atlas. Son courrier arrivait à un bureau de poste situé à trente kilomètres de distance ; ensuite un pêcheur du nom de Spider l'apportait en bateau, environ deux fois par semaine. Il lui livrait son ravitaillement par la même occasion ; d'une manière générale, il était payé pour veiller sur Clem. Mais les dangers étaient inexistants, écrivait-elle. Sa vie était tranquille, le climat tempéré. Rien de comparable au séjour qu'elle avait fait à Barrow : trois mois d'un froid épouvantable, des ours agressifs, des glaces qui se disloquaient, des ivrognes colériques armés de couteaux. Là-bas, elle avait un fusil de chasse à portée de main. Ici, elle avait son journal de bord, un sandwich au thon, des jumelles et un tube d'Ambre solaire. Sur l'eau, les phoques étaient des compagnons charmants. Mus d'abord par la curiosité, puis cherchant à s'amuser, ils suivaient le bateau de Clem. Amicaux, bruyants, exigeants, ils jouaient et grognaient sur son passage.

Tu leur réponds inconsciemment. Tu leur dis ce que tu as à dire. Ils disent ce qu'ils ont à dire. Personne ne contredit personne, personne ne devient politique. Personne n'a de THÉORIES. C'est la paix ! Ils ont un vrai sens de l'humour, ces garçons. Ils sont même capables d'imitations. Il y a un mâle, par exemple, je ne plaisante pas, qui imite Frank Sinatra vieillissant. Mais si tu essayes d'étendre le bras et de les toucher, ils se taillent et plongent aussitôt. As-tu entendu parler des selkys ? Mi-femmes, mi-phoques. Je comprends maintenant pourquoi les Irlandais croient à ce mythe. C'est l'expression dans leurs yeux, comme s'ils vous CONNAISSAIENT.

Clem était payée par une agence de préservation de la nature dont je n'arrivais pas à retenir le nom. Sa mission était de parcourir systématiquement une étendue de rivage qui lui était assignée – à pied, en Jeep, à bord d'une vieille barcasse discrète – et de recenser les différentes espèces, vivantes ou mortes. Une épidémie s'était déclarée, les tuant par centaines. Le mentor de Clem, Kurt, est un pathologiste de la faune marine à Woods Hole, un de ces fringants barbus qu'on voit en permanence dans *Nova*, sauvant courageusement des bébés baleines. Ayant isolé le virus, il collaborait à la mise au point du vaccin. Il avait persuadé quelqu'un à Washington de financer des essais d'inoculation. Toute cette agitation me semblait bizarre, voire indécente (des fonds pour vacciner des *phoques* ? et le cancer ? et les enfants qui mouraient de faim dans le monde entier ?), mais j'avais rencontré Kurt et vu les choses plus clairement... Kurt, enfourchant son destrier scientifique, écrit à Ted Kennedy, explique que la décimation des phoques de l'Arctique aura un effet domino, menaçant la pêche au homard dans le Massachusetts. Ted est affolé. Quoi ? Plus de thermidor, plus de Newburg, plus de sauce diable au yacht-club d'Edgartown ? On sort le chéquier du gouvernement fédéral. Le sénateur Strom Thurmond est trop occupé pour s'en soucier ; il travaille nuit et jour à carboniser l'Agence de l'énergie atomique.

Comment Clem pouvait-elle voir autant de beauté dans la toundra, comment parvenait-elle à y vivre sans perdre la raison ? J'avais peine à l'imaginer. Et qu'elle puisse abandonner Luke, voilà un autre mystère. L'ami de Clem était un garçon sur lequel j'aurais volontiers jeté mon dévolu. Il était intelligent, tendre, fort. D'humeur un peu imprévisible, certes, mais la perfection est-elle de ce monde ? Luke était attaché à Clem depuis plus de trois ans, depuis leur deuxième année à l'université. Il avait commencé à parler de mariage. Elle ne voulait pas le perdre, me disait-elle, aussi avait-elle répondu à sa proposition par un discours qui ressemblait à ceci : « Bien sûr que je t'aime, ne sois pas stupide, mais je ne sais pas pour combien d'années. Peut-être pas jusqu'à l'âge de quarante ans, si j'y arrive. T'avertir est une simple question d'honnêteté. » En privé, elle s'inquiétait du catholicisme invétéré de Luke, bien qu'il n'allât à la messe que lorsqu'il habitait chez ses parents. « Une fois qu'ils vous ont inoculé cette superstition jusqu'à la moelle des os, vous leur appartenez pour la vie. Des anticorps au bon sens, m'avait écrit Clem alors qu'ils sortaient ensemble depuis un an. Écoute ça. Luke m'a dit qu'il avait grandi en croyant que si l'hostie touchait ses dents, il s'écroulerait raide mort, frappé par un éclair céleste. Il faut être malade ou quoi ? Ils vous racontent ces trucs quand vous avez cinq ans ! »

Mais peut-être que la foi, une foi de la catégorie la plus minable, vous est inoculée en même temps que cette crainte des éclairs célestes. Parce que Luke avait tenu bon tout ce temps, bien que Clem soit aussi insaisissable que ses phoques. Avant mon départ pour le Connecticut il m'avait téléphoné, avec un ton bizarre, depuis Miami. J'étais stupéfaite. Excitée. « Je suis désolé, fit-il d'emblée, je suis bourré, OK, sinon je n'appellerais pas, mais tout ce que je vous dis est vrai, d'accord ? S'il y avait un pont convenable dans les environs, je serais debout sur le parapet en train de regarder en bas. Elle me rend dingue, votre foutue sœur. » Luke fait des études d'ingénieur à l'université. Les ponts sont son obsession, sa passion (en dehors de ma sœur).

Je dis : « Dans ce cas je suis heureuse que vous téléphoniez. »

Il dit : « Je pourrais la tuer.

— Bon, j'ai connu ça, moi aussi. »

Il s'était rendu sans prévenir à Woods Hole, avait découvert que Clem s'était acoquinée avec un type qui travaillait sur un chantier et l'avait sifflée en voyant ses jambes. Ils étaient ensemble dans la galerie de Clem quand Luke était arrivé en voiture.

« Ils sont peut-être seulement amis », mentis-je. Je savais qui était ce garçon. Clem disait qu'il était drôle, pas compliqué, costaud. Elle avait un faible pour les costauds.

« Elle était assise sur ses genoux, dit Luke. Il ressemblait à un véritable homme des cavernes. »

Clem avait renvoyé l'homme des cavernes chez lui et s'était excusée auprès de Luke, ajoutant néanmoins qu'il était idiot. Ce n'était rien, une simple passade. (Ce qui était vrai.) Et d'abord, où était-il, lui ? Au fin fond de la Floride. S'il lui faisait une scène, l'avertit-elle, ce serait la fin. Luke avait passé la nuit dans la salle d'attente de la gare des autocars en face de l'embarcadère des ferrys, puis était parti. « Hystérique, elle m'a traité d'hystérique. Qu'est-ce qui lui passe par la tête ? » Il m'avait téléphoné, je le compris, parce qu'il avait besoin de retrouver son calme. Dans notre famille, on m'appelle la Raisonnable, mon père le Rêveur, maman la Fantaisiste. Clem est la Sauvage – quand elle n'est pas la Briseuse des cœurs, l'Emmerdeuse, la Némésis, la Garce de service.

« J'aimerais pouvoir répondre à cette question, Luke. Je crois que nous sommes amies, mais nous ne sommes pas exactement, mettons, des âmes sœurs. Historiquement, nous sommes plutôt comme l'Angleterre et la France.

— Mais vous la *connaissez*.

— Mieux que vous ? Allons donc ! Et ce qui se passe dans sa tête ? Qui peut le savoir ? Elle est excentrique, dirais-je. Du genre Robinson Crusoé.

— Je n'ai pas envie d'idéaliser quelqu'un d'aussi stupidement irresponsable.

— S'il y a une chose qu'elle n'est pas, Luke, c'est stupide.

— Peut-être ai-je besoin de quelqu'un de stupide. De tomber amoureux de quelqu'un de stupide.

— Quand elle a peur, elle tient tout le monde éloigné à bout de bras. Vous devriez le savoir à présent.

— Peur ? » Luke éclata d'un rire sardonique, mais il était visiblement fatigué, moins énergique. « Dans une relation, savez-vous comment on en arrive à avoir l'impression d'être égaré dans la jungle ?

— Eh bien... » À cet instant même j'aurais tout donné pour être à ce point dans une relation, n'importe laquelle. J'aurais été ravie d'être perdue dans une jungle : qu'on me montre seulement la jungle.

« Pas de pistes. Pas de boussole. Impossible d'y voir à plus de vingt centimètres, des branches qui vous fouettent le visage, des insectes de la taille de rats... et... des tigres qui vous guettent du haut des arbres... Je n'ai pas besoin de ça, conclut-il. Est-ce que je suis cinglé, Louisa, comme elle le dit ? »

Je ne pouvais supporter davantage ce soudain désespoir : « Écoutez, c'est *vous* qu'elle aime. Je ne devrais pas le dire, mais je pense que vous vous marierez. Pas maintenant, pas tout de suite, mais... elle refuse de l'admettre, elle a ce genre d'impulsions, mais c'est vous, Luke.

— C'est ce qu'elle vous a dit ?

— Si c'est ce que vous désirez, il vous faut seulement être patient. » À m'écouter parler, je fus épouvantée. Elle ne m'avait rien dit de semblable. Pour Clem, il n'existe pas de *vous* dans ce sens singulier. Elle a fait le vœu qu'il n'existera jamais, bien que je n'en croie rien.

Luke resta silencieux pendant quelques secondes. Je l'entendis presque se détendre, s'imprégner de mon réconfort. N'étais-je pas la plus âgée, la plus avisée ? Si seulement, pensai-je, si seulement je pouvais, ne serait-ce qu'une fois, me sentir dans la peau de ma sœur, vivre sans l'ombre d'une contrainte. Alors je serais sans conteste la plus avisée. Tout ce qu'il y a à connaître, je le connaîtrais.

Comme la moitié des New-Yorkais, je suis une artiste qui tire le diable par la queue, et l'un des avantages de m'être réfugiée dans la maison des Katz était de profiter d'un répit dans cette lutte pour la vie. J'avais commencé à vendre quelques-unes de mes poteries – cette année j'avais même eu des commandes, pour des assiettes et une énorme théière –, mais je me demande toujours pourquoi je continue à exercer un talent aussi archaïque dans une ville dénuée d'indulgence pour tout ce qui est suranné. Bien sûr, il y a des exceptions comme Betty Woodman, qui a fait de la céramique une œuvre d'art en couvrant les murs de ses grandes arabesques suggestives de terre vernissée dans des couleurs à la Matisse. En réalité, elle est elle-même une sorte de Matisse, un Matisse aux stéroïdes, un Matisse dans la boue jusqu'aux coudes. Elle est aussi habitée d'une passion que je ne suis pas sûre de partager.

Dans mon travail, j'ai depuis peu l'impression de jouer un rôle. J'adore cette ville, certes, pourtant mon installation ici n'a fait qu'accroître mes doutes sur mon activité, qui se limite parfois à fabriquer des récipients utilisés par d'autres pour manger. C'est bien, j'imagine, mais plus utilitaire que ce dont je rêvais à l'époque où je lisais, pensais, où j'étais une fille qui récitait des poèmes à son chat. Et cela ne paye guère mieux les factures que de réciter des poèmes aux chats. Heureusement, j'ai d'autres talents qui me permettent de gagner ma vie. Parce qu'il se trouve que j'aime les mots. Donc j'écris un peu, et je publie. C'est ainsi que j'en suis venue à travailler pour *Artbeat*. Un mensuel, illustré de photos de peinture, de sculpture, de vidéos et de prétendues installations. Mon travail consiste à me plonger dans de longs essais abstraits sur les artistes qui en sont les auteurs, des artistes qui visent plus haut que des beurriers et des tasses à thé. Je peux en transporter des brassées entières durant mes allers-retours dans le train, mes allers-retours à la plage.

Les rédacteurs d'*Artbeat* me donnent ce qu'ils appellent des essais « à risque », ceux qui sont d'une prétention manifeste (mais doivent être publiés pour diverses raisons de politique interne), boursouflés d'un ego extrême ou simplement écrits de manière déplorable (portant sur un sujet d'actualité qui ne peut être reporté). J'affronte des auteurs modestes incapables d'aligner une phrase, et des auteurs vaniteux qui en sont tout aussi incapables. Lorsque je ne comprends pas ce qu'ils écrivent, je n'ai pas peur de le dire (à l'opposé des rédacteurs qui m'emploient). Je suis payée pour être une tractopelle verbale. Ce n'est pas le job idéal si vous avez besoin d'être aimé par les gens qui vous font travailler. C'est pour cette raison qu'on me confie ce qu'il y a de pire.

J'avais emporté deux longs essais pendant cette première semaine : l'un concernant un artiste écossais qui fabrique d'étranges et subtiles représentations imaginaires de la nature – des tours de bois flotté, des jardins de glace, des tresses géantes d'herbes et de feuilles – et l'autre une diatribe provocatrice contre Jeff Koons, David Salle et une cohorte d'artistes considérés par le critique comme les pires exemples du vide sévissant depuis des dizaines d'années. *ADOUCIS TOUT ÇA !!!* avait inscrit sur la première page du manuscrit le rédacteur en chef.

Hugh, le directeur de la rédaction – qui est à mon avis beaucoup trop gentil pour travailler avec de tels requins –, avait ajouté, à mon intention, un post-scriptum révélateur : *L'auteur est un protégé d'Hilton Kramer*.

Un après-midi, assise dans un fauteuil de velours du salon des Katz, tâtant du doigt mes bras et mes jambes pour voir si j'avais pris des coups de soleil à la plage, je passai une heure au téléphone avec Hugh à revoir l'article sur l'artiste écossais.

« Hugh, dis-je, ce type est allergique aux virgules ou quoi ? À la lecture, cet essai ressemble au tir d'une arme semi-automatique. On reste mentalement suffoqué.

— Il est célèbre à Los Angeles, fit Hugh d'un ton d'excuse.

— Ils n'aiment pas les virgules là-bas ? »

Hugh rit. « C'est une théorie à étudier. Mais il a joint une note qui dit... » J'entendis un froissement de papiers sur son bureau. « La voilà... Qui dit que la ponctuation ne doit pas être "un frein". »

Je partis d'un éclat de rire à mon tour. « Je vais garder ça en tête.

— Oh, écoute. Change tout ce que tu veux, dit Hugh. Je m'occuperai des conséquences. C'est mon boulot. Juste une chose : pas de points-virgules. Je sais qu'il les déteste. Il les a traités de "barrages routiers" dans le dernier article que nous avons publié. »

J'acceptai de m'interdire les points-virgules. Pourtant j'ai un faible pour eux, je dois l'avouer : leur moment particulier d'hésitation me rappelle la large lèvre que j'aime façonner sur mes grandes poteries, en tenant mon pouce droit à la verticale et légèrement recourbé, un pouce d'auto-stoppeur, tandis que j'actionne le tour, et que l'engobe couleur lavande glisse sur ma paume et le long de mon poignet. La légère concavité du rebord permet de tenir fermement la coupe, de la porter à travers une pièce, chargée de pommes et d'oranges. J'en avais apporté une pour les Katz, elle était posée sur le comptoir de leur cuisine. Je m'en servais pour y mettre leur courrier.

Je pris une douche et rinçai mon maillot de bain. Je distribuai leur dîner aux lapins et aux oiseaux, sortis le tuyau et arrosai le jardin, m'efforçant de faire apparaître un arc-en-ciel. À moitié trempée, j'enroulai le tuyau, me préparai une margarita et (ne trouvant ni Ella Fitzgerald, ni Sarah Vaughan) mis un disque de Bob Dylan, *Blood on the Tracks*. C'est étrange de passer ses vacances avec la musique des autres, surtout quand on est seule. Vous êtes libre de vous laisser aller, inaperçue, mais quelqu'un d'autre a choisi les mots que vous chantez à tue-tête, les rythmes sur lesquels vous dansez comme une folle.

J'ouvris les fenêtres en façade pour entendre la musique de la véranda, où je m'installai dans la balancelle d'osier. Devant moi s'étalait le vaste massif d'iris de Leah, une variété ancienne aux grands pétales parcheminés. Au-delà se déployait la pelouse, irréprochable ; une portion de route ; quelques arbres, des érables et des sycomores, une autre maison ; le ciel du soir naissant. Je plissai les yeux jusqu'à ce que le tout se confonde en éclats de verre pourpre, abricot, cobalt, vert. En écoutant Bob, je rêvai de Sam.

J'avais fait la connaissance de Sam à une fête du 1er Mai sur le toit de son immeuble. Sam est un peintre qui transforme ses rêves en paysages de néon fantaisistes, débordants de personnages colorés et de créatures aux formes bizarres. Ce sont des extraterrestres, attachants, drôles et chaleureux. Sam habite un loft plongé toute la journée dans l'ombre du Manhattan Bridge. Tout tremble au passage du métro, y compris Sam, qui rit du matin au soir. Ses dents sont blanches comme des mouettes, un peu ébréchées, et il a des yeux couleur de truite, d'étain moucheté de vert. Proche de la quarantaine, il porte une queue-de-cheval rousse qui ondule presque jusqu'à sa taille. Le soir de la fête, nous étions obligés de hurler chaque fois qu'une rame déboulait. « C'est la vie sur la faille du métro ! cria-t-il gaiement. Tremblements de terre assurés toute la journée, c'est dément ! » Il raconta que ses rêves étaient peuplés de secousses sismiques, tout comme l'étaient ses tableaux : des immeubles en train de s'écrouler, des raz de marée, des voitures et des bateaux projetés jusqu'au ciel, sans rien évoquer de sinistre. Il m'emmena les voir au rez-de-chaussée.

Les artistes sont soi-disant des êtres dévorés par l'angoisse. Pas Sam, et c'est en partie la raison pour laquelle je tombai amoureuse de lui. Et aussi parce qu'il était plein de surprises. L'une d'elles : il était originaire du Nebraska. Une autre : deux fois par semaine il se levait à quatre heures du matin et partait en voiture jusqu'à une marina à l'extrémité de Long Island, un endroit où l'on paye pour pratiquer la pêche au gros. Le soir où il vint dîner chez moi, il était encore tout excité par l'une de ces expéditions, le nez brillant, rougi par le soleil. Il semblait exalté, transporté de ravissement. « Trente-cinq marlins bleus ! Des diables affamés, les dents comme des lames de rasoir ! » Il me montra un Polaroid le représentant sur la jetée avec un poisson mesurant la moitié de sa propre taille. En dégustant des blancs de poulet farcis, je l'écoutai débiter des histoires de pêche comme autant d'histoires d'amour tendrement rapportées. Après les coupes glacées, je lui montrai des photos de mes jattes, théières et extravagantes aiguières.

« Vos couleurs évoquent le brouillard et la neige, dit doucement Sam. Fantastiques et éphémères. » Il semblait admiratif. Mais voulait-il dire *éphémères* ou *éthérées* ? Comme il m'arrive en pareil cas, je crus entendre ma sœur me rabrouer.

Détends-toi un peu, Lou ! Un jour où elle m'avait surprise à jouer les institutrices, elle m'avait totalement décontenancée avec son imitation de James Brown. « *Get on the good foot, get on the* GOOD *foot !* » Et elle s'était mise à imiter la légendaire *funky chicken*. Elle chante comme une casserole.

Après avoir placé les assiettes dans l'évier, j'allai dans ma chambre me brosser les cheveux et reprendre mes esprits. *Maintenant*, pensai-je. *Maintenant*. Le souffle court, je regagnai le salon. Il était toujours là, toujours aussi rouge, la tête inclinée en arrière sur le canapé, ronflant doucement sous mon plafond de métal gaufré. C'était un jour de la fin juin. *Prends ton temps*, me consolai-je. Sam pourrait venir me voir à la campagne, le décor idéal pour une idylle. Je nous imaginai sous la pergola de Leah, le soleil filtrant à travers les suaves grappes de raisin noir (en dépit de la saison capricieuse). Je pensai à Clem levant les yeux au ciel et grommelant : « Seigneur, tu es capable d'aller dénicher au bout du monde des types complètement dingues.

— Oh non, lui répondrais-je, pas celui-là. » Et nous continuerions à nous chamailler.

On avait donné à ma sœur le prénom de notre grand-mère Clement, une beauté originaire de Louisiane, qui était morte de pneumonie quand notre père avait huit ans. Sur la photo qu'il a conservée, elle semble frêle et pâle comme un gardénia à peine éclos. Il suffit de regarder son visage pour comprendre que cette jeune fille mourra tristement jeune. Dès sa naissance, ma sœur fut sans cesse malade et la proie de violentes allergies à tout ce qui existe sous le soleil. Elle était pratiquement allergique à l'*air*. Je me souviens des éclats de voix, des horribles couloirs d'hôpital, des moments de panique où elle s'était trouvée à deux doigts de la mort. Son visage enflait et elle s'étouffait sans pouvoir parler, cherchant à respirer. Plus précisément, je me rappelle l'affolement de notre mère (et mes sentiments ambivalents). Clem surmonta ces misères, et bien qu'elle approche de l'âge auquel mourut son homonyme, elle est loin d'être aussi pathétique ou fragile ; elle tient autant d'une beauté du Sud que moi d'un membre de la police montée canadienne. Néanmoins elle s'est heurtée au destin.

Dès le jour où elle a su ramper, je l'ai brimée, pratiquant une forme subtile de terrorisme (des jeux trompeusement plaisants, où elle ne parvenait jamais à l'emporter). Ce n'était que justice à mes yeux ; tous les autres étaient tellement attentionnés. Pendant des années, notre mère s'est réjouie avec force effusions chaque fois que Clem avalait la moindre nourriture sans faire une poussée d'urticaire. Ironiquement, Clem devint très rondouillette ; lorsque maman ne regardait pas, je chantais *Clementine* et la faisais pleurnicher. De quatre ans son aînée, j'avais facilement l'avantage, et pendant presque dix années j'ai pu lui faire faire à peu près n'importe quoi. J'étais le commandant en chef. Pour être juste, je m'occupais aussi d'elle. Je lui faisais la lecture, la surveillais pendant qu'elle se balançait, refrénais mes instincts sadiques.

Puis quelque chose changea. À sept ans, elle était déjà plus forte que moi, une lutteuse-née. Soudain elle ne prit plus mes menaces au sérieux. Quoi que je fasse, je n'arrivais plus à susciter sa crainte, son respect, encore moins sa confiance. *Voilà*, me dis-je, *je suis punie de l'avoir tyrannisée, d'avoir présumé de l'infaillibilité de mon pouvoir*. Les tyrans, sans exception, chutent.

Clem m'a traitée de *loser*, de poule mouillée, de romantique invétérée. En retour, je l'ai qualifiée d'égoïste, de salope sans cœur. Elle me dit que les hommes dont je m'entiche sont des minables : des pseudo-intellectuels, prétentieux, efféminés. Parfois je regarde le dernier en date et pense tout d'un coup qu'elle a raison. Mais à ce moment-là, généralement, l'homme en question a disparu, évaporé dans la nature.

Les nuits à la campagne étaient longues. Je repassais indéfiniment les mêmes disques. Je m'étais habituée, attachée à cette musique – que je finis par considérer comme la collection junkie de Mars et Leah. J'expérimentai même Pink Floyd, bien que Bob restât mon préféré. Par une nuit torride, je passai et repassai *You're Gonna Make Me Lonesome When You Go* au moins dix-sept fois, réglant le volume si fort que je m'étonnai de ne pas voir apparaître la police. C'était à la fin de juillet. J'étais là depuis un mois et Sam n'avait pas téléphoné.

Pieds nus, j'emportai mon verre de vin sur la pelouse. L'herbe était chaude et lisse de l'humidité de la journée, de la première rosée de la nuit. Je chantai pour les lapins. La lumière de la maison faisait luire leurs yeux dans l'obscurité comme des grenats. Ils m'observaient, les oreilles dressées, hypnotisés dans leurs petites prisons, probablement terrifiés par le comportement excentrique de cette créature zigzagante qui chantait faux. Les faisans et les cailles dormaient en dépit de mes vocalises, la tête enfouie sous l'aile. « Bonne nuit », murmurai-je, les larmes me montant soudain aux yeux. Pauvres créatures dont les jours étaient comptés ! Je repris le chemin de la maison.

La porte de derrière donnait sur une petite pièce humide à l'aspect moyenâgeux. Les murs et le sol étaient en pierre, et l'air y était toujours étonnamment frais. Au centre se trouvait une longue table de bois, à la surface inégale et creusée d'entailles, placée au-dessus d'une rigole ménagée dans le sol. Le long d'un mur étaient suspendus quantité d'imperméables, pulls déformés, parapluies et écharpes. En dessous s'empilaient des caisses de vin. J'imaginais que la pièce avait été jadis une chambre froide ou un cellier où l'on conservait des navets et des oignons.

Le froid me saisit. Je fermai les yeux et me sentis prise de vertige. *Je vais m'évanouir*, pensai-je, mais je n'en fis rien. Je me mis à pleurer, m'apitoyant sur mon sort. J'allai dans la cuisine, posai mon verre et appuyai ma tête sur le téléphone.

Je me sermonnai. *Ne l'appelle pas, ne l'appelle pas, ne l'appelle pas. Tu vas prendre une tasse de thé. Écrire à Clem. Aller te coucher.* Je me levai et suivis mes instructions. Je suis très douée pour suivre des instructions.

Non, je ne m'effondrai pas. Durant plusieurs soirs, je mis à profit la cuisine dernier cri de Mars et me préparai des repas élaborés. J'utilisai le mortier et le pilon, appris à moudre mes épices. Par beau temps, j'allais à bicyclette jusqu'à la plage publique et corrigeais un nouveau paquet d'essais. Je mettais un dictionnaire et une demi-douzaine de crayons rouges bien taillés dans mon sac à dos, avec ma serviette et un chapeau de soleil. Je travaillais sur mes genoux, le dernier *New Yorker* de Mars et Leah me servant de sous-main pour le manuscrit du moment. « Articulata » était un article sur la prolifération du texte en photographie. « Pourrait-on y voir un symptôme d'insécurité visuelle, ou est-ce une violente déclaration de la fin de notre longue histoire d'amour avec des photographes tels qu'Adams, Weston ou même Walker ? Peut-on s'aventurer jusqu'à interpréter cette tendance – non, ce tournant – comme une forme de divorce revigorant ? » Je levai les yeux et vis une mouette qui observait mon sac à dos, interprétant sans doute son renflement – ou plutôt son ventre taché de graisse – comme une réserve de nourriture. « C'est vrai, dis-je à voix haute, le pourrait-on vraiment ? » Je ris, et la mouette s'éloigna. Je m'allongeai à nouveau et posai l'article de côté, lesté de l'une de mes chaussures de tennis. Je m'endormis au soleil. Je rêvai que l'auteur de cet article pompeux était Sam. « Ce "nous" n'est pas un "nous" de majesté, me disait-il en colère. Il est tout à fait actuel. Regarde dans ton *Chicago*. » Or il se trouvait que je n'avais pas la bonne édition du *Chicago Manual of Style*, mon exemplaire était largement périmé. J'allais perdre mon emploi. Quand je me réveillai, la mouette était de retour. La question qu'elle se posait visiblement semblait être : *Est-elle comestible* ?

Je rentrai à vélo par le chemin le plus long, le plus pittoresque – qui passe devant les propriétés du bord de mer, des mastodontes revêtus de bardeaux où se déploient de flambants drapeaux –, et m'arrêtai au marché au poisson. J'aime manger du poisson, mais j'ai horreur d'en acheter, à cause de l'odeur et des reflets irisés de leur chair. À Woods Hole, le jour où Clem m'avait fait visiter les laboratoires de biologie marine, j'avais refusé de franchir la porte qui indiquait PATHOLOGIE.

« L'éviscération des dauphins, c'est pas mon truc, avais-je dit.

— Il m'arrive de penser que c'est justement le mien », avait répliqué Clem.

Mais là, au marché, je traînais et feignais d'être incapable de me décider. Preuve que je cherchais à flirter, tout à fait innocemment, avec les garçons derrière le comptoir. Jimmy était mon favori. Les poings sur les hanches, mimant une danse à la John Travolta, il enveloppait le poisson, prenait mon argent, me rendait la monnaie. Pendant ses jours de congés, il venait à la plage avec sa petite amie, une fille au pair qui travaillait dans une des grandes maisons près de la mer. Il souriait et me faisait un signe quand il me voyait. Avec mes vingt-sept ans, je devais lui paraître une femme d'âge mûr, et j'aimais la façon dont il blaguait avec moi. Souvent, ces plaisanteries que j'échangeais avec Jimmy et les autres garçons étaient ma seule forme de conversation de la journée. Moi et ces ados ; Clem et ses phoques. Je lui écrivis :

Le célibat est l'enfer. Vois-tu un inconvénient à ce que j'emprunte Luke pendant un mois ou deux ?

Sam appela au milieu du mois d'août. Le samedi suivant, s'il faisait beau, il avait l'intention d'aller repérer un lac au nord de l'endroit où j'habitais. Pouvait-il s'inviter à dîner ? Que devait-il apporter ? « Uniquement vous », dis-je, comme ma mère me l'avait appris. *Apporte tes tremblements de terre*, pensai-je en raccrochant, les mains moites.

Nous aurions du filet mignon, décidai-je, avec de la purée de panais et des haricots verts à la marocaine. J'avais compulsé les recettes de Mars dans le bureau attenant à la chambre principale (Était-ce un crime ? Les recettes personnelles d'un chef, me demandai-je, étaient-elles l'équivalent du petit livre noir d'un play-boy ?) Pour le dessert, rien de trop lourd : une compote ? un granité ? un sorbet ? C'était des rêves que je pouvais exaucer.

Vendredi soir, ayant consacré six bonnes heures au protégé d'Hilton Kramer et à l'amélioration de mon bronzage, j'étais en train de faire fondre du chocolat quand le téléphone sonna. *Non !* criai-je pratiquement à voix haute. (À trois reprises, ce jour-là, j'avais appelé la météo pour vérifier encore une fois les prévisions ; la réponse était rassurante : toujours clair et ensoleillé.)

« Appel de Carmen en PCV sans indication de correspondant. Merci d'utiliser AT & T. » Suivit une cascade de sons mélodieux.

« Clement, l'entendis-je hurler, l'impatience clairement perceptible à travers des kilomètres de grésillements. Je suis à Bar Harbor et j'arrive en voiture. Peux-tu m'indiquer la route ?

— Pour ici ? dis-je. Pour cette maison ?

— Non, pour Cap Canaveral. Évidemment pour ici.

— Je te croyais au Labrador jusqu'en octobre.

— Écoute, Lou, je suis sur cet emplacement pour handicapés et je vois la préposée qui arpente le parking. Je t'expliquerai plus tard.

— Clem, tu vas bien ?

— Je vais très bien, Lou. Ce n'est pas le moment. Je te verrai demain.

— Il faut que je te prévienne, demain n'est pas le jour idéal...

— Débrouille-toi seulement pour que je puisse trouver mon chemin depuis Stamford, veux-tu ? » C'était la voix efficace de Clem, obstinée, inflexible. Je l'avais entendue l'employer avec Luke.

Je lui donnai les indications. Je raccrochai. Je grattai le chocolat qui avait brûlé et recommençai tout à zéro.

Rien ne caractérise mieux Clem que sa voiture. C'est une Alfa Romeo décapotable verte de 1968, retapée alors qu'elle était pratiquement à l'état de ferraille par un de ses copains du lycée. Elle l'avait mise au garage à Bar Harbor avant d'embarquer sur le ferry pour le Nord. Elle prenait soin de sa voiture comme d'un toutou. Quand nos parents lui avaient demandé de la vendre pour payer ses études à l'université, elle leur avait déclaré qu'elle préférerait travailler comme entraîneuse dans la Combat Zone.

Le lendemain vers trois heures de l'après-midi, j'entendis le rugissement typique dans l'allée. Je sortis sur la véranda et attendis. J'étais très irritée. J'avais imaginé qu'elle ferait la route de nuit et arriverait le matin, me laissant tout le temps nécessaire pour me débarrasser d'elle, au moins temporairement, avant le dîner.

Elle tira un sac marin du coffre de la voiture et se dirigea vers la maison. En haut des marches, elle jeta son sac à terre et dit : « Je suis partie sans avertir Kurt. Je suis dans une merde pas possible. Tu as de l'aspirine ?

— Je suis vraiment formidable, fis-je. Il suffit de demander. »

Son rire me parut étrangement docile.

Après avoir fouillé dans l'armoire à pharmacie, je la trouvai dans la cuisine en train de se verser une rasade de vodka.

« À toi, havre dans la tempête », dit-elle, et elle but. Elle prit le flacon de Tylenol, en fit tomber deux comprimés et les avala.

« Vas-tu m'expliquer les raisons de ton arrivée soudaine ? Parce que dans environ deux heures Sam sera là pour dîner.

— Le pêcheur magique ? En personne ?

— Arrête de faire de l'esprit et assieds-toi », dis-je. Elle marchait de long en large.

Elle se dirigea vers le salon et se laissa tomber dans le canapé. « Je suis dans la merde. »

Je n'allais pas me laisser prendre à son jeu. Je m'assis en face d'elle et attendis. Clem ferma les yeux, passa la main dans ses cheveux pour les démêler. Avec l'humidité de l'été, ils deviennent rebelles. Elle les noue en chignon qu'elle garde tel quel pendant des jours.

« J'ai surtout besoin d'une douche.

— Normal », dis-je, et je la conduisis à l'étage.

L'eau coulait encore vingt minutes plus tard et j'étais dans la cuisine en train d'éplucher les panais quand j'entendis la porte de devant s'ouvrir.

« Wouaho ! Quelle baraque ! Salut, vous ! » Et il était là, tout simplement. Je restai sans voix. Depuis le jour, deux mois plus tôt, où il s'était endormi dans mon salon, Sam avait blondi et sa peau était couleur thé. Il posa par terre un seau à mélange et m'embrassa sur la joue. Je regardai le seau ; l'eau avait le reflet argent des poissons. Il sourit. « Il y en a d'autres dans ma glacière. Oh, les amis, quelle journée ! Quelle journée incroyable, fantastique ! On n'en voyait pas la fin.

— Des truites ! » Je ne pus dire autre chose.

« Super, la voiture. Elle appartient à la maison ? » La porte d'entrée était restée ouverte derrière lui. Son pick-up était garé derrière l'Alfa Romeo de Clem – à touche-touche avec le pare-chocs, comme un animal en reniflant un autre.

Ne deviens pas paranoïaque, me dis-je.

« C'est celle de ma sœur. Elle est arrivée à l'improviste. Je ne m'attendais pas...

— Ben, dis donc, il y en a des trucs ici ! » Il lança sa casquette des Mets sur le porte-chapeaux, où elle atterrit au-dessus d'une toque ornée de fleurs en soie. Puis il emporta son seau dans la cuisine. Je l'entendis le poser dans l'évier. « Un endroit où je pourrais me laver ? Je pue comme un chalutier. »

Je conduisis Sam en haut et lui proposai le bureau de Mars pour se changer. Les affaires de Clem parsemaient le couloir en un méandre capricieux depuis la salle de bains jusqu'à la chambre d'amis : des tennis rouges, une petite culotte noire en dentelle, un exemplaire usé d'*Arctic Dreams*. « Hello », dit-elle en nous croisant tandis qu'elle gagnait le rez-de-chaussée. Elle adressa à Sam un bref sourire. Je voudrais savoir décrire précisément la manière dont Clem aborde les hommes ; elle aspire les mots, d'une voix laconique, timide, comme si elle était à bout de souffle. Directe mais fascinante. (*Oh, vas-y :* sois *paranoïaque*, me dis-je.)

« Salut. Enchanté. » Sam lui adressa en retour son large sourire étincelant.

Clem avait troqué ses vêtements pour un short et un tee-shirt. Elle portait autour du cou trois colliers, de minces chaînettes d'or avec des petits coquillages dorés. « À propos. Mieux vaut te le dire maintenant, m'annonça-t-elle lorsque je la rejoignis en bas. Promets-moi de ne pas exploser. » Une déclaration, pas une prière.

Je lui lançai un regard qui ne promettait rien. Je plongeai les panais pelés dans un bol d'eau froide.

« Dans à peu près une demi-heure, Luke va débarquer.

— Formidable, dis-je, une vraie surprise-partie !

— J'ai besoin que tu sois sérieuse.

— Je fais mon possible. Mais moi, j'ai besoin que tu me dises ce qui se passe.

— Il faut que je le retrouve en terrain neutre, nous devons parler. » Luke avait passé le mois dans le New Jersey. Chez ses parents.

« En terrain neutre. » Je pesais sa remarque. « Bon, j'espère que nous aimons tous la truite.

— Je vais les vider, dit-elle. Je fais ça vite.

— Clem, existe-t-il quelque chose que tu ne fasses pas vite ? »

À cinq heures, nous partîmes à la plage dans l'Alfa Romeo, Sam et moi serrés sur la banquette arrière avec un panier contenant le vin et les sandwichs, Clem au volant, Luke à côté d'elle. Luke faisait des efforts pour paraître gai. Il avait l'air patraque en arrivant, et gêné à mon égard. Il m'avait à peine regardée en m'offrant un bégonia violet.

« Moi, j'appâte tout le long, disait Sam, et je n'ai aucun scrupule. Pas du genre à me traîner dans une rivière tiédasse enveloppé jusqu'au cou d'un nuage de moustiques.

— Oh, fit Luke, je ne voulais pas dire que les autres méthodes ne demandent pas d'habileté. » Il venait de raconter qu'il avait un jour essayé la pêche à la mouche et qu'elle lui paraissait davantage un art qu'un sport.

« Mais la haute mer, c'est le grand défi pour moi », dit Sam, et il se mit à raconter l'histoire qui l'illustrait le mieux à mon avis, quand il était allé pêcher l'espadon bleu dans les Keys. C'était la deuxième fois que je l'entendais.

Clem serrait les mâchoires. Elle conduit vite, avec un comportement de garçon, en plein milieu de la route. Elle manie le volant comme un boulanger pétrit sa pâte : avec calme, souplesse, dextérité.

« Clem, dis-je en me penchant en avant, nous n'avons pas un avion ou un train à attraper. » Ce genre de remarques la fait parfois accélérer.

« Désolée, fit-elle, et elle ralentit légèrement. J'ai tendance à oublier le problème de la batterie. Pour l'instant elle tient au moyen d'un cintre en fil de fer, du bricolage. »

Luke fronça les sourcils et Clem vit son expression. « La flemme, que veux-tu que je te dise ?

— Dieu du ciel, dit-il. Un *jour*.

— Que se passe-t-il ? demandai-je.

— Si tu t'y connaissais en bagnoles, lança-t-elle, tu saurais qu'à la vitesse à laquelle je roule sur ces routes minables nous courons le danger de disparaître de la surface de la terre.

— Oh, allons !

— Regarde, dit-elle en lâchant le volant, une habitude que je déteste. C'est comme ça : la voiture passe dans un nid-de-poule, la batterie se détache. Elle tombe sur la chaussée et des étincelles jaillissent, atteignent le réservoir d'essence et *boum* !

— Alors RALENTIS ! hurlai-je.

— C'est ce que je fais. » Elle leva davantage le pied. « Il y a des gens qui font toute une affaire de mourir.

— Ah, James Dean sera toujours là ! » dit Luke.

Sam éclata de rire, puis reprit son histoire d'espadon.

« Ce sont les tours du World Trade Center ? On les voit donc d'ici ? » s'étonna Luke. Il s'abrita les yeux et montra du doigt l'horizon.

« Ne sois pas stupide, dit Clem.

— Ça se pourrait, fit Sam. On peut voir à l'infini par une journée pareille.

— Non. On ne peut pas voir New York, dit Clem.

— La côte peut réserver d'étranges surprises, dis-je. Tu serais étonnée.

— Étranges dans quel sens ? » se moqua Clem en faisant un bruit sinistre de soir d'Halloween.

Luke insista : « Je suis sûr que c'est New York.

— Sans doute des réservoirs de pétrole dans le New Jersey.

— Clem, mon ange, tes notions géographiques sont complètement tordues. »

Assis côte à côte, Luke et Clem regardaient d'un air maussade la mer qui scintillait avec la pureté d'une pierre précieuse. À part deux couples qui promenaient leurs chiens, nous avions la plage pour nous seuls. Je dépliai un grand dessus-de-lit.

« C'est le paradis, les enfants ! » s'écria Sam, qui semblait indifférent à la morosité provoquée par cette querelle d'amoureux. Il s'ébattit sur la plage comme l'un des chiens, puis s'immobilisa et figura un rectangle avec ses doigts. Il leva la tête et fit mine de viser, comme s'il voulait faire un portrait du ciel. « Savez-vous ce que j'aimerais pouvoir saisir ? me demanda-t-il. Ces étonnants lointains bleus – Titien, Van Eyck...

— Oui, c'est un ciel magnifique, dit Clem. Ces longs cirrus.

— Comme s'il y avait quelque chose d'écrit, dit Sam. Comme un message codé de l'au-delà.

— Ce ne sont pas des nuages, dit Luke d'un ton sec. Ce sont les sillages des avions.

— On vient juste de rater un salon de l'aéronautique, dit Clem.

— Regarde la façon dont ils s'élargissent. N'importe quel débile sait reconnaître un sillage d'avion. »

Je lançai à la cantonade : « Le brie est en train de couler. »

Luke s'assit sur une serviette. Clem resta debout. Elle se déshabilla lentement. Elle portait un maillot noir une pièce, inhabituellement décent. En général elle arbore le plus minuscule des bikinis. Clem adore le soleil, et il le lui rend bien.

Luke ne la quittait pas des yeux ; il observait ses mains qui ôtaient ses vêtements, lissaient ses cheveux noirs, les tiraient sur un côté et les nouaient. Elle me sourit en guise d'excuse. Je contemplai sa cicatrice, chaque fois plus laide que dans mon souvenir, fripée comme un vieil os desséché. Quand je vois ses jambes nues, je m'efforce de ne pas regarder, comme on essaie de ne pas fixer le ventre d'une femme enceinte. C'est inconvenant – pourtant cette cicatrice, d'une certaine manière, est ce qui l'identifie.

« J'y vais », annonça-t-elle. Le reste du groupe la regarda nager rapidement vers le large, puis poursuivre à un rythme plus lent jusqu'à ce que seul reste visible l'arc régulier de ses bras se détachant sur le bleu.

« Quelqu'un voudrait-il déboucher le vin ? » demandai-je.

Sam s'exclama avec enthousiasme : « Excellente idée ! » Luke resta un moment absorbé dans la contemplation de Clem. Puis il sourit et sortit un couteau suisse de sa poche.

« Ta sœur a eu un accident », avait annoncé ma mère d'un ton calme. Je venais de m'installer à Brooklyn. Je tenais le récepteur à la main et regardais par la fenêtre la statue de sainte Lucy devant l'église de l'autre côté de la rue, qui baisse la tête vers un plat éclairé par un spot où sont posés ses yeux. Pendant une fraction de seconde j'imaginai que j'étais à nouveau enfant unique. Cette nuit-là, je rêvai que ma mère donnait naissance à un troisième enfant : une autre sœur, sans yeux. Dans mon rêve, j'étais furieuse, indignée. Comment ose-t-elle ?

L'accident à l'origine de la blessure de Clem était d'une étonnante banalité. Il n'arriva pas l'été où elle s'était embarquée sur un trois-mâts goélette qui fut pris pendant trois jours dans une épouvantable tempête. Ni l'été où elle étudiait les rapaces et où une chouette dont elle soignait l'aile brisée avait enfoncé ses serres dans le muscle de son avant-bras (une blessure dont elle garde aussi les cicatrices, comme une constellation à peine visible). Ni, miraculeusement, durant sa brève passion pour les deltaplanes.

Il se produisit dans le Michigan, juste après la remise de son diplôme universitaire. Elle avait prolongé son séjour d'une semaine pour rester avec Luke. Ensuite, elle avait prévu de se rendre dans l'Est, pour son premier job avec Kurt.

Clem et Luke étaient partis pour le lac à bicyclette. Clem, qui roulait devant, était parvenue au croisement d'une rue qu'elle croyait à sens unique et n'avait regardé que d'un côté. Mais la rue était à double sens, et une voiture arrivait de l'autre direction. Si Clem n'avait pas eu des réflexes aussi rapides, elle n'aurait probablement pas survécu ; mais elle avait vu la voiture du coin de l'œil et, une seconde avant d'être heurtée de côté, elle avait détourné brusquement sa bicyclette. Malgré tout, la voiture l'avait prise en écharpe. Elle s'en serait sortie avec des contusions si la poignée de la portière droite du véhicule n'avait pas été cassée. Le métal déchiqueté avait percé la cuisse de Clem comme les dents d'une scie. Elle s'était enfoncée au-dessus du genou à une profondeur de deux centimètres et avait arraché l'intérieur de la cuisse sur quinze centimètres supplémentaires, terminant son travail à la manière d'un hameçon.

Luke avait appelé mes parents de l'hôpital, en pleurs. C'était sa faute, sa faute, entièrement sa faute. Clem minimisa toute l'affaire. Sur le lieu de l'accident, d'après Luke, elle lui avait donné des instructions – parfaitement claires et autoritaires – sur la manière de comprimer la blessure avec sa chemise pendant qu'ils attendaient l'ambulance. Lorsque cette dernière était arrivée, c'est Luke qui s'était évanoui. « Ça saignait à peine, raconte Clem quand on la questionne sur l'accident. Surtout des quantités de liquide jaunâtre. De la graisse. Dégoûtant plus qu'autre chose. »

Le médecin raconta à notre mère que Clem était le genre de patiente qui lui donnait des cauchemars. Elle lui avait demandé de lui montrer comment changer le pansement toute seule pour pouvoir rejoindre le plus vite possible un voilier sur une côte perdue du Nord. « Soixante-deux points de suture ! maugréait-il, comme si c'était la faute de notre mère. Soixante-*deux*, pas un de moins ! » Et, franchement, il n'était pas certain que la chair au plus profond de la déchirure soit suffisamment irriguée par le sang pour cicatriser correctement. Il voulait qu'elle garde le lit six semaines. « Deux, avait décrété Clem. – Nous ne sommes pas en train de marchander dans un souk, jeune fille », avait répliqué le médecin. Trois semaines plus tard, elle était à bord du *Gannet* ; elle souffrait parfois, mais était tombée amoureuse de la côte de Terre-Neuve. Sa jambe prenait un aspect différent chaque jour, disait-elle. « Comme une bague d'humeur faite de mon sang et de ma chair. Mais le toubib Indignation avait raison concernant le tissu nécrosé. Affreux, mais pas d'infection. OUI, j'y fais attention, Lou. Je n'ai pas l'intention de perdre ma jambe. Aussi pas de sermons quand tu m'écriras. Envoie-moi des barres aux amandes et un roman vraiment intéressant. » Je lui envoyai *Le Mage*. Elle me répondit que c'était génial.

À la fin de l'été, elle déchira la carte du chirurgien esthétique que lui avait recommandé son médecin.

« J'ai fini par m'y attacher, dit-elle.

— À quoi ? demandai-je, stupéfaite.

— À la cicatrice. »

« Qu'est-ce que vous avez, tous les deux ? » murmurai-je. Nous étions dans la cuisine. Je mettais des herbes dans le mixeur miniature. Clem nettoyait les poissons. Elle s'était lavé les cheveux, qui brillaient comme un plumage sombre assorti à sa robe courte de coton. Ses colliers se balançaient sur sa peau pendant qu'elle travaillait penchée au-dessus de l'évier.

« Rien. Beaucoup de choses, dit-elle sans lever les yeux. Tout est pareil... rien n'est pareil. Tu connais la chanson. *Plus ça change*, comme on dit. »

Nous entendions Luke et Sam sous la véranda. Nous entendions surtout Sam, reparti dans une de ses interminables histoires de pêche. Ce type était un obsédé. De temps en temps, Luke murmurait un mot d'approbation. Il était satisfait, pensai-je, de pouvoir se contenter d'écouter.

« Tu déboules ici, dis-je, tu invites Luke, tu te comportes comme si tu fuyais la police, bousilles ma soirée. Tu crois que tu peux rester là sans me donner d'explications ?

— Je suis désolée. » Le repentir que trahissait son expression était tellement inhabituel que je ne pus qu'y croire. « Je suis désolée. Je t'expliquerai plus tard. Fais-moi confiance. »

Nous nous concentrâmes sur le repas pendant un moment, travaillant en silence, écoutant les garçons. Ils évoquaient à présent New York. Luke parlait du pont Verrazano. « Un jour je l'ai vu s'illuminer, tout à fait par hasard. J'étais perdu dans le New Jersey, et soudain j'arrive en haut de ces falaises... Jersey City ? Je ne sais toujours pas où j'étais, et j'ai vu le pont au loin, et à ce moment précis les lumières se sont allumées : d'un bout à l'autre, des ampoules vert pâle qui se balançaient le long des câbles, montaient et descendaient comme des oiseaux volant en tandem. C'était... une sensation au fond de ma poitrine – exactement là. Tu comprends ce que je veux dire ?

— Bien sûr ! fit Sam. Exactement là.

— C'était *fantastique* », dit Luke. Je jetai un coup d'œil à Clem pour voir si elle était émue par son ton dithyrambique, mais elle paraissait occupée à découper un radis en rondelles.

« C'est sympa, cette manière de montrer son enthousiasme, dis-je.

— Ouais. C'est gentil » Elle fit glisser les rondelles de radis dans le saladier. « Et maintenant ? »

Je lui donnai un concombre. « Je m'en occupe », fit-elle.

La cuisine est le seul endroit où Clem obéit encore à mes ordres. Elle est bonne cuisinière, mais je suis meilleure et elle le sait. J'aime qu'elle me téléphone de l'autre bout du pays pour me demander une recette. Dans sa vie, la plupart du temps, j'ai l'impression d'être superflue.

« Bon, dis-je. Je peux aussi bien te demander ce que tu penses de Sam. »

Clem se mit à rire. « Ouais, que tu me le demandes ou non, tu vas l'entendre.

— Et alors ?

— Beaux yeux. Plutôt chouette, dans le genre rétro hippie. Il parle comme si on était en 1968, pas branché pour un rond. C'est original. Mais quand même, cette *queue-de-cheval*. Il se prend pour qui, Cochise ? Il est pas mal malgré tout, vraiment pas mal. Et il est gentil. Un peu de gentillesse te ferait du bien. Enfin il ne semble pas être, euh, exagérément compliqué. » Appuyée contre l'évier, elle buvait de la vodka. Elle m'adressa un sourire entendu. « Et je crains – c'est toi qui m'as posé la question –, je pense qu'il s'intéresse trop à lui-même. Qu'il se prend, comment dire ? pour plus qu'il n'est. Mettons un peu trop chanteur *country* style Kenny Rogers. Je n'arrive pas à le définir.

— Kenny Rogers, Cochise ? Tu es dégueulasse. Et tu vas sûrement passer la nuit ici. » Je tentai de prendre son verre, mais elle se détourna. « D'ailleurs, je me fiche de ce que tu penses. Je le trouve agréable. Et tu devrais voir ses tableaux. Ils sont *très* compliqués.

— Bon, l'antigel aussi est quelque chose de très agréable, de sucré. Les chiens le lèchent sur la route et ils crèvent. » Elle éclata de rire. « Je plaisante.

— Tu es une sacrée garce.

— Tu me l'as souvent dit. Ce doit être vrai. »

Nous partîmes d'un même rire, mais je riais jaune.

Clem me versa un verre de vin. Après me l'avoir tendu, elle resta à regarder par la fenêtre. « Pauvres petits.

— Quels petits ?

— Ces lapins, ces oiseaux. Victimes de la grande cuisine.

— Dans ce cas, pauvres truites.

— Ce n'est pas pareil, dit Clem, pointant son doigt vers moi. Manger des animaux *sauvages*, c'est différent.

— Écoute, pourrions-nous, s'il te plaît, ne pas nous lancer dans un débat style Greenpeace, juste pour ce soir ? La situation est suffisamment tendue. » En matière d'écologie, je suis nulle. Dans un cocktail, je peux à peine soutenir une conversation sur l'effet de serre. Clem passe son temps à me raconter des choses effrayantes sur l'avenir, à quel point nous sommes tous dépourvus de moralité, qu'il est trop tard même si (et inutile d'y songer) nous pouvions changer nos habitudes. Imaginez le politologue antinucléaire Jonathan Schell et l'écologiste Rachel Carson rassemblés en une seule personne : c'est ma sœur à son paroxysme. Elle m'a dit, par exemple, que des milliers de dollars avaient été gaspillés à nettoyer des oiseaux après une énorme marée noire sur les côtes d'Écosse. « Les transférer ailleurs ? C'est de l'ignorance crasse. Il s'agit d'oiseaux qui nichent au même endroit toute leur vie. Ils y retournent quoi qu'on fasse. Ils reviendront sans cesse se balader dans cette même saloperie et ils mourront de toute façon. » Juste après que j'ai envoyé de l'argent au World Wildlife Fund, elle m'a dit : « Sauver les pandas ? Ça ne coûte rien d'essayer ! Et on vous donne un sac de voyage gratuit en plus. Combien as-tu dépensé ? Règle numéro 1, Lou : ne donne pas un centime s'ils te promettent un sac de voyage. »

La truite était, comme le proclama Sam, fabuleuse. Je l'avais farcie de tomates, de piments et de coriandre du jardin. (Mon filet mignon termina dans le freezer.) Nous dînâmes dans la véranda. Sam choisit la musique, et il passa en premier un disque des Doobie Brothers. « *We are living on the fault line* », chantonna-t-il avec chaleur en m'avançant une chaise. Clem me regarda en roulant les yeux.

Luke semblait moins malheureux, en partie parce qu'il ne faisait pas attention à Clem. Il racontait la construction du pont de Brooklyn, s'adressant à Sam et à moi. Il avait les larmes aux yeux en décrivant tout ce que l'architecte Roebling avait enduré pour réaliser son chef-d'œuvre, comment, pour finir, celui-ci l'avait littéralement tué.

Sam était fasciné. « J'habite *là*, mon vieux. J'ignorais tout de cette histoire. C'est honteux de n'avoir aucune notion du lieu où on vit ! » Il secoua la tête.

Clem parlait peu. Elle mangeait avec application, presque avidement, mais elle prêtait un minimum d'intérêt à la conversation, comme si elle la trouvait tellement ennuyeuse qu'elle lui préférait la diversion des arbres avoisinants, du ciel qui s'assombrissait, du passage d'une voiture.

« Viens dans la cuisine, murmurai-je. Aide-moi à préparer le dessert. »

Il me fallait de la menthe, pour garnir le granité. Clem me suivit dans le jardin. Comme je tâtonnais parmi les plantes touffues, je l'entendis pousser un énorme soupir derrière moi, semblable à un sanglot. « Je jure », dit-elle – et ce fut tout.

Je me redressai et me retournai. « Arrête ! Quel que soit ton gros secret, dis-le maintenant.

— Ce n'est pas le bon moment. »

J'agitai un bouquet de menthe devant son visage. « Ce n'est *jamais* le moment, hein ? Clem, personne ne peut t'aider si tu te comportes ainsi. Je ne parle pas pour moi. Luke n'a pas la moindre idée de ce qui se passe.

— C'était une erreur. » Elle regagna la maison.

Je la trouvai dans la pièce dallée, assise sur la table. Un bref instant, avant qu'elle n'entende la porte s'ouvrir, je la vis palper le bord de sa cicatrice d'un air absent, comme si elle lisait en braille. « C'est donc ici, dit-elle rapidement, changeant de position, le lieu des exécutions culinaires. »

Elle leva les yeux. Je l'imitai. Des crochets noircis étaient suspendus à des chaînes fixées au plafond.

« Des crocs à gibier. » Clem se laissa glisser de la table et désigna du doigt la rigole métallique en dessous. « C'est pour le sang, tu crois ? » Elle ouvrit le tiroir de la table, que je croyais rempli de gants, de ficelle, de sécateurs. Il contenait plusieurs grands couteaux, usagés mais bien aiguisés. « Ce type est un de tes amis ? » Elle haussa les épaules.

« Écoute, fis-je, refermant brutalement le tiroir, j'en ai marre de ton humeur morose ! Je t'ai laissée venir ici, bousiller cette... cette soirée qui aurait pu être merveilleusement romantique, tu ne veux pas me dire ce qui se passe, tu, tu... »

Je me tus parce que je ne lui avais jamais vu cette expression. Elle me regardait, presque soumise. Elle me rappelait les lapins, la façon dont ils s'immobilisaient dans la lumière de la lampe torche quand j'allais les voir le soir. « Désolée, dit-elle.

— Arrête de répéter ça. Fais quelque chose, dis-moi quelque chose, veux-tu ? Tu nous rends tous fous. Moi en tout cas. Tu es toujours tellement solitaire, avec tes airs de martyre. »

Elle s'appuya contre la table. « Je ne suis pas seule *en ce moment*.

— Bon, d'accord, tu as Luke à houspiller, ça n'a rien de nouveau.

— Je ne parle pas de Luke. Il se trouve que je suis enceinte. » Elle tourna les yeux vers les vêtements accrochés au mur.

Je les regardai, moi aussi, hâves fantômes dans cette pièce sombre, sans fenêtres. La seule lumière provenait de la cuisine. Je réprimai mon désarroi et dis calmement : « Je suis contente que tu aies demandé à Luke de venir.

— Lou, il n'est pas de lui. » Elle avait une drôle d'expression, comme si quelque chose d'amusant venait de lui traverser l'esprit. « C'est ce qui rend la situation cocasse. »

Je la regardai sévèrement, étonnée.

« Tu as ton pêcheur, dit-elle, j'ai le mien. Bien que le tien semble être infiniment plus chouette. Beaucoup plus chouette. »

Elle dut me rappeler le pêcheur du Labrador, l'homme que Kurt avait engagé pour aller lui chercher son courrier. Après sa première lettre, elle ne l'avait plus jamais mentionné. « Tu ne veux pas dire que pendant tout ce temps... » Je me souvenais combien j'avais été touchée par ses lettres – leur trouvant la qualité d'un journal intime. M'imaginant être sa confidente.

Clem me regarda enfin. « Oh, je sais ce que tu penses. Quelle pute ! Oh, le pauvre *Luke* ! Et je parie que tu as pensé que j'essayais de séduire ce pauvre Sam. C'est ce qui t'a tourmentée pendant toute la soirée. Quelle rigolade ! » Elle se mit à rire. « C'est vrai, il est plutôt chouette, comme je l'ai dit. » Sa voix faiblit. « Vraiment. »

Soudain, comme sous le coup d'une décision, elle releva sa courte robe jusqu'à la poitrine. Elle était face à la lumière, et je les vis distinctement : trois ecchymoses enserrant sa cage thoracique. Elle rabattit sa robe. « Et que dis-tu de ça ? » Elle tourna la tête et écarta ses cheveux de son oreille.

Derrière, la peau était violette. « Mais pas d'œil au beurre noir !

— Bon sang, Clem. Tout ça n'est pas drôle. »

Elle se rassit sur la table. « Figure-toi que Spider est très catholique. Et m'y revoilà. On dirait que je suis incapable d'éviter ces maudits enfants de chœur. Alors, quand je le mets au courant, il me propose stoïquement de m'épouser. Je commets l'erreur de rire. Je suis nerveuse, c'est tout. Erreur. Mais pendant une minute je dois dire que j'y pense. J'y pense sérieusement. Moi, lui, l'enfant ? Tu m'imagines ? Tricotant au bord de la mer ? La chasse au caribou pendant les vacances ? Super. Le voyage de noces aux chutes du Niagara ?

— Tu n'as toujours pas l'intention d'en parler à Luke ?

— Oh, Luke. C'est vrai. Le diamant que je vais perdre à force d'attendre quelque chose de plus beau. Il me dit qu'il est patient. Il sait au fond que c'est lui que je veux, c'est ce qu'il prétend. Il se trompe complètement. Je suis simplement égoïste. Je suis simplement cruelle. » Elle recommença à tripoter sa jambe.

« Arrête, dis-je doucement. Tu me donnes la chair de poule. »

Elle baissa les yeux. « Une récente habitude. Affreuse. Un truc pour me rassurer. C'est comme quelque chose d'extérieur qui serait entré dans mon corps et en serait devenu une partie. Une sorte d'*alien*. Un jour ça va sortir tout d'un coup, vivre sa vie. » Elle tira sur le bas de sa robe. « Touche. Vas-y. Ce n'est pas radioactif. »

J'effleurai sa jambe de mes doigts. Pour la première fois, j'examinai vraiment sa cicatrice. Elle courait résolument le long de sa cuisse, petit ravin érodé. En la touchant, je m'étonnai de la quantité de chair qui semblait manquer aux endroits où le tissu mort avait disparu. Mais je compris ce qu'elle entendait par son côté rassurant. La cicatrice paraissait solide, tel un câble d'acier qui aurait traversé son corps et apparaîtrait à la surface. « À certains endroits (elle pressa la cicatrice du bout du doigt) je ne sens rien. C'est étrange, non, d'aimer cette sensation, cette impression d'insensibilité dans certaines zones de son corps ?

— Qu'est-ce que vous fabriquez, les filles ? Des crêpes Suzette ? » Sam se tenait sur le pas de la porte, Luke derrière lui. Les deux garçons avaient un sourire moqueur. « Dans le noir, en plus.

— J'ai fait le tour du jardin, répondit Clem sans se démonter. La lune est énorme. »

Luke la regarda. Il devait connaître par cœur ses excuses, ses feintes.

« Il faut que tu voies ça, ajouta-t-elle. Je vais te montrer. »

Sam et moi mangeâmes notre dessert dans le salon, sur le canapé. Il mit Bruce Springsteen et me raconta comment il avait failli partir pour le Vietnam. Il parla d'art antinucléaire : pour lui c'était essentiellement politique, rien à voir avec l'art. L'art ne devait en aucun cas être confondu avec la politique, disait-il. (Pouvait-on imaginer Mantegna collant des slogans sur ses toiles ? Totalement impossible.) C'était comme l'Église et l'État : il fallait bien les séparer. Il trancha l'air verticalement du plat de la main. Il était vif, animé, un homme sur lequel la gravité ne pesait pas. Sans ambivalence. Il aurait pu habiter un de ses tableaux tant il était extrême. « Phénoménal ! » dit-il du granité au chocolat. « Un pantin », dit-il tout en parcourant la collection de disques de Mars. « Le plus pédant, le plus snob, le plus creux des charlatans que j'aie jamais rencontrés », assena-t-il en parlant d'un peintre célèbre qui était venu à une fête donnée sur son toit, un peintre qu'encensait l'un des articles que je venais de renvoyer à Hugh.

Sam parlait, je l'observais. Il avait une drôle d'allure, non dépourvue d'élégance. Il avait attrapé un coup de soleil sur les oreilles, elles pelaient. Ses cheveux brillaient d'un reflet orange sous une lampe à abat-jour safran. Sa chemise hawaïenne, beaucoup trop large, était une débauche de grandes fleurs pourpres. Elle était ridicule. J'eus envie de presser mon visage contre sa poitrine.

« Un véritable ouragan, votre sœur, dit-il quand prit fin la deuxième face du disque de Bruce Springsteen. Elle a une sacrée cicatrice. Une morsure de requin ?

— Elle l'exhibe comme une médaille. » Je lui racontai l'accident.

« Elle est farouche, intensément farouche. On comprend (il rit) pourquoi elle s'intéresse aux animaux *sauvages*.

— J'aime trop les gens, dis-je, ignorant une plaisanterie que j'avais trop souvent entendue à propos de ma sœur. Je ne pourrais pas vivre en me concentrant uniquement sur les animaux. Cela me rendrait triste. Leur absence de défense. Mais c'est le nœud du problème, selon Clem. Ce sont les sans-défense qui ont le plus besoin d'aide.

— Vous êtes un peu le yin et le yang, vous deux. C'est bien. Ça me plaît. » Sam alla chercher un nouveau disque. Il passa cinq bonnes minutes à fouiller dans la collection, poussant des exclamations d'approbation ou de surprise. Je me rendis compte, avec soulagement, qu'il était inconscient de mes désirs, de tous mes désirs. Pour être franche, j'étais inconsciente des siens – ou plutôt je voulais seulement en faire usage. Je voulais être gagnée par la même passion qu'il nourrissait pour son travail. Je voulais l'éprouver pour le mien, réussir le rebord d'une coupe, voir un vernis parfait émerger du four. Être inoculée contre mes doutes, voilà ce que je cherchais en Sam. En même temps, j'étais soulagée qu'il me plaise, soulagée qu'il soit gentil. Il l'était vraiment. J'aurais à lutter contre la déception, contre le sentiment de quelque chose de non partagé.

Luke et Clem, j'imaginais, étaient en train de s'embrasser parmi les fleurs de Leah, se réconciliant contre toute attente. S'il répétait à Clem ce que je lui avais dit au téléphone, elle me tuerait – mais peut-être l'aimait-elle plus qu'elle ne voulait l'admettre. Ce serait ma défense.

J'allai dans la véranda et, comme prévu, entendis la voix de ma sœur. Elle était quelque part à proximité, mais restait invisible. J'avais déjà fait des plans la concernant. Elle et Luke pourraient occuper mon appartement pendant quelques jours. Je connaissais une clinique. Je savais pas mal de choses et pouvais m'assurer de plusieurs autres. Quand elle insisterait pour y aller seule, disant que cela n'avait rien à voir avec lui, Luke l'accompagnerait, resterait dans la salle d'attente à lui tenir la main. Je les voyais dans cette clinique : le lierre en plastique, les magazines, les tubes fluorescents bourdonnant comme des abeilles. D'un air absent Clem toucherait sa cicatrice pendant qu'elle attendrait. Luke à côté d'elle n'aurait rien à dire. Je me souvenais avec précision, mal à l'aise, de son contact : striée, sèche, du cuir gaufré de hiéroglyphes. Horrible à voir, mais n'était-ce pas aussi un avertissement ?

J'étais aussi presque certaine, et cela m'effrayait et m'attristait tout à la fois, que Luke saisirait l'occasion pour lui proposer à nouveau de l'épouser. Et je savais comment Clem réagirait : « Ce n'est pas le bon moment. » Le moment n'était jamais le bon, pas pour des choses de ce genre, pas pour elle. *Ne demande rien : borne-toi à demeurer là*, le suppliai-je en silence, égoïstement. J'avais une raison bien précise de désirer qu'il reste : j'imaginais qu'il était pour Clem un lien avec le bon sens, la sécurité, une preuve qu'elle m'était un peu semblable, que nous pourrions d'une manière ou d'une autre demeurer proches. *Plus ça change*, comme on dit : je veux quand même rester le tyran bienveillant. Je veux briller davantage qu'elle, je veux être la plus sage, la plus intelligente, la plus aimée, mais je veux pouvoir garder un œil sur elle. Elle est, après tout, irremplaçable.

Élevage
1986

Je travaille avec l'équipe de nuit quand ma mère appelle : dix de ses chiens courants primés ont été enlevés par son maître de chenil et traversent le pays en ce moment même, c'est ce qu'elle présume, en direction de Carmel. « Il a filé à l'anglaise ! Filé à l'anglaise, cet abruti. Il croit qu'il va me faire un numéro de passe-passe ! Laisse-moi te dire que sa ruse est pathétique ! » Elle continue à vitupérer, cinglante comme elle l'est toujours quand on la provoque : elle a ses sources, elle n'est pas idiote, elle retrouvera sa trace et lui fera la peau. « Des années de confiance, des *années*, tu entends ? Quels sont les principes de ce type ? C'est un monstre, rien qu'un monstre sadique et un malade mental qui attendait son heure ! »

J'écoute – je ne peux rien faire d'autre, et cela me convient parfaitement. Mais je suis sûre d'une chose : Titus Goodwin, qui a toujours fait partie de la maison, que nous appelons affectueusement Tighty, n'a pas une once de sadisme dans son âme de guerrier fatigué. Et il serait un monstre ? Sûrement pas. Dingue, on ne peut en écarter la possibilité. Il a un tempérament vindicatif, le goût de la tragédie, et il boit comme un chameau faisant le plein dans une oasis. Un mauvais mélange. Sinon, il est juste un aristocrate déchu qui, s'il méprise la race humaine, déborde de tendresse et de dévouement pour toutes les créatures vivantes, jusqu'à l'oursin le plus piquant. C'est pourquoi je continuerai à aimer Tighty, quelle que soit sa conduite envers ceux qui l'entourent.

Mais je n'ai pas le temps de m'intéresser aux névroses de Tighty ni à la fureur de ma mère. Un chat est attendu d'une minute à l'autre, avec un blocage urinaire classique, et je dois appeler le vétérinaire. « Écoute, dis-je, mettons qu'ils aient filé à l'aube. À l'heure qu'il est, ils n'ont sûrement pas dépassé l'Ohio. L'Indiana peut-être ? Tighty ne roule jamais à plus de quatre-vingt-dix kilomètres à l'heure avec les chiens dans le camion. Je ne sais pas ce que tu attends de moi, mais de toute manière je ne peux rien faire avant qu'ils arrivent ici. » Je vis à Monterey, juste à côté de Carmel. Je ne vois pas comment on peut cacher dix chiens courants turbulents dans un village aussi tranquille, mais Tighty n'a jamais été rationnel. Ni ma mère, ce qui explique sans doute pourquoi ils se sont bien entendus pendant toutes ces années – des droites parallèles qui se rejoignent à l'infini. Maman est maître d'équipage de la chasse au renard du domaine de Figtree, et Tighty son maître de chenil.

« Tu peux au moins prévenir la police ! » dit-elle. Je regarde la pendule. Il est deux heures du matin chez elle. Mon père est sans doute en haut, endormi depuis longtemps, la tête enfouie sous un oreiller. Maman arpente la cuisine : elle parle, fume, boit de la vodka, son reflet au-dessus de l'évier l'incitant à continuer.

« Maman, écoute, je crains que nous n'ayons une urgence ici.

— Chérie, c'est vrai. Il a emmené Tallulah – elle doit mettre bas dans moins de deux semaines ! » Tallulah, une chienne croisée bicolore marquée d'une merveilleuse tache symétrique comme un test de Rorschach, a remporté le concours de Bryn Mawr l'année dernière et sa voix est incomparable. C'est la reproductrice numéro 1 de l'élevage.

Championne ou bâtarde, une chienne prête à mettre bas n'est certes pas dans son élément sur la route, mais je dis à maman que je dois raccrocher. Je ne lui dis pas que je n'ai aucune intention d'appeler la police avant d'avoir parlé à Tighty – s'il arrive jusqu'ici. Car où pourrait-il s'arrêter ? Au motel du coin, ils ne seront pas chauds à la perspective qu'une meute s'installe sur les lits relaxants. (Je ne lui dis pas davantage que Louisa sera ici demain, qu'elle a laissé un message sur mon répondeur il y a quatre heures, la voix entrecoupée de sanglots, m'informant qu'elle prend un des premiers vols au départ de New York, qu'elle en a par-dessus la tête de l'inertie de Hugh et envisage de le quitter.)

Des phares balaient le parking. Des portes de voiture claquent, et j'entends alors le miaulement de douleur si particulier d'un félin. J'appelle le vétérinaire de nuit sur son numéro préenregistré, j'enfile une blouse propre en sautillant jusqu'à l'escalier, mon portable à la main. Je suis à mi-chemin quand il répond. « Le Minou des Simonson est arrivé, lui dis-je. Débouchage de tuyau de première classe. » J'approche le téléphone pour lui faire partager la détresse du chat, que répercute le sol dallé de notre salle d'attente. Minou, un maine coon massif à la fourrure épaisse, se tortille de douleur dans les bras de Mme Simonson. Elle se met à pleurer. Je lui suggère doucement qu'il serait sans doute mieux dans son panier, alors elle se met à hurler : « Quand c'est peut-être son dernier jour sur terre ? »

Les astres sont-ils contre moi ? Pourquoi tout le monde est soudain devenu hystérique ? Je pose ma main sur l'épaule de Mme Simonson et dis très doucement : « Tout va bien, le Dr John va arriver d'une minute à l'autre. Ça se passera bien, je vous le promets. » Elle se calme instantanément. J'ignore pourquoi, mais les gens me font confiance.

J'ai deux jobs à temps partiel et je suis censée en outre terminer ma thèse. Quatre soirs et deux nuits par semaine, je travaille à l'Arche de Monterey. Je maîtrise des dobermans agressifs, déballe et emplis des seringues, donne des instructions pour les purges, rogne des ailes, prépare des anesthésiques, fais le tri entre véritables urgences et fantasmes hypocondriaques. Trois jours par semaine, je suis guide subaquatique à l'aquarium. Je plonge dans la forêt d'algues, nourris les poissons et réponds aux questions stupides des touristes qui s'entassent derrière la paroi de verre.

Ma thèse porte sur un éventuel compromis entre les tenants de la préservation des phoques sur la côte Ouest et les pêcheurs de plus en plus hostiles, qui, comme les républicains dans le domaine de la sécurité sociale, calomnient leurs opposants, les décrivant comme des citoyens paresseux, rapaces et improductifs qui auraient dû se faire ligaturer les trompes depuis longtemps. Si mes théories hypocritement optimistes prennent corps si lentement, et qu'il faille y chercher une autre cause que ma léthargie innée et mes combats utopiques contre la vanité des choses, c'est Zip qui est à blâmer. J'ai rencontré Zip à Miso Magic, l'école de cuisine japonaise dont il est un habitué. J'y vais occasionnellement, quand j'ai soif de vertu, mais j'aurais dû me méfier – et savoir qu'un homme si dépourvu de toxines me ferait paraître doublement toxique par comparaison.

Zip dit que je suis trop attachée aux choses de ce monde. Il réprouve ma passion pour la tequila, mes sarcasmes, mon goût du secret, mon habitude de danser dans les bars avec des inconnus (rien d'autre que danser !). Il me reproche de manger trop de nourriture yin et me soupçonne de ne pas aller au fond de moi-même quand je médite. Je n'ose pas lui dire que je ne médite pas vraiment ; j'en donne parfois l'impression, à son intention, et j'ai essayé sincèrement de renoncer au monde, mais sans y parvenir. Le monde a un tel poids, il pèse si lourd. Nous nous fréquentons depuis trois mois et il s'est plus ou moins installé chez moi. Non qu'il soit un pique-assiette. Question productivité citoyenne, Zip est le directeur des services sociaux du comté. Son idéalisme me plaît. J'aimerais qu'il soit contagieux.

Il passe le plus souvent la nuit ici et fait la cuisine. Il m'a acheté un coffret de couteaux japonais dont il prend soin comme de saintes reliques. Ce sont les couteaux les plus tranchants que j'aie jamais touchés, plus aiguisés que des couteaux de chasse, plus aiguisés que l'envie. Le soir où il les a apportés, j'ai effleuré ma paume avec l'un d'eux – la seule fois où je l'ai vu perdre son sang-froid. « Pour l'amour du ciel ! » s'est-il écrié. Le couteau avait entamé ma peau comme la chair tendre d'un melon. Beaucoup de sang pour une coupure peu profonde, et j'ai ri tandis que Zip entourait ma main d'un torchon. « Ouïe, la vie ne tient qu'à un fil. » Ça ne l'a pas fait rire.

Il se déplace dans ma cuisine avec la grâce d'un prêtre ; sa seule vue est rassurante. Mais récemment j'ai commencé à en avoir assez des salades d'algues, des petits déjeuners au riz complet et des ragoûts de radis orientaux, même si son visage, que je contemple en maniant mes baguettes, ressemble à celui de Rob Lowe (en mieux : moins genre écureuil). Il y a aussi le riz complet mental, dont j'ai franchement soupé, ce que je n'ai pas caché. Je peux mentir à propos de la méditation, mais je lui fais savoir quand je suis fatiguée de son blabla. Cependant Zip est un croisé, il fait partie de la Gestapo de la santé spirituelle. Ma résistance ne fait que décupler son ardeur. Il est déterminé à me sauver.

Je roule vers San Francisco. J'ai à peine dormi deux heures. Ma sœur attend dans la zone d'United Airlines, elle donne l'impression d'avoir pleuré durant quatre fuseaux horaires, mais même si elle est anéantie, elle reste posée : une loque qui garde sa fierté, comme il convient à la branche sudiste de notre lignée. En sortant de la voiture pour l'accueillir, je dis : « J'imagine qu'ils n'appellent pas ce vol "les yeux rouges" pour rien. » Je me rends compte aussitôt de la cruauté stupide de mes propos, mais c'est toujours compliqué pour moi de m'adapter à la présence de Louisa.

« Tu n'as rien trouvé de mieux comme marque de sympathie ?

— C'est une mauvaise plaisanterie. Désolée. » Je la serre dans mes bras rapidement ; elle me laisse faire. « Mais je te préviens, tu as devant toi une raie pastenague qui marche et qui parle.

— Ça vaut mieux qu'un futur ex-mari plongé dans un profond coma émotionnel.

— Qu'est-ce qu'il a fait ?

— Tu veux dire : qu'est-ce qu'il n'a pas fait, qu'est-ce qu'il ne fait jamais ?

— D'accord, qu'est-ce qu'il ne fait jamais ?

— Prêter attention aux autres ! Réagir aux émotions de ceux qui l'entourent. Vivre ! »

Je hisse sa valise dans le coffre. Je ne peux savoir si elle projette de rester un mois ou si elle a vu trop grand, comme d'habitude. Je suis arrivée à la conclusion qu'une sorte de mélodrame intime imprègne l'âme de ma sœur depuis sa naissance, quelque chose qui la pousse à partir pour n'importe quelle destination, que le climat y soit tempéré ou non, s'apprêtant à affronter toutes les catastrophes naturelles qui un jour frapperont notre planète. Des années plus tôt, lorsque nous faisions nos bagages pour le camp d'été, je la regardais bourrer une malle entière d'affaires, incluant des pyjamas de flanelle et des chaussures de soirée.

« Ce sont des accusations graves, dis-je au moment où nous montons dans la voiture. Mais on ne peut pas dire que Hugh soit du genre émotif. » Je me rappelle notre première rencontre il y a deux ans, quand Louisa l'avait invité dans le Maine. J'étais encore à l'université, en troisième cycle ; encore avec Luke, le garçon que, de l'avis général, j'ai été idiote de ne pas épouser. Nous étions plusieurs réunis un soir autour d'un rôti servi avec du *Yorkshire pudding*, à fumer un peu de ganja et danser dans le salon de Luke sur de la musique *soul* tétraphonique. Hugh se montrait amical mais réservé face aux excès : pas de drogue, pas de danse, peu de rosbif. Il avait apporté un énorme bouquin – une biographie du peintre John Singleton Copley, le genre de livre qu'il est si inhabituel de transporter avec soi que je ne l'ai jamais oublié – et avait disparu au milieu du repas (peu d'entre nous l'avaient remarqué, je dois l'avouer). Plus tard, nous l'avions trouvé endormi sur le lit de Luke, le gros livre ouvert à plat en travers de sa veste de tweed. Peu après, Louisa avait rompu avec Hugh sous prétexte, selon elle, qu'il manquait de fantaisie ; un grain de folie était essentiel. J'étais d'accord, quoique le garçon m'eût paru absolument charmant. Puis, l'année dernière, sans le moindre avertissement, ils se sont mariés. Mais ils n'ont même pas eu le bon goût de s'enfuir ensemble. Non. Il a fallu que j'arbore une de ces froufroutantes robes de satin, que j'aille au club de mes parents et que je porte un toast.

« Il n'a jamais été le genre de type à s'amuser, dis-je. À apprendre à danser le flamingo par exemple. Tu le sais. C'est vrai, il n'a jamais été impulsif, mais on peut compter sur lui. » Je choisissais mes mots avec soin – mais pas suffisamment pour ma sœur, dingue de linguistique.

« Flamenco, énonce-t-elle doucement.

— Quoi ?

— À danser le *flamenco*.

— Oui, je sais. » (Vraiment ? Je ne compte plus mes mensonges mineurs). Je lui secoue un peu l'épaule, tentant de la calmer comme je l'ai fait avec Mme Simonson. Elle est visiblement très nerveuse. Je lance : « Bon, on dirait qu'il nous reste une nouvelle danse à inventer. »

Ça ne marche pas. Elle dit avec impatience : « Arrête tes blagues. S'il te plaît. Je ne veux pas être désagréable. C'est seulement que... j'ai perdu mon sens de l'humour. »

J'essaye d'imaginer ce qu'elle aimerait entendre, pourquoi elle a fait ce long voyage. Je dis : « C'est moi qui conduis, laisse-toi aller. Parle si tu en as envie. Ou ne parle pas. Détends-toi un peu. » *Contente-toi d'être là,* dirait Zip. *Ne cherche pas.*

Je prends la route touristique, à travers les cultures d'artichauts, des étendues rayées de vert qui viennent buter sur une falaise surplombant la mer. Pas un arbre, seulement des champs, des rochers, de l'eau et un ruban de route interminable, qui ondule dans la chaleur hésitante des derniers jours de mai. « C'est incroyable, non ? » dis-je. Pour une fois, elle est d'accord. Chez nous, on verrait de luxueuses maisons dissimulées derrière de hautes haies, et non des légumes surgissant de part et d'autre de la route.

Louisa a quatre ans de plus que moi, elle a aussi environ dix centimètres de moins et en sait sans doute quarante fois plus. Quand elle entre dans une pièce, on a parfois l'impression qu'elle aspire la moitié de l'air. Je sais pas mal de choses, mais en sa présence ce n'est jamais assez.

Nous sommes aussi différentes qu'une algue et du chocolat blanc, que la Voie lactée et un récif tropical. *Primo*, je ne conçois pas qu'elle, ou quiconque, puisse vivre à New York. *Deuzio*, je me demande comment on peut faire taire ses doutes assez longtemps pour se retrouver marié. Concernant le premier point, Louisa dit qu'elle le conçoit parfaitement ; quant au deuxième, selon elle, je finirai par m'en débarrasser. Je suis sûre qu'elle se trompe, et voici comment je vois les choses. Le monde s'est transformé, de la seule manière possible, en un univers où règnent la compétition et la solitude. Tout ce qui nous paraît beau ou remarquable, que ce soit naturel ou inventé – depuis les érables japonais jusqu'au scanner des os –, a été nourri par une de ces forces, sinon par les deux. On peut considérer le mariage de cette manière, je présume, mais je suis persuadée qu'il s'agit d'une forme majeure d'illusion sur soi-même, un bâton dans les roues du darwinisme, la plus grande des grandes illusions.

Si bien qu'aucune des accusations de Louisa ne me surprend. Le silence ensommeillé d'Hugh durant les dîners aux bougies, sa façon reptilienne de battre en retraite face aux colères de Louisa, ses habitudes de vieux garçon qui l'horripilent. Ce n'est pas qu'Hugh me déplaise : c'est un homme plein de dignité, style comédie musicale des années 1980, probablement dépourvu d'ambition. Un mélange du prince Charles, de Gerald Ford et du chat Morris, le roi des aliments pour félins. Il plaît à notre mère parce qu'il porte toujours une cravate et, plus important encore, descend de Cotton Mather et de quelques autres fameux empaillés. (« Bon sang ne saurait mentir », dit-elle toujours ; peut-être, mais je ne crois pas qu'elle l'*écoute*.) Papa apprécie Hugh parce que, bien qu'il soit intelligent (il enseigne l'histoire dans une école de garçons en classe préparatoire), il ne monopolise jamais la conversation. Il est aussi – c'est un plus – pétri de sentiments patriotiques. Il est spécialiste de l'histoire américaine et a les larmes aux yeux devant des monuments tels que l'Old North Bridge. Cela réjouit les parents. Et pour finir, outre ces vertus, l'activité d'Hugh a un sens pour eux. Louisa écrit dans un magazine d'art, et même si nos parents ne sont pas des béotiens, ils ne savent de quoi parler avec elle. Vous pouvez toujours demander à Hugh ce qu'il pense d'Ollie North et du scandale Iran-Contra ou de Roe contre Wade et la libération de l'avortement ; il ne choque jamais personne. Demandez à Louisa ce qu'elle fait en ce moment, et elle répondra probablement qu'elle est en train de rédiger la critique d'un spectacle où deux femmes à la tête rasée se glissent dans des préservatifs géants et se battent en duel avec des godemichés.

En voyant arriver la camionnette du service social de Monterey dans l'allée, je lui dis : « Je dois te prévenir de deux choses. Un, cette camionnette appartient à un garçon avec qui je sors et, s'il te plaît, ne me gonfle pas si tu le trouves excentrique, parce que je pense que ça ne va pas durer très longtemps. Deux, il est possible que nous soyons chargées d'une mission par maman. Ce pauvre Tighty a perdu les pédales.

— Il ne manquait plus que ça. C'est juste ce qu'il me faut en ce moment, maman et ses drames. »

Je résiste à la tentation de répliquer : *Regarde-toi un peu*. « Détends-toi, Lou. Tu es dans le *Sunshine State*.

— Clem, fait-elle, le *Sunshine State* est la Floride.

— Pour le coup c'est toi qui te goures, dis-je d'un ton réjoui parce qu'il est rare que je prenne le dessus. La Floride est le *Gator State*. »

Louisa secoue la tête et me sourit, l'air attristé et légèrement condescendant. « La Californie est le *Golden State*, et l'animal qui vit dans les Everglades – tu devrais quand même le savoir – est l'alligator. Je suis désolée.

— Dis donc, tu es d'une humeur de chien. Et pour ton information, les alligators comme les crocodiles vivent en Floride. *Alligator mississipiensis* est le genre originaire du Sud-Est. Si jamais nous participons au jeu *Jeopardy*, je peux t'assurer que tu ne me battras jamais sur les questions scientifiques.

— J'étudierai à en crever, j'ai toujours été la meilleure, réplique Louisa.

— Bon sang, tu es une vraie punaise », dis-je, mais nous éclatons toutes les deux de rire.

Elle se tient debout près du coffre de la voiture pendant que je l'ouvre, les mains sur les hanches, arborant un sourire autoritaire. « Je vois que j'ai choisi l'endroit où chercher l'amour inconditionnel et l'absence d'hostilité.

— Ouais, et celui où trouver quelqu'un qui trimbale tes dix tonnes de bagages. » Je traîne sa valise-tour du monde, et elle passe maladroitement son bras autour de mes épaules. Nous ne sommes pas, à nous quatre, la famille la plus affectionnée qui soit, et c'est un geste qui compte. Je lève les yeux et j'aperçois Zip, si beau, si serein, qui nous observe de la fenêtre de mon appartement au rez-de-chaussée.

Depuis mon installation en Californie l'an dernier, je passe sous silence que ma mère est maître d'équipage de chiens de chasse. Je pourrais toujours expliquer qu'à Figtree les chiens n'ont jamais l'occasion de connaître le goût du sang, qu'il s'agit d'une chasse au leurre – où ils suivent la trace d'une odeur répandue dans la campagne grâce à un chiffon imbibé d'urine de renard et autres ingrédients –, mais même l'observation des oiseaux est une violation pour les gens de l'entourage de Zip. (Pour eux, les animaux tiennent autant à leur intimité qu'à leur liberté.) Et les sports sanglants – même la version douce, sans effusion de sang, de sports dits sanglants –, mieux vaut ne pas en souffler mot si vous tenez à la vie. Je n'avoue jamais que j'ai participé aux chasses en tenue de cavalière, suivant au petit galop ma mère et ses chiens exubérants. Louisa restait à l'écart ; elle aimait la lecture, la danse moderne, le badminton. Elle faisait ses devoirs. Je faisais tout le reste.

Nous avons grandi près de la côte de Rhode Island (l'*Ocean State*, celui-là, je le connais), honorablement à l'aise dans une communauté où la richesse était substantielle bien que dissimulée, dans une maison petite mais charmante à deux *miles* de la plage. La chasse aurait dû mourir de sa belle mort des années plus tôt, mais maman et ses concitoyens plus fortunés maintiennent le flambeau en entretenant une parcelle de pseudo-campagne. Les mardis et samedis, à l'automne et au printemps, trois douzaines de cavaliers s'élancent à travers les bois et les champs menacés de tous côtés par de grandioses projets immobiliers et des routes rectifiées sans raison. Bien avant que le brouillard matinal se dissipe, le « Taïaut ! » de ma mère retentit jusqu'à la station-service Mobil de la route 14, jusqu'au Windjammer Clam Hut à Pemiquisset Point et même, je parie, par vent d'est, loin à l'intérieur des terres jusqu'au Pilgrim's Pride Mall, près de la route surélevée qui franchit le Roger William Turnpike.

Avant mon réveil brutal en maternelle, je pensais être un bébé chien courant. J'étais élevée pour la chasse, habituée aux cerfs, entraînée à éviter les chiens dangereux – tout un programme. J'attendais de recevoir de ma mère des biscuits et des louanges – quand ils étaient mérités. Le chenil de Figtree était situé de l'autre côté de la route, au bout d'une longue allée d'ormes, mais il y avait toujours des chiens dans la maison – se remettant de blessures (barbelés, chirurgie, batailles à cause d'une chienne) ou des portées récentes (qui disposaient d'une large caisse de bois avec une lampe à infrarouges, posée au-dessus de la chaudière dans un coin de la chaufferie). Notre mère assistait à ces mises bas avec un dévouement fasciné, plutôt rare chez elle. Ensuite, elle surveillait les chiots comme une liasse de billets de loterie. Elle s'assurait qu'ils soient propres comme de la neige fraîche et les changeait de place pendant qu'ils tétaient, pour empêcher les gros rusés d'accaparer les tétines les plus généreuses. Elle déchirait des journaux deux fois par jour. Nettoyait avec des Cotons-Tiges leurs oreilles minuscules comme des berniques, vérifiait que la mère prenait le temps de paresser au soleil. Elle ne faisait jamais piquer les avortons. Un jour, durant un concours, j'entendis un autre maître le lui reprocher : « C'est défier la volonté de la nature. » Elle lui répondit : « Peut-être pour vous, mais chez moi ce n'est pas la nature qui commande. »

Et papa non plus. L'activité de notre père est saisonnière ; en été, il disparaît pratiquement tout le temps. Il possède et gère trois chantiers navals, installés dans plusieurs anfractuosités de notre rivage tourmenté. Dans son travail, c'est la nature qui décide. Et quand il n'est plus préoccupé par les listes d'attente des carénages ou les mesures à prendre avant l'arrivée d'un ouragan, on le trouve dans sa roseraie, agenouillé au pied d'une Mlle Franziska Krüger, ou au fond d'un fauteuil, en train de lire les énormes biographies des pillards impériaux de ce monde. J'ai remarqué que les hommes les plus patients et affables ont souvent une fascination pour les Cortés ou Napoléon – ceux-là mêmes qui vouent un culte à la beauté de la nature.

Zip ouvre la porte de derrière. « Voilà donc la grande sœur, lance-t-il à Louisa en la gratifiant de son sourire lumineux.

— Pour le meilleur ou pour le pire », fait-elle. Nous sommes tous les trois dans la cuisine, silencieux. Je la vois le jauger ; je n'aurais rien dû lui dire.

« Veux-tu porter ça dans la galerie extérieure, s'il te plaît ? » Je lui donne la valise. Il la prend sans cesser d'observer Louisa, l'évaluant à son tour, bien qu'il soit probable qu'il s'intéresse surtout à son karma ou à ses chakras. « Une infusion de chiendent ? Je viens d'en préparer. »

J'ouvre le réfrigérateur et passe en revue son contenu terriblement diététique. « Elle aimerait bien une bière, et moi aussi. » Visant deux bouteilles de Corona, je faufile ma main entre une tête de bok choy et un thermos de bouillon de bette.

« J'en prendrais volontiers, dit Louisa à Zip. Je suis complètement déshydratée.

— Du soleil. Voilà ce dont vous avez besoin. Chaque fois qu'on change de fuseau horaire, dans une direction ou une autre, on devrait s'exposer au soleil dès que possible. C'est ce qui indique à votre corps où il se trouve.

— D'accord, nous allons nous attarder dans l'allée et découvrir où nous sommes. » J'en veux à Zip parce qu'il est en partie la cause de mon manque de sommeil ; je suis arrivée à la maison à cinq heures du matin pour être accueillie par un jules que le désir sexuel tenait complètement éveillé.

« N'y a-t-il pas une petite pelouse là-bas ? demande Louisa.

— Notre tapis de bienvenue en chiendent ? C'est sans doute ce que l'on appelle une pelouse quand on vient de New York. »

Zip et moi occupons les marches, Louisa s'assied sur la pelouse. « Ça fait du bien, je suis sûre que vous avez raison », dit-elle en renversant la tête vers le ciel, sirotant son jus d'herbe.

Zip commence à défendre sa théorie sur la boussole interne, ainsi que son programme de thérapie solaire pour les malheureux qui ne sortent jamais. Par la fenêtre ouverte au-dessus de nos têtes on entend le téléphone sonner.

Ma voix se déclenche sur le répondeur, avec Charles Mingus en fond sonore. Maman attaque comme une loutre se rue sur un poisson. « J'ai essayé de te joindre toute la matinée, chérie, tu n'es jamais là. Ne devrais-tu pas être en train de travailler à ton article ? Es-tu à la bibliothèque ? Te caches-tu chez toi ? » Silence grésillant. « Eh bien, moi, je suis bel et bien ici, furieuse, hors de moi ! Rappelle immédiatement, je te prie, dès que tu auras ce message, et dis-moi ce que la police raconte. Il n'y a pas une minute à perdre. Le FBI m'a pratiquement ri au nez, et ton père dit que nous ne pourrons jamais obtenir une mesure d'extradition pour kidnapping de chiens, mais, s'il le faut, je prendrai l'avion moi-même et je ferai la peau à cet individu. Je l'écorcherai vif avec le couteau à pain. J'ai déjà changé les serrures de la remise des attelages. Je me fiche que son arrière-arrière-grand-père ait fondé la première Église presbytérienne. »

Nous l'écoutons tous les trois pendant une longue minute, comme s'il s'agissait d'une pièce radiophonique. Finalement, le répondeur met un terme à sa tirade. Je me sens coupable et décide que, si elle rappelle à l'instant, ce qu'elle fait en général quand elle a été coupée, j'irai décrocher. Mais elle n'en fait rien.

« Les tomates. Elle devrait y aller mollo sur les solanacées », dit Zip avec compassion. C'est son diagnostic habituel concernant les personnes qui perdent leur sang-froid, et il a peut-être raison ; il ne mange jamais de tomates ni d'aubergines, et ne se met jamais en colère.

La pâleur de Louisa à son arrivée s'est dissipée. « Crois-tu qu'il lui arrive de penser que les autres peuvent avoir leurs propres problèmes ? » Rien ni personne ne fait monter sa température plus vite que maman. « Et que signifie cette histoire d'extradition ? »

Zip secoue la tête avec son air habituel de celui qui sait tout. « Les chiens. Selon la loi, ce sont de simples biens mobiliers. La police les considérera comme des meubles volés. Pire. » Son ton est lugubre.

« Quelqu'un pourrait-il me mettre au courant ?

— Écoute, Lou, pendant que tu piquais ta crise à propos d'Hugh, maman piquait la sienne à propos de Tighty, qui perd apparemment les pédales lui aussi, bien que je ne saisisse pas clairement à quel propos. » Je raconte à ma sœur ce que je sais.

« Un plan. Il vous faut un plan », dit Zip, qui ne se demande pas s'il est raisonnable de s'impliquer. Zip est partisan de la loyauté envers la famille en dépit de toute logique. C'est sans conséquence pour lui, car ses parents sont décédés et son frère unique a une bonne situation, une vie de famille heureuse et habite à Montréal.

« Ce qu'il me faut avant tout, c'est piquer un somme, dis-je, puis dîner. Je crève d'envie de *nachos* bien huileux. Désolée, Zip. D'une grande margarita, avec du sel. Otis Redding. »

Louisa dit à Zip : « J'aime la manière dont Clem sait toujours ce qu'elle veut. »

Louisa est si fine sur certains points, si naïve sur d'autres. Et une spécialiste des compliments à double tranchant – bien aiguisés, comme des couteaux japonais.

Elle ne me permet jamais d'oublier cet été ridicule : l'été après sa remise de diplôme à Harvard, l'été où j'avais découvert que je n'étais pas admise, l'été où je m'étais embarquée, du coup, pour le Michigan (le fin fond du Michigan). Elle allait tous les jours travailler au musée d'art de Providence, mais elle était tombée amoureuse de ce type qui habitait un peu plus loin sur la route et restaurait des motos anciennes. Je ne m'en étais pas aperçue. Franchement. En général, j'ignorais ma sœur. Nous avions si peu en commun. (C'est encore en grande partie vrai, sauf en ce qui concerne la famille, qui parfois – comme en ce moment – prend une place considérable.)

J'étais surveillante de plage au club nautique. Le soir, je travaillais comme bénévole au refuge des oiseaux : je mettais des attelles aux ailes, nourrissais des nichées déplacées. J'avais appris à faire du monocycle et l'utilisais pour me rendre sur mes deux lieux de travail qui étaient peu éloignés. Le matin, Louisa me dépassait parfois dans sa petite Dodge démodée, me saluait de la main sans me regarder avant de filer vers la grand-route, les mains posées sur la partie supérieure du volant.

Lorsque la voiture de Louisa tomba en panne, le réparateur de motocyclettes vint avec ses outils. Ils étaient en train de boire une bière dans la galerie quand j'arrivai, prenant un dernier virage aérien sur ma roue unique, un carton dans les mains. « Tu es cinglée ou quoi ? Le pauvre petit ! » dit Louisa après avoir jeté un coup d'œil dans la boîte. Elle contenait un bébé balbuzard. L'homme aux motos anciennes – il s'appelait Mike – posa un million de questions ce soir-là sur les oiseaux, mais le balbuzard n'était pas son sujet d'intérêt. J'appris ainsi que le monocycle avait quelque chose de spécial : la façon subtile dont vous balancez les hanches pour garder l'équilibre.

Après avoir passé deux semaines à polir des chromes dans son garage, pendant qu'il m'aidait à nourrir le balbuzard affamé, j'invitai Mike à la fête que donnait la famille pour le 4 Juillet. Louisa possédait cette robe fabuleuse : en soie bleue, profondément décolletée, moulante aux hanches – outrageusement courte sur moi. L'ayant déjà empruntée, j'avais pensé qu'elle n'y trouverait rien à redire. Nous étions donc en train de danser, Mike et moi, sans une once de provocation ou de romantisme, nous amusant seulement à virevolter ensemble, quand Louisa vient soudain vers moi et me jette son verre de vin à la figure. Comment aurais-je pu savoir que des semaines auparavant elle avait emmené Mike à son musée, était allée chez lui visiter sa collection et était rentrée à la maison furtivement au petit jour, certaine que c'était le grand amour ? Il ne m'avait rien dit, elle non plus, mais elle y vit une vengeance. Le lendemain matin, elle me cria qu'elle n'y pouvait rien si Harvard n'avait pas voulu de moi. Je me moquai d'elle : « Tu crois que je veux me venger de toi parce que tu as eu de meilleures notes ? Dans quel *monde* vis-tu ? » C'était inutilement cruel, d'accord, mais mes cheveux empestaient encore le vin.

« Il a une peau magnifique. Impossible d'en détacher mes yeux.

— Ouais, c'est vrai. Pas d'alcool, pas de tabac et, difficile à croire, pas de caféine. Voilà la raison.

— Ou les gènes. Je suis de plus en plus persuadée que les gènes expliquent la plupart de ces choses, dit Louisa.

— L'Évangile selon maman. »

Louisa se raidit. « J'admire son teint, Clem. Je ne demande pas s'il est bon pour la reproduction. »

Nous sommes assises au Jorge's Cocina, un café au bout d'une jetée. Un peu plus loin sur la côte, l'aquarium ressemble à un navire impatient de prendre la mer. Je m'y arrête parfois lorsque j'ai terminé mon travail et j'observe les otaries en contrebas. Elles se cachent autour des piliers incrustés de berniques ou se prélassent au soleil sur les rochers, leur peau caoutchouteuse luisant de reflets bleus et brun cannelle. Quand vous les appelez, elles lèvent leurs yeux bridés, le nez pointé sur vous, vous reniflant de loin, avec une condescendance bienveillante. Si vous leur jetez à manger, elles gloussent et aboient. Je leur lance des déchets de poisson que je récupère à la station des loutres de mer, dans un plastique bien fermé que je fourre à l'intérieur de mon sac à dos avant de partir. Et si j'ai rédigé un rapport concernant les statistiques sur le braconnage dans le Nord, je regarde ces animaux et me sens mieux, un tout petit peu mieux. Il me plaît de penser qu'ils sont hors de danger ici, protégés par un tourisme kitsch. Ils doivent supporter le chahut, les bouteilles cassées, les débris de plastique, ils mangent des *marshmallows* et des chips, mais personne ne va leur tirer dessus. Tout le bien que je leur souhaite est d'être en sécurité.

« Je me demande s'il a le sens de l'humour, dit Louisa. Peut-être pas, mais on dirait qu'il comprend tout. Il en savait tellement sur moi.

— Excuse-moi, mais tu penses donc que je ne mentionne jamais ton existence ?

— Des choses intimes, ce que je suis au plus profond de moi.

— Laisse-moi deviner. Il t'a refilé ce foutu bouquin. Oh là là, Lou, ça ne te ressemble pas ! »

Zip trimbale toujours plusieurs exemplaires du livre qui a changé sa vie. Il est intitulé *L'Aura intérieure : gemme aux neuf facettes*. L'ouvrage n'est pas stupide, plutôt convaincant en réalité, mais c'est un de ces sermons du style « Si vous ne devenez pas totalement zen, jamais vous n'arriverez à sortir de vos problèmes », des sermons qui me séduisent par leur assurance et m'irritent par leur naïveté. J'ai tâté du yoga, mais chaque fois que je me regardais dans la glace et me voyais en bretzel vêtu de Lycra, je me disais : *Qui suis-je censée abuser ?* Je suis tout ce qu'on veut, sauf pure. Dans nos discussions, je dis à Zip que la race humaine évolue en ordre dispersé, pas de manière homogène. Il existe de nombreuses voies, d'accord, mais qui ne conduisent pas à une vérité unique. Et à moins de perdre quelques millions de cellules grises en route, elles ne mènent pas à la sérénité générale. La sérénité nous échappe toujours. Nous la regardons s'éloigner aussi vite qu'un camion de pétrole traversant le Nevada. Il n'en reste rien qu'un nuage de poussière.

« Tu as raison, dit Louisa, en général je ne me laisse jamais prendre par cette sagesse en boîte, mais j'ai eu l'impression qu'il voulait sincèrement m'aider.

— Au contraire de Hugh.

— La question n'est pas là. » Elle paraît blessée.

« Alors, que t'a prescrit Zip ? Il aime les prescriptions.

— Eh bien, il dit que je devrais aller camper.

— Oh, Lou ! » J'éclate de rire. « Toi ? Camper ? »

Elle poursuit, ignorant mon hilarité : « Il *dit* que le seul moyen de guérir de la vie en ville – qu'il considère comme profondément toxique, personne ne dira le contraire – est de dormir en plein air chaque fois qu'on peut. Les toits compriment l'esprit. Tout comme les matelas. Et le mariage, selon lui, est semblable à un vieux tapis. Quelle qu'en soit la beauté ou la valeur, qu'on y soit habitué ou non, il a besoin d'être aéré, il a besoin de repos après avoir été piétiné. Il pense que j'ai pris la bonne décision en venant ici. »

Je commence à croire que Zip devrait être candidat au poste de gouverneur. « C'est vrai qu'il s'intéresse à toi, Lou, mais l'ennui avec Zip, c'est qu'à ses yeux chaque individu est un problème qui attend une solution. Sa solution. *La* solution.

— Tout le monde a des problèmes, Clem. Il s'efforce d'être utile. Mais toi, je suppose que tu n'as pas de problèmes.

— Oh, tu parles ! Seulement personne n'a la solution qui me convient. En tout cas pas dans un catalogue de généreuses platitudes. »

On nous apporte nos *fajitas*, accompagnées de petites préparations exotiques. D'emblée, Louisa se sert la plus grosse portion de crème aigre. C'est une habitude : quand nous partageons quelque chose, elle en prend plus. Comme si elle voulait me faire comprendre qu'elle a droit à davantage parce qu'elle est arrivée la première sur terre.

« Tu n'aimes pas ce garçon ? demande-t-elle.

— Si, bien sûr que si ! dis-je, m'étranglant presque avec ma bouchée. Mais je me demande parfois s'il est possible de l'*émouvoir*, de le prendre au dépourvu. Il ressemble à un chat. Il a déjà expérimenté tout ce qui lui arrive. Il a toujours une longueur d'avance sur le monde.

— As-tu remarqué, poursuit Louisa, que chacune de ses phrases commence par un substantif ? Par exemple, lorsque je lui ai raconté que Hugh ne bronche pas quand je l'injurie – avec cette passivité totale qui me met hors de moi –, Zip m'a dit : “Conscience de soi. Concentrez-vous sur vous-mêmes, plus que sur vous deux.” C'est tout.

— Zip est une sorte de substantif fait homme. Très concret. C'est ce que je veux dire. Il n'a jamais de doutes. C'est admirable, mais ça fiche la chair de poule.

— Ce n'est sûrement pas notre problème, dit Louisa d'un air morose.

— Écoute, ne me casse pas le moral, d'accord ? » Car je sens que c'est ce qui est en train de se passer, l'air commence à se raréfier.

Nous mangeons un moment sans rien dire, regardant par la fenêtre, comme si chacune de nous était seule. Il n'y a pas de lune, la mer paraît sombre et dense, semblable à de la mousse.

J'aime imaginer la vie en dessous. Je suis allée en Alaska, en Amazonie – j'ai vu et entendu la nature sauvage, la nature vraiment sauvage –, mais ce qui se passe sous la mer m'émeut davantage, à cause de son étrangeté, de son existence hors du temps. À Barrow, j'ai pu entendre les baleines, le son fabuleux, incroyable qu'elles produisent lorsqu'elles s'appellent, nagent ensemble, côte à côte, sans jamais se perdre de vue pendant qu'elles migrent vers le nord. On se croirait au milieu de la jungle, d'un orchestre futuriste. Si on les écoute des heures durant, la voix humaine, quand on l'entend à nouveau, paraît dénuée d'intérêt.

Lorsque je travaille à l'aquarium, que je plonge dans la forêt d'algues apportées par la baie, par les marées, j'aime ce moment où l'eau soulève le bassin, où je devine le froid extérieur agréablement loin de ma peau. Ma combinaison de plongée m'enserre tout entière, comme un partenaire idéal. Elle me protège des agressions du monde, m'emplit d'un frisson euphorique. Tout ce que je vois oscille au rythme de ma respiration – le grouillement des bulles, les bancs de poissons étincelants – et je perçois alors à quel point je suis vivante.

Je rêve de me glisser dans l'aquarium la nuit, de plonger au milieu de ces créatures endormies – les seiches en jupon, les requins dormeurs, les raies douces comme du velours. Le jour, quand j'arrive avec la nourriture, les requins et les raies sont les plus agressifs, ils me frôlent, me donnent des petits coups de tête. Mais dans le monde nocturne de mes rêves nous sommes égaux. Nous dérivons ensemble entre des rubans ondoyants d'algues, sans que personne ne regarde, sans que personne ne pose de questions. Pas de crise à résoudre, pas de discussion d'aucune sorte. Tout est extase, bleu comme dans un songe, sous la surface de la mer.

« Un peu de musique », dis-je. Je me dirige vers le juke-box, mais renonce à Otis. Trop risqué, trop triste. *I've Been Loving You Too Long*, c'est ce que je choisis presque toujours. Zip l'aime bien aussi. La seule fois où je l'ai entraîné ici, nous avons mis ce morceau, fermant les yeux, nous tenant par la main, assis au bar. C'était intense, la sensation de fixer un tigre droit dans les yeux. (Zip est un peintre de l'intensité, une des raisons qui me retiennent de le laisser partir.) Ce soir je choisis donc Bob Marley. *Lively Up Yourself, Love Is the Only Law*. À l'intention de Louisa, je presse la touche *Respect* de la sage et sûre Aretha. Il est déjà en marche quand je reviens. Louisa me remercie d'un sourire.

« Sentimental, dis-je. Mais sincère, non ? » Je ne fais pas allusion à Hugh, mais c'est ce qu'elle croit.

« En réalité, il ne s'agit pas de respect. » Elle plonge sa fourchette dans mon *guacamole*, après avoir fini le sien. « C'est plutôt... de l'apathie. L'autre soir nous rentrions à pied du cinéma. C'était la première soirée vraiment chaude. Nous sommes passés près du planétarium et du parc. L'air sentait les feuilles nouvelles, l'odeur de la pluie sans qu'il ait plu, tu comprends ? Et j'ai pensé à... » Elle joue avec ses couverts.

« Quoi ? Tu as pensé à quoi ?

— À l'avenir. À nous, notre avenir. J'étais de très bonne humeur et je voulais en parler, demander par exemple où nous en serions dans cinq ans. Si nous avions des enfants ? Ce que nous ferions ? Tu vois. »

Je pourrais répondre : *À vrai dire, non, je ne vois pas*, mais j'opine du bonnet.

« Je lui dis qu'il est peut-être temps de songer à avoir un enfant. Je lui demande s'il a envie d'habiter éternellement en ville. J'ajoute que nous pourrions nous installer en Nouvelle-Angleterre, peut-être à Boston, si j'arrive à trouver du travail dans un musée – une idée en passant. Il marche près de moi, sans dire un mot. Je lui récite un de mes éternels monologues, mais il pourrait faire un signe de tête, sourire ou me regarder, rien. Autant que je sache, il est en train de préparer son cours du lendemain, de penser à Bronson Alcott ou à la baie des Cochons pendant que je parle dans le vide. Je m'arrête donc. Immobile. Et, bien entendu, il continue de marcher un moment avant de s'en apercevoir. "Où es-tu ? lui dis-je quand il se retourne. – Je suis là", répond-il de cette voix neutre que je déteste. Je lui demande ce qu'il pense de ce que je viens de dire. Il dit : "Ça me paraît bien." Je dis : "Quoi, qu'est-ce qui te paraît bien ?" Il se borne à me regarder, méfiant car il n'a rien retenu. Je dis : "Je crois t'avoir demandé ce que tu attends de la vie." Nous sommes mariés depuis un an, nous n'avons jamais eu ce genre de conversation et je suis horrifiée. Je suis aussi responsable que lui, je m'en rends compte. Et tu sais ce qu'il répond ?

— Quoi ?

— "Vivre confortablement." C'est tout ! Voilà ce qu'il attend de l'existence.

— Ce n'est pas un objectif tellement déraisonnable, dis-je. Une réponse plus honnête que bien d'autres.

— Mais si futile !

— Et toi, tu as un million de buts ?

— En arrivant à la maison, dit Louisa, j'ai craqué. Je me suis mise à pleurer comme une fontaine. Hugh est allé dans la chambre et a lu. *Lu*. Le lendemain matin, il s'est levé, s'est rasé, a feuilleté le journal et est parti travailler. » Elle contemple son assiette vide. « Dire que je pensais faire un enfant !

— Ce ne serait pas si stupide. » Je suis contrariée parce que ce débile de Neil Diamond a pris la place de mon Bob Marley. À la vérité, Louisa devrait probablement faire un enfant. Pour elle, ce serait raisonnable.

« Ce serait stupide, vu la façon dont se présentent les choses, dit-elle tristement.

— Bon, si tu veux considérer le sujet d'un point de vue *rationnel*, ce ne sera jamais le bon moment. » Je ne saurai donc jamais me taire.

Louisa ouvre de grands yeux. « Oh, d'accord. Le monde est un endroit trop épouvantable pour l'imposer à un enfant. Épargne-moi ce discours.

— Non, ce n'est pas tout à fait ça. Je dirais plutôt que les gens sont trop épouvantables pour en mettre davantage au monde. » Louisa reste muette, ce qui est rare. « Et mettons que tu aies un enfant. Si c'est une fille, elle grandira et finira par mépriser sa mère quoi qu'il arrive, parce que c'est ce que font les filles. Un garçon ? Il pourrait être homo, attraper le sida et mourir. Te briser le cœur, d'une manière ou d'une autre. »

Louisa s'étrangle. « Tu dis des choses horribles. qu'est-ce qui te prend ? On viendra à bout du sida, on fait constamment des progrès.

— Non, on n'en viendra pas à bout – c'est une incroyable tragédie. Je ne suis pas bigote. Écoute. Personne n'a jamais éradiqué un virus. Les médias répandent une quantité d'inepties qui ne sont que des vœux pieux. Un vaccin peut-être, mais qui l'utilisera ? » J'explique d'un ton précis et détaché comment fonctionne un virus, comment celui-là en particulier mute et prend des formes totalement inconnues. Bob Marley vient enfin m'interrompre avec *Lively Up Yourself*.

Louisa semble atterrée et démoralisée, et c'est entièrement ma faute. Comment puis-je me moquer de Zip ? Lui au moins sait vous consoler. Je dis : « Hé, amuse-toi un peu, fais ce que dit ce type. »

À présent elle est presque en larmes. « Tu es une abominable nihiliste.

— Je préfère être agréablement surprise que fatalement déçue. » Sur ce, je me tais. Trop tard, comme d'habitude.

Nous restons pratiquement sans nous voir les trois jours qui suivent. Je m'enferme à la bibliothèque – poussée à la discipline par la simple présence de Louisa – et pendant deux soirs je suis de service à la clinique. Je ne lui ai pas demandé combien de temps elle compte rester, et elle ne m'a rien dit.

Elle s'installe dans mon canapé, boit le thé à la menthe de Zip et lit un paquet de livres dont elle est censée faire la critique. Je comprends maintenant pourquoi sa valise pesait si lourd.

Lorsque je rentre à la maison le mardi soir, elle est au téléphone. Zip est sorti s'occuper de la soupe populaire. Louisa m'adresse un bref sourire, me tourne le dos et baisse la voix. Elle murmure : « Oui, d'accord, je sais, promis. Il faut que je te quitte, mais oui, bien sûr, ne t'inquiète pas, moi aussi, bientôt », et je sais qu'il s'agit d'Hugh, ce qui me fait plaisir, mais quand elle raccroche, elle a l'air penaud, supposant peut-être que j'aurais préféré qu'elle le plaque. Elle me demande comment s'est passée la journée à la clinique.

« Un rottweiler a avalé une balle de tennis, ce qui a causé une petite commotion. Une balle couleur rose néon. » Je décris l'hystérie du propriétaire, l'intervention chirurgicale, lui raconte les compulsions alimentaires des rottweilers, les choses que j'ai vues émerger pratiquement intactes de leurs estomacs : des boules de papier d'aluminium, des spatules en caoutchouc, des figurines de dinosaures hérissées de piquants, une paire de dés recouverts de poils. Le mois dernier nous avons fait une radio d'un chien qui vomissait depuis des jours et refusait de manger. Il y avait un long fil rectiligne qui courait depuis son œsophage jusqu'à l'intestin, un mystère total. On a retiré l'antenne téléphonique recouverte de caoutchouc de la Jaguar du propriétaire, pratiquement neuve (comme le chien après l'intervention). J'ai apporté l'antenne dans la salle d'attente et l'ai montrée au type. « Vous n'auriez pas perdu quelque chose par hasard ? » Il n'a pas trouvé ça drôle.

Louisa désigne le téléphone, qui clignote furieusement. « Devine qui a laissé un message ! lance-t-elle. D'abord pour dire qu'elle est certaine qu'il est ici. Ensuite, qu'elle a décidé de renoncer à la police. Elle s'est pris le bec avec un sergent du poste de Carmel qu'elle décrit comme un "fondamentaliste des droits des animaux".

— Tu n'as pas décroché ?

— Je ne veux pas qu'elle sache que je suis ici. Quelle explication lui donner ?

— Dis que tu fais la critique d'une exposition pour ton magazine ! C'est toi la créative. Je déteste m'occuper de ce genre de situation.

— Tu as accepté au début. J'aurais refusé.

— Facile à dire. » Je soupire. Il est dix heures ici, trop tard pour rappeler. Et je n'ai aucune illusion sur l'aide que pourrait m'apporter ma sœur. Même si Louisa, je dois l'avouer, a tendance à voir le côté le plus insupportable de notre mère. Parce qu'elle est trop intelligente ? Parce qu'elle a mis fin à quelque chose ? Je l'ignore. Mais je sais ceci : lorsque Louisa a été admise à Harvard, quelle a été la réaction de notre mère ? Les premiers mots qui sont sortis de sa bouche furent : « Cambridge ? Un nid de politiciens hérétiques et de hippies geignards montés en graine. Si tu veux mon opinion, on devrait les destiner à une décharge de déchets nucléaires. Noyer les salauds dans du pyralène. » Quand Louisa s'est fiancée, elle a dit : « Essaye de ne pas décevoir ce garçon. La bague à elle seule a dû lui coûter une fortune ! » Louisa ne relève jamais ces insultes. J'imagine qu'elle les a toujours entendues.

« J'ai une idée, dis-je. Allons faire un tour en voiture.

— À cette heure ? Où ?

— On va essayer de retrouver le camion avec les chiens », dis-je, ravie de mon coup.

Je suis partagée : une partie de moi se demande ce que Tighty pouvait avoir à l'esprit, l'autre secoue la tête d'un air sévère en marmonnant : *Bravo, encore bravo. Le voilà qui bousille tout à nouveau.*

Tighty a cinquante ans, presque dix de moins que maman. On ne peut le traiter de marginal – il n'est pas vraiment inadapté –, mais son amertume, son sentiment de n'avoir jamais réussi à accéder en haut de l'échelle sociale transparaissent clairement. Il a abandonné ses études à Yale à la fin des années 1950 et liquidé son petit capital pour faire le tour du monde. Barbu et vêtu de batik, il est rentré à Rhode Island pour découvrir que son père avait divorcé de sa mère, vendu la propriété de famille et était parti dans le Sud à la poursuite d'une jeune écuyère fraîchement sortie de Vassar. Il avait dépensé la moitié de l'héritage potentiel de Tighty en entraînant cette fille dans un mariage qui s'était défait au bout de trois ans. Pauvre, désorienté, Tighty avait trouvé un emploi au manège de notre petite ville, où il était resté jusqu'à sa fermeture dix ans plus tard. C'est alors qu'était arrivée ma mère, May Jardine. Elle venait de restaurer le domaine de Figtree et avait besoin d'un chaperon pour la meute de quarante chiens courants. Tighty avait sauté sur le job, qui n'était pas très bien payé mais lui permettait de disposer d'un élégant petit logement : la remise de calèches voisine du chenil.

Lorsqu'il n'est pas en train de répandre des odeurs de renard sur les parcours, de dresser les jeunes chiots ou d'étriller sa jument, Tighty s'adonne à la peinture de nus. Même Louisa dit qu'il a du talent. Dans la deuxième pièce de la remise, des toiles vierges sont alignées contre les murs. Tighty les couvre de femmes aux formes généreuses, jeunes et moins jeunes : des modèles qu'il trouve dans des bars de Fall River ou, après un petit déjeuner de chasse animé, des cavalières divorcées en mal de compagnie. Je ne crois pas qu'il ait jamais exposé ses toiles ; peut-être ne le désire-t-il même pas. Il aurait aimé être Degas – non, me corrige Louisa, Rubens.

Tighty a des cheveux roux clairsemés qui commencent à grisonner, il est bâti comme un percheron, tout en muscles, mais a des yeux verts expressifs et une voix de velours dont il sait se servir pour séduire. Je me souviens qu'il avait une nouvelle amie toutes les semaines quand j'étais petite. Étant les filles de la patronne, nous ne courions aucun danger, et quand je traînais dans les environs du chenil après l'école, il était aimable et sérieux avec moi, me montrait les mille manières de s'occuper des bêtes. Il m'a ainsi appris à calmer un chat agressif, à drainer un furoncle, à passer de l'eau oxygénée sur les gencives d'un chien qui a mauvaise haleine. Un matin d'hiver il m'a montré comment administrer un lavement à un cheval atteint de coliques, une tâche requérant du *ginger ale*, un tuyau d'arrosage, un entonnoir et des vêtements à toute épreuve.

Chaque fois que ma mère et lui s'élancent avec leur joyeuse progéniture, quarante queues blanches dressées en panache, le monde se transforme en un univers lumineux. C'est peut-être ce qu'il a connu de plus proche du mariage, de la paternité. A-t-il soudain pris conscience de cette réalité ? C'est ça ?

Une chose est certaine : le crime de Tighty est marqué par la passion et la folie, pas par la fourberie. D'après maman, sa mère vit à Carmel, mais elle n'a pu me dire pourquoi elle était certaine qu'il allait conduire les chiens à Carmel. Apparemment cette femme s'est si souvent remariée que l'annuaire du téléphone n'est d'aucune utilité. Pourtant, comme prévu, vingt minutes à tourner dans Carmel nous suffisent pour repérer le camion, garé devant une palissade dans une rue bordée d'arbres luxuriants. C'est un pick-up à quatre portes muni d'un grillage et d'un toit en bois à l'arrière. L'écusson de l'équipage, un cercle renfermant un phare couronné d'une tête de renard, orne la porte du conducteur ; dans l'ombre des arbres, il étincelle comme une lune. « Génial, non ? » dis-je en m'arrêtant derrière le véhicule. Entre les lattes de la clôture brille la lumière extérieure de la maison, et je ferme la portière avec précaution.

Louisa sort à son tour quand elle me voit essayer d'ouvrir la cabine du pick-up. « Qu'est-ce que tu fabriques ? chuchote-t-elle.

— J'enquête ! » Les portières sont fermées à clé. Sur le siège avant j'aperçois une demi-douzaine de gobelets en carton, une paire de gants de cuir et une pile de cartes, dont plusieurs se sont répandues sur le plancher. La banquette arrière offre un fouillis de toiles de bâche, colliers étrangleurs, chandails et chaussettes, mais je repère une selle, un paquet de vingt-cinq kilos de nourriture pour chiens, un sac de couchage et le reflet de la trompe de chasse de Tighty.

Grimpant sur le pare-chocs arrière, je me hisse sur le toit. Au milieu de la rue, Louisa feint l'apoplexie. Je lui murmure : « Monte ! »

Derrière la palissade se dresse une maison moderne tout en verre, avec un jardin. Une porte coulissante ouvre sur une cuisine turquoise. Dehors, sur une table de jardin, une bouteille de vin et un verre. Il n'y a personne en vue. Debout sur le toit du pick-up, la tête dans les branches, nous entendons clairement la mer, quelques rues plus loin. Elle gronde et crisse, aspire les galets, les ramène au rivage.

« C'est ici que vit sa mère ? chuchote Louisa.

— Pas la moindre idée. Mais c'est probable.

— L'endroit est ravissant.

— Clint Eastwood en est le maire.

— Je sais ! »

Puis la voix nous parvient du garage, et je la reconnais, profonde au début, lugubre et frémissante sur la durée, courbe en cloche dans une tonalité mineure. C'est Junon, une chienne d'une des dernières portées dont je me suis occupée avant d'aller à l'université. Une douairière aujourd'hui. Suit la voix apaisante de Tighty.

Outre son intérêt pour les caractéristiques d'un chien courant – intelligence, nez, morphologie –, ma mère l'élève pour son timbre, sa puissance mélodieuse. Il a cette réputation dans les milieux de la chasse. Dans les concours, le chenil de Figtree résonne comme un petit concerto intense et profond. Non que la voix soit prise en compte : les notes sont fonction de la vitesse et de la précision du trajet. Mais ce son est un chef-d'œuvre. Ma mère connaît la voix de chacun de ses chiens, elle est capable de la discerner de loin au milieu de l'excitation confuse d'une trentaine de leurs semblables lancés vaillamment à la poursuite d'un fantôme. « C'est Cicéron, en tête, qui s'en donne à cœur joie, et Jazzman, juste derrière Garbo, brave garçon. Apollo joue en solo. Tu entends son ouap, ouap, ouap ? Mais où est passé Barrister ? Barrister, espèce de fainéant ! » Puis elle-même fait retentir sa voix : « Foncez ! foncez ! Taïaut, taïaut ! » En la suivant, j'apprenais malgré moi à les reconnaître.

Tighty émerge du garage. Étrangement, il porte la longue blouse blanche de rigueur par-dessus ses vêtements. Les chiens s'égaillent dans le jardin à sa suite, reniflant allégrement l'air nocturne, savourant leur aventure. Tighty leur parle doucement, d'un ton enjoué, il les rassure, les fait taire. Plongeant une main dans une poche, il leur distribue à chacun un biscuit. Quand il s'assied à la table du jardin, ils se rassemblent en un cercle irrégulier à ses pieds, se grattant et se léchant, se chamaillant pour être le plus près de lui.

Il se penche pour caresser les têtes les plus proches, puis se verse un verre de vin et le boit d'un trait comme un médicament.

« Qu'elle fasse ce qu'elle veut, je m'en fous ! » dit-il d'un ton agressivement désinvolte.

Certains de ses compagnons remuent la queue, comme pour l'approuver.

« Mais qu'elle fasse gaffe ! Ha ! » Il pousse un profond soupire, serre ses bras autour de lui, se balance d'avant en arrière. Derrière lui la cuisine resplendit, brillante comme une piscine. Il enfouit son visage dans ses mains.

Louisa murmure : « Qu'est-ce qu'il a ? C'est tout à fait bizarre.

— Rien du tout. Il est trop ivre. Trop triste. Nous reviendrons demain. Les chiens sont en sécurité, c'est l'essentiel.

— Tu trouves qu'il a l'air triste ?

— Une tristesse qui cache un vrai ras-le-bol. » Je m'étonne que Louisa ne s'en rende pas compte.

« Et s'il décide de se barrer ?

— Regarde-le. » Je l'observe à nouveau moi-même, et c'est à pleurer. Quelle que soit la raison qui lui a fait péter les plombs, ce pauvre type de cinquante ans n'a pas eu d'autre refuge que la maison de sa riche maman, à presque cinq mille kilomètres.

Nous redescendons avec précaution du pick-up ; j'arrive la première en bas et aide Louisa à poser le pied par terre. Tighty a dépassé le stade où il percevrait un tremblement de terre, mais nous ne voulons pas éveiller l'attention des chiens. En longeant la clôture jusqu'à ma voiture, nous entendons Tighty grommeler : « May, espèce de salope », et, au cas où le voisinage n'aurait pas entendu, il énonce distinctement : « Reine des salopes devant l'Éternel ! Va te faire voir ! » Un chien gémit, compatissant.

Tandis que nous nous éloignons en voiture, Louisa m'adresse son regard critique de grande sœur et dit : « Si je m'écoutais, je me tiendrais à des milliers de kilomètres de ce bonhomme. »

Je rétorque : « Eh bien, n'attends pas et prends le prochain avion. » La voyant silencieuse, je comprends que les choses vont plutôt mal avec Hugh. *Oh, Louisa, ne me prouve pas que j'ai raison à propos du mariage.* C'est ce que je pense, mais je n'en dis rien.

En 1950, notre mère avait quitté la ferme de ses parents dans le Minnesota après avoir obtenu une bourse pour l'école d'agriculture du Montana. Elle l'avait gagnée en présentant des vaches de concours dans les foires de différents États, de Topeka à Lansing. La maison de mes grands-parents ressemblait à un mémorial à la gloire de la race bovine tant elle débordait de rubans bleus et de rosettes. Après son diplôme, elle avait espéré travailler dans l'alimentation pour bétail. Devenir consultante. Elle savait comment une espèce d'herbe plutôt qu'une autre, une céréale plutôt qu'une autre affectaient la production et le goût du lait, le lustre de la robe. Au printemps de la dernière année, elle avait fait un voyage dans l'Est pour représenter son école à un congrès de jeunes femmes d'affaires américaines qui se tenait à Cambridge. Elle n'avait jamais posé le pied sur la rive gauche du Mississippi, et en se retrouvant à Radcliffe Yard, une main tremblante éclaboussée de chablis, entourée de talons aiguilles et de chignons resplendissants, elle aurait pu se croire sur l'autre rive de l'océan. Toutes les jeunes femmes arboraient des badges : « Smith, administratrice de camp de vacances », « Barnard, assistante à la banque Morgan, animatrice de club de loisirs à Tallahassee, Floride ». Les gens ne pouvaient retenir un sourire, même amical, à la vue de May. On lisait sur son badge : « Éleveuse et vachère de brunes suisses, Montana, à Bozeman ».

Elle n'aurait pas dû boire de vin, mais elle avait voulu se donner une contenance. Avant peu elle s'était retrouvée en train de tituber avec précaution sur un trottoir pavé de briques irrégulières, perdue mais soulagée. Elle était entrée dans une cafétéria, s'était assise au comptoir et avait commandé une glace. À côté d'elle, un jeune homme lisait un catalogue de grainetier comme s'il s'agissait d'un roman d'Agatha Christie. Sa chemise blanche était bien repassée, sa chevelure peignée et brillante, mais ses ongles bordés de noir. Au moment où elle s'était levée pour payer, le jeune homme s'était retourné et trouvé nez à nez avec le badge de May épinglé sur sa poitrine généreuse. Il avait dit : « Oh, c'est donc ça qui produit du chocolat de luxe ? » Elle raconte qu'il était parfaitement sérieux, n'avait même pas souri. Elle s'apprêtait à le gifler quand elle s'était rendu compte qu'elle portait toujours son badge avec son nom.

Il lui avait dit qu'il étudiait l'horticulture, l'avait emmenée voir les fleurs de verre du musée Peabody. Le lendemain, à l'arboretum Arnold, il avait osé l'embrasser. Je ne peux imaginer quelqu'un osant embrasser ma mère.

Elle avait épousé notre père, raconte-t-elle volontiers, à cause de ses belles dents, de son maintien et de son pedigree : du côté de sa mère ses ancêtres descendaient du *Mayflower*, du côté de son père des huguenots qui avaient fondé La Nouvelle-Orléans. Quantité de généraux, d'épouses robustes et prolifiques. « Vous pouvez acheter une éducation, disait notre mère, mais la classe coule dans vos veines. » Les chignons à la française ne l'impressionnent plus.

Louisa est d'accord avec moi : nous devrions laisser notre mère dans l'ignorance jusqu'à ce que nous sachions précisément ce que nous avons sur les bras. J'appelle donc maman le lendemain matin et lui demande d'attendre patiemment ; pas de piste concrète, mais je m'en occupe.

« Crois-moi, dit-elle, je vendrai chaque pièce de son mobilier, chaque bribe de son héritage pour payer les frais de retour de ces malheureuses créatures. Elles voyageront comme des stars. Je vais faire cadeau de sa voiture au premier étudiant qui passe par ici. Je vais le faire mettre sur la liste noire de la Société protectrice des animaux des États-Unis.

— Hé, tu serais capable de faire une chose pareille ? » demandé-je, pensant à mes rêves impossibles où tous ces hommes corrompus, maîtres de port, inspecteurs des pêches, sénateurs tueurs de phoques, posent devant les journalistes en flattant sous le menton leurs golden retrievers.

Elle soupire. « Il y a un début à tout, chérie. »

Je vais passer l'après-midi à l'aquarium, et nous décidons de prendre la route dès que j'aurai terminé de plonger. J'ai l'intention d'emprunter le camion de Zip, avec Zip comme chauffeur et garde du corps (bien que je doute qu'il nous faille employer la force).

Tard hier soir, j'ai eu envie, une faible envie, comme toujours, de laisser tomber.

Il était venu me chercher à l'Arche, où la journée avait été tranquille. Lisant les rapports d'un congrès sur la préservation de la nature, je m'étais attardée sur une communication concernant les rhinocéros noirs. *Espèce en voie de disparition* devient une expression vraiment lénifiante. Si bien qu'au moment où je montais dans la camionnette de Zip, un sentiment lugubre m'enveloppa, poisseux et insidieux comme du brouillard. Nous dominions la circulation – ce qui me rend anormalement heureuse en général, comme une petite décharge d'endorphine – et Zip me racontait sa visite à une ferme où des enfants autistes montent à cheval : « Les miracles commencent à paraître possibles. »

Mais son élan ne fit qu'accroître ma tristesse, l'ancrer au fond de moi. J'émis quelques banalités encourageantes, mais je pensais : *À quoi bon tout ça ?*

Louisa nous prépara à dîner : soupe au poivre fumé, lentilles au curry et pain à l'ail ; elle engagea Zip comme marmiton, et ils exécutèrent une danse dans ma cuisine comme un couple de bécasses amoureuses. « Tu ne lèves pas le petit doigt ! » m'ordonna-t-elle. J'aurais dû me sentir traitée comme une princesse, mais j'avais l'impression d'être un hôte indésirable dans ma propre maison. Après un sorbet au kiwi, vert comme l'herbe nouvelle, elle insista pour faire la vaisselle toute seule, et Zip et moi allâmes nous promener.

Après une longue marche silencieuse, je dis : « Je n'arrive pas à savoir ce que tu attends – de tout ça, de moi. En dehors de la baise, d'accord, et peut-être de mon frigo, qui est plus rempli que le tien, et de mon four, qui fait un meilleur pain.

— Pénétrer ton cœur, dit-il. Voilà ce que je veux. Les gonds sont rouillés, je sais.

— Zip, qu'avons-nous en commun ? » Je repoussai son discours « Laisse-moi t'aimer », que j'avais déjà entendu. Mais je me demandais aussi ce que je cherchais à faire. Exclure ce garçon beau et intelligent de ma vie ? Ce garçon qui avait un travail responsable, deux véhicules, de la patience à revendre et, surtout, pas de bagage familial ?

« En commun, répéta Zip, savourant le mot comme un fruit. C'est ce qui n'est pas commun qui m'intéresse, qui m'attire.

— Eh bien, je suis une emmerdeuse peu commune, c'est certain.

— Les âmes peu communes, c'est cela dont je parle. Une communion peu commune. Un sens de la justice peu commun.

— Arrête de jouer au gourou. Je veux dire : élève la voix de temps à autre. Étrangle-toi quand tu ris ! Jure dans ton sommeil ! Montre au moins un *défaut* ! Te souviens-tu de notre première rencontre, de notre conversation sur les championnats du monde ? Sur les sanctions contre la chasse à la baleine ? Sur les problèmes d'alcoolisme de Kitty Dukakis, sur la question du nœud papillon et les raisons pour lesquelles Gephardt teignait ses cils ? Sur la vie ?

— Les discussions. » Zip sourit. « Tu m'as fait rire. C'était amusant.

— Amusant, c'est vrai. Un concept préhistorique, si superficiel soit-il. »

Je me rappelai que nous avions fait le tour de Big Sur à bicyclette. Je pensai à notre goût commun pour Otis Redding. Je me souvins de son chili aux haricots noirs parsemé de petits cubes de tofu saupoudrés de cayenne. « Oh, qu'est-ce que je sais, qu'est-ce que *je* sais ? Sauf que j'aimerais te voir une seule fois pris à l'improviste. Est-ce idiot ? Suis-je une garce ? Tu es un vrai boy-scout, tu sais – toujours *prêt* ! »

Nous avions fait le tour du bloc et étions revenus à la hauteur de mon allée sous un cyprès qui bruissait et craquait. J'inclinai mon front vers le sien.

« Tu es si grande », dit-il. Il était trop près pour que je voie son sourire, mais je l'entendis. « J'ai toujours aimé que tu sois si grande. » Il plongea une main dans mes cheveux emmêlés par la chaleur. « Clem...

— Allons baiser », dis-je, parce que j'adore la manière dont il prononce mon nom comme un mot saint, parce que ses doigts s'étaient insinués jusqu'au creux brûlant de ma nuque et parce que lorsque vous êtes au lit avec Zip, vous ne songez pas à le traiter de gourou.

« Tighty, dis-je quand il ouvre la porte du jardin. Tighty, Tighty, Tighty. » Je secoue la tête et le gronde comme une maîtresse d'école. *Occupe le terrain*, m'avait conseillé Zip dans la voiture. *Occupe le terrain*.

« Jésus ! » s'exclame Tighty, puis, quand il aperçoit Louisa derrière moi : « Sacré nom de nom de Dieu ! » Mais il nous laisse entrer. Couchés au soleil dans le jardin, les chiens sont contents d'avoir des visiteurs. Toujours aussi bien élevés, ils nous reniflent sagement, sans sauter. Aucun n'aboie. Je les reconnais presque tous, les appelle par leurs noms quand je m'en souviens. Louisa reste en arrière près de la porte.

« Toutes les deux ? Oh, bon sang, comment s'est-elle débrouillée ? Elle a engagé une voyante ?

— Avoue-le, Tighty, tu n'as rien fait pour brouiller ta piste. » Je ne puis m'empêcher de sourire. « Dois-je demander pourquoi ? Ou pouvons-nous prendre le problème à l'envers, faire demi-tour sans poser de questions ? Parce que je n'ai pas prévenu la police – comme on me l'avait recommandé, soit dit en passant. »

Soulagé mais prudent, il sourit à son tour. « Vous n'êtes pas les filles de votre mère, dit-il. Croyez-en un loyal serviteur.

— Loyal, tu l'as toujours été, mais *Tighty*. » Je tourne la tête vers les créatures confiantes, infiniment plus loyales qui nous entourent, ignorant pourquoi elles sont dans ce drôle d'endroit, mais profitant de chaque minute. Comme le public d'un quiz télévisé, elles nous regardent avec une impatience réjouie.

Je présente les deux hommes ; ils se serrent la main en silence. Nous restons hésitants pendant quelques secondes, figurant un quadrilatère embarrassé, les chiens tournant tout autour, se frottant contre nos jambes, haletant, oscillant sur place. *Chouette, une fête !* semblent-ils dire. Ils ont surtout besoin d'une bonne et longue sortie.

« Cela mérite un toast, fait Tighty sans se démonter. Comme tout ce qui se passe en ce moment. » Il va à la cuisine, en ressort avec une bouteille d'un chardonnay visiblement haut de gamme, repart et revient une main pleine de verres à pied. « La maison appartient à ma mère », dit-il, répondant à notre regard interrogatif sur le décor environnant.

Je demande : « Où est-elle ?

— En Europe. Mon beau-père Rolf préfère Londres. » Tighty hausse les épaules. « Mais il aime les vins de Californie. La cave en déborde. Merci, Rolf. » Il adresse un vague salut au ciel de sa main gauche tout en versant le vin de la droite.

Zip refuse, mais Louisa et moi acceptons pour faire plaisir à Tighty. Il lève son verre. « À l'amour ! À l'amour stupide ! À l'amour misérable, à l'amour aveugle ! »

Louisa me foudroie du regard : *C'est toi qui nous as mis dans ce pétrin, à toi de nous en sortir.*

Je m'éclaircis la voix et lance : « À la passion ! Aux impulsions ! Aux dés qui tombent où bon leur semble ! » Je fixe des yeux Zip, mais il est fasciné par la mer de chiens qui submerge gentiment nos mollets.

J'ai l'impression d'assister à une parodie des soirées vécues lorsque nous étions enfants : nos parents et leurs amis portant des toasts en dessous de nos chambres. Prise au jeu, Louisa s'y met à son tour : « À la conciliation ! À la sortie de ce foutu pétrin ! » C'est elle qui porte les toasts pragmatiques.

« À la chasse à courre ! » ajoute Tighty. Oh, si le regard pouvait étriper un élan abattu !

Quels que soient les vestiges de raison qui nous restent, quelqu'un, à mon avis, ferait bien de les rassembler. « Bon. OK. Il n'y a pas de dégâts – sauf peut-être le kilométrage du pick-up –, mais, Tighty, il faut que nous ramenions cette petite troupe à la maison. Écoute, à moins que tu n'aies d'autres projets, nous allons t'aider à te rabibocher avec May.

— Tu penses que ç'a été une partie de plaisir ? Une plaisanterie ? explose Tighty. Pas question que je les ramène, tu peux me croire. Rien à faire pour que je rende quoi que ce soit à cette femme qui vous sert de mère à toutes deux. Rien à faire pour qu'elle me reprenne. Pas question, pas une minute. J'en ai soupé d'être serf en son royaume. Sa Majesté la reine May. » Il brandit son verre d'un large geste moqueur, puis le pose et croise les bras. Je regarde Zip, souhaitant pour une fois l'entendre lâcher quelques-uns de ses aphorismes faciles, mais il est en train de caresser Cicéron et Rhapsody, attentif à leur prodiguer son affection en parts égales.

« De toute façon, il est trop tard », continue Tighty. Il sourit triomphalement, se lève, fait coulisser la porte vitrée et m'introduit dans la maison. Zip demeure avec ses nouveaux copains. Louisa boude dans son transat.

La maison est un repaire de chintz aquatiques. Tighty me précède le long d'un couloir d'un bleu crépusculaire recouvert d'un épais tapis lavande, jusqu'à une chambre digne d'un voyage de noces à la Barbade : grand lit double, baldaquin en mousseline pistache, panier de coquillages aux intérieurs roses, ventilateur de plafond en teck, palmiers de Winslow Homer. Mais même sortie de son contexte, impossible de ne pas la voir :

dans un coin, étendue sur une épaisse pile de journaux entourée de chaises aux dossiers à barreaux, Tallulah. Il est clair, à entendre dans l'obscurité son halètement précipité, qu'elle est en train de mettre bas.

« Ça alors ! dis-je. C'était de la folie de l'amener ici. Tu le sais. »

Tighty me lance un regard sombre. « Je l'ai élevée, j'en ai fait la créature parfaite, la bonne chienne qu'elle est. Elle est à moi. » Il s'agenouille à côté d'elle, et tandis qu'il tâte sa truffe pour voir si elle a de la fièvre, il dit doucement : « Elle est restée à l'avant avec moi durant tout le trajet. Je ne l'ai jamais quittée des yeux. » Il caresse la tête de la chienne et pendant plusieurs minutes l'encourage avec les mots d'un amant. Il étend une main en étoile de mer sur son ventre. « Merde, lance-t-il, c'est un siège ! »

Depuis la cuisine, j'entends la porte coulisser et le ton impatient de Louisa qui m'appelle. Mais le premier visage dans l'embrasure est celui de Zip. « Oh ! s'exclame-t-il. Quoi ? Oh ! »

Louisa s'avance devant lui : « C'est grotesque. Dramatique. Totalement ridicule.

— Cesse tes jérémiades, dis-je. Et d'abord arrête de jouer les aristocrates de l'Est. »

Tighty se fiche éperdument de ce que pense Louisa. Il me donne sèchement des ordres : « Des gants. Il y a des gants en latex dans ma trousse de rasage. » Il montre du doigt la salle de bains.

En cherchant dans la salle de bains, je remarque – dans la douche, contre toute attente – quelques toiles retournées contre le mur de faïence. Mais ce n'est pas le moment de fouiner. J'aperçois la trousse de Tighty près du lavabo.

À mon retour, je le trouve recroquevillé près de Tallulah, l'entourant de ses bras et de ses jambes arrondis en berceau. Il exécute un massage compliqué sur le ventre de la chienne. Tallulah gémit, mais elle tolère ses gestes, lui fait confiance comme à un père. « Couchée, murmure-t-il. Doucement... Il faut juste retourner le petit bonhomme, ma belle. Encore un poil – comme ça, chérie, nous y sommes... Je suis là. » Il continue à marmonner amoureusement, grognant parfois ou s'arrêtant pour embrasser l'oreille gauche de Tallulah. De ses longs doigts patients, il guide le chiot sur le point de naître.

« Et si on appelait ta clinique ? » me suggère Louisa. Agenouillé derrière Tighty, Zip est pétrifié, muet comme une carpe. Pour une fois, il n'a aucune recommandation à énoncer.

« Et si tu t'occupais de tes affaires et laissais Tighty faire ce qu'il fait depuis des années ? »

« Trois, deux... Brave fille ! » dit Tighty, et le premier chiot sort doucement, lisse et glissant, rose comme de la rhubarbe dans son enveloppe opalescente. Tallulah repousse du nez le bras de Tighty, s'étire et à coups de langue lèche doucement, puis plus fort, doucement, plus fort, transformant cette chose encore immobile en un petit quadrupède bagarreur : aveugle, certes, mais prêt à affronter la planète.

« Ça mérite un toast, dis-je. Regarde ! Une vraie peluche. »

Tighty s'étend sur le dos au milieu du tapis lavande, les yeux clos, le visage rougi et luisant de sueur. Il soupire : « La vie continue. » C'est le moment où Zip, toujours à genoux, laisse échapper un petit sanglot.

« Hé ! » Je tends la main vers lui, inquiète.

« Une naissance, dit-il. La première à laquelle j'assiste. Que je vois vraiment. » Je passe un bras autour de ses épaules. Il est clair que pour une fois le monde l'a complètement pris au dépourvu.

De retour dans le patio, Zip ouvre une bouteille de pinot gris. La mer murmure avec satisfaction. Les étoiles sont si brillantes qu'elles scintillent.

Louisa est assise en face de moi mais ne parle qu'aux hommes. Elle appuie son épaule contre celle de Zip. « Qu'est-ce que vous attendez de la vie ? Vous le savez ? »

Je m'apprête à entendre une réplique sur l'intelligence cosmique, le pardon universel, mais Zip déclare : « Un chien. En ce moment précis, ce que je veux, c'est un chien ! » Il me regarde tristement. « Nous n'avons jamais eu d'animal quand j'étais enfant. Maman disait qu'elle était allergique. Aujourd'hui je pense que c'était un prétexte.

— Bon, dis-je, encore une chose que nous n'avons pas en commun. » Il a entendu parler de la chasse à courre, des chevaux et des chiens, des innombrables chats dans la grange, mais ce soir je lui raconte comment maman, à l'époque où Louisa et moi étions scouts, avait chargé Tighty d'organiser des cours sur les animaux avec une médaille à la clé – comme si l'une d'entre nous, dans cette région urbanisée qu'est Rhode Island, allait se lancer dans l'élevage porcin ou la production d'œufs. Les possesseurs de chiens apprenaient à leur inculquer les bonnes manières, ceux qui avaient des poneys les soins à leur prodiguer et ceux qui avaient des chats comment leur couper les griffes et les débarrasser de leurs puces. Tighty dispensait son enseignement dans notre salon : la responsabilité et le respect à l'égard des autres espèces. Nous avions découpé des animaux sauvages dans des magazines et rédigé un livre intitulé *Album familial : la planète Terre*. L'année où il eut pour élèves les filles de mon groupe, l'ouragan Agnes ravagea la côte. Papa resta absent pendant trois jours, occupé à ramasser les restes des yachts réduits à l'état de petit bois. Un orme creux tomba sur le toit de Tighty, l'obligeant à habiter à la maison. Maman et lui jouaient du piano jusqu'au milieu de la nuit. Je me souviens d'être restée éveillée jusqu'à deux heures du matin, incapable de dormir au milieu des interprétations sans fin de *John Peel* accompagnées au cor de chasse. Quelque chose de plutôt rude à entendre.

Quand j'arrive à ce point de l'histoire, Tighty se renfrogne et va vers la maison. Il a refusé de nous donner la raison de sa fuite. À son retour, il jette une douzaine de boîtes sur la table. « Vous avez faim ? À propos de scouts, une gamine en vert est venue livrer ça aujourd'hui. On dirait que ma mère a passé une commande. »

Je fouille dans les emballages. « Des samosas ? Rien que des samosas ? Pas de chocolats à la menthe, pas de biscuits au beurre de cacahuète ?

— Elle doit adorer la noix de coco », dit Tighty.

En douce, Zip refile un biscuit à Hero.

« "Samosas", fait Louisa. Où ont-ils dégoté ce nom ? À ne pas confondre avec "mimosa". Ou avec "Samoans", les habitants des Samoa, ou "Minoens", les bâtisseurs de Cnossos, adorateurs du taureau.

— Adorateurs du *taureau* ? Louisa, tu es bonne pour un quiz à la télé, dis-je. Tu es sans vergogne. »

Zip se penche en travers de la table. « Tu es aussi intelligente qu'elle. Tu pourrais te mettre un peu plus en avant.

— Crois-moi, je ne joue pas dans la même division que vous deux – vous êtes faits l'un pour l'autre. Moi, j'appartiendrais plutôt à la même catégorie que Hugh, le type qui conserve ses émotions dans la naphtaline. »

Louisa me lance un regard noir. « Je ne suis pas venue ici pour que tu te mettes en boule.

— Bon, pourquoi es-tu venue alors ? Écoute, as-tu vraiment fait tout ce voyage, dépensé tout cet argent parce que ton mari voudrait profiter un peu de l'existence ? Et toi, dans quel monde vis-tu ?

— Tu as raison. Pourquoi venir ici alors que tu es exactement comme lui ? De toute façon, je me demande sur quel nuage je vis.

— Un nuage que tu as fabriqué toi-même, sans aucun doute. »

Louisa se lève et lance dignement : « Va te faire foutre. Va te faire foutre avec tes attitudes nihilistes, amorales, homophobes, ton je-m'en-foutisme. »

Tighty fait le tour de la table et se plante derrière Louisa. Il la prend dans ses bras et presse sa joue contre sa tête. « Les filles. » Sa voix est triste. « Les filles, si je vous disais que votre mère adorerait cette scène, pourriez-vous, s'il vous plaît, rester amies ? »

Louisa s'assied et contemple les arbres. Elle s'efforce de ne pas pleurer.

« Écoutez, dit Tighty, c'est moi qui suis sur la sellette ici. Ce sont mes oreilles qui risquent de siffler. Et c'est sûr qu'on ne jouera pas du Brahms. » En dépit de son ton bravache, il a l'air déprimé. La mise bas l'a épuisé, mais ce n'est pas tout. Après une semaine de fureur, il n'a plus la force de continuer.

J'interviens : « On va te sortir de là. Il le faut. »

Tighty effleure ma main. « Clement, mon petit. Je n'ai pas la moindre excuse. »

Louisa se frotte le visage comme pour sortir d'un rêve. Elle soupire, puis lance avec détermination. « Bon, écoutez, c'est un plan ridicule. Mais le voici quand même. »

L'idée de Louisa est la suivante : puisque notre mère est terrorisée par les problèmes génétiques, nous allons lui raconter que la famille de Tighty du côté maternel est sujette à des troubles maniaco-dépressifs et qu'il vient d'avoir ce que Louisa appelle sa première « crise ».

« Lou, tu es carrément géniale, dis-je à contrecœur.

— Il promet de se faire soigner, continue-t-elle.

— Vous êtes devenues folles ? » fait Tighty.

Je rétorque : « Eh bien, c'est plutôt toi qui t'es conduit comme si tu l'étais. As-tu quelque chose de mieux à proposer ? Tu as vraiment envie que maman te vire ? Ou, comme elle le serine, qu'elle t'écorche vif pour te servir sur un toast ?

— C'est une image répugnante », dit Louisa.

À cet instant, Zip, habituellement imperméable à tout ce qui n'est pas la vérité entière et unique, nous fournit quelques symptômes des troubles maniaco-dépressifs qu'il a étudiés au cours de sa formation d'assistant social. Nous avons soudain l'impression d'être tous retournés au lycée, en train de concocter une blague saugrenue.

Soudain, Tighty se penche en avant, les mains sur les genoux, le visage vers le sol. J'ai peur de le voir vomir, mais je m'aperçois qu'il est plutôt en train de s'effondrer. Il répète d'une voix haletante : « Oh, mon Dieu ! Oh, mon Dieu », puis je l'entends respirer profondément et retrouver son calme. Debout près de lui, Zip caresse son large dos. Brusquement, Tighty se redresse et va dans la cuisine. Il en revient avec un téléphone au bout d'un long fil. Un rictus malicieux plisse son visage. « Voulez-vous qu'on branche le haut-parleur ? » Il presse les touches avec une joyeuse arrogance.

La voix de ma mère résonne désagréablement dans l'air calme et clair. Tighty crie « Allô, chérie ? » et mâche bruyamment un autre samosa.

Le silence lourd n'est pas une surprise, mais aussitôt se déverse un torrent d'insultes. Les chiens sont transportés et se mettent tous à aboyer en entendant la voix désincarnée de leur patronne, leur alpha. Les queues battent les dalles autour de nous.

La voix prend ensuite une intonation glaciale : « Titus, tu es viré, archi-viré. Tu es marqué à vie. Tu ne travailleras plus jamais dans un seul équipage sur ce continent, je le jure. Tu n'oseras plus jamais te montrer dans aucune société de chasse respectable.

— Très bien, réplique-t-il, je pense que je vais apprendre à dresser des chiens d'aveugle ou des beagles de démineur. Je parie que les émoluments ne sont pas si minables. »

Je lui fais un signe de tête, mais il ne veut pas me voir.

« Tu pourras nettoyer les box si tu as de la chance, dit maman. C'est tout ce qu'on te laissera faire. »

Des larmes de colère montent aux yeux de Tighty. J'agite la main devant lui et me rapproche du téléphone au moment où ma mère se met à proférer des menaces incohérentes, mêlant la mafia de Providence à l'affaire. « Maman ! Allô, maman ? C'est moi. Écoute. Tu ne comprends pas. Je viens d'avoir une longue conversation avec Tighty. Il traverse une crise terrible. Ça fait un certain temps qu'il est dans cet état. Il a besoin de ton aide. » L'argument de la maladie mentale, assené habilement, arrive à la calmer.

« Bon, dit-elle, quoi qu'il en soit, chérie, il va y avoir une audience, je ne suis pas propriétaire de cette chasse, tu le sais, ni de ces malheureux chiens. Je ne suis pas seule à prendre des décisions.

— Considérons la situation avec philosophie, maman. Les chiens sont incroyablement heureux. Ils visitent l'Amérique. C'est un peu comme s'ils faisaient une virée dans une voiture volée. Ils sont superbes.

— Je vais lui en donner, de la philosophie. Socrate ! De l'arsenic !... D'où provient cet écho ? J'ai l'impression d'être en liaison avec la Rhodésie. Dis donc, est-ce que ta sœur est là ? Je viens de parler à Hugh. Ce pauvre Hugh. »

Louisa a un mouvement de recul, mais je lui fais signe de s'approcher. Je murmure : « Arrête de te cacher.

— Alors tu as décidé de quitter le navire, chérie ? fait maman d'une voix furieuse. Hugh a le cœur brisé. S'enfuir comme une écervelée. Tout le monde déserte ! Que se passe-t-il ? J'ai l'impression que nous sommes entrés en collision avec une comète et que personne ne m'a prévenue !

— Ce qui se passe entre Hugh et moi ne regarde que nous, répond Louisa.

— Je suis ta mère, rétorque maman. Je sais tout du mariage.

— Tout ce qui concerne le tien, dit Louisa. Laisse-moi le mien. S'il te plaît.

— S'enfuir n'a jamais rien réglé, chérie, crois-moi.

— Je ne m'enfuis pas. Je... me repose.

— Tu te reposes ! Tu te reposes ! Des mariages ont été annulés pour moins que ça.

— La dernière fois que je me suis penchée sur la question, nous n'étions pas catholiques, réplique Louisa sèchement. Et Socrate s'est empoisonné avec de la ciguë, au cas où tu aurais oublié. Et la Rhodésie est depuis des années le Zimbabwe. »

L'expression de son visage reflète le meurtre à l'état pur, ce qui m'incite à intervenir à nouveau : « Maman... Allô, maman ? On fait une pause, d'accord ? Écoute, ça va te plaire. C'est une solution raisonnable. Louisa va aider Tighty à ramener les chiens. Elle l'a proposé. C'est très généreux de sa part. Tout se passera bien. » J'évite de regarder Louisa, qui agite les bras comme un sémaphore affolé.

Maman pousse un soupir d'exaspération. « Bon, au point où nous en sommes, je suppose que c'est une solution aussi raisonnable qu'une autre. » Puis elle demande des nouvelles de Tallulah.

Je respire un bon coup et dis : « Six futurs champions à Bryn Mawr, tous normaux, je te le promets. » Pendant un moment délicieux je n'entends plus que le murmure uniforme de la mer.

Nous commandons des pizzas et restons debout jusqu'à une heure indue à donner des noms aux chiots. Nous sommes ivres, bêtement ivres, pas tant à cause du vin que d'une euphorie générale. Aussi excités que des voleurs qui partagent leur butin après un casse réussi.

Au domaine de Figtree, les noms ont une importance primordiale. Si vous feuilletez le *stud-book* national de la chasse à courre, vous y verrez les pedigrees de Bozo, Plumber, Crabcake et Tootsie, mais maman trouve ces noms dévalorisants, voire risqués. Un nom est une prédiction, un talisman. Un chien courant doit avoir un nom qui possède panache, dignité et romantisme.

« May veut que les noms de la portée rappellent celui de leur mère, dit Tighty. Aussi réfléchissons tous à la lettre *t*. »

Nous nous asseyons autour de la table de la mère de Tighty, débitant des centaines de noms sans intérêt pour trouver les six qui seront à la hauteur. Dans une parodie poétique, nous lançons : *Tarnish ! Turpentine ! Trainwreck ! Tarantula ! Tarmac ! Toupee !*

Rompant une pause de silence, Zip avance : « Tutu. »

Accès d'hilarité.

« Je suis sérieux. À cause de Desmond. »

L'assemblée reste sans pitié. Il hausse les épaules. Nous sommes tous heureux, pour quelques heures encore.

À la fin, Tighty note *Talleyrand, Troubadour, Tremolo, Troy* ; pour les deux petites chiennes, *Tahiti* et *Tosca*.

Je me glisse à l'intérieur de la maison pour vérifier l'installation de Tallulah et aller aux toilettes. Je traverse la chambre obscure et fraîche sur la pointe des pieds. Tallulah s'est endormie, les chiots pressés contre son flanc.

Je ferme la porte de la salle de bains avant d'allumer la lumière. Les toiles rangées dans la douche m'étaient sorties de l'esprit. Je ne peux pas dire que je suis véritablement surprise – choquée, mais pas surprise – en découvrant une série de nus qui représentent ma mère. Les dates inscrites au crayon sur les châssis couvrent les quatorze dernières années ; c'est peut-être ce qui m'étonne le plus. Je ne m'attarde pas à les contempler. Je disais toujours *pauvre Tighty*, je sais pourquoi maintenant : Tighty n'aura jamais conscience de ses dons, uniquement tourné vers ceux qu'il rêve de posséder.

En regagnant le patio, je demande à Zip : « Comment vas-tu appeler ton chiot ? »

Avant de parler à maman, j'ai décidé que le septième chiot – ou le premier – celui qui s'est présenté par le siège – serait pour Zip. C'est un mâle avec la queue de travers et un rond noir sur la tête, comme un béret qui lui donnerait l'air canaille.

Zip regarde Tighty en train de s'endormir sur sa chaise.

« Titus », fait-il.

Je dis : « Naturellement. »

Cessant de bâiller, Louisa sourit. « C'est parfait. »

Une porte vers le ciel
1989

« Pourquoi dors-tu tellement ?

— Ça veut dire quoi, “tellement” ?

— Trop, c'est le problème. Presque douze heures. » Je désigne du doigt le réveil sur la table entre les deux lits. Je regarde les jambes de mon mari, les jambes d'une cigogne humaine, allongées sous la courtepointe ; il n'est pas pressé. Il n'est jamais pressé. Je considère à présent cette particularité comme une sorte de résistance, même si je la qualifie en général de qualité.

Il bâille. « C'est le week-end. »

Je me tiens sur le seuil de la chambre qui fut la mienne pendant tant d'années ; ces simples mots, *ma chambre*, la désigneront toujours, avant que je sois courbée par les ans et que j'aie presque tout oublié. Même si mes parents l'appellent aujourd'hui *la chambre d'amis*. Même si on a mis mon bureau en vente dans un dépôt, mes précieuses affiches à la décharge. L'endroit où j'écrivais les brillantes dissertations qui m'ont valu des diplômes enviés, n'ayant, pour la plupart, mené à rien, est aujourd'hui occupé par un poste de télévision et, sur le mur où j'avais punaisé des autoportraits de Modigliani, Foujita, Van Gogh et Rembrandt, ma mère a accroché de l'« art véritable » : deux paysages à l'aquarelle d'un peintre local troqués contre les leçons d'équitation données à sa fille. Ces peintures sont pourtant éclipsées par une photographie grand format qui a pris récemment la place du miroir devant lequel je me débattais avec mes cheveux et mes hésitations vestimentaires, examinant mon corps dans toutes ses passionnantes révélations. C'est un portrait de ma mère sur Kingsley, son cheval de prédilection, un hongre pur-sang qui n'avait rien donné en course. Tous deux sont impeccablement préparés pour une chasse au renard le jour de Thanksgiving, les frondaisons à l'arrière-plan envahissantes comme des commères.

Hugh est couché dans un des deux lits jumeaux grinçants qui accueillaient mes amies lorsqu'elles passaient la nuit ici et que nous chuchotions et gloussions jusqu'à l'aube, discutions de nos béguins pour des stars de cinéma et de projets élaborés dans le moindre détail nous garantissant un avenir indépendant, lucratif et passionnant. Aujourd'hui, dans une version brouillée de cet avenir, il est onze heures du matin le samedi du week-end de la fête du Travail, et je suis debout depuis des heures, réveillée par le bavardage insouciant de mes parents dans la cuisine.

Hugh s'assoit au bord du lit et se frotte les yeux pour en chasser le sommeil. Il semble ignorer ma présence. Ces jours-ci, presque tout chez Hugh me paraît tenir de l'*apparence*, requérant pour la percer une interprétation affective. La semaine dernière un ami m'a demandé si Hugh aimait son travail et je me suis entendue répondre : « Apparemment, oui. » Tout comme il semble heureux avec moi, ou content de marcher sur la plage. Les gens qui le rencontrent pour la première fois le croient timide, mais il est plus que timide, il est secret. Quels que soient ses sentiments, il les garde dans l'ombre. C'est du moins ce qu'il semble faire. En apparence !

« Tu sais, je me pose vraiment des questions à ton sujet », dis-je. En réalité, je me demande l'espace d'un instant pourquoi je n'ai pas dit *je m'inquiète à ton sujet*. En fait, s'agissant de Hugh, peut-être que je ne me soucie plus de rien. Ce qui est en soi un souci.

Hugh me regarde un moment comme s'il attendait la suite. À la fin, il dit doucement : « Alors, quelles questions te poses-tu exactement ?

— Arrête de me renvoyer mes questions. Habille-toi, s'il te plaît. Papa est parti travailler depuis belle lurette, et maman nous attend pour déjeuner au club sur la plage dans une heure.

— C'est parfait, fait Hugh. Je n'ai pas besoin d'un petit déjeuner.

— Je retourne à la grange. Ta chemise à rayures est suspendue à un cintre dans la penderie. Maman demande de ne pas s'attarder sous la douche. C'est le jour de la lessive. » Je résiste à la tentation de lui dire que les événements de la journée ne tournent pas autour de lui et de son appétit. La vérité est que je serais beaucoup plus heureuse si la journée ou le reste – comme mon cœur ou mon âme – ne tournaient pas autour de Hugh.

La grange de mes parents a deux fois la taille de leur maison. C'est pourquoi ils ont acheté cet endroit il y a trente ans. Avec plus de place qu'il n'en faut, elle abrite en général deux chevaux ; une serre de fortune pour les recherches florales de mon père (son rêve est de greffer une rose et de lui donner son nom) ; une importante et occasionnelle population de chats ; et dans le grenier deux forteresses qui se font face, l'une de balles de foin, l'autre de boîtes remplies de photographies ancestrales, de vieux vêtements et uniformes, de sabres et de médailles, de livres, jouets, journaux d'école s'étendant au moins sur trois générations, d'animaux en peluche, d'antiques rideaux en Tergal, de matériel stéréo démodé, de verreries trop délicates pour un usage quotidien, de boulons, boutons de porte et outils de provenance et usage indéterminés. L'avantage d'avoir relégué ce fatras ici, à l'abri des regards et des souvenirs, c'est qu'il a échappé pendant des décennies à une guerre entre ma mère, pragmatique et peu sentimentale, et mon père, dont la devise familiale devrait être l'équivalent en latin d'*On ne sait jamais, ça pourra servir un jour !* Sans qu'on puisse trouver ce qui pourrait un jour être utile – ni même se souvenir de son existence.

L'unique ventilation provient d'une porte à deux battants à une extrémité de la grange, sous le toit à double pente, qui s'ouvre sur le vide un étage plus bas. Ma sœur, quand elle était petite, l'appelait la porte du ciel. En guise de garde-fou, mon père a cloué une paire de planches en bas du chambranle, mais je la vois malgré tout comme une gueule menaçante. Si je dois ouvrir les battants, je soulève le loquet, recule et les écarte à l'aide un balai. La brise sent la mer. Plus il fait chaud, plus l'odeur est forte. Pour cette seule raison, le cœur de l'été est ici ma saison préférée.

Toutefois, ce n'est pas une période idéale de l'année pour vous entendre dire par votre mère : « S'il te plaît, débarrasse tous tes vieux trucs bouffés aux mites, sinon on le fera à ta place. » En particulier quand vous vivez dans un appartement à New York qui ne possède aucun espace de rangement, encore moins une grange de la taille de Bryant Park. Et que vous ne savez pas trop où va votre mariage, et qu'en plus le bail est au nom de votre mari.

Mes parents n'envisagent ni de déménager ni de réaménager la maison, ils n'ont aucun besoin des modestes coins qu'occupent mes deux douzaines de boîtes de souvenirs. C'est plutôt une façon de m'adresser un message : *Tu es adulte, Louisa, le sais-tu ?*

Le problème est que je le sais et que cette vérité me pèse.

Il y a quatre ans, on a fêté mon mariage sur la pelouse, que je pourrais voir de la grange si je n'avais pas peur de m'approcher de cette porte. Les roses de mon père étaient en pleine floraison, exhalant leur parfum dans la tiédeur de juin. Était aussi présente l'assemblée haute en couleur de mes tantes, oncles et cousins du Sud, le clan que mon père avait quitté pour faire ses études dans le Nord. De chaque événement ils font une affaire d'État.

J'ai épousé Hugh moins d'un an après l'avoir remplacé au travail. C'est une plaisanterie dans la famille : *Elle a pris le job de Hugh et ensuite elle a pris Hugh.* C'était un bon patron, et quand il est parti du magazine pour enseigner dans une école privée, j'ai été engagée à sa place. Il m'a très vite manqué. J'ai compris pourquoi il avait été un excellent directeur de la rédaction, et j'ai compris ce que signifiait réellement « diriger ». Hugh savait s'y prendre pour que les gens restent calmes et efficaces en cas de désaccord (et nous parlons de gens qui travaillent dans l'art, de gens ayant un ego ridiculement développé, agrémenté d'un caractère de chien justifié par une prétendue créativité). Cette admiration rétrospective pour la patience et la diplomatie de Hugh m'amena à penser qu'il ferait un bon mari et un bon père.

Je songeais à mes amies, celles qui étaient prises de panique à l'idée d'être encore célibataires aux abords de la trentaine. Il m'arriva ce qui se produit quand vous organisez une rencontre entre un homme et une femme qui vous paraissent faits l'un pour l'autre et que, le matin qui suit leur premier rendez-vous, elle vous téléphone pour vous dire que vous avez raison, il est idéal, mais idéal pour *vous*. D'autres qu'elle l'ont rencontré et sont du même avis ; elles ont consulté plusieurs de vos amies et sont arrivées à la même conclusion. C'est-à-dire : *Ne gâche pas tout !* Puis, étrangement, vous découvrez que tous ses amis à lui ont conclu de même après avoir fait votre connaissance.

Un jour, vous vous regardez tous les deux et vous savez. Vous pourriez même en rire. C'est évident, c'est *élémentaire*. Comment avez-vous été assez stupides pour ne rien remarquer avant tout le monde ?

Des fêtes sont organisées en votre honneur ; le concert d'approbations grandit ; les toasts (beaucoup portés à votre délicieuse stupidité réciproque) sont pleins d'éloquence et vous sentez la présence bienveillante de la Destinée elle-même. (Le témoin de Hugh a écrit une ballade comique intitulée *Beaucoup de bruit pour Lou et Hugh*. Personne à part ma sœur n'est autorisé à m'appeler Lou. Pourtant il s'ensuivra une ovation générale au dîner de répétition du mariage. Mes cousins du Sud siffleront et taperont du pied.)

Vos parents s'apprécient. Figurez-vous qu'ils ont la même voiture ! Même année, même couleur ! Il s'avère que vous êtes allée à la même université que son père. Comme le vôtre, il jouait au hockey sur gazon. (Se pourrait-il que les deux hommes aient croisé leurs crosses en 1951 ?) Toute l'affaire se met en place tel un puzzle, à condition de suivre les instructions de ma mère : assemblez d'abord les bords, puis progressez vers le centre, en organisant les pièces par couleur et, à l'intérieur d'une même couleur, par forme. Peu à peu, tout devient plus facile – c'est normal – parce que vous trouvez de plus en plus vite la place exacte de chaque pièce. L'ensemble sera parfait en un rien de temps. (Qu'importe qu'après toute la peine que vous avez prise il doive retourner dans sa boîte.)

Ma mère nous achetait un puzzle tous les ans à Noël – ni trop difficile, ni trop facile, toujours riche en couleurs ; un opulent bouquet de fleurs hollandais ou une gravure sportive rutilante – je connais la routine. En fait, je suis incapable de prendre plaisir à un puzzle autrement. La force de l'habitude.

Aujourd'hui, c'est le contraire de Noël. J'ouvre toutes ces boîtes, ce qu'elles contiennent est souvent un mystère même si elles m'appartiennent, mais j'ai surtout besoin (tandis que la sueur coule le long de ma colonne vertébrale et trempe l'élastique de ma culotte) de jeter les choses, et non de les ajouter à ma vie déjà encombrée. Jusqu'à présent, j'ai sauvé quelques-unes de mes dissertations préférées à l'école primaire (sur les volcans, sur la danse du soleil des Sioux, sur la photosynthèse), quelques dessins précoces de natures mortes (des coquillages, des jonquilles, un canard branchu naturalisé, une lampe-tempête), et la seule poupée Barbie dont les cheveux n'ont pas été récoltés pour faire leur nid par une famille de souris ayant échappé aux rondes des chats. M'armant contre tout sentiment, j'ai fourré des montagnes de vieux cahiers de rédaction et un tas d'animaux en peluche dans des sacs-poubelle.

Je m'avance vers une pile de caisses en bois que je donnerais cher pour ne pas ouvrir. Elles contiennent les derniers vases et bols que j'ai confectionnés avant de renoncer à la poterie, avant de m'installer avec Hugh, avant même de devenir directrice de la rédaction d'*Artbeat* (je ne peux accuser Hugh de m'avoir forcée à abandonner mon art). Ils ne sont pas censés se trouver là, dans la grange de mes parents, mais je les apportais subrepticement à l'une ou l'autre de nos visites, quand ma mère, comme à l'accoutumée, s'affairait tellement à accueillir Hugh qu'elle ne me voyait pas ouvrir le coffre de la voiture et me glisser dans la grange avec mon butin.

Et il y a aussi un carton plein de livres d'enfant : Dr Seuss, Mike Mulligan, M. et Mme Mallard, Ferdinand, Charlotte. Des classiques conservés, je présume, pour ma propre progéniture, bien que l'odeur de moisi soit si effroyable que la seule idée d'approcher ces pages d'un visage d'enfant paraisse ridicule. Hugh a dans une boîte presque la même collection de livres ; je le sais parce qu'elle se trouve au fond de la penderie de notre chambre. Il est probable, pensé-je avec une rancœur irrationnelle, qu'ils sont en meilleur état grâce à ce traitement de faveur. Si je crois que nous honorerons nos vœux et resterons à jamais ensemble, le choix est évident, n'est-ce pas ? (Encore que j'aie trouvé un bon prétexte : au cas où nous aurions deux enfants, pourquoi ne pas avoir deux exemplaires de nos histoires préférées dont ils pourraient hériter ?)

Je referme la boîte et la tire vers l'escalier abrupt. J'effraye un chat derrière une luge rouillée ; il dévale les marches et disparaît. Lorsque ma sœur et moi vivions ici, les chats nous étaient familiers car nous jouions dans ce grenier avec nos amies. C'était plus qu'un grenier :

c'était une catacombe, un village imaginaire, un Narnia miniature. Ma mère nourrit et purge les chats, elle les fait castrer et les emmène chez le vétérinaire s'ils sont blessés, mais ils n'ont pas droit à beaucoup d'affection. Leur présence ici est le résultat d'un marché : Friskies et logement contre souris. Un rongeur sur le seuil de la porte vaut un loyer.

Sans doute, passé le stade de Narnia, Clem retrouvait des garçons dans la grange. Plus d'une fois, je présume. Une fois nos fiançailles célébrées, Hugh et moi nous roulâmes littéralement dans le foin. C'était, semblait-il, sur la liste des rites amoureux, quelque chose de raisonnablement osé.

Après en avoir terminé avec les quatre cartons (dont je sauve une douzaine de livres d'art jaunis et un exemplaire de *Moby Dick* noirci de notes naïves, destinées au regard attendri du professeur pour lequel j'avais le plus gros béguin de tous les temps), je regagne la maison.

Ma mère est dans l'enclos avec deux de ses élèves, deux agiles gamines au visage couvert de taches de rousseur. Si elles vivaient à New York, elles rôderaient du côté du Lincoln Center en collants et ballerines. Ici, dans le Rhode Island, elles portent des bottines de cuir noir, des jodhpurs ajustés couleur beurre frais et des toques en velours. Leurs visages sont rosis par la chaleur, mais elles ont l'air heureux. Leurs montures font une pause pour boire longuement à l'abreuvoir.

« Ne vous agrippez jamais au pommeau, dit ma mère à l'une des filles. Tenez les rênes et restez en selle. Retenez-vous à la crinière quand vous partez au galop. Mais gardez les mains hors de la selle, mademoiselle ! »

Je n'ai jamais eu de goût pour l'équitation, ni pour rien d'audacieux. J'aimais nos chevaux, qui étaient de gros toutous à mes yeux. Les caresser, les nourrir, les regarder se rouler dans l'herbe, cela me suffisait. Je n'aimais pas plus galoper et sauter des barrières que je n'aime l'altitude. Ma sœur a la passion du cheval et celle du risque. Elle a pratiqué l'équitation pendant la plus grande partie de son enfance. Aujourd'hui elle skie et fait de la plongée sous-marine. Elle parcourt d'un pas ferme les forêts où rôdent les prédateurs.

Je suis assise seule à une table qui donne sur la piscine du club et, au-delà, sur la plage. J'ai décidé d'y aller à pied, de prendre un peu d'exercice ; je m'attendais à voir maman et Hugh me dépasser en voiture. Ils ont déjà dix minutes de retard, et j'ai fait l'erreur de commander un verre de vin, qui me monte aussitôt à la tête. Le surveillant de baignade a la moitié de mon âge et il est très, très mignon. Je pense à Clem, qui serait allée sans attendre bavarder avec lui. Elle ne serait pas restée assise comme une bûche : maussade, agacée, détachant l'enveloppe plastifiée de la carte du menu.

« Hugh est drôlement costaud ! » s'exclame ma mère, me tirant brusquement de ma morosité. Elle a troqué sa tenue d'équitation pour une robe de lin bleu pâle ajustée et sans manches qui dévoile ses courbes étonnamment fermes et ses membres de sportive.

Derrière elle, Hugh me sourit ; un sourire trop vague pour que je puisse l'interpréter. Je ne m'attends pas à ce que maman s'excuse d'être en retard, mais Hugh est un homme bien élevé (il en fait la démonstration en tirant une chaise à son intention). C'est ce qu'il est par excellence. Quelques brindilles de foin sont restées accrochées à sa chemise. Je tends la main à travers la table pour les ôter.

« Je suis heureuse qu'il ait pu t'être utile, dis-je.

— Utile et *fort,* insiste-t-elle. Sais-tu à quel point ton mari est fort ? » Elle fait signe au serveur. « Chip ! Mon gendre aimerait goûter le breuvage local. Il l'a mérité ! » Chip sait déjà quoi lui servir.

« Est-ce que ton père a téléphoné ? Je lui ai laissé un message. A-t-il l'intention de nous rejoindre ? » Maman jette un coup d'œil à la carte et s'assied. « Chip, dit-elle une fois les boissons servies, la salade spéciale : est-elle faite avec du blanc de poulet ? Oui ? Alors c'est ce que je prendrai, mais une simple salade à la place des épinards. Les épinards crus me donnent la langue pâteuse. » Elle se tourne vers Hugh et effleure son bras. « Commandez ce que vous voulez. Si vous aimez le homard, la bisque est parfaite. »

Je me glisse dans la sphère de son attention. « Papa est occupé avec le maître de port. Au sujet d'un feu d'artifice sur la falaise ce soir, pour un mariage.

— Le voilà encore qui s'occupe bénévolement du comité de sécurité du port. Toujours sur la brèche. » Maman sourit à Hugh. « Prenez mon petit pain, je vous en prie. » Elle le dépose sur son assiette, avec une légère tape comme s'il menaçait de s'envoler.

Hugh n'a pas dit un mot. C'est typique, malgré l'emprise de ma mère. Je ne sais même pas ce qu'elle a pu lui demander de soulever ou de tirer – quelque chose dans la grange, apparemment –, et en dépit de ma curiosité je n'ai pas envie de poser la question, car ce serait le début d'une histoire sans fin impliquant les membres de la chasse à courre, le club 4-H ou ses apprenties cavalières archi-gâtées, bref quelqu'un qui lui a fait faux bond, permettant à Hugh d'apparaître comme un héros de dernière minute.

Maman interroge Hugh sur ses parents. Il lui raconte leurs récentes vacances en Scandinavie, une croisière sponsorisée par Harvard avec conférences de spécialistes et un cuisinier suédois.

« Vous pourriez en faire autant », dit maman à Hugh.

Nous lui lançons un regard stupéfait.

« Être invité comme professeur à une de ces croisières ! Louisa pourrait vous accompagner et peindre le paysage. Je regrette que tu ne peignes plus, Louisa.

— Maman, Hugh enseigne surtout l'histoire américaine. » Il enseigne aussi l'histoire moderne européenne et dirige un séminaire pour adultes sur l'art du vingtième siècle, mais je suis agacée par son obstination à désapprouver que j'aie cessé de peindre depuis l'université, voilà plus de dix ans.

« Il pourrait participer à une croisière sur le Mississippi. Ou en Alaska. Ou dans la baie de Chesapeake. Ton père veut que nous fassions une croisière fluviale quand il sera à la retraite, juste tous les deux. » Elle ajoute d'un ton joyeux : « Peut-être le fera-t-il avec sa *seconde* épouse. »

Ayant grandi dans une ferme, ma mère prétend qu'elle aimerait parfois vivre loin de la mer, là où le sol produit autre chose que des pierres pour construire des murs, pourtant il y a longtemps qu'elle s'est résignée à habiter en Nouvelle-Angleterre. Elle tire profit de ce sacrifice. Et elle a transformé ses capacités d'éleveuse en un véritable talent à l'égard des chevaux et des chiens de chasse. Elle ne donne des leçons d'équitation que l'été ; le reste de l'année, elle se consacre à ses prétendues chasses, emplissant les bois des environs (ou ce qu'il en reste) du tumulte des sabots et des appels des chiens dans leur joyeux et guttural enthousiasme. La piste trompeuse du renard est tracée à l'avance par des collégiens du coin entraînés par ma mère à simuler les manœuvres rusées de l'animal.

« À propos d'Europe, dis-je, j'ai l'intention de suivre un programme d'études supérieures en Angleterre. Pendant un an. »

Elle m'observe par-dessus son verre de sherry. Elle le repose. « En Angleterre !

— J'ai une bourse pour étudier la critique d'art. Un mastère spécialisé.

— Pourquoi l'Angleterre ? Que fait-on à New York sinon étudier l'art ?

— Il s'agit d'un programme particulier, à la Tate. Il n'existe rien de tel nulle part ailleurs.

— Et que fera Hugh là-bas ? »

Je me tourne vers Hugh, qui regarde en direction de la piscine. « Hugh prendra un congé, dis-je à sa place.

— Il ne perdra pas son poste ?

— L'école accorde des congés sabbatiques. » Je jette un regard furieux à Hugh, tentant de l'entraîner dans la discussion, voire de ramener son attention vers la table. « Il a enseigné assez longtemps pour avoir droit à au moins un semestre.

— Hugh ! s'exclame maman. Qu'en pensez-vous ?

— L'Angleterre, pourquoi pas ? Ça pourrait être intéressant. » Il a son vague sourire à nouveau.

« Intéressant ? » se moque ma mère, et j'ai la même réaction qu'elle. Où sont passés les *incroyable, sensationnel, une belle aventure* ?

« Je veux dire fascinant, corrige-t-il. Je pourrais aussi donner des cours. »

Ou rester couché toute la journée.

« Louisa et moi, nous pourrions redevenir étudiants », continue Hugh. Je sens une hésitation dans sa voix. Essaie-t-il d'avoir l'air romantique ?

« C'est la grande mode ces temps-ci, n'est-ce pas ? De faire des études qui n'en finissent jamais », lance ma mère, et son ton n'a plus rien d'enjôleur. Elle me regarde d'un air accusateur. « Tu es de mèche avec ta sœur ? C'est son truc, à elle aussi. Maintenant elle a décidé qu'elle a besoin d'une sorte de diplôme supplémentaire de gestion de l'extinction des espèces, quelque chose d'encore plus spécialisé et inapplicable que ce qu'elle étudie déjà. Combien de diplômes vous faut-il donc ? L'université suffisait de mon temps, avant de plonger dans la réalité de la *vie*. Et regarde le cursus extravagant de ton père. La botanique ! Beau me dit que "botanique" n'existe même plus ! Et est-ce avec ça qu'il gagne sa vie à présent ? Quantité de gens qui ont très bien réussi sont allés à l'université, un point c'est tout. Aujourd'hui les études ressemblent à des exercices à l'élastique. Il faut les étirer, les étirer encore et encore. Un sandow, voilà ce que c'est ! Tous les deux, vous avez une situation, une bonne situation ! Qui peut assurer que Hugh retrouvera son poste à votre retour ? »

Je réponds d'un ton sec : « Un contrat, ni plus ni moins. » Mais je suis soudain troublée par la pensée pernicieuse que ma sœur soutire probablement de l'argent à mon père. Et le sentiment amer qu'elle leur a parlé de ses projets avant de me les confier. Nous ne sommes certes pas les meilleures amies du monde, mais nous nous respectons mutuellement. Ce n'est pas comme si j'avais l'intention de leur demander de l'argent – on m'a accordé une bourse –, mais je connais le pouvoir de Clem sur papa. Il s'illumine dès qu'elle lui raconte ses histoires, lui détaille ses aventures darwinesques au Brésil, au Labrador, en Alaska ; elle lui donne la nostalgie de la science. Je suis incapable de retenir le nom des espèces qu'elle s'efforce de sauver, je sais seulement que la plupart sont des animaux aquatiques. Étant donné qu'elle a toujours dit que l'école, pour elle, n'était qu'un mal nécessaire, les propos de ma mère sont surprenants.

« Bon, si tu le dis. » Ma mère pousse le soupir de quelqu'un d'incompris et mange un peu de sa salade de poulet. « Ta sœur a ses idées et je n'y peux rien, n'est-ce pas ? Je vous ai élevées pour être indépendantes, et vous l'êtes. »

Hugh contemple à nouveau la piscine et je suis soudain paniquée à l'idée qu'il regarde le maître nageur. Mais ce n'est pas parce que nous dormons désormais ensemble comme des amis – et qu'il est incapable de faire autre chose au lit que roupiller – qu'il est homo.

« Et les enfants » ? » lance alors ma mère, comme si elle pouvait lire dans mes pensées. Elle vous fiche la frousse dans ces cas-là.

« Quoi, les enfants ? » dis-je. Ce qui détourne le regard de Hugh de la piscine.

« Je ne veux pas paraître insistante, mais, Louisa – et Hugh –, n'est-il pas temps ? Nous approchons de, voyons, votre cinquième anniversaire.

— Ce n'est pas une conversation de déjeuner.

— Franchement, chérie, qu'est-ce qu'une conversation de déjeuner ? Une conversation au lit ? » Elle rit doucement de sa plaisanterie involontaire. « À moins que vous ne pensiez que cela ne me regarde pas ? »

Hugh rit de bon cœur. De quel côté est-il ?

« C'est exactement ce que je veux dire. » Je m'assure qu'il n'y a aucun humour dans mon intonation.

« Chip ? » Ma mère effleure la manche du serveur au moment il passe près de notre table, et je crains un instant qu'elle ne lui demande si le fait que j'aie un enfant la regarde ou non. « Chip, pouvons-nous avoir quelques petits pains supplémentaires ? J'ai fait trimer mon gendre ce matin. »

Tandis que le soleil gagne la terrasse sur laquelle nous sommes installés, je remarque que les abeilles festoient dans la plate-bande d'hortensias bleus aux têtes aussi larges que des melons. Maman, avec sa robe assortie aux fleurs, n'a pas remarqué que quelques insectes viennent rôder autour de ses épaules. Elle est en mission.

« Puis-je vous dire une chose à tous les deux, juste une chose ? » Elle poursuit aussitôt : « N'attendez pas d'être prêts pour avoir des enfants. On n'est jamais prêt. Jamais. Être prêt n'est pas la question. Et je crois savoir que le système de santé en Angleterre est excellent. Et *gratuit*. Qu'est-ce que vous en dites ? »

Je voudrais lui répondre que rien n'est gratuit, mais je préfère changer de sujet.

Je tombe sur le carton qui contient ma robe de mariée conservée comme il se doit, lyophilisée, momifiée ou emballée sous vide. Il y a une petite fenêtre transparente, un aperçu de ce corsage brodé porté un jour et qui ne le sera peut-être jamais plus. En tout cas pas par moi. J'aurais cru que cette toilette méritait d'être rangée dans la maison, à l'abri des changements brutaux de température de la grange. La dernière fois que je l'ai regardée, la robe était en haut de la penderie de ma... de la chambre d'amis. Essoufflée par la chaleur de l'après-midi, je m'autorise un moment d'assoupissement. J'hésite à descendre le carton et à affronter ma mère. Elle est dehors, je l'entends parler à quelqu'un dans l'allée en dessous de la fenêtre. Il n'y a pas de leçons en ce moment, il fait trop chaud. Maman a pitié des chevaux ; ils passent une grande partie de l'après-midi à somnoler sous les érables en lisière du pâturage, écartant les mouches à coups de queue.

Je n'entends pas ce qu'elle dit car j'ai mis en route un ventilateur pour éviter un coup de chaleur. À cause du vin que je regrette d'avoir bu au déjeuner, l'air étouffant de la grange me fait tourner la tête. Je repousse le carton avec dégoût ; il est grand mais très léger, son contenu est tout de gaze et de tulle arachnéen. Je fends une boîte étiquetée 1970-1974. Elle contient des lettres. Les lettres de mes amies du lycée, la plupart écrites les étés où nous étions séparées, en majorité pendant les mois précédant mon départ pour Radcliffe, quand plusieurs parmi les élèves avaient un job loin de chez elles. Cet été-là, je vivais à la maison et travaillais tous les jours comme secrétaire dans un centre universitaire des environs. Je répondais aux rares appels téléphoniques et tapais quelques lettres sans intérêt pour le responsable des admissions, qui venait seulement deux ou trois jours par semaine. Le campus était plus ou moins déserté. J'avais l'impression de vivre dans un monde futur, une sorte de temps à la Ray Bradbury où les études ne comptaient plus ; où les livres, au lieu d'être brûlés, étaient de simples petits tas de poussière.

Je sors un paquet d'enveloppes vert-jaune retenues par un élastique. Oh, Eliza. Chère Eliza, avec qui j'ai perdu contact sans autre raison que la paresse. Ou peut-être, je le confesse avec honte, me suis-je sentie supérieure du fait d'être admise à Harvard alors qu'elle allait à Hollins.

Eliza était follement amoureuse cet été-là ; d'ailleurs, à part moi, qui ne l'était pas ? Quand vous avez dix-sept ans, l'amour est une affaire de constitution. C'est l'oxygène. J'ouvre une des lettres. Elle commence ainsi :

Chère Louisa, Seigneur, je comprends ce que tu veux dire. Ma sœur me rend complètement cinglée, elle aussi. Elle me vole TOUTES MES AFFAIRES et ment du matin au soir. Mais Jeremy me dit de ne pas y faire attention. Jeremy a trois frères qui sont pourris-gâtés. Il est comme un troisième parent, il a des critères différents. Il ira loin et fera quelque chose d'important, ne sera pas l'esclave du dieu Argent comme son père. As-tu jamais entendu parler de Médecins sans frontières ? C'est EXTRAORDINAIRE...

La suite de la lettre concerne Jeremy, ses muscles dorés, ses cils, ses nobles ambitions, ses sauts périlleux de la jetée. Il faisait partie des délégués du camp dans le New Hampshire où Eliza travaillait cet été-là. Elle était prête à ce qu'il soit le premier garçon avec qui elle ferait l'amour.

Seigneur, il me rend complètement folle de DÉSIR, je suis sûre que je vais céder ! Il est tellement poli et tellement insistant en même temps !!! Et il est réellement sérieux avec moi. Je sais, je sais, mais C'EST VRAI. Toutes les nuits, quand on a éteint les lumières, quand tous nos gamins sont allés dormir (c'est comme si on jouait AU PAPA ET À LA MAMAN !!!), nous nous échappons vers le lac et nageons. Nous ne sommes jamais seuls, et c'est sans doute mieux. Nous ôtons nos vêtements comme tous les autres et je plonge très vite afin qu'il ne puisse pas me voir toute nue, mais ensuite il nage vers moi et, OH SEIGNEUR, je ne peux te dire combien il est sexy sous l'eau. L'invisibilité est pratiquement fatale, si tu me comprends ! Est-ce que tu vas me haïr si je le fais la première ? Et PITIÉ, Louisa, ne montre cette lettre à PERSONNE, JAMAIS !!!!

Je m'assieds et lis la lettre du début à la fin. Elle a huit pages. La sensation de science-fiction à la Ray Bradbury me revient, mais à l'envers. À présent, c'est le temps qui est étrange. On nous a bourré le crâne pour vivre comme nous le faisons. Nous ne sommes pas informés. Nous nous sommes égarés. Je songe à ces baignades à poil à minuit avec des amis, dans la mer en bas de la route ; des corps nus glissant les uns contre les autres aussi amicalement que si nous étions des dauphins. C'est une chose que j'ai pratiquement oubliée et que je ne referai sans doute plus. Pourquoi n'écrit-on plus de lettres, des lettres manuscrites qui courent sur des pages et des pages, rédigées avec un torrent de points d'exclamation (le sommet de chacun : une larme soigneusement inversée) ? Ce sont des émotions que vous pouvez tenir entre vos mains. Vous vous racontez tout dans le moindre détail, les choses que vous ressentez sans pouvoir les voir. Je me souviens soudain de l'excitation, du frisson d'impatience, en ouvrant la boîte aux lettres cet été-là pour y découvrir ce reflet vert particulier. Comme si j'étais amoureuse d'Eliza. Je dévorais les nouvelles qu'elle me donnait, des nouvelles d'un monde étranger, je plongeais dans le bavardage de cette fille comme dans une mousse au chocolat. Je les dévore aujourd'hui à nouveau. Je n'en ressens aucune gêne, cela m'émeut. Quelle est la dernière fois où quelque chose m'a paru EXTRAORDINAIRE ?

Je me retourne en entendant des pas dans l'escalier du grenier.

« Hello, tu es là ? »

Papa vient de rentrer, plus tôt que d'habitude parce que je suis à la maison. Malgré son grand chapeau kaki à bord flottant, son nez brille comme un coquelicot. Je lui envie ses occupations qui lui permettent de rester tout l'été dehors au soleil. J'ai la chance de faire le travail qui est le mien, mais je passe de longues journées sans respirer un atome d'air frais et ensoleillé.

Je me lève et l'embrasse sur la joue. « Je m'efforce de faire le tri. J'essaye. »

Papa me montre la montagne de cartons – les siens – qui dépasse tout ce que j'ai mis de côté.

« Soi-disant, dit-il, tout doit disparaître. »

Soi-disant est un code pour « selon ta mère ». Nous partageons le rire de conspirateur du gang familial.

Il demande si les deux gros sacs en plastique sont à jeter. Quand je dis oui, il les tire vers l'ouverture de la grange et les lance à l'extérieur.

« Attention en dessous ! » hurle-t-il. J'entends deux bruits sourds métalliques.

« Papa !

— Louisa, j'ai amené le camion dehors. » Il me dit que j'ai bien avancé. « Je t'ordonne d'arrêter. Sinon c'est ta mère qui va le faire. La clémence vient d'en haut – ou d'en bas. Elle est en train d'ouvrir une bouteille de champagne. »

C'est seulement en traversant l'allée que je me rends compte que j'ai encore dans la main les lettres d'Eliza. Maman est dans la cuisine, à nouveau vêtue en campagnarde (un jean et la vieille chemise de coton élimé que mon père bedonnant a dû abandonner). Elle embroche des tomates cerises et des morceaux de viande badigeonnés d'huile. « Ah ! dit-elle en me voyant. C'est l'heure de l'apéritif !

— Où est Hugh ?

— En train de lire, sans doute. Il est remonté de la plage il y a deux heures. »

En haut, je le trouve au lit – ou plutôt sur le lit, vêtu de son maillot de bain et d'un tee-shirt blanc juvénile, endormi sur l'un des patchworks confectionnés il y a des lustres par une tante douairière de mon père. Ses cheveux noirs bouclés sont pleins de sable. « Seigneur ! »

J'ai envie de lui dire qu'il ne devrait pas être allongé sur cette antique courtepointe avec tout ce sable et cette crème solaire. Mais je décide subitement de cesser d'être désagréable avec lui. Je songe à l'époque, à peine un ou deux ans auparavant, où je me serais allongée près de lui et l'aurais embrassé, à pleine bouche. *Bonjour, toi*, aurais-je dit.

Il ouvre les yeux. « Je sais, je dors trop. »

Je m'assieds sur l'autre lit. « Tu ne te sens pas bien ? Tu veux prendre un rendez-vous avec le Dr Breen ?

— Non, dit-il d'un ton ferme, avec une trace d'agressivité. J'accumule, comme un panneau solaire. L'école commence dans trois jours, tu sais ?

— Je sais. » Mais j'ajoute plus gentiment : « Alors habille-toi, veux-tu ? Nous avons droit à du champagne pour je ne sais quelle raison.

— Ton père vient de conclure une affaire juteuse avec un type du genre Ted Turner, mais pas Ted Turner.

— Comment le sais-tu ?

— Ta mère me l'a dit pendant que je charriais le foin.

— Pourquoi ne l'a-t-elle pas mentionné au déjeuner ? Pourquoi te l'a-t-elle dit, à toi et pas à moi ?

— Il lui a téléphoné pendant que j'étais avec elle, je suppose. » Hugh ouvre la penderie pour en sortir la chemise rayée de Brooks Brothers qu'il portait au déjeuner. Je jette un coup d'œil sur l'étagère au-dessus des cintres. Avant qu'il referme la porte, j'aperçois des boîtes en carton. Sur l'une, de l'écriture de maman : DÉCO NOËL. Des boules de verre ont remplacé ma robe de mariée ?

« Qu'y a-t-il pour le dîner ? demande Hugh.

— Des brochettes. Marinées dans de la sauce Ken's Steak House. »

Il émet un petit grognement de dégoût amusé.

« C'est plutôt bon, tu sais. » Je quitte la pièce. Ma bonne volonté s'est envolée. Je ne serai jamais, au grand jamais, digne de Médecins sans frontières. Je me demande ce qu'il est advenu du fabuleux Jeremy. Probablement au sommet de l'échelle du succès à l'heure actuelle. Je l'ai peut-être croisé en ville.

Ma mère sert quatre coupes de Codorniu, la boisson espagnole dans la bouteille aux formes affaissées. « Ah, où est Hercule ?

— Il se repose de son labeur. C'est dur de soulever le monde. » J'ajoute que j'ai besoin d'une douche avant de boire du champagne. Je suis un tas de poussière trempée de sueur.

« Il ne reste pas beaucoup d'eau chaude, prévient maman. Je viens de laver les tapis de selle.

— J'adore les douches froides. » Je suis d'une humeur de chien à présent. « Et j'adore être mariée à un type qui ne fait que dormir.

— Chérie, c'est l'air de la mer, dit maman. Il fait souvent cet effet.

— Dormir est bon pour la santé, ajoute papa, appuyé sur le comptoir, en train de feuilleter un magazine. Les gens qui dorment beaucoup vivent plus longtemps. Tu le savais ? » Ils se liguent contre mes doutes. Où est-ce de la paranoïa de ma part ?

« Tu ressembles à un paquet de sel, dit maman à papa. Va te peigner.

— Oui, mon commandant », répond-il.

J'entends maman répliquer, pendant que je monte l'escalier : « Commandante, pour toi. »

Lorsque je sors de la salle de bains après ma brève et tiède petite douche, Hugh est encore dans la chambre, mais habillé. Il lit une des lettres d'Eliza que j'ai laissée traîner sur mon lit. Je la lui reprends brusquement.

« Qu'y a-t-il ?

— C'est personnel.

— Elle date de deux décennies, dit-il. Je ne te connaissais même pas.

— Il ne s'agit pas de moi, il s'agit de quelqu'un d'autre. » L'élastique autour des lettres s'est désintégré. Je les tiens fermement, cherchant dans la pièce quelque chose pour les attacher. Je regarde instinctivement vers l'endroit où se trouvait mon bureau.

« Les amoureux ! crie ma mère dans l'escalier. Les bulles s'échappent ! »

Je fourre les lettres sous mon oreiller, ce qui provoque un rire moqueur de la part d'Hugh. « Je ne vois pas ce que tu as à cacher, Louisa. »

Moi non plus d'ailleurs. Garder ces lettres pour moi semble une question de principe, même si j'en reconnais le côté parfaitement stupide.

Lorsque nous arrivons en bas de l'escalier, maman sort un autre verre pour Tighty qui vient d'apparaître, comme il le faisait souvent à cette heure quand j'étais adolescente. Rien n'a changé apparemment. Non sans une certaine perfidie, car il fait pratiquement partie de la famille, je ne peux m'empêcher de voir Tighty comme l'exemple vivant du garçon brillant incapable d'avoir une vie digne de ses talents. Je constate qu'il a encore pris du poids depuis notre dernière rencontre, pourtant je soupçonne qu'il est toujours aussi séduisant aux yeux des passionnées d'équitation gloussant comme des gamines quand il est dans les parages. Clem prétend que Tighty a des phéromones de premier ordre. Elle prétend qu'elles sont l'équivalent glandulaire d'un quotient émotionnel élevé.

« *Yo !* » me dit-il, une nouvelle façon de saluer qu'il croit peut-être susceptible de lui donner l'air plus jeune. Il lève son verre en guise de toast et avale une gorgée généreuse.

« Hello ! Comment va Tighty ?

— Super bien, *comme toujours* », répond-il en français avec son air perpétuellement sardonique. De sa main libre, il plonge dans une grande poche carrée sur le côté de son large pantalon crasseux. Il en retire deux paquets en plastique et les dépose sur le comptoir de la cuisine. « Dr Feelgood, à votre service. »

Les paquets contiennent des seringues. Le mariage chic, le feu d'artifice. Les chevaux de ma mère deviendraient fous de terreur s'ils devaient endurer les explosions des fusées en galopant dans la prairie. Les enfermer dans l'écurie ne servirait qu'à refouler leur panique. Je me souviens d'un rituel du 4 Juillet : il fallait s'assurer que les chevaux étaient calmés au bon moment et que quelqu'un restait au chenil pour surveiller les chiens, donner un cachet à ceux qui devenaient anxieux. Du Valium dans une boulette de viande.

Tighty reste dîner. Tant mieux, pas de Conversation Sérieuse du genre : est-ce que Hugh et moi avons l'intention d'avoir des enfants (ou pourquoi maman a relégué ma robe de mariée dans la grange) ? Et tant pis, car Tighty et Hugh n'ont aucun atome crochu. Ils exécutent une danse masculine maladroite, feignant de se passionner pour le base-ball (ce qui n'est le cas d'aucun d'eux), ou pour la politique étrangère du président Bush (que Tighty ignore complètement car il vit dans un vide politique), ou pour le monde de l'art (qu'ils connaissent tous deux, mais qui déroute totalement mes parents, ce que maman ne supporte pas).

Ils se serrent la main. « Comment ça va dans l'enseignement ? demande Tighty.

— Disons que c'est encore les vacances, répond Hugh. Du moins pour quelques jours.

— Ah, fait Tighty. Pas de cours d'été en ce qui vous concerne.

— Non.

— Bon. »

Papa, qui pourrait venir à la rescousse, est au téléphone ; il reçoit tant d'appels durant la haute saison de yachting que maman l'a obligé à prendre une ligne séparée sur un téléphone sans fil, surtout pour pouvoir le chasser de la pièce quand elle en a assez d'entendre parler bateaux. Il parcourt la maison, sa main libre pressée contre son oreille, poursuivant des conversations animées concernant la météo, les régates, les querelles de mouillage et la santé des coquillages locaux.

« Dehors, Beau. Oust ! » dit maman, le poussant hors de la cuisine, plaquant ses paumes sur ses omoplates. Elle me prie de mettre la table et demande à Hugh s'il peut s'occuper des grillades. Elle aime que le dîner soit servi à sept heures précises.

En ouvrant les placards, j'aperçois un service d'assiettes que je ne connais pas.

J'en montre une à ma mère. « Maman, où sont les miennes ?

— Les tiennes ?

— Les assiettes que je vous ai offertes, à toi et à papa, pour votre anniversaire ?

— Oh ! » Elle remplit à nouveau le verre de Tighty. « Eh bien, nous avons un nouveau lave-vaisselle – tu te souviens de l'inondation que nous avons eue à Noël ? – et je crains que tes assiettes ne rentrent pas dans le panier inférieur.

— Mais où sont-elles ?

— Je les ai rangées pour l'instant, dit maman. Ne te tracasse pas, chérie. »

Tighty me regarde attentivement. Il a assisté à tant de mêlées verbales dans la cuisine, une fille après l'autre. « Hé, ho ! Comment va Clem ? Elle me manque sacrément. » Tighty et Clem étaient proches quand elle était plus jeune ; je me demande parfois jusqu'à quel point, mais je n'ai jamais osé poser la question, pas même quand elle lui a sauvé la mise en Californie. Toute cette farce – le rapt des chiens emmenés par Tighty à travers le pays jusqu'en Californie, ma crise conjugale qui s'est, elle aussi, terminée en Californie – est un souvenir tellement détestable pour nous deux que nous n'en avons jamais plus parlé. Il m'arrive d'imaginer que ce n'est jamais arrivé. On pourrait croire que notre retour en camion, à travers une douzaine d'États pendant presque une semaine, nous aurait rapprochés. À peine. Nous nous sommes bien entendus au début, mais notre embarras n'a fait que croître avec les kilomètres. J'ignore toujours pourquoi maman ne l'a pas fichu dehors, mais je pense qu'elle le considère comme un de ses animaux, et c'est un compliment. Elle n'a jamais désespéré d'un animal.

L'allusion à Clem déclenche la tirade préférée de maman sur les études, qu'elle compare à une corde élastique. Ce que Tighty, que trois années à Yale n'ont mené nulle part, approuve : « Les études sont une forme très coûteuse de procrastination. »

À la place de Hugh – si l'enseignement était la source de mes revenus –, je sauterais à la gorge de Tighty, mais en ce moment il se contente d'avoir l'air étonné. Peut-être, contrairement à moi, sait-il repérer un combat inutile. Je suis prête pour ma part à une joute verbale, mais maman nous tend nos assiettes, nous entraînant sur la véranda. Les chevaux nous contemplent de la prairie.

Une fois installés tous les quatre (papa est ailleurs, toujours au téléphone), Tighty déclare : « Bon, pour continuer sur le mode de la plaisanterie, la rumeur dit que Millie écrit un livre.

— Millie qui ? demandé-je

— Millie, le springer spaniel de la Maison-Blanche. Y aurait-il un autre Millie ? »

Maman éclate de rire. « Tighty, vous devriez commencer à prendre des notes au chenil. Je parie que *nos* pensionnaires ont des choses beaucoup plus intéressantes à raconter qu'un toutou d'appartement trop haut sur pattes, dont la race a été irrémédiablement altérée. »

Maman et Tighty s'engagent alors dans une descente en règle du club canin de l'AKC, dont les critères de beauté trop étroits ont provoqué une explosion de tragédies congénitales, comme le syndrome de la rage ou une épidémie de dysplasie de la hanche. Je remarque que maman a recouvert l'assiette de mon père pour garder son contenu au chaud et qu'elle ne paraît pas ennuyée de son absence à table. Je jette un coup d'œil à Hugh. Il me regarde à son tour et sourit, peut-être de la tournure bizarre de la conversation, peut-être par gentillesse. Pourquoi ai-je besoin de savoir pourquoi ? Je lui retourne son sourire.

« Dernières nouvelles ! » annonce papa en nous rejoignant. Il vient de conclure la location du plus petit de ses chantiers, à partir de l'été prochain, à un Texan qui s'est pris de passion pour la navigation à Newport. « Ta mère aurait dû acheter ce qu'il y a de meilleur, dit-il en ouvrant une seconde bouteille de Codorniu. Pendant un quart d'heure, nous allons nous sentir très riches. »

Maman s'illumine. Elle me dit : « Je parierais n'importe quoi que ton père projette d'acheter le bateau de ses rêves.

— May, ton imagination t'entraîne trop loin, dit papa.

— On verra. Attendons. » Elle lance un clin d'œil à Hugh.

Dehors, le soleil brille et les criquets s'en donnent à cœur joie. Tighty consulte sa montre et prend congé pour aller soigner les chevaux. Dès que j'ai débarrassé l'inhabituelle abondance d'assiettes, je demande l'autorisation de quitter la table pour poursuivre le tri de mes souvenirs d'enfant.

« Tighty ! crie ma mère en direction de l'écurie tandis que je monte me changer pour la quatrième fois de la journée. Prenez le reste de la tarte quand vous partirez, voulez-vous ? »

Revigorée par le champagne bon marché, je m'attaque aux caisses contenant la poterie que je n'ai jamais vendue ni donnée, ni même utilisée dans la vie courante. Et je tombe sur une nouvelle caisse – plus petite, comme pour s'excuser de son insignifiance (ou tapie pour mieux se cacher) – contenant les douze assiettes, bleues comme la mer en août, leur vernis chatoyant telle une aile de libellule, les assiettes que j'ai offertes à mes parents pour leur vingt-cinquième anniversaire de mariage. J'en étais fière lorsque je les ai fabriquées ; elles ont l'air à la fois anciennes et neuves, toutes légèrement différentes. Elles sont beaucoup plus délicates que les sombres assiettes en céramique raku que Hugh et moi utilisons tous les jours à New York.

J'ai allumé la lumière dans la grange, faisant fuir les chats de leurs repaires au creux des montagnes de foin. Deux chauves-souris volettent entre les poutres et s'éclipsent par la porte ouverte sur le ciel, maintenant d'un bleu profond de crépuscule (un bleu que j'ai naguère rêvé de reproduire dans mes vernis).

Plusieurs pensées banales viennent renforcer mon indignation.

Pour commencer, les assiettes n'auraient jamais dû aller dans le lave-vaisselle. Je n'attendais pas qu'elles soient réservées à des occasions spéciales – ces dernières ont droit à la porcelaine de ma grand-mère –, mais j'attendais qu'elles soient lavées, amoureusement, à la main.

Ma mère connaissait apparemment l'emplacement de ces cartons, et je me demande ce qu'elle sait d'autre de mes affaires. Je l'imagine mettant son nez dans les boîtes, y compris dans mes lettres d'adolescente, recollant les enveloppes avec soin afin que je n'en sache rien. C'est absurde, bien sûr. Elle n'a ni le temps ni de penchant pour la duplicité. Pour le meilleur ou le pire, elle vit sans rien cacher.

Comment se fait-il que mes parents semblent si bien accordés alors qu'on pourrait croire le contraire ? Est-ce seulement une façon de résister aux perpétuelles contrariétés jusqu'à ce que toutes vos habitudes, bonnes et mauvaises, deviennent votre univers, supportables parce que familières ? Pourtant mes parents s'arrangent pour qu'un mariage heureux ait l'air réel.

Dans la caisse suivante se trouvent mes théières, longs récipients munis de becs courbes, verts zébrés d'orange et de violet. Je me revois en train de souffler le vernis à travers une paille étroite, prenant soin de ne pas l'aspirer, gardant malgré tout dans la bouche un goût de métal et de chaux. Certains pigments avaient une odeur d'épices : cannelle, curcuma, muscade. C'était ma période « nuits arabes ». Je l'ignorais alors, mais ce fut ma dernière phase, mes débuts au magazine, ma rencontre avec Hugh. « Je cherche sans doute un sultan », dis-je, un peu embarrassée, la première fois que je l'emmenai dans mon atelier et lui montrai ces poteries. « Non, pas une céramiste. Une potière. Je suis une potière. » Les mots, finalement, finirent par l'emporter. Maintenant je mets en forme des mots, pas de l'argile.

Un énorme crépitement me glace soudain. Il provient de l'extérieur de la grange, bien qu'elle soit fermée. Par-delà la porte, je ne vois que le ciel sombre, les cimes des arbres autour de la maison. Puis vient un long sifflement, un bruit de film de guerre, suivi d'un écho vibrant, une petite série d'explosions. J'avais oublié le feu d'artifice.

À la déflagration suivante, je me dirige vers la porte, m'en approche avec prudence, me tenant à la rambarde de mes deux mains, penchée en avant en prenant soin que mes pieds restent à vingt-cinq centimètres de l'ouverture. Bien qu'elle ne permette pas de voir le spectacle – que l'on découvre seulement dans la direction opposée –, la vue de la maison de mon enfance dans la nuit me retient un instant en dépit de mon vertige. (Si je devais tomber, j'atterrirais en plein sur le camion de papa et les sacs de souvenirs dont je me suis séparée à regret.)

Presque toutes les fenêtres sont éclairées. Dans la cuisine, ma mère devant l'évier rince sa vaisselle ordinaire, parle au téléphone, probablement avec Tighty, qui est au chenil pour s'assurer que les chiens ne sont pas paniqués par l'inexplicable clameur tombée du ciel. Sous la véranda, papa fait les cent pas et parle au téléphone, lui aussi. Je l'entends rire. Je l'entends dire *riches pendant un quart d'heure*. En haut, la lumière est également allumée dans ma chambre. Hugh est-il en train de lire ? A-t-il en douce pris les lettres d'Eliza sous mon oreiller (est-ce que je m'en soucie vraiment ?) ou est-il plongé dans ce livre sur le Vietnam qui creuse un pli sombre sur son beau visage lisse ?

Mon regard se porte à nouveau vers mes parents, chacun conversant dans son coin. À moins qu'ils ne bavardent ensemble ? Qu'ils se téléphonent toute la journée, parce que c'est comme ça qu'ils communiquent le mieux même quand ils sont à quelques mètres l'un de l'autre ? Est-ce là leur secret ? En ont-ils vraiment un ?

Lorsque Clem parle de l'absurdité du mariage, elle prétend que c'est une décision fondée sur le temps géologique – contraire à la nature humaine. À la mortalité. La première fois que j'ai entendu ce petit discours de sa part, je lui ai dit qu'elle déraillait. « Allons donc ! a-t-elle rétorqué. Tout ce bla-bla sur l'*éternité* ?

— Et nos parents, ils ont l'air de s'en sortir.

— Eh bien, a-t-elle dit, ils ont trouvé un compromis. Je ne veux pas de compromis. Et toi ? »

Mais qu'est donc le mariage si ce n'est un compromis ? Et est-ce si détestable ?

Je regagne la sécurité de la grange. Je finirai ma pénible tâche demain. J'arrête le ventilateur. Je laisse la porte ouverte sur le ciel ; je n'ai pas le courage de la refermer. Je demanderai à papa de le faire. Je prends mon carton, le scotche et le cale avec précaution sur ma hanche. Je descends l'escalier lentement, une marche après l'autre.

Je pose le carton dans l'allée et me dirige vers l'endroit d'où j'espère voir le feu d'artifice, au-dessus des arbres au bout de la prairie. Mais je n'aperçois qu'un halo multicolore ; le spectacle en lui-même se déroule hors de ma vue. Je regarde quand même, jusqu'à ce qu'un crescendo extasié annonce la fin des illuminations. Deux longues comètes s'élèvent assez haut pour que je puisse les voir. J'entends un des chevaux hennir. La mariée et le marié sont en train de monter dans la longue limousine blanche, ils partent, resplendissants, vers une lune de miel dans un endroit chic et coûteux. La Toscane, les fjords de Norvège.

J'ouvre le coffre de notre voiture et y hisse le carton contenant les belles assiettes que j'ai fabriquées pour mes parents et qu'ils n'utiliseront jamais. Aussi silencieusement que possible, je referme le coffre.

Je pénètre dans la maison dans un but bien précis, et personne ne pourra m'arrêter – mais mes deux parents sont encore au téléphone. Tandis que je traverse la galerie et entre dans la cuisine, je leur fais un signe à tous les deux. Ils me rendent mon salut sans interrompre leur conversation. J'avais raison : maman parle à Tighty, bien qu'il semble que les chiens aillent bien.

Je monte à l'étage, résolue à avoir une explication, à tout déballer avec Hugh, comme j'ai déballé le reste. Je vais lui dire : *Je t'aime, mais ça ne va pas entre nous.*

Il dort, naturellement, le livre sur le Vietnam posé de travers sur sa hanche. Il est neuf heures et demie et il dort.

Je m'assieds sur le bord de mon lit et le regarde. Je pourrais le réveiller. Et si c'était le moment décisif, celui qui détermine si oui ou non nous allons continuer à vivre ensemble ? Quel est le bon choix, le réveiller ou le laisser dormir ? Dans l'ordre de l'univers, dans le temps géologique, en quoi est-ce urgent ?

Il y a deux ans, j'ai été enceinte – pas longtemps. Nous étions heureux, amusés même, parce que complètement pris au dépourvu. Avant de l'annoncer, mais pas avant d'avoir commencé à discuter du prénom, j'ai fait une fausse couche. Je venais d'avoir trente et un ans. Mon médecin a dit : « Ne vous inquiétez pas. C'est normal. Faites une pause pendant deux mois, et ensuite vous vous remettrez en selle. »

Je n'ai pas apprécié la comparaison équestre. J'ai été soulagée quand, à cause d'un problème d'assurance maladie, j'ai dû changer de médecin juste après. Je n'ai pas demandé à mon nouveau médecin son avis sur une autre grossesse, et il ne m'a jamais posé de questions à ce sujet.

Hugh n'a pas dit grand-chose non plus là-dessus. Plusieurs mois s'écoulèrent. Le temps de me remettre en selle arriva, puis passa. Nous le laissâmes s'éloigner de plus en plus. Comme si perdre le bébé, et même avoir été enceinte, nous avait mis mal à l'aise. Nous n'en avons jamais parlé à nos amis ; à cette époque, trop parmi eux espéraient désespérément un enfant ou simplement trouver un conjoint. Nous étions au moins à moitié heureux.

Hugh dort paisiblement, ressemblant en tous points au garçon raisonnable, patient, aimable que j'ai épousé. L'air que brasse le ventilateur ébouriffe ses cheveux, encore pleins du sable de la plage. « Où en sommes-nous ? » dis-je doucement, pour voir s'il va se réveiller. Il bouge, mais seulement pour se retourner de l'autre côté. Le livre sur le Vietnam se met à glisser, imperceptiblement au début, puis tombe sur le tapis. Je songe à le laisser là, ses feuilles repliées. Mais ce serait idiot. Je le ramasse, lisse les pages, le referme et le pose sur table entre les deux lits.

Maintenant je contemple sa nuque. Ce n'est rien, me dis-je. Je suis tentée d'effleurer les boucles emmêlées, humides, les cheveux enfantins de Hugh qui ne grisonnent pas. Le seul fait que je suis tentée semble encourageant.

J'ôte mes vêtements et enfile ma chemise de nuit. Lorsque je retire la courtepointe de mon lit, j'aperçois ce vert familier qui dépasse de mon oreiller. Je m'installe confortablement et dispose sur mes genoux les enveloppes dans l'ordre des tampons de la poste. Il y en a douze. Je me mets à les lire et comprends pourquoi j'étais tellement excitée cet été-là en les recevant. Ce sont des lettres d'amour – des lettres sur les prémices de l'amour.

Je te vois partout

1990

Épinglée sur ma couverture, une fiche rose PENDANT VOTRE ABSENCE. Une ABSENCE, je vais l'apprendre, d'une durée colossale. *Ta sœur a appelé. T'aime beaucoup. Arrive par le train dm.* Je me torture les méninges sur la signification de ces deux lettres, *dm*. Dimanche ? Du matin ? Mon esprit ressemble à une péniche chargée d'ordures grouillantes de mouches qui fend péniblement une mer de goudron. Au pied d'un lit inconnu, une fenêtre inconnue : des branches feuillues, un ciel brillant, un parking d'un éclat aveuglant. Des rideaux à rayures tout autour de moi.

Mon bras droit est dans un plâtre. De ma main gauche monte un tuyau de perfusion vers une grosse prune transparente. HYDRATATION, note mon cerveau, le mot scintille, un phare dans la mer de goudron. Je tourne la tête – un autre éclat, celui d'une douleur fulgurante – et il y a un électrocardiographe montrant le tranquille sautillement de mon cœur en bonne santé. E C G, m'informe mon cerveau, chaque lettre est un autre fanal, une minuscule pierre précieuse dans l'obscurité.

Oooh ! C'est donc ça, l'amnésie. Mais je reconnais maintenant cette femme endormie dans le fauteuil inconnu près de la fenêtre inconnue. Mon nom, ma profession, les événements de ma vie me reviennent et j'en suis vaguement déçue – excepté en ce qui concerne Jerry, Jerry toujours prêt.

Le billet rose est encore sur ma cuisse. « Bien sûr, demain. Merde. » Un murmure, assourdissant à côté du pâle ronronnement du respirateur artificiel.

En un éclair ma mère est réveillée et pose une main sur mon front. « Chérie, chérie, c'est *toi*.

— Qui suis-je à ton avis ? Mick Jagger ? » Ma voix ressemble au grincement d'une roue sur du gravier.

« Ne parle pas. Épargne tes forces, chérie. » Elle tire le rideau et appelle : « Gwen ! Elle est revenue à elle, enfin, elle est là ! » Quelqu'un la fait taire gentiment. Avant qu'elle laisse retomber le rideau, je vois une douzaine de lits dans un long arc de cercle, certains munis d'une tente à oxygène, tous flanqués de machines.

Maman racle son fauteuil sur le sol en l'approchant de mon lit. Elle désire manifestement mettre ma main dans la sienne, mais les deux miennes sont déjà prises – l'une par l'intraveineuse, l'autre par une écharpe.

« Tu es à l'hôpital », dit maman. Au cas où je penserais que nous sommes dans un hall de piscine ou dans une station de lavage. « Tu as eu un accident, tu vas t'en tirer. » Je m'apprête à dire *Bon Dieu, maman, quel hôpital, quel accident ?* quand elle pose un doigt sur mes lèvres. « Je t'en prie, chérie. Dans une minute je vais appeler papa. Il a dû rentrer à la maison pour mettre un Friendship en cale sèche et nourrir les chevaux. » Je récapitule : mon père gère trois chantiers. Ma mère est une cavalière accomplie, maître d'équipage. Ils vivent à Pemiquisset Point, Rhode Island, où j'ai grandi. Ces quelques rudiments de connaissance sont intacts, cette partie de mon patchwork cérébral en bon état. Mais le PRÉSENT de ma vie telle que je la connais se déroule principalement à Portsmouth, New Hampshire, où j'habite avec Jerry en attendant de savoir ce que je vais faire. Jerry dit que je devrais peut-être d'abord comprendre pourquoi je change si souvent de job, alors que je ne suis jamais virée.

Une infirmière entre dans mon minuscule réduit. « Bien, bien. On fait un bon petit somme. » Elle s'affaire à fixer un tensiomètre sur mon bras, celui qui n'est pas plâtré. Quand elle se penche sur moi, je distingue son badge. Elle s'appelle Gwendolyn Treeble, elle a une avalanche de taches de rousseur (sur la photo d'identité, le flash les a toutes blanchies), et nous sommes à l'hôpital de Boston, que mon père, qui a fait ses études à Harvard et a séjourné dans ces lieux pour une fracture du fémur, appelle l'« hôpital des huiles ». Mon cerveau dévide les détails les plus bizarres.

« Excusez-moi », dis-je, espérant qu'elle sera plus efficace que ma mère, mais un homme en blouse blanche surgit derrière elle. « Bien, bien, entends-je à nouveau, comme si c'était le mot de passe. Comment vous sentez-vous ? »

Je m'efforce d'articuler : « En compote. Comme si j'étais passée sous les sabots d'un Clydesdale. »

Il laisse échapper un petit rire bien élevé. « Le vocabulaire est un excellent signe. » Il s'appuie au pied de mon lit et tient un stylo, le déplace d'avant en arrière devant mes yeux. Puis il soulève le drap, dénude ma cheville et utilise son stylo universel pour frotter la plante de mes pieds. Me voyant tressaillir, il me fait un clin d'œil. « Je pense que nous allons renoncer à l'amputation. » Pour finir, il entoure mon cou de ses deux mains, fraîches et sèches comme un lézard. Il paraît s'assurer que mon crâne est toujours attaché à ma colonne vertébrale. Son badge m'apprend qu'il s'appelle Eric Slocum, interne en chef, urgentiste. Son bloc-notes, posé sur la table de chevet, m'indique qu'on est le 28 juillet. Cette date est en avance de plus d'un mois, n'est-ce pas ?

« Docteur, excusez-moi, mais je suis vraiment restée dans le cirage pendant un mois entier ? »

Il regarde le plafond tout en prenant mon pouls. « C'est miraculeux, vous devriez être beaucoup plus mal en point. Vous êtes une jeune femme dotée d'une sacrée chance, avec un crâne solide comme du granit de premier choix et une paire de poumons sacrément résistants. »

Les conversations sérieuses avec ces gens s'annoncent difficiles. Mais j'ai déjà été à la merci de médecins. Je connais leur façon de jouer au chat et à la souris.

Maman a les yeux gonflés. Pleurer n'est pas son genre, c'est donc que quelque chose de sérieux est arrivé. C'est une femme tout en nerfs, en pierre ponce, avec plus que l'habituelle dose de testostérone. Si mon crâne est en granit, c'est à ses gènes que je le dois. Elle croit en la suprématie des gènes ; moi aussi.

Jerry travaille dans la génétique. Je n'ai jamais éprouvé un tel désir pour un homme, dès la minute où je l'ai rencontré. J'étais dans un état d'excitation fébrile, éperdue, jalouse de tout ce qu'il touchait, son chat, son téléphone, même le volant de sa Jeep. De nature (les gènes encore !), je suis beaucoup trop sceptique, trop ancrée dans la réalité pour perdre les pédales, mais si quelqu'un peut me déstabiliser, c'est bien Jerry. C'est un vétérinaire de premier ordre. Il parcourt le pays et orchestre la procréation *in vitro* de bétail et de chevaux de race, depuis la consultation génétique jusqu'à l'instant de vérité soigneusement planifié de la reproduction. (Son rêve est d'en faire autant pour les lions du parc de Serengeti.)

J'ai fait sa connaissance l'hiver dernier à Augusta, dans le Maine. J'étais seule dans un bar, me consolant après un entretien désastreux pour un emploi consistant à dénombrer des élans. Jusqu'alors j'avais toujours travaillé dans un environnement maritime, mais depuis peu je désirais l'enceinte rassurante des montagnes et des lacs. L'océan comporte trop d'enjeux politiques. La surpêche, les essais nucléaires, la pollution de l'eau et une nostalgie entêtée de la pêche à la baleine, tout a conspiré pour rendre la pratique de la biologie style Darwin pratiquement impossible.

Au début, nous avons parlé d'un sujet éminemment sérieux comme la dégradation croissante de la nature sauvage. Il portait une cravate de cowboy, une tortue de mer olivâtre barbotant au creux de sa chemise de denim, sous le récif d'une barbe couleur corail. Je me souviens d'avoir désespérément voulu l'impressionner. Ce qui n'est pas mon genre et signifie que j'étais à la fois attirée et agacée. Nous parlions depuis moins d'une heure, étions passés à Richard Dawkins et aux gènes égoïstes, quand Jerry a admiré mes boucles d'oreilles, des larmes de turquoise accrochées à des pendants d'argent.

« Ne voyez-vous pas d'inconvénient à ce que j'en examine une ? » a-t-il dit. Il a tendu la main et dégrafé doucement ma boucle d'oreille droite. J'ai senti ses doigts calleux, sa barbe, telle de l'armoise flamboyante, effleurer mon visage. Rien de doux chez cet homme, à part ses yeux bleus, d'un bleu suave comme du satin de demoiselle d'honneur. Je m'attendais à ce qu'il se tourne vers le miroir derrière les bouteilles et lève la boucle d'oreille pour l'admirer, au lieu de quoi il la posa. Quand il retira un glaçon de son verre de whisky et l'appliqua contre son lobe droit, je ris : « Bluffeur ! »

Avec un sourire il posa le glaçon sur le bar, où il glissa sans but, saisit la boucle d'oreille et, mine de rien, l'enfonça dans la chair. Le bruit fut faible mais atroce, comme l'explosion d'une bille de film à bulles. Il ne sourcilla pas.

« Désormais nous sommes un paquet-cadeau, dit-il, pressant nos oreilles nues l'une contre l'autre face à la glace. Des siamois, inséparables.

— Lâchez-moi ! » Je le repoussai, mais fus prise d'un rire hystérique. Une part de moi-même était piégée, m'entraînant à rejeter toute prudence élémentaire, dont tout le monde sait que je suis absolument dépourvue.

Ainsi, j'ai perdu un mois de ma vie. Un mois qui s'est détaché de mon lobe frontal comme la neige se décroche de la banquise en mai. D'autres personnes me donnent des détails, mais que croire ? Il y a un élément annexe que j'aimerais me rappeler : le trajet en hélicoptère jusqu'à l'hôpital. Un hélico virevoltant le long du bras musclé du cap : *En selle, les cow-boys ! Woo hah !* Ma mère dit : « Non, ne cherche pas à te souvenir, chérie, crois-moi. Tu souffrais le martyre. Parfois Dieu est compatissant. Dieu ou je ne sais qui. *Quoi que ce soit*. » Elle est presbytérienne du Minnesota et ne va à l'église qu'à Pâques et à Noël. Elle y allait davantage lorsque Louisa et moi étions petites, pour s'assurer que nous avions bien notre dose d'école du dimanche – comme une dose d'antibiotiques –, mais elle n'a jamais pu entraîner notre père, pas même pour les chants de Noël à la lumière des bougies. (Il n'est porté ni à l'exaltation ni au sentiment, encore moins à un mélange des deux. En cela, du moins, je suis sa fille.)

L'après-midi s'éternise impitoyablement. Personne ne parle autour de moi, et le jour déclinant au-dehors n'a pas d'impact sur la lueur homogénéisée qui règne à l'intérieur. Le dîner, également morne, pourrait aussi bien être administré par intraveineuse, et ensuite, chaque fois que je sombre dans le sommeil, Gwen ou un interne me donne une petite tape. Ou j'entends un autre patient gémir. Même si j'avais l'énergie de me plaindre, j'aurais l'impression d'être une enfant gâtée. Il est clair que certains de mes compagnons de l'autre côté du rideau vont mourir – mourir d'ici peu. C'est pourquoi ils sont là. Ils sont comme des avions en attente qui tournent au-dessus d'un aéroport avant de pouvoir atterrir. Cela ne m'effraie pas – il m'arrive de penser à la mort comme à un répit –, mais je sais que je ne vais pas rester avec eux, que je vais m'en sortir. Ensuite, ce sera un autre combat. Mieux vaut ne pas y penser pour l'instant.

Dans mon lit inclinable, sous l'emprise d'un cachet dont j'ai oublié le nom, je m'oblige à des exercices mentaux : configurer ma vie comme un tableau chronologique d'accidents – qui furent nombreux.

À un an : j'ai roulé de la table à langer pendant que ma mère répondait au téléphone, atterri sur le menton et me suis mordu la langue. La cicatrice est encore visible, un minuscule croissant comme une rognure d'ongle.

À deux ans : lors d'une visite au cousin de mon père, un antiquaire de Charleston qui avait cru pouvoir mettre hors de ma portée tout ce que j'étais susceptible de détruire, j'ai exploré une pièce déserte et trouvé, sur une table basse, une tête en pierre primitive aussi grosse qu'un melon. Je l'ai portée jusqu'à la cuisine pour la montrer aux grandes personnes, avant de la faire tomber sur mon pied droit. La tête de pierre intacte, mon métatarse du milieu fracturé.

À quatre ans : j'ai été mordue dans la grange par un rat dont j'avais décidé de faire un ami. Je n'étais pas en colère, je comprenais sa peur. Il était coincé dans le sac de grain et j'avais été présomptueuse. J'ai sursauté de douleur pendant qu'un voisin cardiologue me prodiguait ses soins, sans comprendre l'hystérie de ma mère ni l'agressivité avec laquelle mon père avait fourré le rat dans une boîte à chaussures et l'avait emporté, l'air furieux, jusqu'à la voiture. Une après-midi torride de juillet encombrée par les retours de plage ; il nous a fallu (à tous les quatre – Louisa râlant sans discontinuer à mon oreille : « Est-ce que tu vas te calmer un jour ? ») trois heures étouffantes pour atteindre Boston et un immeuble sévère à petites fenêtres. Papa a dit que nous allions y faire examiner le rat, mais il est sorti de l'immeuble sans la boîte. Le trajet de retour a été en grande partie silencieux, mes questions éludées. Cette nuit-là, j'entendis papa expliquer à maman que la décapitation était le seul test pour les rats (c'est toujours vrai ; quand j'ai travaillé un été dans une réserve naturelle, j'ai détesté cette partie du boulot – les ratons laveurs et les renards, qui rôdaient comme des ivrognes dans un terrain voisin, que je devais rassembler et supprimer par décapitation). J'ai pleuré en secret mon ami perdu. Le lendemain, j'ai fabriqué une tombe sous notre haie : deux petites branches en croix, sous lesquelles j'ai enterré une boîte d'allumettes contenant deux noix de cajou, un morceau de tarte Pop-Tart à la cannelle, un lacet multicolore, une mèche de mes cheveux. La même semaine, maman est rentrée d'une visite à la SPA avec quatre chats étiques qu'elle a installés dans la grange.

À sept ans : une violente réaction allergique à une sauce au roquefort m'a fait gonfler la gorge, au point que les médecins menaçaient de pratiquer une trachéotomie ; je me rappelle encore la terreur qui s'est emparée de moi dans cet univers inconnu. N'ayant jamais aimé le fromage bleu, je ne comprenais pas pourquoi j'y avais goûté. Forcée par Louisa, je suppose. Pendant plus d'un an, elle m'avait forcée à manger des trucs dégoûtants en promettant des récompenses qu'elle accordait rarement. Un sandwich aux cornichons agrémenté de pâte à tartiner sucrée et de paprika me revient en mémoire.

À dix ans : pendant un séjour dans un camp scout, partie à la recherche de petit bois, j'ai trébuché sur un nid de frelons. Heureusement, je n'y suis pas allergique. Piquée à deux reprises à un bras, une fois sur la lèvre inférieure, la paupière, l'oreille gauche. C'est l'oreille qui a été le plus douloureux, battant jusque dans mon crâne. L'œil est resté fermé pendant deux jours. La parfaite excuse pour quitter les scouts. Je n'étais pas sensible à ce genre de camaraderie de toute façon.

À quinze ans : pour impressionner les garçons avec qui j'étais entrée par effraction dans une piscine publique à une heure du matin, j'ai sauté du grand plongeoir complètement droguée. Je me suis retrouvée dans l'eau comme une crêpe retournée dans une poêle, sûre de m'être cassé le nez. En tout et pour tout, j'avais pulvérisé un tas de capillaires et amoché la cornée de mon œil gauche. La semaine suivante, j'ai ressemblé à un raton laveur avec une passoire à thé sur un œil.

À vingt-deux ans : à bicyclette dans le Michigan, je fais la course avec mon ancien petit ami

Luke (nous nous parlons encore au téléphone : beaucoup de silences, surtout sa colère, que je mérite souvent), dévale ce que je crois être une rue à sens unique – l'histoire montrera que j'étais en train de gagner – et rentre de biais dans une camionnette, me déchirant la cuisse sur trente centimètres. Aujourd'hui, une magnifique cicatrice, une façon d'entamer la conversation quand je suis en short.

À vingt-deux ans encore : une grossesse extra-utérine qui a failli mal tourner alors que j'avais une bourse en or pour un projet d'enregistrement du chant des baleines sur un voilier à Terre-Neuve. Complètement inattendue, puisque je n'avais pas vu Luke depuis deux mois (bien qu'il y ait eu ce pilote, un charmant épisode à Montréal lors de mon voyage vers le nord). Si je devais changer d'avis sur les enfants, cela pourrait m'inquiéter...

À vingt-trois ans : environ une année après – stupide, stupide, stupide –, j'ai été assez imprudente pour tomber enceinte à nouveau.

Puis une période de grâce jusqu'à aujourd'hui, sept ans plus tard. À nouveau à la mer, m'a-t-on dit. Traumatisme crânien, fracture de la clavicule, coupures et contusions diverses. Deux côtes cassées, trois jours dans le coma, cinq semaines de perte de mémoire.

Louisa est intelligente, plus intelligente que moi si l'on se réfère aux bulletins scolaires, mais quand elle est inquiète, elle bégaie. Aujourd'hui, deux jours après que j'ai repris conscience, c'est pire que jamais, comme si elle brûlait un trop-plein de carburant. Je suppose qu'elle est simplement heureuse de me voir en vie, et si je n'étais pas aussi droguée, j'espère que je serais émue. « Donc je rentre à la maison, raconte-t-elle. Hugh est déjà endormi, j'ai bu trop de vin, et voilà que je trouve sur le répondeur un des monologues classiques de maman. Quelque chose comme : "Clem a eu un accident grave, chérie, je ne suis pas à la maison parce que je suis ici auprès d'elle et que ton père fait des allées et venues parce qu'il y a eu un ouragan aux Bermudes – Ethan ou Efram, je crois ; ton père dit que c'est mauvais signe car nous ne sommes même pas en août et déjà à la lettre E des ouragans. C et D nous ont épargnés, mais B a failli nous atteindre. Excellent pour les roses, cependant. On ne peut pas parler à ta sœur, j'en ai peur, mais téléphone à ce numéro, je vais te le donner, attends une seconde, ne raccroche pas, c'est dans mon sac. Fait-il aussi chaud chez toi qu'ici ? Ah, le voilà, bon, appelle et dis-lui que tu l'aimes. Fais-le, s'il te plaît. Elle ne peut pas parler, mais demande aux gens de lui laisser un message. Je te rappellerai plus tard." »

Louisa cesse de marcher de long en large. « Bien sûr, je ne sais ni où se trouve "ici", ni qui sont ces "gens", mais je compose le numéro, je suis affolée, et une femme répond : "Réa ?" Comme si j'étais censée répondre : "Réa quoi ?" On dirait un jeu de devinettes. Elle rit. "Réanimation." C'est le service des soins intensifs et je panique. Je ne peux croire qu'elle *rit*. »

Je plaisante : « C'est charmant. Comme *réalisation*, *réactivation*, *réapparition*.

— Tu dis n'importe quoi.

— Ouais, bon, on ne s'ennuie jamais dans la vie. » Je suis trop engourdie pour comprendre la moitié de ce qu'elle raconte, mais plus tard, quand je suis seule, ça me revient. *Souviens-toi de lui demander*. C'est comme essayer de laisser une empreinte dans la vase.

« Parfois j'aimerais que tu acceptes l'ennui. Pour changer. » Elle pose une main sur ma jambe. « Tu as très mal ? Puis-je t'apporter quelque chose du monde extérieur ? Maman a acheté des livres, puisqu'il paraît que tu es coincée ici pour un bon moment.

— J'ai une commotion cérébrale. On ne peut pas lire avec une commotion cérébrale. Et non, la douleur n'est pas plus pénible que prévu, ni trop ni trop peu. Je sais quels médicaments demander. Mais merci. » Ce que je veux du monde extérieur, bien sûr, c'est Jerry, Jerry, Jerry. Pourquoi n'est-il pas là ?

Parce que personne ne l'a prévenu. Qui l'aurait prévenu ? Je l'ai gardé pour moi seule pendant des mois. Non parce qu'il ne compte pas. Mais parce ce qu'il représente quelque chose de tellement important. C'est dans ces cas-là que je me renferme.

J'interromps les commentaires en continu de ma sœur. Elle paraît étrangement nerveuse. « Louisa ? Est-ce que tu peux passer un coup de fil de ma part ? Je n'aurai pas accès au téléphone avant d'être dans une chambre normale. » Par miracle, je récite son numéro par cœur.

« Qui est Jerry ?

— Un garçon que j'ai rencontré, qui... Peux-tu simplement l'appeler et lui dire où je suis ? »

Pour une fois je n'ai pas droit à son air de désapprobation breveté. « Tout ce que tu veux. Aujourd'hui, je suis ton esclave. » Elle sourit et baisse la voix. « Ton intermédiaire. »

J'ai un mouvement de pitié envers elle, un regret fugitif. Louisa est mariée et sa vie amoureuse n'a jamais été très compliquée. Quand je la vois ces jours-ci, j'espère qu'elle va me dire qu'elle attend un bébé. Il ne reste plus beaucoup de temps.

Je ne pense pas que les supérieurs d'Eric Slocum apprécieraient sa familiarité, la désinvolture avec laquelle il s'assied sur mon lit, tripotant son stéthoscope. Il vient de m'annoncer que j'ai eu un accident pendant une régate à Westport, Massachusetts, le 25 juillet. « Vous faites du bateau », dit-il vaguement en réponse à mon étonnement.

Je rétorque sans doute un peu sèchement : « Oui, je fais du bateau. Pourtant je n'ai jamais participé à une régate. J'ai grandi parmi les bateaux, mais la navigation de plaisance n'est pas mon truc. Je navigue pour faire des recherches.

— Des recherches ? » Ses sourcils se dressent, se hérissent de touffes minuscules. À part cet aspect de vampire, il est beau comme la poupée Ken, jusqu'à la pointe de ses cheveux lustrés.

« Les baleines et les phoques. Jusqu'à ce que les finances soient à sec. Je vivais en Californie. Le dernier endroit où chercher un boulot subventionné par l'État en ce moment.

— Ah. » Il a l'air impressionné, encore que je doute qu'il le soit. Il prend des notes. Si les médecins sont impressionnés – chose rare –, c'est par les artistes, les acrobates, les athlètes. Toute autre science que la médecine est aussi attrayante pour eux que des vêtements déjà portés et tachés de transpiration.

Je voudrais poser davantage de questions sur la régate, pourtant je me tais. Je préfère ne pas attirer davantage l'attention de ce type. Maintenant il me dit que j'étais inconsciente en sortant de l'hélicoptère, mais que je n'arrêtais pas de parler.

« Qu'est-ce que je disais ?

— Selon le garçon du SAMU qui contrôlait vos fonctions vitales, c'était des propos sans queue ni tête mais étrangement intelligibles. » Il consulte ses notes. « Quand je suis arrivé, vous demandiez des pansements adhésifs et du chou cru – et vous avez dit quelque chose à propos de Krishna qui était en train de s'affaisser. » Il se penche plus près. « Aimez-vous particulièrement le chou cru ? Êtes-vous hindouiste ?

— Ce que je suis, c'est fatiguée. » Cherche-t-il à flirter ?

Il donne un petit coup sur un de mes tibias, comme pour voir qui est à l'intérieur.

« Ma jambe n'est pas insensible. Au cas où vous auriez réservé un fauteuil roulant. »

Il rit nerveusement. « Le Dr A. passera dans une heure. Une nuit de plus sans complications et nous serons tip top. Vous irez en haut. » Le Dr Slocum hoche la tête en direction des oscillations de mon cardiographe, vigoureux comme une marche militaire. Au début de la matinée, j'ai feuilleté les tracés sur le bloc-notes attaché au pied de mon lit. Ils ressemblaient aux montagnes rocheuses le jour de mon arrivée ; un solo de Max Roach.

« Gwendolyn prend bien soin de vous ? Vous êtes satisfaite ?

— On ne pourrait être mieux. Je renoncerais à la plage de Mar-a-Lago pour être ici.

— Bravo ! » Il frappe mon tibia à nouveau et, enfin, s'en va.

Choucru est le nom du vieux matou de Jerry, qui a perdu tellement de dents qu'il émet, quand il dort entre nous deux, un ronflement aussi fort et déchirant qu'une déchiqueteuse broyant un arbre de Noël desséché. Krishna est la grand-voile du *Gannet*, orange comme les robes portées par ces crânes rasés qui chantent et font résonner leurs tambourins. (J'ai dû dire Krishna en train de *faseyer*.) Le *Gannet* est le voilier sur lequel j'ai enregistré les chants des baleines il y a huit ans, l'été où mon utérus a perdu l'accès à un ovaire, l'été où j'ai fui Luke et sa première demande en mariage (deux réconciliations, deux ruptures nous attendaient encore). Je m'y étais pourtant donnée à fond. L'équipage avait des noms pour tout. Le fourneau de la cuisine s'appelait Pelée à cause de sa nature éruptive, la quille le Grand Blanc parce que le commandant de bord disait qu'elle était aussi solide qu'un requin. Les chiottes, mon mot préféré, étaient Tricky Dick, Nix pour faire plus court, parce qu'ils refoulaient aux moments opportuns.

J'avale la totalité de mon petit déjeuner immangeable. Ce que j'attends avec impatience, ce sont les heures de visite. Louisa, je l'espère, aura parlé à Jerry. Si elle l'a joint chez lui hier soir, il devrait venir sans tarder. J'ai demandé à Gwen de tirer le rideau et de tourner mon lit, afin d'apercevoir la verrière de la salle d'attente et l'horloge au-dessus de la porte. Les parents et les proches, visibles à partir de la taille, commencent à se rassembler et à tourner sur place, comme un banc de poissons pris au filet. Gwen est stricte, excepté pour les mourants. « À partir de midi moins dix » signifie qu'elle ouvre la porte au moment précis où la grande aiguille atteint le 12.

À moins quatorze arrivent trois femmes, de petite taille, rondes, l'air italien. Elles essaient d'attirer l'attention de Gwen en tapant sur la vitre (on n'entend rien de mon côté). À moins treize, un vieil homme voûté se dirige péniblement vers ce qui est sans doute une chaise et disparaît de ma vue. À moins sept sort de l'ascenseur un grand blond vêtu d'un costume impeccable, digne d'une revue de mode. Il tient un bouquet énorme, un *buisson* de roses. Comme s'il brandissait une torche. Tout le monde dans la salle d'attente recule. La teinte de ces roses, un chaste rose laiteux, est si étrangère au spectre habituel de l'endroit (teintes variées de dégueulis) que leur vue produit un tremblement sismique sur mon électro. Je ne peux que sourire, me demandant pour qui sont ces roses, sachant – ce qu'ignore le dandy – que les fleurs sont interdites dans les unités de soins intensifs. Pas de spores, pas de fourmis ni de perce-oreilles, pas de pollen – ce qui signifie ni effluves estivaux, ni plaisir visuel. Les roses de mon père sont des espèces anciennes qui ressemblent à des choux aux multiples pétales, champêtres et élégantes comme les favorites des rois. Ces roses-là ressemblent davantage à des bimbos de Las Vegas, novices, trop froides pour être parfumées, mais leur vue me fait malgré tout rêver d'herbe et de ciel, de soleil sur ma peau.

Le dandy se dirige vers la vitre et met sa main libre en coupe pour se protéger des reflets et repérer quelqu'un – une mère, une grand-mère, une fiancée... une fiancée des quartiers chics de Boston. Je regarde les malades autour de moi. De toutes les patientes que j'aperçois – celles qui n'ont ni masques ni tentes à oxygène –, aucune ne semble à première vue assez désirable pour mériter cette ovation botanique.

À présent il sourit et fait un signe de la main. Si j'étais naïve, je pourrais croire que son salut s'adresse à moi. C'est alors qu'apparaît ma sœur. Elle regarde autour d'elle et se dirige vers l'homme, lui tape sur l'épaule. Ils se serrent la main, souriant comme de vieux amis. Côte à côte, ils me font un même signe de main. Je leur rends leur salut.

Chez les éleveurs de bétail, Jerry est le Magicien de la fertilité. En un seul transfert, il peut obtenir plus d'ovules de votre vache primée qu'il y a de monts-de-piété à Providence. Pour tout l'or du monde, je ne mettrais pas mon bras là où il met le sien, mais il le fait avec une telle concentration et une telle dignité que, à voir son visage, on pourrait penser qu'il est chef pâtissier à la Maison-Blanche.

En mars, je l'ai accompagné à Milwaukee et l'ai regardé recueillir les ovules d'une Holstein qui détenait le record du monde de la vache laitière. Un de ses veaux fécondés *in vitro* a plus de valeur qu'une voiture de sport flambant neuve.

Nous avions réservé une chambre dans le meilleur hôtel, avec vue sur le lac Michigan. Nous avons déjeuné avec quelques gros bonnets de l'industrie laitière, des types corpulents transpirant abondamment, qui aimaient leur bourbon et leur steak suivis de glaces aux parfums d'une époque révolue (mûre, beurre de pécan, bâtonnets de menthe). J'avais accepté de jouer les Miss Plaisir des yeux, mais Jerry a voulu me voir en Mme Femme accomplie. Une femme qui faisait mon métier passerait, dans ce cercle, pour une excentrique fascinante. Peut-être imaginait-il qu'un peu d'élévation intellectuelle retiendrait ces types de poser des questions sur ses factures. À leurs regards baladeurs, cependant, je pense qu'ils m'ont prise pour une créature de parc d'attractions, la fille en bikini mouillé qui lance des frisbees aux dauphins.

Nous avons regagné notre chambre après le déjeuner, ôté nos vêtements, et nous sommes passés à l'action. Nous avons bu deux bouteilles de champagne, puis sommes restés au lit à regarder les infos de dix-huit heures, la tête de Jerry sur mon flanc, ses cheveux drus piquant mon ventre.

Quand ils ont montré la photo d'une écolière disparue, il a dit : « C'est le pire qui puisse arriver. Pour un parent.

— Et sinon, quel est le pire ?

— Dont on serait conscient ? Le sida. Regarder désespérément son corps colonisé par un virus kamikaze. Ou un génocide. Voir sa famille massacrée par les voisins.

— Charmante imagination ! Mais qu'entends-tu par “être conscient” ? Quelle est la plus grande tragédie dont on n'a pas conscience ?

— Laisser la vie passer. Vivre comme une étoile de mer, accrochée à son rocher immuablement incolore.

— Tu me fais peur.

— Mais ça ne t'arrivera pas. Ça ne *nous* arrivera pas. » Haussant la tête sur mon ventre, il s'étrangla de rire.

« Ne sommes-nous pas des êtres supérieurs, à vivre nos vies comme les glorieux vertébrés que nous sommes ? » Sur l'écran, un autre fait divers : un pompier, plus jeune que moi, tué en accomplissant sa tâche.

« Mais certains, continua Jerry, disent que la vie vous ignore si vous n'avez pas d'enfant. La vie, c'est avoir des enfants. Être parent.

— C'est ce que tu veux ? »

Il renversa la tête pour voir mon visage à l'envers. « Dans quelques années. C'est sûr. » Implicitement, il disait clairement : *Et toi ?*

Était-ce une invitation déguisée ? Une première évaluation comme le premier examen d'un pursang ? Je regardais la télévision. Je n'ai pas dit : *Jamais de la vie*, ou : *Ne me fiche pas les jetons*. J'ai dit : « Je pense qu'il me reste encore à rencontrer un patrimoine génétique qui vaille le mien. »

Il rit. « Ou tu as peur de l'animal qui est en toi. C'est le danger de vivre si près des bêtes. Quand cette idée me répugne, l'idée d'avoir des enfants, c'est ce que je me dis. Par exemple, toutes ces études, tout ce perfectionnement du cerveau, à quoi bon ? Perdre mon temps à renifler des petits derrières ? Enfourner des cuillerées de bouillie dans des bouches baveuses ? Mais, plus encore, abdiquerais-je devant mes instincts, sans mieux les maîtriser que mes ancêtres des gorges d'Olduvai ?

— Victime de ta propre hérédité ? » ai-je fait, soulagée. J'ébouriffai ses cheveux.

« Mais, *mais*... » Il se retourna et s'assit les jambes croisées, fixant son regard sur moi. « Je serai toujours un catholique, fondamentalement. »

Ce fut mon tour de rire. « Ça ne veut pas dire que tu doives te reproduire comme eux.

— Je veux une vie sans frein, insouciante, une vie faite d'impulsions, dit-il. Je crois que tout peut arriver ; il n'y a pas de répartition préalable du bien et du mal. Mais je ne veux pas perdre de vue le dessein de Dieu – il est là tout le temps, au-delà de ma vision périphérique. Il nous enveloppe tous dans son sein immense et invisible. » Sa voix s'éteignit. Je ne poursuivis pas davantage et lui non plus. Il se mit à califourchon sur mes cuisses et entreprit de les masser, souriant.

J'avais trop envie de lui pour rire de la notion de sein immense (pourquoi me représentais-je une tente circulaire ?) Avant que nous recommencions, je lui fis promettre d'aller à Chicago pour dîner et danser. Puis je dis : « Prouve-moi que tu en as très envie. » Quatre heures plus tard, nous étions en haut de la Sears Tower, les reflets de ma robe à sequins, achetée spécialement pour ce voyage, faisaient pâlir les lumières de la ville.

Nous parlâmes de l'Afrique, et je me souviens de ne pas avoir dit *Emmène-moi avec toi*, mais de l'avoir taquiné en chantant *Born Free* devant le lasso du littoral qui serpentait en dessous. Même ses ambitions me rendaient jalouse quand je voyais à quel point elles avaient prise sur lui.

Le beau blond est le premier à atteindre mon lit. « Mon ange, on m'a confisqué vos fleurs ! » Il m'épargne la peine de répondre en m'embrassant, longuement et tendrement, sur la bouche. Je sursaute, non seulement sous la surprise d'un tel baiser venant d'un inconnu, mais parce que je suis habituée à la barbe de Jerry, à son contact piquant et râpeux contre ma bouche. C'est comme si j'étais embrassée par un top model.

Derrière l'homme qui m'embrasse Louisa jubile comme une commère, et derrière elle le Dr Athanassiou fait son entrée parfumée comme à l'habitude. Le Dr A. (ainsi l'appellent les autres médecins et infirmières) répand l'odeur qu'ont les jardins grecs dans mon imagination, le parfum de ces plantes vertes frugales et épineuses, des succulentes à l'épreuve de la soif. J'ai horreur des hommes parfumés en général, de même que je trouve les médecins habituellement ennuyeux. Sur ces deux points, cet homme est une exception. Hier il est venu me voir à trois reprises. Chaque fois, il se tient complètement immobile pendant un moment, au bord de mon rideau, façon informulée de demander la permission d'entrer. Il ne fait jamais irruption ni ne s'agite autour de moi. C'est le contraire du Dr Slocum. Il me pose d'étranges et amusantes questions : « Pouvez-vous me nommer la capitale de la France ? », « Le président de votre pays ? », « Votre fruit préféré ? », « Portez-vous des pyjamas ? », « Combien de cousins germains avez-vous, côtés maternel et paternel ? ». Ma question préférée jusqu'à maintenant : « Qu'est-ce que l'esprit chevaleresque ? » Il a un port majestueux, une moustache noire bien fournie, légèrement poivre et sel, et un accent que j'imagine originaire d'Athènes *via* la bonne société de Nairobi ou un endroit aussi élégant. J'ai avec lui le sentiment d'être la gagnante du jour d'un jeu télévisé. Je ne crois pas avoir loupé de question jusqu'ici – mais il se montre prudent. Sinon, il m'aurait renvoyée à l'étage des fleurs et des téléphones. Et il y a cette entaille sous le pansement à l'arrière de mon crâne. Quand je lui ai demandé s'ils m'avaient beaucoup rasée, il a froncé les sourcils. « Une petite tonsure ne vous paraît-elle pas un modeste prix pour rester en vie ? »

Son premier geste aujourd'hui est de rouler mon lit afin que je puisse à nouveau regarder par la fenêtre qui donne sur le parking. « Je préfère que les patients soient face à la lumière du jour », dit-il.

Je le présente à Louisa, puis le beau blond lui tend la main. « Larney Poole. Je crains que ce soit moi qui l'ai fichue dans ce pétrin. » Pétrin ? Ce type est-il parent du Dr Slocum avec ses *impec* et ses *caboche* ?

Le Dr A. lui donne une tape sur l'épaule. « Je suis certain que cette jeune femme ne prend pas la navigation pour une partie de dames. »

Nous rions poliment.

Il se tourne vers moi. « Nous sommes quel jour aujourd'hui ? »

— Jeudi.

— Qui sont vos visiteurs ? Parlez-moi de ces personnes qui sont ici auprès de vous. »

J'essaye de tracer un portrait de Louisa – qu'elle vit à New York, qu'elle est de quatre ans mon aînée, qu'elle est critique d'art dans un magazine, que son mari est un dénommé Hugh qui enseigne l'histoire de l'Amérique dans une école préparatoire...

Le Dr A. m'interrompt gentiment : « Et ce jeune homme ?

— Barney, dis-je à toute vitesse, soulagée de me rappeler son nom. Il a voulu m'apporter des roses, mais les roses sont interdites. Bon, je suppose que vous le savez. » Je hausse le cou au prix d'un effort douloureux, mais je veux voir la fenêtre qui donne dans la salle d'attente. Toujours pas de Jerry. À sa place, maman. Elle agite en l'air un sac de plastique et sourit. Il lui faut attendre que quelqu'un parte, car Gwen ne déroge jamais à la règle de deux visiteurs à la fois, pas plus. « Et voici notre mère », dis-je à la cantonade.

Je ne sais ce que pense le Dr A. Son ton est toujours aussi calme et professionnel. « Nous savons que vous n'avez aucun souvenir de l'accident qui vous a amenée ici. Ce n'est pas inhabituel. » Il explique à Louisa et à Barney ce qu'il m'a déjà dit : « Dans ce cas on ne peut rien se remémorer parce que les souvenirs n'ont pas été indexés à l'origine. Le traumatisme du moment a occulté toute image des événements tels qu'ils se sont déroulés. L'enregistrement, pourrait-on dire, n'est pas effacé mais vierge. Toutefois, votre perte de mémoire actuelle du mois précédent – le fait que vous croyez que nous sommes encore en juin – est plus inquiétante... Sans doute un reste du choc ou de la privation d'oxygène. » Il se retourne vers moi. « Mais si ce jeune homme est un vecteur dans l'accident, je serais très curieux de savoir si vous vous souvenez de lui. »

Je regarde longuement mon admirateur. La passion qui sourd de chaque pore de son visage patricien est plus que flatteuse ; tout le monde pourrait croire qu'elle a été récompensée. Si ce n'est sa cravate en madras, je suppose qu'il aurait pu me plaire. Il a une beauté très Newport, des yeux qui n'ont pas le bleu de l'immensité comme ceux de Jerry, mais l'azur du lac Michigan tel qu'il apparaissait dans cette suite de Milwaukee. Mon cœur se serre. Il est l'antithèse de Jerry. Son contraire en tout point.

« Vous avez tout oublié, mon ange, n'est-ce pas ? dit-il. Souvenez-vous. » Il me regarde plus amusé que choqué, voire ému.

« Non. Je suis désolée, mais je ne vous connais ni d'Ève ni d'Adam. »

Je m'attends à ce qu'il soit blessé ou irrité. Mais son expression reste souriante, et il finit même par rire. Comme si je venais d'avouer un amour éternel. Il s'approche et m'embrasse à nouveau, cette fois sur la main accrochée à l'intraveineuse. « Alors vous serez mon Ève. Je devrai vous convaincre que nous avons eu des moments merveilleux, vous conquérir à nouveau. Quel défi – quel plaisir ! »

Louisa déclare qu'elle doit passer un coup de fil. Le bip du Dr A. sonne. Il dit qu'il a une tournée importante de visites mais qu'il repassera après le déjeuner. Ce qui me laisse seule avec l'inconnu qui croit être mon petit ami. Ou le petit ami que j'ai pris pour un inconnu.

« Barney, je suis désolée, mais *qui* êtes-vous ?

— Larney, dit-il. Je suis le type qui a eu la veine de vous emmener faire du bateau avant le reste du monde. »

J'essaye de formuler une question après cette inquiétante déclaration quand maman nous rejoint.

« Bonjour, beau gosse.

— Salut, May. » Il l'embrasse sur la joue.

« Est-ce que ma fille a abîmé le bateau de votre oncle ? Clement est faite d'un acier plus solide que la coque de l'*Intrépide*. N'essayez pas de flirter avec elle.

— Maman, je suis là, au cas où tu ne l'aurais pas remarqué. »

Elle fouille dans son sac. « Oui, tu es là, chérie, et nous n'avons jamais été aussi heureux de le savoir, crois-moi. » Maman porte des boucles d'oreilles dorées en forme de tête de renard et une robe de tricot rouge que peu de femmes de son âge pourraient se permettre. Elle n'a jamais songé à se faire lifter ou à teindre ses cheveux gris, mais des années à rester en selle ont préservé la fermeté de ses cuisses et de ses jambes.

Elle pose sur la chaise un roman policier sur les courses de chevaux de Dick Francis et le tout dernier livre sur la catastrophe de l'*Exxon Valdez*. « Mais attends de voir ça », dit-elle d'un ton triomphant. Elle me flanque sur les genoux un livre dont le titre est *Pourquoi les casse-cou survivent*. « Je constate avec soulagement que quelqu'un est de cet avis ! Un scientifique, rien de moins. » Elle désigne le titre universitaire après le nom de l'auteur.

Larney éclate de rire. Il semble rire aussi facilement que d'autres clignent des yeux.

Maman désigne à nouveau son sac. « Des bananes et du raisin, des sous-vêtements propres, de la lotion Jergens. Ne suis-je pas une bonne mère ?

— Si, mais tu m'épuises à t'agiter ainsi. Assieds-toi.

— C'est parce que je suis là pour peu de temps. » À sa manière androcentrique exaspérante, elle s'adresse à l'homme dans la pièce : « Je vais laver les raisins, et ensuite je vous laisserai seuls tous les deux et j'irai déjeuner au Chilton Club. Je parle trop fort pour cet endroit, mais il faut qu'ils se fassent une raison. Je suis la joie du maître d'hôtel. Il m'adore. Il est originaire de Duluth ; nous parlons des Vikings entre les plats. »

Après son départ, Larney remet les livres dans le sac et tire la chaise près du lit. Il appuie un coude contre ma hanche. « Je ne vais pas profiter de votre perte de mémoire. Je sais que je ne suis rien de plus pour vous que des vacances aux Bermudes. Je connais votre être animal. Je suis au courant pour le roi du sperme. Mais nous avons passé des moments merveilleux. Il faut me croire sur parole.

— Qu'entendez-vous par mon être animal ? » Mais je voudrais demander : *Qui est le roi du sperme ?*

« La façon dont vous vous y abandonnez, dont vous le laissez vous dominer ; ce sont vos propres mots. »

Je soupire. Verrait-il un inconvénient à me dire comment nous nous sommes connus ? Il s'y attelle avec plaisir. Je faisais du stop au sud de Boston. Le soleil se couchait. Lorsque je suis montée dans sa voiture, il a vu que j'étais bouleversée ; désespérée, en colère, ou les deux. Quand je lui ai expliqué où j'allais – chez mes parents, Dieu sait pourquoi –, il a dit que sa destination était à peine à dix minutes de là. Il m'a amenée à parler de mon action en faveur de la préservation des phoques dans le Nord-Ouest et m'a convaincue de l'accompagner à une réception le lendemain soir (chez son oncle, skipper du bateau fatidique). Je suis arrivée à la réception dans une robe à sequins qui, selon Larney, faisait l'effet d'une bombe atomique, une robe destinée, d'après lui, à être ôtée. J'ai accepté d'aller chez lui à condition qu'il comprenne une chose. « Vous avez dit, je me souviens exactement : "Je suis à la recherche d'un peu d'amnésie."

— Bon, eh bien, dans le registre "Méfiez-vous des souhaits que vous formulez", j'ai gagné. Alors, est-ce que vous l'avez ôtée, ma robe ? »

Il ferma les yeux. « Presque. J'ai imaginé tous ces sequins volant en éclats comme des étoiles filantes. Mais non, je ne l'ai pas fait.

— Merci. Cette robe est une des rares choses dont je me souvienne. J'ai pris une troisième carte Visa pour l'acquérir. » C'était la robe que j'avais achetée pour mon week-end Mme Femme accomplie avec Jerry. Nous rions et Larney prend ma main, qui émerge de l'écharpe soutenant mon bras. Il est sous le charme, et je sais reconnaître un bon remède quand il s'en présente un. Le plaisir est étonnamment réel.

« Est-ce que je pourrai vous emmener où vous aurez décidé d'aller quand ils vous laisseront sortir ? » demande-t-il. Comme il s'attend à ce que je dise non, je lui dis oui, bien sûr.

« Quelle voiture avez-vous ? » Je lui pose la question parce que les voitures me séduisent facilement. Je me souviendrai peut-être de la sienne.

« Une Mercedes SL décapotable. Vous avez apprécié qu'elle soit assortie à votre robe. Vous m'avez dit que vous aviez envie à ce moment-là d'une voiture de luxe et, si possible, d'une grosse bite. Là encore, je vous cite. Je n'invente rien. Vous m'avez dit que la franchise était exactement ce que votre médecin vous avez prescrit. Vous m'avez coupé le souffle. »

Bien que cela me soit pénible, j'insiste : « Une autre question. C'est important. Est-ce que j'ai un travail en ce moment ?

— Non, dit-il, mais vous êtes sur le point d'accepter un poste. Et merde, vous allez vous retrouver loin de moi, dans ces maudites montagnes Rocheuses. »

Louisa revient à ce moment. Larney dit qu'il est désolé, mais qu'il doit retourner au « cabinet » (d'avocats ou de courtage, je suppose, bien que son image de sequins volants m'évoque plutôt un architecte d'intérieur. Il est trop charmant pour être avocat).

L'humeur de Louisa s'est refroidie ; elle paraît agitée, impatiente, n'est plus mon esclave bienveillante. Elle saisit un des livres et le feuillette. Elle ne s'assied pas.

« Ne reste pas si tu dois rentrer chez toi, lui dis-je. Je n'ai pas l'intention de devenir un légume. »

Elle referme brusquement le livre. « Excuse-moi.

— T'excuser pour quoi ? » La regardant de profil, je remarque (involontairement, sans méchanceté) que son menton commence à s'affaisser, très légèrement. Les quatre années qui nous séparent semblaient une éternité. Désormais l'intervalle paraît désagréablement réduit.

« Oui, désolée. Je dois rentrer ce soir. Je regrette d'être si peu présente. C'est seulement... que l'hôpital n'est pas l'endroit le plus plaisant où traîner. » Comme si elle sentait mon regard scrutateur, elle défait ses cheveux, les laissant tomber autour de son visage.

« Lou, as-tu parlé à Jerry ?

— J'ai parlé à quelqu'un du nom de Sheryl et j'ai laissé un message. Je rappellerai si tu veux.

— Chez lui ? Une dénommée... Sheryl ?

— J'ai composé le numéro que tu m'as donné.

— Est-ce qu'elle me connaissait ? »

Louisa semble irritée maintenant. « Elle n'a pas été particulièrement amicale. J'ai supposé qu'elle transmettrait le message. J'ai dit que c'était urgent. »

La voisine qui nourrit Choucru ? J'essaye de me souvenir des femmes qui gravitent autour de lui.

« À propos, dit Louisa brusquement. Combien en as-tu en réserve ?

— Combien de quoi ?

— D'hommes. »

Je suis sur le point de lui demander pourquoi elle cherche la bagarre quand soudain je comprends. La cause de ses allées et venues inquiètes ? Les nausées. De son instinct combatif ? Les hormones. Elle dit – dans une sorte de sifflement parce que nous devons parler à voix basse : « Ce que je n'arrive pas à comprendre, c'est que ce Larney – ce garçon, au cas où tu ne l'aurais pas remarqué, charmant, drôle, beau – a l'air de se fiche de... comment l'appelle-t-il déjà ? Le roi du sperme ? Qui, j'imagine, doit être le fameux Jerry que je cherche à joindre. Aux dernières nouvelles, tu parlais encore à Luke, tu hésitais encore à propos de Zip – que j'aimais bien, tu sais, en dépit de tout son bla-bla sur le pouvoir intérieur et la bouffe yin... »

J'attends qu'elle se calme. « Que je sache, parler et hésiter ne signifient pas baiser.

— Est-ce que j'ai parlé de baise ? Je me fous que tu baises ou non avec eux. J'aimerais juste savoir comment tu fais pour les tenir en laisse derrière toi.

— Louisa, tout le monde n'est pas heureux en mariage comme toi. » Je ne veux pas l'insulter, mais l'expression de son visage me dit clairement que c'est ce que je viens de faire.

Gwen apparaît. « Il vous reste dix minutes, vous deux. »

Dès qu'elle est repartie, je dis : « Lou, est-ce que tu es enceinte ? »

Je commets un tas d'imprudences, ma mère a raison, mais je ne fais pas de stop (en particulier parce que c'est rasoir et inefficace). Si je faisais du stop – à la nuit tombée, sur une route nationale – et si j'étais désespérée ou furieuse, voire les deux, je préfère ne pas savoir pourquoi. Voilà des années, sous la pluie, j'étais partie en stop après ma dernière rupture avec Luke. Il était catastrophé ; je l'avais quitté à la manière d'un homme, comme un mufle. Personne ne me verra jamais pleurer de chagrin. À mes pires moments, je me demande si je sais ce qu'est un cœur brisé – ou un cœur avant qu'il soit brisé. Je ne connais peut-être que le mot *brisé*.

Quand nous étions petites, j'étais constamment malade. Non pas alitée ou affaiblie, mais je souffrais de violentes allergies, comme si la vie était une provocation constante contre laquelle mon corps brûlait de se battre. J'avais donc droit à toute l'attention, méritée ou non. Inquiète la plupart du temps. L'attention inquiète de ma mère. Qui s'était transformée, finalement, en un profond attachement, parce que j'aimais les mêmes choses qu'elle : les chevaux, les chiens, me dépenser sans compter. Plus tard le pouvoir de fasciner les hommes. Les gens parlent d'« entente » entre parents et enfants, le hasard de l'influence cosmique. Maman et moi sommes plutôt bien assorties.

Une année, lors de notre barbecue annuel du 4 Juillet (j'étais au lycée, Louisa à l'université), maman racontait à un groupe de voisins comment je m'étais introduite en douce dans la piscine municipale. (Je portais encore cette passoire à thé sur l'œil.) Elle avait bu une bonne quantité de gin, et sa voix portait à travers la prairie : « Quand j'ai ouvert la porte d'entrée et vu l'agent Graves, son pif en forme de steak de l'autre côté de la moustiquaire, je me souviens d'avoir pensé : *Oh, mon Dieu, mon bébé chéri, ma petite préférée ! Ne me dites pas ce que je ne supporterai pas d'entendre, espèce de fils de pute !* J'aurais arraché les amygdales du bonhomme de mes propres mains, croyez-moi, si les mots que je redoutais étaient sortis de sa bouche. »

J'avais cherché Louisa des yeux, et l'avais soudain repérée dans l'assistance. Submergée par les paroles de notre mère, elle me fixait, le visage empreint d'une amertume triomphante. Elle avait toujours dit que j'étais sa préférée, et je niais ce que je savais être vrai parce qu'elle n'en avait jamais eu la preuve jusque-là. *Voilà enfin*, disait son regard, ce qu'elle attendait : la raison justifiant qu'elle se protège à l'avenir contre toute injustice familiale. Il est curieux, toutefois, que nous soyons restées amies – avec méfiance, mais quand même. Ce fut comme la fin d'un jeu de chaises musicales : terminé, toutes ces questions sur qui aurait la préséance ; qu'on gagne ou qu'on perde, c'était du pareil au même.

Louisa est encore de mauvaise humeur, mais je l'ai sans doute ébranlée, car elle rit pendant dix secondes. « Oh, je suis tout sauf enceinte.

— Bon, mais il y a *quelque chose*. Je ne sais pas quoi, mais quelque chose. »

Elle cache à nouveau son visage. « Quelque chose. Oui, quelque chose. »

J'attends. « Alors ? »

— Clem, est-ce que je peux te poser une question ? » Elle a l'air sérieux. « Est-ce que nos vies, je veux dire la tienne et la mienne en particulier, tournent autour des hommes ?

— Excusez mon intrusion. »

Louisa et moi levons la tête, étonnées. C'est le Dr A. « Il faut que j'examine votre nuque, mademoiselle Jardine. Ensuite je vous laisserai à nouveau à votre sœur. »

Tout en découpant doucement le bandage, il me pose des questions au petit bonheur. Son parfum est tellement irrésistible, suave, qu'il m'empêche durant presque une minute de me souvenir du nombre de cartes contenues dans un jeu, de côtés sur un panneau de signalisation, d'États dans l'Union. Ses doigts tâtent mon crâne nu. Je lui dis que Tanger est une ville ou peut-être un pays, que la tangerine est un fruit, la tangente une divergence géométrique. Quand il part, je demande à Louisa : « Quel est le parfum de cet homme ? Il est merveilleux.

— Vétiver, m'informe Louisa. Il est agréable, tu as raison. »

Gwen tire mon rideau. Elle tapote sa montre. « C'est l'heure, les filles. »

Les roses de Larney m'attendent. Elles sont plus belles que je ne le pensais – parfumées et charnues, des fleurs opulentes de concours. Sur la carte une inscription : *Avec mes profondes excuses et mon inébranlable affection tropicale. À vous et vous seule, L.* En haut de la carte un J. LARNEY QUINCY POOLE, barré d'un trait, indigo sur ivoire.

Grâce au Dr Slocum, j'ai une chambre particulière pour le prix d'une salle commune. Après deux séances de supplication, l'infirmière de jour accepte d'éteindre le néon qui court comme un ruban de vinyle fluo en haut des murs. La lumière dans ma chambre n'est plus désormais que celle du soleil, qui augmente et diminue au gré des nuages, de la dilatation et de la contraction de mes pupilles. En une semaine, je n'ai jamais été aussi près du grand air dont j'ai désespérément besoin. Je dors par intermittence, des trous noirs de sommeil sans rêves, qui m'apaisent comme des gorgées mesurées d'une eau fraîche printanière. Chaque fois que je me réveille, j'ai la tête douloureuse sous l'effet de la cicatrisation.

Papa est le premier à venir me voir dans ma chambre, épuisé de monter la garde en raison des ouragans. Les ouragans sont pour mon père l'équivalent des économistes pour les dirigeants d'entreprise ; ils chuchotent : *Catastrophe, catastrophe,* à votre oreille, pour déclarer ensuite la plupart du temps : *Non, désolé, c'est une blague.*

Je ne l'ai pas vu depuis mon arrivée à l'hôpital, mais le Dr Slocum me dit qu'il a été présent dès le deuxième jour de mon délire. Entre les examens, il restait assis près de mon lit à roulettes tandis que maman faisait les cent pas, jurait et discutait avec mon moi absent. Aujourd'hui, il apporte une rose – une Mme Anthony Waterer – rouge comme un sorbet à la cerise. Il aime réciter les noms de ses roses, dont la plupart sont Comtesse Ceci, Baronne Cela, Princesse Tralala. Il a mis ma rose dans un bocal au couvercle percé et l'a transportée dans une glacière de pique-nique pour la garder fraîche pendant les deux heures de trajet.

C'est lui qui me dit exactement ce qui est arrivé et son récit semble justifier sa présence, ce qui lui permet d'avoir l'air moins gauche.

L'oncle avait eu une défection dans son équipage avant une régate importante et Larney m'avait recrutée. Au moment d'entamer le dernier bord, par un fort vent arrière, nous nous sommes trouvés en ligne avec un autre bateau sur bâbord. Quand son étrave a commencé à s'approcher de la nôtre, le skipper a pris peur : il a viré de bord devant nous alors que nous avions la priorité. J'étais sur le pont avant, occupée avec le spinnaker, qui s'est déployé contre mon visage et a claqué dans le vent comme un coup de fusil, me laissant aveugle et sourde à tous les avertissements. Lorsque les deux bateaux sont entrés en collision et que notre étrave est passée par-dessus la leur, j'ai reçu leur bôme en pleine poitrine et j'ai été projetée en arrière dans l'eau. À ce moment, l'écoute de foc m'a attrapé le bras droit, brisant le cubitus, puis ma tête est allée cogner la coque de notre bateau. Larney a plongé et m'a soutenue hors de l'eau pour que les autres membres de l'équipage me hissent à bord. Quelqu'un a appelé les secours par radio. Le personnel médical, en route vers le service d'urgence le plus proche, a prévenu l'hélicoptère de Boston.

Bien que papa soit un habitué du monde maritime et qu'il mène une existence que beaucoup lui envieraient, dans ses rêves il n'est que l'amateur de plantes qu'il s'est astreint à devenir, taillant les grimpantes, classant les spores, préservant les espèces fragiles de l'extinction. Cette nostalgie ancienne lui donne un ton professoral quand il raconte des histoires, sans l'habituel « vous n'allez pas me croire » de l'intarissable jaseur nautique. Pendant que je mange mon dîner, il rejoue méthodiquement le drame qui a failli coûter la vie à sa plus jeune fille.

« Mais tu es là, saine et sauve », conclut-il. Sa voix est empreinte d'une ferveur qui me rend nerveuse.

« Si l'on veut ! dis-je pour le détendre, mais il ne sourit pas.

— J'aimerais que tu comprennes que ta mère et moi avons été terrifiés. Je t'en prie, rends-toi compte, c'est la troisième fois que le chef de la police municipale vient frapper à notre porte à cause de toi. Clem, chérie, c'est mon souhait le plus sincère, le plus profond que cette fois-ci soit la dernière. Voir arriver une fois de plus la voiture de cet homme dans notre allée nous tuerait. » Il se cramponne encore à sa fleur, comme s'il n'était pas certain que je la mérite. La condensation du pot goutte sur le sol et sur l'un de ses mocassins de bateau (une paire neuve).

« Papa, c'est aussi mon souhait », dis-je, mais je dois refréner l'envie de rire devant son air solennel. Les excuses ne sont pas plus mon style que les manifestations de chagrin, d'amour ou de deuil.

Il m'embrasse sur la joue et dépose Mme Waterer à côté du bouquet de Larney. Il effleure d'un doigt une des roses épanouies. « *Souvenir d'un ami*. Ton jeune homme n'est pas sans délicatesse. »

Avant de partir, il plonge la main dans sa veste. « Ça a l'air d'être important », dit-il. L'enveloppe m'est adressée chez Jerry, avec la mention écrite de sa main : *Prière de faire suivre à Rhode Island,* et je me demande si papa saisit l'ironie de la situation : sa fille salement amochée dans une unité de soins intensifs et son nom, *Clement Jardine,* inscrit sur une surface blanche, calme comme une mer d'huile, *aux bons soins de M. Beau Jardine,* aux soins duquel elle n'est plus depuis longtemps. Je parie que cela le rendrait malade, cet *aux bons soins de*. J'ai envie de lui dire quelque chose de rassurant, mais j'échoue à nouveau car il franchit la porte avec un bref signe de la main avant que je puisse trouver mes mots.

L'adresse de réexpédition est Jackson, Wyoming, et la lettre à l'intérieur – de quelqu'un dont le nom ne m'évoque rien, Département de la chasse et de la pêche – dit que lui et ses collègues ont été « plus qu'impressionnés » par notre rencontre et espèrent que, en tenant compte des contraintes budgétaires dont nous avons discuté, j'accepterai un poste de biologiste à l'Interagency Grizzly Bear Study Team, un groupe interdisciplinaire de scientifiques et biologistes responsables des recherches sur les ours, et viendrai m'installer dans l'Ouest au mois de septembre. J'ai beau me concentrer, aucun écho ne résonne, aucune scène ne s'éclaire, aucun feu d'artifice n'emplit ce ciel noir et dense. J'ai pris l'avion, visité un endroit dont j'ai toujours rêvé, décroché un poste épatant bien que mal payé, et je n'en ai pas le moindre souvenir aujourd'hui. Je n'ai pas l'intention d'en parler au Dr A. Je peux seulement espérer que le cher Larney se montrera digne de confiance et me décrira les paysages que j'ai vus et, si je lui en dis assez, ces gens que j'ai « plus qu'impressionnés ».

Le ciel est assorti aux roses de Larney quand l'infirmière vient prendre mon plateau. Je lui demande de ne pas allumer la lumière tout de suite.

Jerry répond au téléphone à sa manière habituelle : « *Saludo*.

— Salut. » Mes doigts sont brûlants sur le récepteur, comme si je venais de subir le froid âpre de l'extérieur. Je coupe court à toute interrogation : « Y a rien que des invalides dans le coma ici, laisse tomber. » Je contemple mon poignet hors service, la blessure qui suinte sous le plâtre. J'attribue le vaste échantillon de jaunes et de bleus à ce que je sais de la cicatrisation.

« J'ai appris que tu étais à l'hôpital. Je suis désolé. » C'est la voix qu'il a, profonde et attentionnée, quand il s'adresse à des clients fortunés difficiles.

« Désolée. Ah... » Je lève la tête : ma chambre est plongée dans la pénombre. J'allume la lampe de lecture à côté du lit et vois apparaître mon reflet dans la fenêtre. Je suis dans un triste état, à l'exception du pyjama de satin ivoire que Larney a apporté quand ils m'ont sortie du purgatoire. « Écoute, Jerry, dis-moi seulement une chose. Si on remonte, disons, aux derniers jours de juin, pourquoi aurais-je fait du stop aux alentours de Boston ? Faut être plus dingue que Crésus. »

Il a un rire bref. « C'est plutôt "plus riche".

— Qu'est-ce qui est plus riche ?

— Peu importe, dit-il doucement d'un ton presque taquin. Est-ce que tu picoles ?

— Jerry, je souffre d'amnésie. Je suis à l'hôpital. Les cocktails ne font pas partie des charmes de l'endroit. Alors aide-moi à sortir de là. Mon dernier souvenir, c'est que je suis sur le point de m'installer chez toi. Ensuite, cinq semaines ont passé, je suis quasiment en réanimation, et tu as disparu.

— En réanimation !... Mon Dieu, en réanimation...

— Pour l'instant, je constate que tu m'as larguée pendant que je regardais ailleurs. Non ?

— C'est mal tombé, Clem. Je regrette. Je ne sais quoi dire d'autre.

— Mal tombé ?

— Tu as oublié, je pense. C'est... » Il pousse un soupir sonore. « Quel bordel ! »

Mon reflet dans la vitre est de plus en plus insistant. Le sol s'ouvre soudain sous mes pieds.

« Est-ce ou non une bonne idée de ma part d'aborder le sujet tout de suite et de te prier de me dire ce qui est arrivé ? Est-ce que je me suis couverte de ridicule ? Ou dois-je seulement prétendre que, bon, hop, un chapitre de mon existence a sauté ? »

J'ai droit à un deuxième éclat de rire de Jerry, encore loin d'être chaleureux, mais il me raconte. Parce qu'il veut que nous restions amis. Je regarde d'un œil noir mon reflet : jour froid en enfer.

Nous dînions en ville à Boston, à une table en terrasse, quand une bohémienne qui faisait la manche a proposé de me lire les lignes de la main. Jerry avait attendu toute la semaine – par lâcheté, avoue-t-il – pour me parler de cette fille qu'il avait retrouvée ; il l'avait connue à l'université. La bohémienne lui offrait une chance inespérée. Et savez-vous ce qu'il y a de plus étrange ? Contrairement à tout ce qui s'est passé pendant ce mois perdu, que je tente de reconstituer auprès de mon entourage, cette rencontre avec la romanichelle, elle me revient comme un *flash-back*, à l'instant même, sans l'aide de personne. Pareille à l'archétype qui hante tant de rêves, elle portait des anneaux dorés aux oreilles, des étoffes vulgaires de paysanne, et elle sentait l'ail – seul hic, elle avait l'accent d'un vendeur de voitures du coin. Ses premiers mots furent : « Tu explores le monde. Je te vois en Afrique, chérie, je te vois à Java. Je te vois chez les Esquimaux dans le Nord. Je te vois partout. » Elle ne dit pas comment elle avait tiré ce récit de voyage de mes mains en coupe, mais peu m'importait.

« Et l'amour, l'amour, l'amour. Chérie, je vois un tapis d'amour. Cœurs brisés, flirts, liaisons torrides, mariage, toute la gamme. » J'ai souri à Jerry en l'entendant débiter sa tirade. J'ai demandé : « Pas de rejeton ? » Et je peux imaginer le ton insistant de ma voix. La femme a hoché la tête. « C'est pas clair, chérie. C'est selon. Mais fais voir. » Elle a retourné ma main vers la chandelle et parcouru ma paume de son ongle long et pointu. « Au milieu de la ligne de vie, un accroc. » Je me suis penchée en avant, mêlant mes cheveux aux siens. Elle avait raison. Une faille miniature en travers de la ligne.

« Qu'est-ce que ça veut dire ? »

Elle a haussé les épaules. « Peut-être une crise. Je mens jamais. Un accident grave. La mort de quelqu'un que tu aimes. Ta maison qui brûle. Mais regarde, la ligne continue, hein ? Résurrection. Un second souffle. » Elle s'est redressée, rajustant son châle. « Le temps ne s'arrête pour aucun homme. Ni aucune femme. » Sans salut ni hochement de tête, comme si les prophéties s'écoulaient telles les minutes d'un compteur et que j'étais arrivée au bout de ma monnaie, elle est partie, disparaissant au coin de la rue.

« Une grosse crise ? Ce n'est pas sorcier, dis-je à Jerry. Le jour où tu me quittes. » L'air béat, je regardais la lumière cuivrée de la bougie danser tendrement dans sa barbe rousse. Je me sentais romantique, souriais comme une idiote. J'étais une idiote.

Jerry fixait aussi la bougie, mais la lueur qu'elle jetait sur son visage n'éclairait aucune expression romantique. « Je suis désolé d'être un tel connard, dit-il, mais il faut que je mette tout ça en *stand-by*.

— Ça ? Qu'est-ce que tu entends par "tout ça" ?

— Nous », dit-il d'un ton penaud.

C'est alors qu'il m'a parlé de la fille, et c'est alors que je lui ai dit que personne ne me mettait en *stand-by*, comme un coup de fil en attente. Je ne me souviens pas de la totalité de la conversation, mais aujourd'hui, alors qu'il me raconte sa version de l'histoire, je me souviens de la rage qui a parcouru mes membres tandis que je m'enfuyais sur le trottoir et, peu après, de ma fureur quand j'ai découvert, en fouillant dans mon sac à South Station, que la bohémienne, cette salope, m'avait piqué mon portefeuille.

« Alors, c'est le retour en Californie ? » Le Dr Slocum s'assied sur mon lit, comme il le fait trop souvent. Il vient me voir au moins deux fois par jour, affirme qu'il écrit un rapport sur ce qu'il considère comme un cas particulier d'amnésie rétrograde. En fait, il s'est arrêté de prendre des notes.

« Rhode Island pendant un moment. Le temps de retrouver toute ma tête. » Je touche mon bandage. « Si l'on peut dire. »

Il tripote son stéthoscope et opine du bonnet. Il s'approche de moi et s'éclaircit la gorge.

« Écoutez, ne faites pas ça, dis-je aussi aimablement que possible.

— Quoi ?

— M'inviter à dîner, dire que vous voulez me revoir, je ne sais quoi. Qu'importe ce que vous avez à l'esprit, vous seriez déçu. »

Comme il reste muet, j'ajoute : « Ce n'est pas le bon moment. »

Il se lève. « Bien. Si c'est ce que vous pensez. » Il joue avec son bip, histoire de sauver son amour-propre.

« Allons, vous avez besoin de faire un somme. Je suis désolé d'être aussi stupide. Je vous verrai plus tard. » Nous savons tous les deux que je ne le reverrai pas.

« Vous avez tout ce qu'il vous faut ? demande-t-il.

— Dans les limites du raisonnable.

— *Sayonara* », dit-il avec un sourire affecté en guise d'au revoir.

J'allume la télévision. Apparaît un photomontage de footballeurs. Des hommes qui se rentrent dedans, sans fin. Partout, partout, des hommes, des hommes. Je laisse allumé, mais coupe le son. Du football en juillet ? Je me sens plus désorientée que jamais.

Je sursaute quand le téléphone sonne. *Oh, Jerry, change d'avis*, rugit une voix se projetant à l'avant de mon cerveau comme sur un écran de cinéma. Mais c'est Louisa qui appelle de New York. Hors d'haleine, elle me dit que non seulement elle n'est pas enceinte, mais qu'elle est tombée amoureuse et ne sait quoi faire. Elle voulait me le dire en personne, mais elle s'est dégonflée. « Si tu veux un conseil, lui dis-je, adresse-toi à n'importe qui sauf à moi.

— Je *sais* ce que tu me conseillerais : “Coupe les ponts ! Choisis le feu de l'enfer plutôt que la toundra !”

— Tu me connais bien. Tu crois que ça me fait plaisir d'entendre cette nouvelle ?

— Excuse-moi. C'est égoïste. J'ai juste besoin de le dire à quelqu'un... d'extérieur à ma vie. De me sortir ça de la tête pour éviter de devenir folle, de le confier à quelqu'un de sûr. »

Elle me voit donc comme quelqu'un de sûr ? Les larmes me montent aux yeux.

« Je te fais confiance, Clem. Ça t'embête ?

— Allons, Lou. Je suis flattée. Mais quel bordel ! » N'est-ce pas ce que m'a dit Jerry ? Ensuite elle fait ce qu'elle avait certainement l'intention de faire depuis le début, quelle que soit ma réaction. Elle me raconte tout sur ce type, de la pointe des sourcils jusqu'aux ongles des pieds (un homme qui a tout le sex-appeal animal qui manque à son mari). Je l'écoute, nouée. Je me demande si, en plus, la bohémienne m'a jeté un sort – par prudence j'ai résilié mes trois cartes Visa.

« Je crois que je vais déménager, dit-elle.

— Oh, non ! Ne fais pas ça. C'est de la folie !

— Il le faut. »

Je soupire. « Je croyais que tu voulais mon avis. »

Je dois attendre quelques secondes avant qu'elle réplique : « Je pensais savoir ce que tu me dirais. Je suppose que je me suis trompée. Très bien. »

Tout le monde semble savoir qui je suis et ce qui se passe dans ma tête, sauf moi. Louisa raccroche, je pense aussitôt à son mari. Je suis plus triste pour lui que pour Louisa, ce qui est injuste – non d'un point de vue moral, mais parce que je n'ai pas de lien véritable avec Hugh. Suis-je devenue la reine de l'empathie ? Non. C'est plutôt que j'ai besoin de voir Louisa rester avec cet homme calme, loyal. J'avais besoin qu'elle fasse ce choix au début, et maintenant, même si ce ne sont pas mes affaires, j'ai besoin qu'elle ne se déjuge pas. *Je t'en prie, reste mariée et fais un enfant. Je t'en prie, fais-en plusieurs.* Je voudrais pouvoir imputer aux drogues toutes ces idées folles, pourtant ma tête, bien que douloureuse, est plus claire que je ne veux l'admettre.

Le Dr A. m'examine une dernière fois. Quand il entre, je suis aussi contente de le voir que si nous avions un rendez-vous – bien qu'il reste toujours aussi peu bavard. « Mademoiselle Jardine, me dit-il en guise de bonjour. Je sais que vous êtes impatiente de partir, mais voulez-vous, je vous prie, vous asseoir sur le lit ? »

Ses mains se referment autour de mon cou comme d'habitude. Et comme d'habitude je m'étonne de me sentir aussi peu captive. Ses paumes, posées sur mes pommettes, ont toujours la même odeur de verdure, un peu moins sèche aujourd'hui, comme si elles venaient juste d'élaguer de jeunes arbres. Ah, l'horticulture ! Voilà peut-être pourquoi je suis charmée par cet homme suranné que j'imagine au volant d'une Honda cabossée et, quand vient l'hiver, portant des chaussettes de laine au lit pour réchauffer ses pieds méditerranéens. C'est freudien après tout.

Il me demande de définir *archipel, estuaire, fjord.* Du gâteau. Puis il demande les noms des océans et des grands lacs. Je saute l'Ontario. « Écoutez, docteur, vous ne libérerez jamais quelqu'un avec des tests pareils. Les écoles de ce pays n'enseignent plus la géographie depuis des années. »

Il note sur son cahier. « Le Dr Slocum m'a dit que vous êtes une spécialiste de l'eau. » Il détache un formulaire et me le tend. « Votre père, comment va-t-il ?

— Papa ? Papa va bien. Vous le connaissez ?

— Oh, vous n'en avez aucun souvenir, bien sûr, fait-il. Le jour où il était ici avec vous – une longue journée –, il a passé son temps à vous masser les pieds tandis que nous nous occupions de votre tête. À un moment, j'ai bien vu qu'il pensait que vous alliez mourir. Je ne pouvais lui dire le contraire, même si votre cas ne me semblait pas désespéré. Avant qu'il ne reprenne la route pour rentrer chez lui, je lui ai proposé de se détendre dans mon bureau et de prendre un léger remontant. Il m'a raconté que vous étiez toute petite à votre naissance. Il m'a dit que c'était la première fois qu'il avait prié depuis son enfance. Ce jour-ci, a-t-il ajouté, était le second. Pour lui, la prière est – je me souviens exactement de ses paroles – inutile mais indispensable. Le rempart de la santé mentale. Je lui ai dit qu'un médecin était bien obligé d'en convenir. Cela m'a fortement impressionné. » Il se frappe la tête d'un doigt. Il m'adresse un de ses rares sourires. « Vous voudrez bien le remercier pour ses roses bénéfiques. »

J'attends qu'il continue, mais il consulte sa montre et me tend sa carte. Il dit qu'en cas de maux de tête inhabituels je n'hésite pas à lui téléphoner. Son prénom, qui n'apparaît pas sur son badge, est Anastasias. Anastasias Athanassiou. *Immortel* : c'est ce que signifie son nom d'après le Dr Slocum.

Larney m'a prêté une écharpe de soie pour envelopper ma tête dégarnie, une étoffe démodée mais somptueuse décorée d'un motif de nœuds marins. Elle appartenait probablement à sa mère. Elle semble incongrue portée avec mon jean et le tee-shirt Peter Tosh qu'il a rapportés de la maison de mes parents, mais je suis trop touchée pour refuser. Dans le parking, j'ai droit à quelques regards surpris.

Il m'aide à monter dans sa voiture. « Vous êtes vraiment quelqu'un, mon ange, une vraie dure à cuire », dit-il en s'installant à côté de moi. (On pourrait se demander pourquoi je le laisse prononcer ces mots d'affection un peu sots. Je le laisse parce que c'est la vérité. Oui, je suis douce en apparence, mais je ne suis pas que ça, je peux faire mal.)

Je souris. Suis-je quelqu'un ? Qu'est-ce que ça veut dire, être quelqu'un ? Pourquoi met-on toujours l'accent sur mon côté dur ? Comment peut-on être aussi aveugle ? J'entreprends une de ces récapitulations qui sont devenues une habitude depuis une semaine : je suis en pleine confusion, crevée, honteuse de choses dont je ne me souviendrai jamais, mais heureuse de sentir le soleil, heureuse de rouler dans une voiture de luxe, rapide, décapotée, le long d'une rivière qui scintille. Certes, en fin de compte je ne dépendrai plus de personne sinon de moi-même, et c'est aussi bien, mais aujourd'hui je suis prise en charge par J. Larney Quincy Poole et j'en suis heureuse aussi.

Au bout d'un ou deux kilomètres, je demande : « Larney, quelle est la signification du J ?

— Jephthah. Un arrière-arrière-grand-père. Un nom à coucher dehors.

— Bien, Jephthah, vous êtes un garçon charmant. Vous savez quoi ? À l'hôpital, on m'a demandé la signification d'*esprit chevaleresque* – une longue histoire. Mais c'est vous : vous en êtes l'illustration. Et quelque chose me dit que vous m'avez sauvé la vie. » Il comprend visiblement que ce compliment sincère de ma part est le début d'un abandon, honnête et franc. C'est ma façon de lui manifester qu'il a fait, comme s'exprimerait le Dr A., forte impression sur moi.

Lorsque nous prenons la direction du sud, il passe sa main devant le rétroviseur et abaisse le pare-soleil pour me protéger de la lumière trop forte. Après mon merci, il dit « Je vous en prie » pensivement et avec une gentillesse infinie. Je feins d'avoir de la poussière dans les yeux.

Il dit : « Dormez si vous êtes fatiguée. Je vous en prie. »

Commandé par une manette chromée, mon siège bascule lentement en arrière. Qu'ils sont agréables, ces minuscules plaisirs matériels dans un moment tel que celui-ci. En me tournant sur mon bon côté pour chercher un semblant de réconfort, ma joue caressée par la chaleur du cuir, je distingue sur le siège arrière un sac en plastique bleu étiqueté EFFETS PERSONNELS. Il ne contient rien, j'imagine, de ce que je possédais avant l'accident : seulement des livres, des sous-vêtements et la lotion que ma mère m'a apportée ; le pyjama de soie de Larney, à présent taché de café et de sérum physiologique. Y sont rangés également les désirs secrets de ma sœur, les peurs de mon père et l'étrange dévotion de cet inconnu, douloureuse à force de dignité. Je ferme les yeux et étiquette le sac autrement : CHOSES QUI M'ONT ÉTÉ CONFIÉES… NOUS VERRONS SI C'ÉTAIT JUDICIEUX. Puis je sombre dans le sommeil, moi la spécialiste de l'eau, je vole vers un refuge élevé, loin de la mer.

Un manteau multicolore
Février 1993

Ma machine a un nom. Sur son front, d'un chrome étincelant sur fond turquoise digne d'une Thunderbird, comme si elle était une sorte de potentat, est inscrit : THERATEK 9. J'ai imaginé des surnoms, pour que nos rendez-vous ressemblent à des liaisons amoureuses. Les bons jours, je l'appelle Neuf, Lucky Neuf, Grand Bleu. Quand nous sommes seules dans son souterrain, je repose sous son unique œil carré impénétrable, mon reflet noyé dans son regard, et je la taquine : *Hé, Neuf, à quelle heure tu t'arrêtes ? Tu vas t'arrêter, oui ou non ? Tu n'as pas envie de voir le soleil, les arbres, le ciel ? On ne t'a pas octroyé au moins une fenêtre, Lucky, une vue sur le parc ?*

Elle est du genre impassible, si bien que je n'attends pas de réponse.

Les jours sombres je l'appelle Thanatos, la mort qui défie la mort. Je ne lui parle pas. Je me soumets, paralysée, oubliant parfois de respirer. Un lapin sous une haie, que balaie l'ombre d'un faucon qui tourne en spirale.

Et puis viennent les jours où l'extase transcende le mécanisme, quand tous ses bruits incongrus, irréguliers, se taisent. Elle devient alors un cygne bleu immense, et lorsque les lumières s'éteignent et qu'elle tend son cou musclé sur moi, je ferme les yeux et me rends, consentante comme une Léda à l'âge du jet.

Ménage-toi. Vas-y doucement. Savoure les petits moments de bonheur. Les gens débordent de conseils. Si j'avais le choix, c'est ce que je ferais. J'irais doucement, je creuserais un profond sillon de mon appartement à mon bureau puis à l'hôpital, avant de revenir chez moi. Un simple trajet triangulaire, sans détour. Mais la vie doit continuer, et aujourd'hui, entre le déjeuner et la radiothérapie, je vais en métro jusqu'à Queens interviewer Esteban pour le numéro « Nouveau Talent ». C'est notre morceau de bravoure annuel, l'aboutissement d'une saison de plus dans le monde de l'art. Comme aime à le souligner un de mes collègues, nous avons passé tout l'hiver à faucher de jeunes ambitions, naïves aussi bien qu'amères. Preston, notre rédacteur en chef, les appelle les oisillons, ces deux douzaines d'âmes assez chanceuses pour atteindre la dernière marche. Ray, l'homme avec qui je vis, les qualifie d'agneaux prêts à l'abattoir, sans cacher qu'il est heureux de ne pas avoir poursuivi une carrière dans le monde des arts, tant le succès y est arbitraire. C'est drôle, car il travaille lui-même dans un domaine qui se targue d'être un art, un domaine où le succès est définitivement truqué : le cinéma. « Oui, mais je ne suis pas un artiste, dit Ray. Je suis un sous-fifre. Je me contente de suivre les instructions. » Ray est cascadeur.

Parmi les artistes qui ont réussi cette année, je suis fière de pouvoir m'approprier Esteban : il est ma découverte, mon préféré (mais je ne dirai jamais ça à quiconque de vive voix). J'écrirai sur d'autres artistes que j'admire, mais Esteban est celui sur lequel je parierais. Il n'est pas comme la plupart de ceux qui ont besoin de s'affirmer ; si doués soient-ils dans leur travail, ils doivent être encore plus doués pour le marketing. Dans cet univers, il est vrai que si vous ne savez pas vous faire remarquer, vous êtes condamné, mais Esteban brille par lui-même, de tout son être.

Il vit derrière l'ancienne plate-forme de chargement de ce qui fut jadis une usine de cercueils, sa porte est un rideau de tôle ondulée. Tout au long du trajet à pied depuis le métro, je gravis plusieurs hauts talus de neige, pour plonger ensuite dans des caniveaux remplis de flaques d'eau. La neige cette année est tombée sans arrêt, plus que dans le Montana, l'Utah et certaines parties de l'Alaska. Nous avons eu treize tempêtes jusqu'à maintenant ; mon moi devenu récemment superstitieux espère que le compte ne s'arrêtera pas là.

Lorsque je sonne chez Esteban, mes cheveux sont luisants de transpiration, mes bottes bourrées de neige. J'écoute le cliquetis médiéval d'une demi-douzaine de verrous, l'entends crier : « Voilà, voilà, voilà ! » (avec son accent chantant des Caraïbes : *Ouala ouala ouala*). La porte se relève avec fracas, et Esteban, vêtu d'une chemise safran chiffonnée et d'un jean noir, ouvre ses longs bras pour m'accueillir. Je ne l'ai rencontré qu'une fois auparavant ; sa présence est exquise. Il mesure plus d'un mètre quatre-vingts et sa peau a ce brun-indigo cuivré des phoques qui se prélassent au soleil. Il gesticule sans cesse et a l'habitude de pousser de temps en temps des petits gloussements, une habitude charmante chez quelqu'un d'aussi grand. Si ma vie n'était déjà tellement compliquée, je tomberais amoureuse de lui. Esteban est haïtien, il a quarante ans et a été chauffeur de taxi ces douze dernières années. Difficile de le prendre pour un oisillon.

« Salut ! Salut ! Mes secrets vont maintenant être mis à nu ! »

Une autre chose que j'aime chez lui : son enthousiasme d'un autre âge.

« Entrez, entrez ! » Il pose sa main sur mon dos, m'entraînant gentiment dans un vaste espace sans fenêtre – un demi-hectare de garage transformé en un refuge équatorial. Le plafond est élevé, et au centre est ramassé un ensemble disparate de canapés et de fauteuils d'occasion recouverts de tissus africains. Des tapis de couleurs vives sont répandus comme des pavillons sur le sol de ciment, le poêle ronfle doucement et quatre caoutchoucs, plus grands qu'Esteban, s'étirent vers les lampes bleues. Dans une cage, deux perruches jabotent et s'agitent.

« Quel sanctuaire !

— C'est Muriel », dit-il avec tendresse en versant de l'eau chaude dans une théière. *Mourielle* sonne comme un nom exotique. « Ma femme, elle est le *génie* de la maison. Douée pour la vie, pour savoir comment *être*. »

Il m'offre une assiette de biscuits au chocolat. Quand je tends la main pour en prendre un, une douleur sournoise part de mon épaule gauche vers mon cœur. Elles surviennent si brusquement, ces petites secousses ; quatre ou cinq fois par jour. Mon chirurgien dit qu'elles font partie de la guérison – les nerfs se rechargent sous la cicatrice –, mais à chacune c'est comme si une corde de piano claquait dans ma poitrine.

Je croque le biscuit avec un plaisir exagéré. « Exactement ce que le médecin m'a conseillé », dis-je.

Je m'assieds dans un des moelleux et accueillants canapés, sors un enregistreur et une paire de chaussures de mon sac. Quand j'enlève mes bottes, il y a une marque mouillée au milieu de mes tibias. Esteban insiste pour que je mette une paire de chaussettes de Muriel, que j'enlève mes collants et les fasse sécher près du poêle. Il accroche mon manteau à un cintre et en efface les plis dans la laine trempée.

Il me conduit dans un autre espace, aussi large mais en soupente. Ses œuvres remplissent la pièce, parfois plus grandes qu'Esteban lui-même.

Certains sculpteurs travaillent et soudent l'acier. D'autres trouvent leur alchimie dans les fûts de pétrole, les plumes, les gants de caoutchouc, les entrailles des ordinateurs. Quand je crois avoir tout vu, quelqu'un me surprend. Comme Esteban, qui tricote. Avec une paire de grandes aiguilles en bois, il tricote de la corde, de la ficelle lieuse, du cordon de téléphone, de la ligne de pêche, même des lianes réglisses, il en fait des vêtements pour une race de géants. Dans son atelier, plusieurs sont punaisés au mur ou avachis comme des ivrognes dans un coin. Je reste un long moment devant *Empereur* – la première des œuvres d'Esteban que j'ai vue. Un manteau aussi long qu'un autobus, court à l'avant, à queue-de-pie par-derrière, repose sur le sol entre deux feuilles de plexiglas. Fait de rubans de plastique tissés, le manteau émet un scintillement cristallin, tel un lustre, et même sans boutons, poches ou médailles, il est aussi impeccable et imposant qu'un uniforme. Il me rappelle les effigies saintes en cercueils de verre portées dans les processions catholiques.

Je mets mon magnéto en marche. Pourquoi Esteban tricote-t-il ?

Il hausse les épaules. « C'est comme ça. Vous écrivez, je tricote. Les gens parlent d'objets domestiques, de choses qui concernent les femmes... Qu'est-ce que je dis sur leur monde ? Ne suis-je pas un imposteur, un homme qui vole leur langage ? Mais (il rit doucement) j'aime utiliser mes mains de cette façon. Simplement. » Ses longues jambes passées à travers les barreaux d'un tabouret, il travaille tandis que nous parlons, avec une rapidité déconcertante. Les aiguilles cliquettent, ses ongles roses étincellent comme des pétales brillants. « Dans le taxi, je tricote aux feux rouges. J'emporte mon travail en cours dans un grand sac-poubelle près de moi à l'avant. Je tricote dans la file d'attente de l'aéroport. Je tricote pour des personnages historiques, je tricote pour des personnages imaginaires de mon enfance. Je tricote, dit Muriel, pour lever une armée privée. » Son accent a la douceur d'une mélopée. Il parle sans que ses mains interrompent jamais leur danse.

Le bleu a besoin de froid. Le bleu a besoin d'espace.

Je songe aux hôpitaux comme à des lieux peu rentables mais économes, déversant des tombereaux de détritus mais préservant chaque centimètre carré d'un usage inutile. La salle où je me rends tous les jours est vaste ; le bleu qui la baigne provient d'une étendue substantielle de linoléum. Et il y fait froid. Si nous étions en été, peut-être ne m'en soucierais-je pas, mais ce n'est pas le cas. La première fois, j'ai dit à Patrice, la manipulatrice qui m'aide à entrer dans mon sarcophage, que je crains de ne pouvoir rester immobile, que je risque de trembler. Elle me tapote le bras de mon bon côté (sa main, comme la pièce, est immaculée et froide). « Désolée, mon chou, les ordinateurs aiment le froid. C'est la cité de la chair de poule, je sais, mais nous allons faire aussi vite que possible. » Patrice est mince et blonde, coiffée à la garçonne. Mary Martin dans *Peter Pan*.

Si Patrice est la servante des lieux, Juan en est le grand prêtre. Après qu'elle m'a installée et a quitté la pièce, Juan presse les boutons et manipule les cadrans, à quelques centimètres de mon visage. Je ne connais que trop bien les pores de son cou moite et entaillé par le rasoir. Bien que ses cheveux soient franchement bruns, je sais que sa barbe serait couleur de glace grise, à voir la marque dégarnie le long de sa mâchoire gauche. Je sais aussi que le crucifix qui effleure parfois ma joue a été fabriqué en Tchécoslovaquie. Cela peut paraître indécent, presque adultère, de remarquer tous ces détails, mais c'est ainsi.

Une fois que Juan a mis les choses en place, il crie « Rotation du portique 64 ! » à quelqu'un que je ne vois pas. Quelle que soit cette rotation, elle est invariable ; toujours 64. Chaque fois que j'entends cet étrange mantra, *portique*, le film *Trapèze* me vient bizarrement à l'esprit (la silhouette de Burt Lancaster, beau comme un camion). De la musique jaillit des murs – les brumeux refrains de Frank Sinatra, Eric Clapton, Tina Turner. Un jour, j'ai eu l'impression d'entendre Talking Heads en fond sonore. Pour rester immobile, je dois refréner mon envie de rire.

Neuf, dis-je à ma sévère partenaire, *désormais j'ai tout entendu.*

Au-dessus de moi, le plafond a été joyeusement décoré. Il ne s'agit pas d'un travail à la va-vite, d'une vue d'Amalfi pour pizzeria. Quelqu'un a payé un peintre doué pour le trompe-l'œil. Quelqu'un a pensé que cette vue – un ciel gorge-de-pigeon parsemé de nuages, un ciel qui roucoule *La vie est belle !* – ôtera de votre esprit la sensation que, étalée sur cette froide table d'acier, vous êtes déjà à la morgue.

Mais parfois, sanglée comme je le suis, les lignes de mire du laser tatouant ma poitrine, je me sens étrangement en sécurité. En sécurité, peut-être comme un astronaute qui s'apprête à décoller.

Compte à rebours, Lucky, puis fais-moi décoller.

Mon créneau horaire est à quatre heures, quand le ciel réel, un jaune fragile, s'accroche encore au jour. Lorsque je quitte l'hôpital, le ciel est sombre (d'un violet translucide particulier à l'hiver), et le métro déborde de voyageurs et d'impatience. Je trouve rarement un siège, et si j'en trouve un, il n'y a pas assez de place pour lire ; des manteaux volumineux et des sacs de provisions vous atterrissent sur la tête chaque fois que la rame prend une courbe. Aujourd'hui, sur le chemin du retour, j'essaye de ne penser qu'à Esteban. Avant que je quitte son atelier, il m'a annoncé qu'il terminait son premier chef-d'œuvre. Une plaisanterie parfaitement sérieuse. Il ne m'a pas laissée le voir parce qu'il est si nouveau qu'il doit rester à l'abri. Il est dans un coin, un cône de dix pieds dissimulé sous des bâches. « Mais bientôt », m'a-t-il assuré.

Debout, compressée entre deux trench-coats, je me rappelle ses mains, si grandes, si agiles. Je m'imagine dans un taxi dont le chauffeur tricote dans les encombrements sur le trajet de LaGuardia. Les choses les plus étranges me consolent.

Ray est allongé sur notre lit. Il a aplati les quatre oreillers en forme de trône. Son tee-shirt est constellé de taches de bière. Le bas de ses chaussettes rouges est noir comme du goudron. Il baisse son journal, rubrique sports. « Entraînement de printemps, c'est incroyable, et ces types n'ont pas encore de lanceur convenable.

— Quand ils sont en forme, tu les ignores totalement, dis-je. Tu n'es heureux que lorsqu'ils perdent leurs chemises. » Je me glisse entre ses jambes. Il soulève son journal et lit au-dessus de mon épaule droite. C'est un nouveau rituel, un parmi de nombreux autres. Nous vivons ensemble depuis deux ans, mais mon mal invisible nous a forcés à revenir au flirt (moins l'attente fébrile).

Lorsque Ray tourne les pages, je sens bouger sa cage thoracique, qui me berce comme une douce marée. « La journée s'est bien passée ?

— Je suis allée à Queens et j'ai vu le type qui tricote. C'est un mystique.

— Je voulais dire à l'hôpital. » Il continue de parcourir le journal : hockey, basket-ball, Coupe Davis de tennis.

« Je commence à brûler. Je ressemble un peu à un poivron.

— Mais ça se passe normalement. Tu te sens bien, insiste-t-il d'une voix lente.

— Ray, je me *sens* bien. Je me *sens* comme s'il n'y avait rien d'anormal. »

Mes médecins ont pris la tumeur à ses débuts, encore petite – si tôt qu'ils l'ont considérée comme un concept, pas comme symptôme, la seule preuve étant un vague point flou sur la radio (*tuée dans l'œuf,* répètent-ils à l'envi, comme s'il s'agissait d'une petite fleur rebelle). Mais comme j'ignore depuis quand elle était là, comment croire qu'elle a disparu ? Avec Ray, cependant, j'essaye de ne pas me plaindre. Je veux qu'il admire et flatte mon courage comme l'éclat d'une nouvelle voiture, alors le courage deviendra réel. *Quelque chose* sera réel.

Dans mon dos, il pose son menton sur ma clavicule. Il tient toujours le journal entre ses mains, mais il écoute. Pour lui, le silence n'est jamais une menace. Je ne suis pas pareille ; je veux qu'on me pose des questions et qu'on me raconte, qu'on me félicite, me cajole, ou qu'on crie après moi. Là où il y a des mots, il y a des définitions. Les définitions aident à contenir le chaos. Un jour Ray m'a dit que cette façon de m'appuyer sur la langue est fascinante, mais qu'elle me ligote, me donne un côté crispé. Je prends les gens trop au pied de la lettre, d'après lui.

Au bureau, j'ai la réputation d'obtenir ce que je veux. Ce n'est pas une affaire ; je n'ai pas à approuver les emprunts du tiers-monde à la Bankers Trust. Mais je me débrouille pour y arriver, en général, sans pousser de cris ni perdre mon calme. Ce matin, après une réunion où j'ai sauvé deux sculpteurs de la hache éditoriale, Preston a murmuré : « Quel petit requin tu fais. » La plupart du temps, j'aurais pris ça comme un compliment de la part de mon boss. Aujourd'hui, je me vois malgré moi comme une de ces créatures blanches et boursouflées aux yeux de fouine impassibles avec des dents de la taille du poing. Une créature qui ne dort jamais, ne rêve jamais. Et jamais, selon un livre que j'ai trouvé par hasard, n'attrape de cancer.

« Ray, est-ce que je te fais parfois penser à un requin ?

— Quand ta mère téléphone. Quand toutes les assiettes sont empilées dans l'évier et que c'est ma faute. C'est-à-dire toujours. Mais, à l'heure actuelle, je ne pourrais pas te reprocher d'avoir envie de bouffer tout le monde autour de toi. » Il entonne une mauvaise imitation de la musique des *Dents de la mer*.

« Un prédateur impitoyable, c'est moi tout craché. » Je soupire. Je me souviens que lorsque j'étais petite, peut-être à huit ans, j'étais obsédée par la façon dont tout sur la planète finit par s'incarner dans une forme particulière. Pourquoi n'étais-je pas un cornouiller, une dalle de pierre, un calmar ? Je n'avais jamais entendu parler de karma ; j'étais seulement une philosophe agnostique juvénile. Je n'avais aucun désir d'être quelque chose d'autre, absolument pas. Je trouvais que j'avais de la chance d'être un être humain. Soudain cela me plaît moins.

« J'aimerais parfois que nous soyons des animaux, dis-je. Tout ce que nous aurions à faire serait de jouer, dormir, chasser et manger. Faire l'amour. Se rouler dans l'herbe. Aucun plan pour le futur. Pas de peurs existentielles. Pas de discussions. Pas de décisions fatales.

— Les animaux prennent des décisions. Certainement.

— Ils espèrent ? Calculent ? Pèsent les choix et les risques ? Non. » Je me retourne pour voir le visage de Ray. « Alors que pourrions-nous être ?

— Être ?

— Des animaux, quelle espèce d'animaux ?

— Des putois, dit-il d'un ton décisif.

— Merci, Ray.

— Que préférerais-tu ? Des girafes ? Des gazelles ? Les filles veulent toujours qu'on les trouve gracieuses. Mais moi, j'aime ce qui est fruste. Les putois sont frustes de nature.

— Peut-être qu'ils ne puent pas tout le temps. Quand ils sont seuls ensemble, peut-être ont-ils une odeur exotique, comme l'encens. Comme ces boutiques de narguilés dans Bleeker Street. »

Ray plisse le nez et enfouit son visage dans mon cou, reniflant jusqu'à ce que je m'étrangle de rire. Il s'écarte mais me retient prisonnière. « Depuis quand, Miss Priscilla Mullins, vous êtes-vous aventurée à pousser la porte d'une boutique hippie ? »

Nous *sommes* des animaux. Et je crois que c'est un problème pour Ray.

J'ai trente-six ans et j'ai toujours voulu des enfants, bien que sans ardeur – du moins jusqu'à ce que je rencontre Ray. Mais Ray ne partage pas mes certitudes. « Je suis comme tout le monde, disait-il il y a deux mois, à une époque moins compliquée. Je suis sûr que je pourrais proclamer au monde entier que c'est une expérience inoubliable. Or il se trouve que je n'ai pas besoin d'une expérience inoubliable. J'aime ma vie telle qu'elle est.

— Tu parles comme quelqu'un qui a peur de courir des risques. Pourtant tu prends des risques – des risques énormes – pour gagner ta vie.

— Oui, et comme beaucoup je ne pense plus à mon travail une fois que je l'ai quitté. »

C'était l'époque où nous avions des conversations faciles, abstraites. Aujourd'hui, pouvoir fonder une famille est ma seconde obsession, ce que je redoute le plus de perdre – en dehors de ma vie. Lorsque j'évoque le sujet, Ray plaisante ou reste silencieux, ça dépend. Je commence à souhaiter une explication définitive avec lui : on n'arrive pas à une trêve sans guerre.

Nous sortons rarement le soir désormais. Je lis comme une malade, et Ray regarde la télé, écoute du jazz ou s'attaque à des travaux divers : fabriquer des étagères, déplacer les meubles. Plus il est nerveux, plus il est bruyant. Il a toujours quelque chose en train, quelque chose de physique, parce que rien ne lui plaît autant que se dépenser. Sa dernière idée est de construire un kayak. Un ami lui a proposé son garage à Brooklyn, ce qui ne me ravit guère. Ray est déjà absent trop souvent.

Ray est un intermittent du spectacle. Au total il passe trois ou quatre mois par an sur la côte

Ouest, mais prétend qu'il habite New York. Jusqu'à une époque récente, il y avait beaucoup de travail dans les longs métrages policiers tournés en ville. (Ray est le type qui saute d'un toit dans une benne à ordures, roule sur le capot d'une voiture de police lancée à toute allure, se collette trois punks menaçants dans une ruelle sombre enveloppée de brouillard.) Mais aujourd'hui on tourne ce genre de films à Toronto, à Vancouver, à Seattle, des endroits où il fait glacial et qui cherchent désespérément la célébrité.

Ray s'est retrouvé cascadeur par hasard. À l'université, il étudiait le dessin. Il voulait devenir illustrateur de bandes dessinées, mais il fallait rembourser les emprunts. Il y avait un ami d'ami ; quelqu'un a eu une hernie discale ; ça se passait à Los Angeles. Et le voilà, à trente-huit ans, toujours sur la brèche, un peu esquinté sur les bords mais accroché à la sensation d'être pleinement en vie, en plein air, avec de longs intervalles agréables entre des séances lucratives de plaies et de bosses. Dans les dîners en ville, je l'ai entendu raconter qu'il dessine encore, mais tout ce que j'ai vu, ce sont des gribouillis dans les marges de notre carnet de téléphone. Ses vieux dessins, d'un gauchisme agressif, sont rangés dans un carton sous notre lit, en compagnie de moutons de poussière citadine et de chaussures hors de saison.

« Vous cicatrisez à merveille ! Presque pas de durcissement, je suis impressionné. » Le Dr Bloom caresse la cicatrice doucement mais avec ferveur, comme un aveugle lisant Walt Whitman en braille.

Ses compliments m'embarrassent car je n'y suis pour rien. Si bien que j'en rajoute : « C'est vous qui avez fait un travail formidable. C'est tellement... minimaliste. On ne voit rien, vraiment. » Et je suis sincère : la cicatrice est à peine une trace couleur lavande de cinq centimètres, un trait de crayon, une minuscule traînée d'avion sur mon sein gauche. Le cadet de mes soucis.

Mon nez touche presque le crâne chauve du Dr Bloom, qui semble aussi astiqué que ses mocassins de cuir à glands. Il est jeune pour sa profession – une quarantaine d'années, l'âge d'Esteban. Pas grand mais beau, impeccable et rayonnant de santé.

Ray a un paquet de surnoms pour mon chirurgien : le Tailleur de nichons, l'Homme au rasoir, le Roi du scalpel, David Coupefil. Ils me viennent à l'esprit et me changent agréablement les idées quand le Dr Bloom se tient ainsi au-dessus de moi, l'air tellement parfait qu'il en paraît inhumain. Mais le mépris de Ray me rend nerveuse.

Le Dr Bloom se détourne de mon sein et me regarde. « Bien. Voyons notre prochaine étape. Votre radiothérapie est prévue dans... » Il consulte son bloc-notes.

« Trois semaines demain.

— C'est la mi-temps. Bravo ! »

Je lui rends son sourire, mais tous ces compliments éveillent mes soupçons.

Il croise les bras. L'amidon de sa blouse blanche craque légèrement. « Il y a des chances que nous vous ayons déjà guérie. Pas de ganglions – une excellente nouvelle ! Les statistiques sont de votre côté ! Mais (il serre son bloc-notes contre lui) nous voulons vous donner le pourcentage maximum. Votre tumeur... » Il s'assoit dans une chaise et continue, avec des gestes précis, à définir ma tumeur comme s'il s'agissait d'un des fils de Ma Barker, le chef de gang. Il passe rapidement sur le jargon que j'ai déjà entendu – *infil-*

trant, *aneuploïde*, *invasif*, et préfère énoncer des mots tels que *mauvais*, *imprévisible*, *insidieux*, *violent*. Mon cerveau s'active comme un dictionnaire de synonymes affolé et en offre quelques autres : *sans foi ni loi*, *capricieux*, *méchant*, *malveillant*.

« Chimiothérapie, c'est ça ? »

Le Dr Bloom sourit sans ciller. Croisant son regard, je me souviens que ses yeux marron m'avaient paru étonnamment beaux au-dessus de son masque chirurgical, juste avant de sombrer dans le néant. « Peut-être un peu », dit-il.

J'ai lu que les drogues se jettent sur les cellules qui se développent le plus rapidement. Comme des requins, elles ne sont pas difficiles à satisfaire et ne dorment jamais. Les œufs, les ovules délectables qui commencent à stagner dans un corps de mon âge, sont parmi les premières proies. Le caviar de la chimio.

Il se lève brusquement. « Vous êtes une jeune femme intelligente, Louisa, et vous êtes suivie par des gens compétents. J'ai confiance en vous. » Il me tend la main.

Comme d'habitude, je la serre et le remercie. Comme d'habitude, il dit : « Je vous en prie. » C'est ce qu'il a dit après que je l'ai remercié de m'avoir découpée et annoncé la mauvaise nouvelle. « Je crains que ce ne soit un vrai cancer. » Sur l'instant, je me suis demandé stupidement si d'autres étaient faux, et si c'était mieux ou pire. Vrai comme la vérité vraie, c'est-à-dire fatal, ou vrai comme l'amour, c'est-à-dire clément.

Le lendemain, je rencontre deux artistes de la dernière couvée. D'abord Garrett, peintre de paysages arctiques, vastes et d'un noir énigmatique. Il vit dans un loft ensoleillé de SoHo, baignant dans l'argent d'une vieille fortune. Oui, Ad

Reinhardt est un héros, ainsi que Munch ; mais quand je mentionne Frederic Church, il se sent insulté. Je passe le reste de l'heure à tenter en vain de regagner sa confiance. Il sera difficile de ne pas mentionner son mépris dans mon article. Le garçon est visiblement archi-gâté. Ensuite je me dirige vers l'est, avenue C, chez Rose. Rose est très maigre, très sérieuse, très jeune et vêtue de bruns maussades. Elle récupère des radiographies dans les poubelles d'une clinique vétérinaire proche de chez elle ; des terriers et des lévriers, des crânes de chats, un boa constrictor. Sur la pellicule les noms des animaux se détachent : Tabitha, Rocky, Bilbo Baggins. Rose recouvre ses murs de quadrillages de ces squelettes, et par-dessus, d'une écriture blanche ramassée, elle écrit des histoires d'amour contrarié. À travers les mots vous voyez les cages thoraciques, les foies, les rates.

« J'ai copié certains trucs d'un article sur les femmes battues dans *Cosmopolitan*, dit-elle. Je ne peux pas être poursuivie, n'est-ce pas ? » Je la rassure. Je ne lui dis pas qu'Helen Gurley Brown, la rédactrice en chef, a peu de chances de voir un jour son travail.

J'arrive en retard à l'hôpital. Je m'installe sur la machine, frissonnant, transpirant à force d'avoir couru. La sueur perle, je sens un picotement salé derrière les oreilles. Comme une mauvaise chanson pop lancinante dans un drugstore, la pensée d'Helen Gurley Brown me poursuit. Je ne lis pas son magazine, mais je l'ai vue dans des shows télévisés, roucoulant sous ses perruques ébouriffées. Je me souviens d'avoir entendu dire que son livre *Having It All* est conçu de façon à s'ouvrir à la page où elle vous explique la meilleure façon de tailler une pipe. Comment puis-je penser à ces choses quand mon corps absorbe du poison ? Est-ce que je me demande méchamment pourquoi des femmes comme Mme Brown semblent destinées à vivre éternellement ? Est-ce que je suis triste à la pensée que je n'aurai jamais un peu de tout ça, encore moins la totalité, excepté peut-être une concession au cimetière de Rhode Island, à un kilomètre et demi de chez mes parents ?

Subitement, Grand Bleu se transforme en croque-mort. Je m'entends murmurer : « Tu ne vas tout de même pas me laisser sans défense. Tu ne vas tout de même pas me saigner à blanc. »

Juan vient jouer son rôle et, précis comme une horloge, Burt Lancaster fait son apparition. « Burt, avez-vous fait la connaissance d'Helen ? »

Ma sœur a été la première personne à qui j'ai annoncé la terrible nouvelle. Elle était à son laboratoire, en train de faire ses bagages pour un voyage d'études. Clem est biologiste, elle étudie les ours dans le Wyoming. Elle vante l'ultime indifférence de la nature et ne peut comprendre pourquoi les gens veulent toujours avoir des enfants sinon pour se soumettre à la tyrannie de leurs gènes. « Merde ! a-t-elle dit. Oh, merde, Lou !

— Merci pour ton optimisme.

— Non, écoute, attends. C'est fascinant ce qu'on arrive à faire de nos jours, tu dois avoir confiance. Ne tombe pas dans cette saloperie de macrobiotique, le cartilage de requin, les herbes chinoises. Laisse-les taillader et brûler. On n'a pas trouvé mieux jusqu'à présent. » C'est ma sœur tout craché, brutale comme une charge nucléaire. « Merde, Louisa ! Je dis tout ce qu'il ne faut pas dire.

— Non. J'ai besoin de t'entendre dire qu'ils peuvent y arriver. Tu es une scientifique, tu t'y connais en cellules et mutations.

— Envoie-moi ton rapport médical. J'ai un vieux copain à l'Institut national du cancer.

— Tu as des vieux copains partout, c'est incroyable.

— Pas au service des impôts. Ni à Hollywood – dis donc, c'est là que tu as dégoté ton jules ? –, ni au Vatican. Dans aucun endroit vraiment influent. » J'ai compris qu'elle essayait de me faire rire, et j'ai ri.

« Louisa ? » Elle avait l'air grave, presque hésitant, ce qui était étonnant de sa part. « Une chose est essentielle, tu sais ? Tâche de ne pas paniquer.

— Merci.

— Je suis sérieuse.

— Je sais. » Son ton m'effraya. Je dis : « Je ferais mieux de téléphoner à maman et papa. »

« Oh non, ma chérie ! dit ma mère. Oh, ma chérie !

— Maman, ça peut s'avérer peu de chose. Ils ne peuvent pas dire de quoi il retourne avant d'avoir ouvert davantage. Mais ils savent que ce n'est pas important.

— Ces tests peuvent être entièrement faux. Les médecins font des erreurs. Ils voient des cancers partout, c'est de la folie. Tu te rends compte, les gens arborent des *rubans* pour cette maladie. Roses ! La couleur des bébés, tu te rends compte ! »

Je ne savais quoi répondre, je me contentai d'écouter le bruit de la connexion pendant deux secondes, le brouillage entre les villes, jusqu'à ce qu'elle me dise que mon père ne pourrait pas supporter de mauvaises nouvelles en ce moment et qu'il me rappellerait le lendemain. Elle prenait cette décision de son propre chef, naturellement ;

que papa soit ou non dans la pièce avec elle, elle ne lui avait pas demandé son avis. Concernant les émotions, c'est toujours elle qui prend les décisions à sa place. Elle se mit à pleurer.

« Clem dit qu'ils en viendront probablement à bout », ajoutai-je.

Après avoir versé encore quelques larmes et m'avoir assuré que ma sœur était brillante et devait avoir raison, maman fit appel à son moi darwinien : « Ça doit venir des gènes de ton père ; il n'y a aucun cancer de mon côté. » Elle avait passé en revue son arbre généalogique, ses branches ployant sous le poids de tous les accidents et maladies obsolètes qui avaient tué ses ancêtres. Je lui dis que sa responsabilité génétique n'était pas le problème. Avant que nous nous quittions, elle laissa échapper : « N'oublie pas, chérie, la chanson : *C'est loin de ton cœur*. » Au travers d'une vie entière de genoux écorchés et de blessures moins physiques, j'avais toujours accepté ce rejet de la douleur, mais cette fois je répliquai : « Au fond, tu sais quoi ? Pour une fois, ce n'est pas vrai du tout. » Ma main droite se porta sur mon sein gauche, comme si on entonnait l'hymne national.

Sur le trajet de la maison j'achetai de quoi contenter une envie de faire la cuisine. Cuisiner est ma stratégie favorite pour contenir la panique. (Et si j'en viens à mentionner les enfants à nouveau, il faudra que je le fasse au cours d'un bon repas.) Pendant que Ray parle à son agent au téléphone, je prépare un poulet rôti au romarin avec des oignons caramélisés, du riz arborio et des blettes, un soufflé au thé parfumé au gingembre.

Lorsque nous nous asseyons, Ray me parle d'un engagement éventuel à Alberta, un film sur les parachutistes. Plus il semble heureux, plus je suis nerveuse. Il s'inquiète de ses chevilles – il les bande depuis un certain temps quand il va courir –, mais Alberta, c'est magnifique. Il a l'air de chanter les louanges d'une autre femme.

« Que feras-tu le jour où ton corps se rebellera et déclarera forfait ? dis-je malgré moi. Ce n'est pas comme si tu étais un athlète, une célébrité. Personne ne va te demander de faire de la pub pour une marque de céréales ou des pansements pour durillons. Même si ça semble loin, tu auras cinquante ans. Et ensuite ? »

Pendant un moment, Ray se contente de mâcher. « Bon. Parle-moi de *ta* journée ?

— Je suis sérieuse. Je dois l'être.

— Ce que je ferai quand je serai sur le retour ? » Il hausse les épaules. « Que dis-tu du vieux truc du sac plastique sur la tête ? »

Je mets une minute à réagir : « Te tuer ? Te *tuer* ? Tu ne penses donc jamais au futur ?

— Vagabond dans l'âme, c'est ce que je suis. » Ray étire sa bouche en un sourire de crocodile, un petit oignon au vinaigre entre ses dents.

« Je t'en prie, cesse de faire l'imbécile. S'il te plaît. Il est temps, Ray.

— Temps de quoi ? Allez, décide-toi. Faire des enfants ou partir à l'aventure ? » Il regarde par la fenêtre. Dans la nuit, on ne voit qu'une branche nue qui se balance. Quelques secondes s'écoulent avant qu'il ajoute : « J'ai parfois l'impression… Si je ne pouvais pas faire ce dont tu as envie, céder à tous tes désirs, tout de suite, quel type serais-je donc ? »

Je plie ma serviette carrée en triangle, l'aplatis sur la table. « Ce que tu désires compte autant. » Mais ce n'est pas ce que je pense réellement. J'ai envie de crier : *Dis oui, dis oui, dis seulement oui !*

Quand je le sors du four, le soufflé au thé est parfait, gonflé comme une illusion. Quelques minutes plus tard, l'odeur qui emplit l'air lorsqu'il retombe – le fumé du thé noir, le moelleux des œufs – semble si trompeuse que je voudrais pouvoir m'effondrer et pleurer. Mais pas maintenant.

Lorsque Ray est entré dans ma vie, il fut littéralement un rayon de soleil envahissant une pièce sombre. J'avais été trop longtemps mariée à un homme respectable mais indifférent, dont les eaux paisibles cachaient bien des choses, mais décidément pas un flot de passion. Au début, le décorum et le calme de mon mariage avaient été un tel soulagement que j'avais pensé : *Bon, ça y est.* Mais c'est après avoir rencontré Ray que j'ai compris, bien qu'avec tristesse, que c'était *ça*. Il m'appelait Miss Exaltée, Miss Feu ardent, Miss Cent dix à l'ombre et, une fois, Miss Grand Slam. Un jour, nos gymnastiques illicites ont laissé les empreintes de ses mains sur la nouvelle moquette grise de mon bureau ; cette nuit-là, j'avais fermé la porte, si bien que la femme de ménage n'a pu les ôter. Le lendemain matin à mon retour, quand j'ai vu ces traces, aussi fantomatiques que des pétroglyphes, je me suis mise à trembler. J'ai fermé la porte à clé pendant une bonne heure. J'étais certaine que la vie que j'avais vécue (si prudemment) était finie.

Nous étions l'exemple même du couple disparate : une fille du *Mayflower* (mon pedigree, depuis le rocher de Plymouth et au-delà, est reproduit en sépia dans l'album recouvert de cuir que mon père range dans le premier tiroir d'une commode de famille) et une star du football de Smelterville, Idaho (l'aîné de sept fils, dont trois sont des flics). Ray aime souligner que j'ai été une enfant gâtée. Il a payé ses études à l'université de Caroline du Nord en travaillant l'été sur un chantier dans le désert. Mes parents, plutôt riches, ont payé les miennes en vendant des actions.

Nous nous disputons souvent et bruyamment ; sur l'ail (faut-il le hacher ou l'écraser ?), sur l'anarchie et l'idéalisme (quel est le plus chargé d'illusions ?), sur les tissus d'ameublement fleuris (les choisir, est-ce capituler ?). J'aime mon univers baroque ; Ray prêche l'austérité. Peut-être sommes-nous aussi querelleurs parce que nous sommes des premiers-nés, raisonneurs, et, quand nous sommes poussés à bout, inflexibles et abrasifs comme des troncs d'arbre.

Au début, je lui ai dit que j'aimerais le regarder travailler. Il m'a répondu que j'allais m'ennuyer, mais un jour de novembre il m'a réveillée avant l'aube et emmenée en voiture par le Holland Tunnel vers une friche industrielle désolée, un endroit où l'on tournait un épisode sur la Mafia. J'ai passé des heures dans la voiture, à boire du café brûlant et à regretter de ne pas porter des chaussettes plus épaisses. Quand, à la fin, il a frappé à la vitre embuée et que je l'ai essuyée, la vision fut un véritable choc : Ray en chemise blanche, costume sombre et cravate. Ray en agent fédéral. Pendant une heure, je l'ai vu exécuter sans fin le même numéro épuisant : sauter d'une échelle dans un réservoir d'eau, rouler sur le tarmac, tirer un coup de feu. J'étais tellement excitée que j'en avais presque honte.

Encore maintenant, je suis irrésistiblement attirée par certains détails physiques. J'aime sa peau semée de taches de rousseur, ses cheveux lisses couleur de bière brune. J'aime la façon dont il tient délicatement son toast tout en lisant le *Village Voice* ou *Boat-Building Primer*, l'arc sceptique de ses sourcils quand il souffle sur une cuillerée de chili. Lorsque nous faisons du vélo, je le laisse pédaler devant afin de regarder bouger les muscles de ses larges mollets. Toujours la dernière à être sélectionnée dans une équipe de sport, j'ai cruellement besoin de sa vigueur.

Cinquième semaine et c'est la déprime, une lassitude profonde et glacée. Tous les soirs avant le dîner, je m'enroule dans deux couvertures et pique un somme pendant que Ray remâche le sort des Yankees, sa fidélité envers nous tous froissée mais indéfectible. Mon sein est couvert de taches et la cicatrice est devenue violette, auréolée de croix et de cercles verts que visent les techniciens. Ils appliquent à nouveau le marqueur quand il s'efface.

Une conservatrice du Guggenheim, quelqu'un qui me doit une faveur, me téléphone. Une exposition collective doit ouvrir dans trois semaines, et elle vient d'apprendre qu'un des sculpteurs s'est tué. Il transportait son œuvre depuis le Vermont sur un camion à plate-forme et s'était trouvé pris dans la tempête de neige puissance 14 – celle que j'avais attendue pour écarter le mauvais sort. Une plaque de glace, un dérapage incontrôlable avec deux tonnes d'acier à bord, des rangées d'arbres le long de la route... ce n'est vraiment pas ce que j'espérais, me dis-je en soulevant le téléphone pour appeler Esteban. Je ne lui expliquerai pas pourquoi ; sa conscience ne lui permettrait jamais de se réjouir de la chance qu'il mérite.

À l'hôpital, le planning est chamboulé à cause de la neige, les rendez-vous en retard de plus d'une heure. Je n'aime pas cette salle d'attente. Rien n'est privé, car chacun sait pourquoi chacun est ici. C'est à qui en dira le plus car peu d'entre nous sont capables d'affronter le silence. En temps ordinaire j'en ferais autant – moi et ma propension à tout raconter –, mais j'en ai assez entendu sur la visualisation, les métastases, les rechutes, l'indifférence des enfants devenus grands, l'affolement des plus jeunes, les cicatrices, la calvitie, la ménopause précoce, les médecins et leur fausse compassion. Aujourd'hui, cependant, c'est différent. Tout le monde parle de terrorisme et de politique. Le World Trade Center a été détruit le mois dernier, et ce matin c'était la panique à Kennedy, un sac de marin oublié a provoqué l'évacuation et la pagaille.

La sage vieille Neuf m'amuse, peinant à trouver mon petit juif. Certains jours, elle est la seule capable de tomber dessus. Je lui parle de la salle d'attente, heureuse de m'être réfugiée dans sa caverne sombre et glaciale. Presque tous les sièges étaient pris, tout le monde portait la blouse obligatoire. Nous ressemblons à un groupe de gamins de la maternelle en tablier, attendant nos boîtes de couleurs ou d'entamer un jeu de chaises musicales. Mieux, une variante du jeu du mouchoir : un, deux, trois, sein ; quatre, cinq, six, poumon ; sept, huit, neuf, prostate. Davantage de seins jusqu'ici.

Je débite à Neuf ma litanie sur ceux qui meurent jeunes : ils n'auront pas besoin de fil dentaire parce qu'ils ne perdront jamais leurs dents. Pas besoin de baisser le son du Walkman car ils ne craindront pas de devenir sourds. Ils ne vivront pas assez longtemps pour voir leurs parents incontinents les confondre avec cet horrible cousin qui a mis les verres de Murano au mont-de-piété afin de payer ses parties de golf.

Comme si j'étais la seule à lui dire ce genre de choses.

Les mardis, je suis abritée par la science plutôt que par le sport. Les dinosaures occupent la première page ; mon détecteur de présage ne s'arrête jamais.

« Clem a téléphoné, dit Ray. Elle est au labo jusqu'à ce soir tard. Elle veut que tu la rappelles. »

Ses bras sont frais comme une piscine après un trajet en métro au mois d'août. Je dis : « Le Dr Bloom recommande un peu de chimio. J'ai deux semaines pour me décider. »

Le journal s'abaisse brusquement. « Un peu de chimio ? C'est quoi, ça ? Une petite musique de nuit ? Une pincée de génocide ? Un chouïa d'agent orange ? Il ne l'a jamais mentionné avant l'opération, non ? Ce n'était pas dans son joli programme optimiste, si je ne m'abuse.

— Ils annoncent les mauvaises nouvelles au compte-gouttes. C'est humain. » Je ne m'attendais pas à sa colère. Je m'attendais à ce qu'il se ligue avec ma sœur – qui a téléphoné, je suppose, pour s'assurer que je vais accepter. Lorsque je lui parlerai de la chimio, elle me dira d'en demander une ou deux rations supplémentaires. Mais ne m'encouragera pas à savourer les petits moments de joie. Je lui en serai reconnaissante.

« Humain comme un aiguillon de bouvier », dit Ray.

Je me retourne pour voir son visage.

« Je pars pour l'Alberta dans moins d'un mois.

— Formidable. Je suis ravie pour toi. » J'imagine Ray en train d'enchaîner les plongeons du haut du ciel, une autre frayeur dont je me passerais volontiers.

Nous arrivons en retard à la soirée d'Esteban à cause de ma sieste. La conversation se partage entre les bombes et les bébés, parce que au milieu du groupe – rayonnante comme une prophétesse, vêtue d'une robe de velours, un bras entièrement couvert de bracelets dorés – se dresse une grande et belle femme, si immensément, totalement enceinte qu'elle semble vouloir accoucher de jumeaux d'une minute à l'autre.

Esteban est dans le ravissement, partageant sa bonne fortune avec l'univers entier. Comme il nous entraîne à travers le loft, j'entends Preston : « Pourquoi ne balançons-nous pas l'arme atomique sur ces salauds, je me le demande », et ensuite Mary, notre responsable photo : « Chérie, tu réclameras une épidurale, crois-moi. »

Au moment où je me trouve face à la femme enceinte, Esteban dit : « Je répète depuis une éternité que j'ai hâte que vous fassiez connaissance ! » Et je comprends, en le voyant passer un bras autour de chacune de nous deux, qu'il s'agit de la célèbre Muriel.

« Esteban vous appelle la Découvreuse. Sa Découvreuse. Mais pour moi c'était juste un coup de veine. Ça devait arriver, le seul mystère était comment.

— Je suis sûre que vous avez raison. » Je fais un effort pour garder les yeux fixés sur son visage. Quand elle hausse ses sourcils en direction de Ray, je m'aperçois que j'ai oublié qu'il est avec moi.

« Enchanté », dit-il une fois que je l'ai présenté. Il baisse les yeux un court instant et bafouille : « Et je suppose... eh bien, félicitations, je suppose. »

Muriel rit. Elle tient son ventre à deux mains, comme un trophée.

Preston se glisse jusqu'à moi et m'embrasse dans le cou. « Miss Louisa, pleine de grâce et ravissante comme toujours. » Il me porte un toast avec son martini. Il est habillé avec autant d'excès qu'il est ivre (après cinq heures, il s'habille et boit avec une outrance sans limite), un complet bleu marine avec une chemise rose à col classique et une cravate parsemée de balles de golf. « Je crois que nous avons une moisson de futurs dieux cette année, un Olympe en gestation », souffle-t-il à mon oreille. Mêlés aux amis d'Esteban, une douzaine de membres de la dernière couvée nous entourent.

« Puis-je remercier notre superbe hôtesse de nous avoir tous réunis ? » roucoule Preston à Muriel. Il plaque une main sur le velours qui se répand au-dessous de sa poitrine. « Je sens de la testostérone vibrer par ici. »

Elle semble ravie de son attention, ou alors c'est une excellente actrice. J'aurais pu le gifler.

Ray s'est éloigné. Je le vois, sur la pointe des pieds, siffler dans la volière. Prise entre la complaisance d'ivrogne de Preston et le rayonnement de Muriel, je me rends compte qu'une réception est le dernier endroit sur terre où j'ai envie d'être. Je me retiens de crier quand je sens quelque chose d'humide sur ma main.

« Salut, Panda King ! » s'exclame Muriel en se baissant. Un énorme chien noir se tient à côté de moi, tout frétillant. « Je vous présente Kiko. Kiko est ma star la plus demandée. N'est-ce pas, mon bébé ? »

L'arrivée de Kiko attire plusieurs invités, y compris Rose et ses languissants rayons X, et Garrett et sa banquise nocturne. Une grande femme coiffée d'un turban compliqué se joint aussi à nous. Elle s'agenouille à côté de moi et serre dans ses bras le chien qui lui lèche la figure. « Mère, tu es sa favorite, lance Muriel en français, dessinant en l'air une série d'arabesques.

— J'adore les chiens, mais ma propriétaire les déteste, dit Rose d'un air chagriné.

— Ce n'est pas un chien. C'est un poney, fait Preston.

— C'est un bouvier bernois. » Muriel le gratte derrière les oreilles. Il ferme les yeux de plaisir.

« Oh, c'est vrai, ce sont eux les pourvoyeurs d'alcool pour montagnards perdus.

— Tu confonds avec les saint-bernard. » Elle nous explique qu'elle dresse des animaux. « Une sorte de cow-boy. Ça ne te plaît pas de m'imaginer en train d'attraper un bouvillon au lasso ? » Muriel s'occupe de chiens et de chats, et éventuellement de singes. Aujourd'hui, les chiens font fureur dans les publicités ; ils peuvent faire vendre n'importe quoi, des cartes de crédit aux serviettes hygiéniques. Kiko, son seul pensionnaire, l'aide à constituer un joli pécule pour les frais de scolarité du bébé.

« À propos, quels sont les projets de Kiko ? demande Rose.

— Le mois prochain, il figurera dans un feuilleton télé sur une famille coincée dans une péniche pendant l'ouragan Andrew. Kiko, comme vous pouvez l'imaginer, leur sauve la vie. »

À l'autre bout de la pièce, Ray parle à Mary et à Esteban. Il arbore une expression appliquée, aimable, et agite les bras comme s'il faisait la circulation. L'illustration de quelque chose de grandiose. J'ai oublié qu'il pouvait avoir l'air aussi passionné.

La femme que Kiko adore s'est à présent redressée, tout sourire, et regarde Muriel parler. Après avoir décrit à Rose les autres rôles de Kiko, Muriel se tourne vers la femme plus âgée et s'adresse à elle à nouveau en français, avec force gesticulations. Quand la femme gesticule à son tour, je finis par comprendre qu'elle est sourde.

Preston dit : « Raconte-nous, je t'en prie, quelle source d'imagination enfantine a nourri l'incroyable créativité de ton fils. » Muriel traduit, en français et à l'aide de gestes.

La mère d'Esteban. Je la regarde maintenant faire un petit discours avec ses mains. On dirait qu'elle tricote.

« Toute inspiration vient de Dieu, traduit Muriel. Mais Esteban n'était pas comme les autres garçons. Son endroit de prédilection était le marché de Port-au-Prince, avec tous ces beaux tissus ; il l'aidait à choisir quoi coudre.

— Ah, fait Preston. Aha !

— Nous ne nous connaissons pas », dis-je en tendant la main. Elle s'appelle Tatiana. Elle prend ma main entre les siennes et sourit, puis mime une phrase.

« Elle dit que vous êtes le second messager de la joie dans cette maison », traduit Muriel. Son ventre, naturellement, est le premier.

« Nous sommes tous réunis et ça me rend tellement heureux ! » Je sens le bras d'Esteban envelopper mes épaules. Ray s'est rapproché de l'autre côté et Mary fusille affectueusement des yeux Preston, qui a rempli de vin rouge son verre de martini.

Quand Tatiana fait des signes à son fils, je comprends à ses regards en biais qu'elle parle de moi amicalement.

« Elle veut que vous lui racontiez comment vous m'avez découvert. » Il a un petit rire. « Moi, l'enfant trouvé ! »

Je lui raconte – c'est Esteban qui traduit à présent – que tous les ans nous examinons des milliers de diapositives, parlons à des centaines de marchands, mais que c'est à l'entrée d'un lycée que son travail m'a frappée.

Elle hoche la tête : *Exactement comme cela devait être*. Elle regarde Esteban, puis se tourne à nouveau vers moi.

« Avez-vous des enfants ? Elle aimerait le savoir.

— Non », dis-je. Tatiana remarque quelque chose dans mon expression.

« Vous avez peur d'avoir des enfants ? Trop de gens ont peur ces temps-ci, peur de la vie », ajoute Esteban. Muriel, Preston, Mary, Rose et Ray me regardent. J'espère que Ray va venir à mon secours, mais c'est Rose qui se décide à parler. Comme Tatiana, elle en vient à sa propre conclusion.

« Peut-être pouvez-vous en adopter. » D'une voix précipitée, elle dit que le mois dernier sa sœur a adopté une adorable petite Chinoise, qu'elle a été un vrai miracle pour elle, que le jour où on vous met le bébé dans les bras vous ne pouvez croire à cet amour qui jaillit de nulle part, un geyser d'amour, que c'est une démarche qui peut prendre deux ans et des tonnes de paperasse, mais qu'est-ce que deux ans ? Le temps passe si vite.

Preston intervient : « Les gens veulent trop planifier. Croyez-moi, laissons l'avenir se déployer à sa guise ! Au gré de la mazurka ambiguë de la vie, de l'inconnu, des tragédies, de l'ironie du sort... » Mary lui presse le coude si fort qu'il fait une grimace.

Tout ce que j'entends maintenant, ce sont les griffes de Kiko qui s'éloigne en trottinant sur le plancher. « Excusez-moi, mais je dois vous voler Louisa », dit Esteban. Comme un autre chien, soulagée d'avoir un bon maître, je le suis.

Il me ramène à l'atelier, referme la porte derrière lui, allume les projecteurs et grimpe sur un escabeau. Il s'affaire avec un spot, le dirigeant vers le grand tipi dans un angle. Sans me regarder, il dit : « Ma mère a un cancer, elle aussi. C'est pourquoi elle habite chez nous. » Je ne réponds rien ; je suis focalisée sur cet « aussi ». Mary et

Preston sont les seules personnes que j'ai mises au courant au bureau.

« Elle refusait tout, toute cette médecine. Mais je lui ai dit qu'il faut que mon enfant connaisse et se souvienne de sa grand-mère. Suis-je un fils égoïste ? » Il regarde par-dessus son épaule depuis le haut de l'escabeau.

Il descend, fait le tour de la nouvelle œuvre et ôte les bâches. Il m'observe.

« Oh, Esteban, c'est extraordinaire !

— Le rouge n'est pas trop rouge ?

— Comment pourrait-il ne pas être rouge ? » Le sang, oui, à la limite du cliché, mais du sang qui évoque une force neuve, fraîche, pas le viol ni le malheur.

Nous restons en contemplation pendant un moment.

« Mon médecin dit que je guérirai.

— Comment penser que vous pourriez avoir peur de la vie ! » Il me serre contre lui.

Nous partageons un taxi avec Preston, qui n'arrête pas de parler, de dire que nous ne serions pas dans ce pétrin, que nous n'aurions pas à éprouver une terreur mortelle à la vue d'une vieille sacoche abandonnée si ces bureaucrates qui n'ont rien dans les veines avaient refusé d'être complices du chah d'Iran. Maintenant nous payons l'addition. « Et ce beau gosse de président que nous avons élu. Du charisme à mourir, mais l'Arkansas ! Comment un bled pareil peut vous préparer à traiter avec l'Iran ? Bon, ce pays est vraiment foutu. Ouais ! »

Au milieu du pont de Williamsburg, je dis : « Preston, ferme-la ! » Ray retire son genou de ma main. Personne ne prononce un mot durant le reste du trajet, même quand Preston sort et tend à Ray un billet de dix dollars. Il ne s'en souviendra pas, ni de grand-chose d'autre ce soir-là, mais c'est sans importance.

À la maison, Ray se verse un scotch et étale les plans de son kayak sur la table de la salle à manger. Avec un crayon de charpentier il inscrit des chiffres.

J'enfile une chemise de nuit. Je me mets au lit et essaye de lire, mais le froissement des plans de Ray dans l'autre pièce me distrait. Je le rejoins. « Oui ? demande-t-il sans lever les yeux.

— Tu vas me manquer.

— Toi aussi. » Il efface un chiffre, en écrit un nouveau.

Je déboutonne le haut de ma chemise de nuit. « Ray ? »

Il lève les yeux. « Ça va ?

— Ray, tu ne regardes jamais. »

Il pose son crayon et fait pivoter sa chaise pour être face à moi. « Montre et raconte. » Il finit de défaire ma chemise de nuit, noircissant les boutonnières de graphite. Il siffle : « On dirait la Troisième Guerre mondiale.

— Ce n'est pas douloureux. »

Il tâte mon mamelon sombre, d'abord avec un doigt, puis avec le bout de la langue. « Croustillant comme un toast brûlé. » Il prend mon sein à pleine main « *Ground Zero !* » s'exclame-t-il, et, comme s'il avait six ans, imite l'explosion d'une grenade.

« Arrête, Ray. Il s'agit de moi. » Je regrette les jours où il pouvait tendrement m'écraser contre lui, me faire tout oublier. Mais Ray retourne à son kayak.

À mon réveil après ma seconde opération, la vraie, je suis restée immobile pendant une heure, étourdie, douloureuse, tellement assoiffée que je commençais à avoir des hallucinations. La salle de réveil était bruyante et confuse. Dans le lit voisin, un vieil homme invectivait les infirmières, stigmatisant leur compassion. Je décidai de ne rien demander. Je me fis toute petite et flottai dans une sorte de mer intérieure. Des visions de boisson me traversèrent l'esprit, n'importe laquelle – du Pepsi, de l'eau de vaisselle, de la sauce au soja –, puis j'ouvris les yeux et il y avait le visage de Ray. Il portait une blouse bleue boutonnée par-derrière, froissée au cou. Le regard qu'il m'adressa avait une expression que je ne connaissais pas. Inquiétude ? Pitié ? Soulagement ? Il tenait une toute petite tasse en carton ondulé, le genre de gobelet que les vendeurs ambulants remplissent de glace. Il dit, comme s'il s'agissait d'une faveur : « Ils ont dit que je pouvais te donner un glaçon. Un seul. » Pendant les semaines suivantes, il se montra plein de gentillesses, petites et douces comme ce gobelet de glace.

« Est-ce que tu m'en veux ? dis-je maintenant.

— Pourquoi t'en voudrais-je ?

— Dans le taxi. J'ai perdu mon calme avec Preston.

— Les gens perdent souvent leur calme. » Son ton ressemble à l'air de la nuit contre les fenêtres. Il recommence à neiger. Numéro 15.

« Tu es si froid parfois.

— C'est pénible, Louisa. Être tout le temps joyeux, seulement pour toi. Je veux que tu sois... heureuse à nouveau, mais...

— Mais tu n'es pas un saint.

— Je suis un voyou.

— Tu aimes ce genre de réplique. La petite chanson finale bien connue. »

Ray lève lentement sa main droite au-dessus des plans et laisse tomber le crayon. « Je vais me coucher. »

Je me souviens de lui à la soirée d'Esteban, je le regardais de loin, il faisait de grands gestes pour illustrer quelque chose. Comme il semblait heureux ! Il décrivait le kayak.

« Tu ne trouves pas curieux, dis-je et il est trop tard pour ravaler ma méchanceté, que tu construises un bateau pour une personne ? Pas deux. Encore moins trois. »

Ray parle lentement : « Louisa, tout n'est pas de l'art, une précieuse métaphore enveloppée dans du papier-cadeau. Ta vie n'est pas un déluge biblique et je ne suis certes pas ton Noé. » Il avale la fin de son scotch et passe derrière moi. Je le suis dans notre petite cuisine avec sa lumière crue et pose mes mains sur ses épaules, ma joue contre son cou. Il met le verre vide dans l'évier, si doucement qu'il ne fait aucun bruit.

« Pas besoin de s'excuser, dit-il. Tout le monde devient un peu cinglé. »

Au lit, Ray s'endort instantanément.

Le Dr Bloom dit qu'il compte sur moi pour prendre ce qu'il appelle une décision réfléchie et en affronter avec courage les conséquences. Il le dit simplement, sans son habituelle verve d'animateur de camp de vacances.

Il m'arrive de fantasmer au sujet du Dr Bloom. Rien de sexuel – bien qu'il soit plutôt drôle de penser qu'il a pénétré mon corps, ses instruments semblables à des scarabées se frayant un chemin tout près de mon cœur –, mais je me représente son autre vie, son existence au quotidien. Je l'ai parfois imaginé en train de servir un ace au tennis, découper un rôti, peigner ses cheveux fins dégarnis sur les tempes. Je le vois dans ses mocassins fourrés, lisant des revues médicales près d'un feu crépitant à Manhasset, un boxer marron couché à ses pieds.

Je reste éveillée un long moment, croyant Ray profondément endormi jusqu'à ce qu'il dise : « Tu veux jouer aux cartes ? »

Je ne peux m'empêcher de rire. « Oh, Ray, je pourrais *mourir*.

— Louisa, nous mourons tous.

— Mais pas avant... » Avant quoi ? Avant d'avoir les cheveux gris ? D'avoir eu deux enfants, publié un livre, vécu au bord de la mer, vu les ruines de Tikal ?

Le contact de ses mains calleuses sur ma joue me bouleverse. « Hé ! » dit-il. Parce que les voilà enfin, les larmes. Il me tient dans ses bras par-derrière, sans lire, cette fois-ci, des histoires de base-ball sur mon épaule.

Il fait nuit, je suis dans un patio en brique et je regarde une jolie cour plantée d'arbres. Près de moi se tient le Dr Bloom, pieds nus et en pyjama blanc. Nos bras se touchent. L'air est d'un froid mordant et j'ai envie de lui demander où sont ses chaussures, mais il parle et je ne dois pas l'interrompre. Je le paye au temps passé. « Regardez », dit-il. J'obéis. Le ciel est clair, piqué d'étoiles. « Voilà Métal brûlant. » Il pointe du doigt. « Et Méthotrexate, Taco Arriba, Pop Art. » Je suis choquée. Je l'interromps : « Taisez-vous. Vous ne connaissez rien aux constellations. Vous êtes chirurgien. Vous *devez* être chirurgien ! » Le Dr Bloom dit : « C'est aussi simple que relier des points. Quiconque sait coudre un kimono peut être chirurgien, croyez-moi. » Il poursuit son ersatz d'exploration céleste, pivote sur lui-même comme le rayon d'un phare sans cesser de pointer du doigt. « Adoptée, adoptée, adoptée », dit-il à chaque étoile. J'éprouve un élan d'amour et de pitié. Comment attendre de lui des éclaircissements sur l'espace cosmique ? Il ne connaît que l'intérieur du corps humain – mais il peut tout y trouver. Il a besoin de ma protection pour y arriver. Je tends la main et il me laisse le prendre contre moi ; dans mes bras, il a l'air d'un petit garçon, si maigre et si léger.

Le réveil est un tourbillon de mots : constellations, consolations, consommations. *Ne complique pas les choses, Ray,* me dis-je. Bien qu'il ne le fasse jamais, naturellement.

« Des chaussures du soir ! »

Mon avant-dernier traitement ; Patrice aligne mes jambes au centre de la table.

« Plutôt une soirée de travail. » Mes collants rouges et mes talons en daim noir dépassent effrontément de la blouse d'hôpital.

« Une soirée est une soirée... Relâchez l'épaule gauche, détendez-vous. Bravo, mon chou, vous êtes une pro. » Patrice m'a mise doucement en position, a repoussé mon visage sur le côté, vingt-neuf fois ; c'est désormais devenu une manipulation à la fois banale et intime, comme une amie qui vous brosse les cheveux. Elle dit tout en travaillant : « Mes fils ont joué aux anges de neige hier. Je regarde par la fenêtre pendant une minute et les vois courir en rond. Une minute après ils ont disparu ! Seigneur, quel choc ! Je me retrouve dehors en chaussettes, me caillant, les appelant, et pouf ! les voilà qui surgissent. Il y a presque un mètre de neige dans le jardin ! On a jamais vu le New Jersey comme ça. Une vraie merveille. »

Elle tapote mes genoux, et Juan entre. Comme d'habitude, pas de bavardage de sa part. Il manipule la machine, pas moi.

Le long bourdonnement commence. Un réconfort soudain, comme des abeilles qui butinent dans un somptueux jardin. Un bruit au cœur duquel je peux dormir sans me réveiller, si différent désormais.

Après demain, Grand Bleu, nous ne nous verrons plus. Est-ce que j'aimerais continuer ? Suis-je folle ?

Je me souviens de la toute dernière fois où j'ai vu Ray. Il devait en être ainsi. Nous nous rencontrions en secret depuis seulement deux mois, et je n'en pouvais plus de mentir – ou plutôt de ne même pas avoir l'occasion de servir les mensonges que je m'étais escrimée à inventer, parce que mon mari ne faisait jamais allusion à mes absences (longues et flagrantes), à mes rages (contre le moindre de ses défauts) ou à mes excès culinaires (une débauche de bouillabaisse, mousse au citron, canard rôti, tajine d'agneau... et, à la fin, un congélateur rempli de crêpes et de sorbets, de stocks de duxelle et de coquilles Saint-Jacques). Nous étions couchés sur le lit de Ray, tout habillés. Je pensais : *Plus jamais*. Je ne lui avais pas dit que c'était fini, uniquement que Hugh avait fini par deviner, mais Ray a lancé : « C'est fini », et il s'est mis à sangloter. Je n'avais jamais entendu un homme pleurer aussi fort. « Tu veux que ce soit fini ? » ai-je dit. Il a répondu : « Non », et j'ai déclaré sans réfléchir : « Alors ce ne sera pas fini. » Pourquoi ai-je tenu cette promesse plutôt que d'autres (j'ai causé tant de souffrance pour le faire), je n'en sais toujours rien. Peut-être parce que j'avais pensé qu'il me quitterait facilement, et je me trompais.

Quand le bourdonnement cesse, je regarde l'œil impénétrable. Rien de nouveau, juste moi-même dans le miroir, un poisson dans l'eau brouillée par la pluie. Je lève la main et touche ma machine. Sa peau est étonnamment chaude.

Patrice dit : « Maintenant vous allez faire la fête.

— C'est demain mon dernier jour. »

Elle m'aide à descendre. « Tout le monde pleure à la fin. C'est le plus étrange. » Elle me tend un Kleenex.

Dans le vestiaire, j'enfile ma robe de velours rouge, étroite et sans manches. Je me peigne et roule mes cheveux sur ma nuque.

Dehors, c'est nouveau, il fait encore jour. Des douzaines de nuages emplissent le ciel au-dessus du parc, roses comme des pivoines. Dans la Cinquième Avenue, assis sur un banc, Ray lit le journal. Je l'appelle et il lève la tête, l'air ravi. Cela lui fait donc encore tellement plaisir de me voir ?

Mais avant de faire un pas dans ma direction, il s'écrie : « Jim Abbott !

— Quoi ?

— Le lanceur manchot passe chez les Angels. Ils l'ont acheté.

— C'est bien ?

— Je n'en demande pas plus. »

Comme nous descendons vers le bas de la ville, je jette un coup d'œil à sa tenue : jean noir, blouson de cuir sur un gros sweater campagnard. Nous sommes aussi mal assortis qu'à l'accoutumée. Je cherche à prendre sa main. Il résiste, mais je la tiens serrée. Demain, il s'envole pour le Canada. Il a retardé son départ le plus longtemps possible. Puis je reconnais l'homme qui se dirige vers nous. Col roulé orange, sans manteau, l'air pressé. « Bonjour », dis-je en rougissant. Je m'étonne que le Dr Bloom porte une couleur aussi voyante. Je me souviens qu'il était en pyjama la dernière fois que je l'ai vu.

« Louisa, dit-il sans hésitation, vous êtes ravissante. » Il se tourne vers Ray. « Riley, n'est-ce pas ? Le cascadeur d'Hollywood, si je ne me trompe ? »

Ray serre la main du médecin.

« Prenez bien soin de ma patiente préférée. Je compte sur vous, Riley. » Le Dr Bloom me regarde à nouveau et exhibe deux pièces dans sa précieuse paume droite. « Pour le parcmètre de ma femme.

— Contente de vous avoir rencontré », dis-je.

Un pâté de maisons plus tard, Ray dit : « Le Dr Bloom, hein ? Le Vincent Price de l'oncologie ? La voix de Joe Pesci prisonnière du corps d'un Schtroumpf, hein ? »

Je l'interromps : « Ray, qu'est-ce que tu as contre lui ? »

Ray hausse les épaules et continue d'avancer. Mais, en le regardant marcher de dos, la raison m'apparaît, évidente. Si brillant que soit le Dr Bloom, il ne l'est pas assez, pas pour Ray. Ray voudrait qu'il promette qu'il me guérira pour de bon : *Trêve de plaisanteries, mon pote, débrouille-toi.* Je me comporte de la même façon lorsque je reproche à Ray de ne pas être plus fort, aussi fort que quand il plonge, roule sur lui-même, saute des avions, si sûr d'atterrir entier.

« Deux faveurs, s'il te plaît », dis-je. Ray s'immobilise et se retourne. Derrière lui se dresse le Guggenheim, un vaisseau spatial luisant dans le crépuscule.

« Quoi ? demande-t-il brusquement, mais il semble prêt à tout.

— Est-ce que tu peux me porter ? »

Il me soulève en un tournemain, sa manche de cuir froide dans le creux de mes genoux.

« Et faire ta tête de putois ? »

Il lui faut à peine une seconde pour se souvenir. Il plisse son visage en un masque de rongeur, pousse un grognement et me fait virevolter. Je grogne à mon tour. Lorsqu'il me repose à terre, je ris sans pouvoir m'arrêter.

« Nous sommes bons pour l'asile, dit Ray. Complètement à l'ouest. »

Devant le musée, des gens attendent pour entrer, piaffant tels des chevaux, leur haleine s'élevant en volutes dans l'air. Un par un, ils passent une porte à tambour où se reflètent les phares des limousines et des taxis. Quand vient notre tour, lorsque nous pénétrons dans le chaud et étincelant cocon du hall, séparément puis ensemble, j'ai encore une impression d'apesanteur. Exactement ce que j'espérais ressentir, bien que ce soit toujours une surprise.

Je me dirige vers le centre de la salle et regarde au-dessus de moi. Au sommet, un œuf bleu crépusculaire se détache sur les murs blancs. « On a l'impression d'être à l'intérieur d'une tulipe, dis-je.

— Plutôt d'un silo de missiles, fait Ray. Où est le bar ? »

Je m'apprête à lui montrer le chemin quand une question me vient à l'esprit : « Comment un lanceur peut-il n'avoir qu'un bras ?

— Oh, il en a deux, mais l'un… n'a que le coude qui se termine par une main déformée – ou peut-être par rien du tout. Il porte toujours son gant.

— Mais la prise d'élan, l'équilibre…

— Cela ne semble pas poser de problème.

— Je pense que tu ne pourrais pas, hein ? Ray, ce type… Tu me le montreras à la télé ? J'aimerais voir comment il se débrouille.

— Je veux juste qu'il sauve ma foutue équipe. C'est tout ce que je veux. »

Je commence à voir des visages familiers. « Je vais chercher la sculpture d'Esteban avant qu'il y ait trop de monde. Toi, tu vas chercher les *drinks*. » Je m'éloigne, loin de la foule.

Elle se dresse dans la pièce qui lui est réservée. *Manteau multicolore*, imposant, éclatant. Il est fait entièrement du fil brillamment coloré qu'utilisaient les compagnies de téléphone avant la fibre optique. De loin c'est un rouge pur, violent, mais de près les fils sont un enchevêtrement méthodique moucheté de fines rayures orange, pourpres, fuchsia, bleues. Tissés comme un panier, comme un nid.

Le manteau est une déesse en forme de cloche, avec de larges manches prêtes à vous accueillir. Dans l'atelier d'Esteban, je l'avais vu comme un autoportrait : l'exaltation féminine d'Esteban, sa joie débordante. Mais non, c'est sa mère bien sûr.

Les quelques personnes présentes dans la salle l'admirent de loin. Mais je m'introduis à l'intérieur, à travers l'entrée exiguë. La lumière transperce le tissage, projetant un éclat fragmenté sur mes bras nus. Au-dessus de moi, son sommet est un tourbillon d'étoiles. En pressant mon visage sur le côté, je parviens à distinguer Ray près de la porte, nos verres à la main. Il s'apprête à faire le tour de la pièce. Je me penche à l'extérieur et lui fais signe.

Je l'attire à l'intérieur et prends mon verre de champagne. C'est le genre de flûte en plastique dont le pied se détache toujours. Je porte un toast. « Au nouveau lanceur, à la nouvelle saison ! »

Ray ne dit rien. Je redeviens exagérément métaphorique. Je laisse s'installer le silence, un inconnu de plus, mais même dans la lumière fragmentée, en sécurité sous le manteau d'Esteban, je vois Ray qui me regarde comme quand il a traversé l'avenue et crié le nom de Jimmy Abbott. Il lève sa coupe – qui a presque perdu son pied – et effleure le bord de la mienne.

Le prix de l'argent
Mai 1993

Je suis heureuse de voir que Doris et les petits ont trouvé tout seuls la grande et grosse carcasse savoureuse d'un mâle adulte. Il a peu neigé cette année et les cadavres sont rares. R. B., qui inspecte le terrain tel un obsessionnel, s'en est rendu compte *de visu* : la récolte du printemps est maigre. Peut-être un signe, dépendant d'autres à venir, que les femelles sèvreront leurs petits plus tôt. R. B. ne peut s'empêcher de rôder dans les bois, dc chasser même quand il ne sort pas pour tuer. Je ne serais pas surprise qu'il soit dehors en ce moment même, à observer cette scène, à me regarder l'observer. Ou peut-être est-ce seulement ce que je désire.

Nous avons tous écouté Doris sur la fréquence qui permet de suivre ses allées et venues avec ses jumeaux, dès qu'ils ont quitté leur tanière le mois dernier. Fréquentant les pentes du Gannet, elle est le plus proche de nos sujets d'étude. Jusqu'ici les signaux ont été forts et faciles à suivre, ses incursions rapprochées et assez constantes. Je sors pour la surveiller aussi souvent que possible ces temps-ci, quand je n'ai pas besoin de rester à la station. Je suis une route forestière à mi-chemin de la montagne, puis me fraye un chemin presque au hasard, plante un piquet et observe les pentes à la jumelle, sans trop m'approcher de la tanière. Aujourd'hui, ma persévérance a été récompensée.

Je prends garde d'être sous le vent et à distance. Le souvenir de cet homme rencontré à la conférence de Flagstaff m'incite à la prudence. Une femelle grizzly lui avait brisé la clavicule et arraché un morceau de mâchoire qu'elle avait laissé sur place, une leçon suffisante pour lui apprendre à s'être approché trop près de ses petits. C'était en plein été, dans un champ de fleurs en délire. Il m'a raconté que l'odeur des ombelles, encore aujourd'hui, l'emplit d'un sentiment de panique. Étranges, ces choses dont notre esprit ne peut se détacher, des choses qui prennent une dimension invraisemblable et nous font trembler de peur. Je n'ai pas peur du noir, de l'altitude, des orages ou de la solitude. Ce qui m'effraie est une forme particulière de vanité. La peur de la futilité. La futiliphobie.

Un fou rire me prend. Le type qui s'est fait déchiqueter ? Il étudie les salamandres. Et aujourd'hui la moitié inférieure de son visage a l'air d'avoir été heurtée par un camion et remplacée par un morceau de mannequin de Monoprix.

En regardant à la jumelle à travers les branches, il est malaisé d'avoir une vision claire, continue, mais si je pouvais voir Doris avec netteté, elle aussi pourrait me voir. Je me suis cachée au milieu d'un bois touffu de pins Douglas, coincée entre deux gros troncs dans un fourré tapissé de myrtilles. Les baies ne seront pas mûres avant des mois, et les myrtilles n'intéressent pas les ours, pas encore. Doris et sa petite oursonne sont plongées jusqu'aux yeux dans le cadavre de l'élan, mais le mâle est assis à l'écart, comme s'il était au restaurant et attendait une table. *Vas-y, mon coco ! Pose ton petit cul près du comptoir et passe ta commande*. L'odeur du gibier m'arrive par bouffées, bien que la carcasse soit gelée sur le sol.

Il y a du yin et du yang dans le climat qui règne ici en mai. À quelques centaines de mètres au pied de la montagne, c'est le printemps dans toute sa gloire ; en quittant la route principale, je traverse des prés couverts de boutons d'or, de giroselles et d'ombelles – la vallée est une orgie de pollinisation. Mais ici, plus haut, alors même que les fougères pointent à travers les feuilles mortes et commencent leur lent déploiement, la neige brille dans les creux, aux endroits que le soleil n'atteindra jamais.

Doris cesse de se goinfrer, juste une minute, pour jeter un coup d'œil à son rejeton réticent et émet un doux grognement rauque, invitation à rejoindre le pique-nique. À la fin il se glisse près de sa mère et arrache un morceau que je préfère ne pas voir en détail. Je le félicite : « Enfin tu t'es décidé ! », tellement soulagée que je le dis à voix haute.

Que penserait Doris si elle pouvait comprendre l'effervescence qu'elle provoque, si elle avait une vague idée de toute la paperasse qu'on remue à cause d'elle, de tout ce que disent derrière son dos hirsute les gardes forestiers, les biologistes, les vétérinaires, les mères avec des enfants qui roulent en tricycle, les bureaucrates de Chasse et Pêche assis à leurs bureaux de contreplaqué à Cheyenne qui secrètement se ficheraient comme d'une guigne de voir la Wind River Range se transformer en une succession de terrains de golf, stations de ski, retraites de yoga *New Age* où les repas sont garnis de caviar russe (que l'esturgeon aille se faire voir) et d'orchidées de Tahiti ? Mais ce qu'ignore Doris ne peut lui faire de mal, direz-vous. Ce en quoi vous auriez tort. Car Doris a mis toute sa petite famille en danger. Aujourd'hui elle et ses petits, deux oursons montés en graine, sevrés ou non, vont probablement être déplacés. Déménager trois grizzlys n'est pas une mince affaire, même deux, mais nous le ferions s'il le fallait. Je pousse à ce qu'ils partent bientôt, en juillet au plus tard, pour qu'ils s'acclimatent à leur nouvel environnement pendant l'été. Le temps presse. Les bureaucrates connaissent la chanson. Le monde peut toujours tourner.

Il m'arrive de me demander comment j'ai abouti là, mais en fait la question ne se pose pas. La trajectoire est évidente. Lorsque j'étais petite, j'aimais cette série télévisée, *Daktari*. Le Dr Machin (Marsh ? Tracy ? Wilmerding ?) est un noble vétérinaire qui défend la cause de la faune locale persécutée en Afrique (à l'époque où les gens parlaient de l'Afrique comme s'il s'agissait d'un seul pays, comme la France ou le Japon). Le noble vétérinaire a un lion atteint de strabisme, une guenon facétieuse, une Jeep zébrée, et les gens autour de lui ont des accents coloniaux rigolos. *(Écoute-moi, mon gars, faut arrêter ces maudits braconniers !)* Voilà, m'étais-je dit, assise dans le canapé familial à fleurs de lis bleues, dégustant mon bol de Cap'n Crunch. C'est exactement ce que je ferai. Quand je serai grande, je m'occuperai des animaux sauvages dans la jungle, pas dans un zoo.

Et c'est ce que j'ai fait ! Pourtant ce n'est pas du tout ce à quoi je m'attendais. Ce boulot ressemble à *Daktari* comme, disons, Newark ressemble à Paris.

Hier soir, j'étais chez R. B. (l'endroit qu'on lui a prêté) quand sa femme a téléphoné de Sarasota. R. B. est un nomade – il emmène ses chiens en Russie, dans l'Alaska, partout où il y a du travail ; gros gibier ou préservation, c'est la même chose pour lui – mais sa femme reste là où il fait chaud et où la vie est agréable. C'est ainsi que marche leur mariage. Ou qu'il marche pour *elle*, si j'en crois ses protestations à lui. Je n'ignorais pas l'existence de sa femme, mais c'était la première fois qu'elle appelait en ma présence. Je suppose que le plus irritant pour moi, dans une certaine mesure, était qu'il ne semblait pas gêné de lui parler pendant que j'étais là dans la cuisine en train d'émincer des oignons. Il ne s'excusa pas, ne proposa pas de la rappeler plus tard. Il lui parla un moment et rit beaucoup, ce qui me laissa perplexe. Non qu'il ait jamais dit du mal d'elle, non que je sois censée croire qu'il ne la supporte pas, mais le rire a parfois quelque chose de sexuel. Ou il donne cette impression. J'étais donc là, otage de leur amusement partagé, conjugal, et on aurait pu croire que c'était moi, et non Simone, qui étais le sommet le plus éloigné du triangle dans cette histoire. Si c'est vrai, tant mieux, mais j'aurais préféré le savoir.

Je restai silencieuse quand R. B. raccrocha. J'aurais pu lui tendre une perche en changeant de sujet, mais je ne le fis pas. Et j'étais incapable de le regarder.

Il se pencha sur le comptoir. « Bon, poupée, accouche.

— Accouche de quoi ? dis-je. Je suis seulement en train de préparer une sauce.

— Tu es jalouse.

— Ce n'est pas dans ma nature », dis-je. Ce qui est vrai. Pendant l'hiver, quand il était au Brésil, puis de retour en Floride, je n'ai pas téléphoné à R. B. une seule fois, je ne me suis pas demandé où il se trouvait, ni avec quelle autre femme. À refouler les choses – certaines choses –, je suis meilleure qu'autrefois. Je le laisse appeler en premier, et il l'a fait, quelquefois, pour me dire que je lui manquais. Je crois qu'il était sincère, mais les coups de fil étaient plus pour revendiquer son droit, me rappeler qu'il serait de retour au printemps. Pour la première fois de ma vie, je préférais être seule plutôt que trouver quelqu'un d'autre. Le soir, si je n'allais pas dans un bar avec Jim, Buzz ou Vern (tous sans danger), je regagnais ma caravane et lisais.

« Nous parlions du salon de coiffure, dit-il. Elle a eu un tas de cinglés cette semaine. Un type lui a demandé si elle pouvait lui dessiner au rasoir sur sa nuque une main faisant un doigt d'honneur. Seigneur, dans quel monde vivons-nous !

— La Floride. Ce n'est pas le monde dans lequel nous vivons. En tout cas, pas moi.

— Tu es *jalouse.* »

Je le regardai avec un sourire ironique. « Si je suis jalouse de quelqu'un dans ta vie, c'est de Rosie et June. Elles sont les seules qui peuvent me chasser de ton lit. »

Il rit. « Avec ma bénédiction. » Rosie et Junebug (June quand elle est gentille, Bug quand elle est paresseuse et boudeuse) sont les blueticks de R. B., les chiens courants dont il est pratiquement inséparable, ses associés dans les affaires comme dans le crime. Elles ont appris à m'aimer, cependant. Elles m'accueillent avec leurs museaux froids et leurs langues chaudes. Elles n'aboient plus, signe d'approbation que j'apprécie. R. B. élève deux chiens d'ours, ce sont eux qui s'occupent des choses sérieuses quand il est là, mais ils vivent dans un chenil à l'arrière. Rosie et June y ont veillé.

R. B. s'est penché par-dessus mon épaule pour humer la sauce des spaghettis. Il m'a saisie par la taille, m'a soulevée du sol légèrement avant de se baisser pour prendre le faitout sous le comptoir. J'ai eu alors une vision de toutes les cuisines de garçons dans lesquelles je me suis trouvée durant les dix années écoulées, à émincer l'ail et les oignons, boire du vin ou de la bière, échanger des baisers prometteurs, prélude à un repas qui est un prélude à l'amour. Des wagons de cuisines, des wagons de baisers. Pendant une minute je m'imaginai devant un passage à niveau, les wagons défilant l'un après l'autre, un brouillard gris sans fin. Je regardai par la fenêtre, mais la nuit était trop sombre pour voir autre chose que R. B. et moi devant l'évier, surveillant le faitout en train de se remplir d'eau. Combien de spaghettis ai-je partagés avec combien d'hommes ?

Je regarde Doris et ses oursons pendant une heure avant qu'ils soient rassasiés – bien qu'il reste encore assez d'os pour faire un ou deux repas. Doris s'applique à recouvrir la carcasse, exigeant de l'aide de la part de ses petits. (Ses remontrances sont sûrement la version oursonne de *Vous me prenez pour qui, votre servante ?*) À l'appel de sa mère, G63, la jeune femelle que nous avons surnommée Tipper, apporte deux branches mortes, remue des feuilles et des mottes de terre gelées. Son frère, G62, l'aide pendant quelques minutes, puis se rassied et regarde, comme il l'a fait pendant la plus grande partie du festin. Une fois leur tâche terminée, on se doute bien qu'il y a quelque chose de mort et déchiqueté sous tout cet amas de débris, mais à moins d'être un idiot d'humain (un randonneur), on comprend qu'un repas a été consommé à cet endroit, et quelle créature s'en est chargée. On ne traîne pas.

Doris est à la fois intelligente et stupide, ce qui a permis de ranger ses congénères parmi les espèces en danger. Non, je retire la moitié de ce que je viens de dire : elle n'est pas stupide, pas plus que moi. Aucune intelligence animale ne lui permettrait de deviner, avant qu'il ne soit trop tard, que les imbéciles qui habitent ces résidences de luxe et ont laissé à sa portée un sac plein de nourriture à Thanksgiving sont les mêmes idiots qui pourraient la faire tuer par un garde-chasse (sinon eux-mêmes). Vous pouvez être à la fois intelligent et condamné.

Son seul crime a été de mener ses petits hors de la zone que nous, humains, avons officiellement baptisée LE MONDE SAUVAGE (c'est-à-dire celle que nous lui avons attribuée comme territoire légitime) et de pénétrer dans un nouveau complexe immobilier construit pour contempler ledit monde sauvage, et donc le côtoyer. À un kilomètre et demi de distance, Doris est probablement capable de sentir les ordures pourries qu'un type a oublié de charger dans le cul d'un de ces tanks qu'on fait passer pour des voitures. Doris a été ravie à juste titre. Elle avait des petits à nourrir, à engraisser avant un somme de trois mois.

Au moment où nous sommes arrivés sur place, répondant à un coup de fil hystérique d'un autre crétin d'humain, les ours se régalaient dans les ordures d'un supermarché. Ils déguerpirent fissa en voyant le camion s'avancer vers eux. G63 s'éloigna d'un pas lourd, un paquet de biscuits au chocolat entre les dents ; son frère, à sa suite, renversa une caisse de yaourts. C'est ainsi qu'ils devinrent Tipper et Danny. Une fois que nous avons donné un nom à nos sujets, ils font partie de la famille. Quand nous parlons d'eux à la station, un étranger pourrait croire qu'il s'agit de collègues ou de cousins.

Doris avait eu droit à son nom avant la naissance des petits, bien avant mon arrivée. Buzz me raconte qu'après l'avoir marquée, quand ils l'avaient relâchée et qu'elle avait regagné la forêt en titubant, étourdie par les drogues, Sheldon avait remarqué qu'elle avait la silhouette et l'attitude d'une ménagère de feuilleton des années 1960. « Le type Mabel ou Doris, dit-il. À cause de sa fourrure dorée, on l'a appelée Doris. Buzz la surnomme notre *golden girl*. Elle est sa préférée. »

Sheldon est le vétérinaire de l'équipe. C'est un garçon brillant, avec une crinière blonde de surfeur, et il sent le fils de famille à vingt mètres (ne serait-ce que par la marque de ses chemises, sans parler de la résidence secondaire à Columbia Gorge). Ce n'est un secret pour personne qu'il considère les biologistes de l'équipe comme moins instruits, moins talentueux et probablement moins évolués que lui. (C'est-à-dire moi, Buzz et Jim ; ainsi que Vern, qui est botaniste et se joint parfois à nous si nous avons besoin d'un coup de main.) Ou peut-être se sent-il simplement en minorité.

La visite d'un ours près d'un immeuble peut être considérée comme un délit, mais des visites répétées – même sans déposition de plaintes – sont tenues pour des crimes. Doris, qui a une tête parfaitement logique sur les épaules, retourna à l'immeuble le lendemain, suivie de ses petits. Cette fois, il n'y avait aucun butin à trouver, et peut-être aurait-elle tranquillement regagné les bois à l'insu de tous si elle n'avait pas déboulé au moment où deux petits humains roulaient à bicyclette dans l'allée. Elle battit aussitôt en retraite – mais on avait frôlé le drame.

Buzz et Jim décidèrent que nous devions lui laisser passer l'hiver pour qu'elle oublie. Nous voulions avoir des ours sur ce territoire ; il y avait tout l'espace nécessaire pour une population plus nombreuse, mais pas s'ils prenaient goût aux Twinkies et aux bâtonnets de poisson. Si Doris revenait visiter les résidences au printemps, il faudrait l'expédier vers le nord. D'où notre vigilance redoublée depuis qu'elle est sortie de sa tanière.

Durant leur premier été, les deux oursons furent difficiles à distinguer l'un de l'autre. Chaque fois que nous repérions Doris, dont le signal apparaissait clairement, nous nous demandions s'il fallait marquer les oursons et leur mettre un collier. Pour Sheldon, un collier muni d'un émetteur transforme un ours en cible facile pour les braconniers, mais il n'osera jamais le dire à Marty Cone, notre homme à Cheyenne. Marty semble convaincu que tous les mammifères dans tous les parcs nationaux devraient porter un émetteur. Se brancher sur eux lors de nos inspections de routine s'apparenterait à se brancher sur les ondes moyennes à l'heure de pointe sur le Dan Diego Freeway. Marty est le genre de maniaque qui aimerait probablement les étiqueter avec des codes-barres, tous, les écureuils, pumas, coyotes et souris. « J'ai besoin de voir toujours plus d'organisation », répète-t-il à qui veut l'entendre, mais il le dit au téléphone, confortablement installé dans son bureau d'un parfait mauvais goût, alors qu'il ne peut absolument rien *voir* de ce qui se passe ici, où s'accomplit le véritable travail. Pour satisfaire notre amour-propre, nous l'appelons Tête de Cône, et quand je lui parle, je l'imagine avec la ridicule cravate en macramé marron qu'il portait à notre première rencontre et, vissé sur la tête, le dôme d'un capitole, vulgaire et blanc comme un gâteau de mariage. Cette vision m'empêche d'imaginer que la seule chose qu'il organise est le travail de son intestin. Tant mieux, car Tête de Cône appose sa signature sur tout, depuis la quantité de papier toilette que nous commandons jusqu'à la question de savoir si un de ces sales ours – c'est-à-dire un ours qui, comme Doris, sait que les habitations et les grosses bagnoles sont des enseignes lumineuses de *fast-food* – sera piégé, drogué et expédié à Yellowstone (autrement dit, la banlieue des ours) ou euthanasié. Tué pour avoir fait preuve de bon sens.

Quand je lui dis que nous aimerions voir le transfert effectué plus tôt et non plus tard, il dit : « Ça bouffe un sacré morceau du budget de le faire si tôt.

— Ça vaut mieux qu'un morceau d'enfant à vélo qui déboucherait au tournant de la rue.

— Vous ne mâchez pas vos mots, mademoiselle Jardine, je vous reconnais bien là. » Il rit, l'air de dire que nous nous comprenons parfaitement. « Mais n'allons pas trop vite. Voyons comment les choses se déroulent et nous pourrons nous épargner un tas de dépenses inutiles. Et d'efforts.

— Vous avez mille fois raison, Marty. Personne n'aimerait que vous fassiez des heures supplémentaires, n'est-ce pas ? »

Cela lui coupe l'envie de glousser, mais après un silence que je me refuse à rompre il dit : « Bon, filez-moi un plan détaillé. *Organisé*, mademoiselle Jardine.

— Très bien, monsieur Cone, il se trouve que c'est exactement mon second prénom. Mlle Jardine Organisée est au travail. »

Gloussement.

Lorsque je raccroche, Buzz et Jim applaudissent. « Oouah ! dit Jim, tu te prends pour Mack le Surineur ou quoi ?

« Ouais, bon, c'est malgré tout mon boss. »

Notre mépris partagé est enfantin, mais il nous pousse, comme un courant, à refuser d'admettre que nous ne sommes qu'un segment du pipeline, quelque part au milieu. Nous nous estimons heureux de pouvoir gagner notre vie en restant des francs-tireurs et des non conformistes, mais nous faisons partie d'un système qui n'est pas très différent sur le papier de l'assurance-vie ou autre.

En fait, nous n'avons jamais marqué les oursons ; encore une décision différée. Aujourd'hui, et c'est une véritable surprise, on peut les distinguer sans peine, car Tipper est devenue beaucoup plus grosse que Danny, même durant ce long hiver engourdi. Ce n'est pas normal ; au royaume des ours, les garçons sont toujours beaucoup plus gros.

Je dois donc m'interroger en voyant Danny revenir s'asseoir, laissant sa mère et sa sœur se charger du gros du nettoyage après leur repas. Tandis qu'elles se retirent vers les pins derrière une crête escarpée, il traîne à l'arrière. Près du sommet, avant de disparaître de notre vue, Doris se retourne mais continue sa marche en se dandinant. Je ne peux m'empêcher de penser à ce livre que maman aimait nous lire, à ma sœur et à moi, celui où le petit ours et la petite fille inattentifs suivent chacun la mère de l'autre pendant la cueillette des myrtilles. Les mamans ne me semblaient pas tellement inquiètes. Dans la réalité, n'auraient-elles pas été traumatisées, l'une saisie d'effroi et de contrition, l'autre d'une rage bestiale ? Mais je suppose que le livre nous prévenait, consciemment ou non, qu'il faut laisser agir à leur guise les traînards et les rêveurs. Les mères subviendront à leurs besoins, c'est leur job, mais les enfants doivent se garder de dépasser les limites. Pas question de rigoler.

Je ne suis pas rentrée chez moi depuis trois jours. J'aimerais ouvrir ma porte aux affectueuses attentions d'un chat, d'un chien ou même d'un canari bavard, mais ce serait malhonnête. Lorsque j'ai loué cet endroit – une caravane plantée au milieu de nulle part il y a trente ans pour un aide vacher désormais inutile, le ranch ayant été transformé en relais de campagne –, je savais que je n'y séjournerais pas souvent. Aussi aujourd'hui, comme la plupart du temps, je me retrouve en compagnie du silence, de la buée qui sort de ma bouche dans un froid à vous glacer les os et de mon répondeur téléphonique clignotant. Je monte le thermostat et prends une bière dans le réfrigérateur. Je mets la main sur un sachet de chips. Je m'assieds à la table de cuisine, gardant ma veste jusqu'à ce qu'il fasse plus chaud ; les nuits resteront fraîches jusqu'à l'été.

Je regarde fixement le répondeur. Je ne redoute pas un appel en particulier, mais les appels en général. Depuis que j'ai quitté la côte, où je m'occupais de phoques et autres créatures marines, j'ai l'impression que la confortable sensation d'être entourée de terres et la conviction d'avoir enfin trouvé un endroit suffisamment vaste, sauvage et tranquille pour m'y sentir chez moi se sont muées en un isolement hautain. Non pas la claustration, pas tout à fait, mais la fermeture intentionnelle, je dois le reconnaître, de toutes les fenêtres et toutes les portes de mon âme (si vous croyez en l'existence de l'âme, à laquelle je ne crois pas, même poussée dans mes derniers retranchements philosophiques). Vous ne l'imagineriez jamais à me voir en public. Au travail, je suis celle qui fait le sale boulot, comme discuter avec Tête de Cône quand nous avons besoin de l'approbation de « papa » pour piéger un ours ou autoriser Sheldon à effectuer une « procédure ». (Parfois notre travail ressemble à une version pour adultes d'*Un, deux, trois, soleil !*

Par exemple, on ne peut tailler les griffes d'un ours sans permission. J'exagère à peine.)

« Oh, mon Dieu ! » dis-je en écoutant mes messages, parce que trois sur cinq proviennent de ma sœur. (Ceux de Buzz et Jim, laissés avant-hier, sont sans importance. PERSONNE ne sait qu'on peut me trouver chez R. B., et il n'est pas question que ça change.)

Il y a cinq mois, on a diagnostiqué un cancer du sein chez Louisa. Avant la biopsie, ses médecins lui avaient dit que ça ne serait rien, et j'étais de leur avis. Elle avait trente-six ans, était en bonne santé, ne vivait pas à Tchernobyl, etc. J'ai donc fait mon numéro scientifique, lui ai parlé de tous les éventuels effets sans importance, telle une serveuse dans un restaurant débitant les spécialités qui ne sont pas sur la carte. *Ce soir nous avons des kystes, nous avons des calcifications ; je dois vérifier à la cuisine, mais nous pouvons aussi vous proposer une ou deux glandes nécrosées*. Mais j'ai été envahie par les remords, parce que, d'une certaine façon, je savais. Je n'avais aucun doute. Et tandis que j'attendais que les mauvaises nouvelles me reviennent en boomerang, je ne pouvais m'empêcher de penser que si quelqu'un devait avoir un cancer, c'était moi. Qu'importe que je sois la plus jeune.

La biologie est la science de la vie, n'est-ce pas ? Pourtant il m'arrive de me demander si je n'ai pas choisi ce domaine comme une précieuse compensation, sans véritablement l'aimer. Je me sens parfois coupée de l'existence, ou plutôt coupée de la mienne. Il me semble que ce que je croyais destiné à être Ma Vie (la sœur siamoise) tranchait tranquillement nos liens pendant que j'avais le dos tourné, puis s'éclipsait en douce et s'engageait dans une voie différente. Nos deux chemins se croisent parfois, et je tombe par hasard sur Ma Vie : « Ah, te voilà ! Où étais-tu ? » Ma Vie est aimable mais méfiante. Et nous restons ensemble quelquefois un bon bout de temps. Nous faisons bouillir l'eau d'un ruisseau proche, réchauffons nos repas lyophilisés, mangeons dans un silence satisfait. Nous communions sans parler. Nous faisons frire des *marshmallows*. Nous lavons nos vêtements sales dans la rivière et les mettons à sécher sur les branches basses d'un bouleau. Nous consultons nos cartes topographiques et partons en randonnée, ramassons des baies, nageons ensemble, lisons des romans sur un rocher au soleil... Puis un matin je me réveille en frissonnant, seule dans mon sac de couchage. Le feu de camp est éteint, les braises sont réduites en cendres, et une fois de plus Ma Vie, cette créature sournoise, s'est engagée sans prévenir sur une route que je ne peux deviner, emportant avec elle toutes les cartes (et les *marshmallows*). J'emballe mon matériel et ne peux que supputer la direction qu'elle a sans doute empruntée. Je ne peux que jouer à pile ou face. Je dois croire que nous nous rencontrerons à nouveau, sans savoir ni où ni quand.

Pendant ce temps-là – la comparaison est inévitable – je pense à Louisa, et même si pour un empire je n'aurais pas choisi d'habiter à New York ni un job aussi cérébral, je reconnais qu'elle a réussi une vie riche en couleur, pleine d'ambitions, volontairement gâchée par son désir de trouver le grand amour et d'avoir des enfants, plongée dans le kaléidoscope social d'une existence citadine. Elle a pris des décisions insensées, et elle me rend parfois cinglée quand elle arbore ses névroses et ses plaintes comme des étendards, mais elle vit avec un homme que presque tout le monde s'accorde à trouver honnête, elle place ses économies, et son instinct ne la trompe pas, comme pour fonder un foyer, alors que j'en suis dépourvue. Elle surveille sa vie de près, ne la laisse jamais hors de sa vue. Alors comment pourrait-elle être marquée par le destin ?

Sa tumeur, c'est le premier stade, ce qui signifie qu'il y a plein d'espoir. Louisa a subi une opération, puis une radiothérapie. Pendant un temps elle me téléphonait presque tous les jours, et je rappelais immédiatement si elle laissait un message. Parfois elle pleurait, puis se reprochait de ne pas être une sainte. (J'aimais particulièrement quand, dans la même soirée, maman me faisait le même numéro : « Je vais perdre une fille !... Je suis une mère épouvantable ! » À d'autres occasions, Louisa affichait un enthousiasme hystérique : « Je vais guérir, je dois y croire ! J'adore ce que je fais, et tout le monde comprend ! Au moins je ne vis pas en Bosnie ! » Je préférais l'entendre pleurer. Je me demandais si je devais prendre l'avion et être près d'elle, mais je ne l'ai jamais proposé, et elle ne l'a jamais demandé. Ce n'était pas une question d'argent : nos parents, ou même R. B. si je le lui avais demandé, auraient payé le prix du billet. La vérité, c'est que je ne voulais pas m'approcher de la maladie. Lorsque je suis arrivée à cette conclusion, éveillée en pleine nuit environ un an après le début du traitement de Louisa, je me suis détestée. *Tu es une garce indifférente, misanthrope, égoïste*, me suis-je dit. À présent Louisa est en chimiothérapie, c'est bien pire, mais elle ne téléphone plus aussi souvent. Je pense qu'elle est dans un groupe de soutien. Donc j'ai de quoi m'inquiéter aujourd'hui : trois fois en trois jours ?

Je termine la première bière et en prends une seconde avant de décrocher le téléphone.

« Sheldon, dis-je, il y a quelque chose qui cloche avec le petit bonhomme. » Nous avons notre réunion hebdomadaire au cours d'un petit déjeuner à Dubois.

Sheldon me regarde d'un air sceptique. « Qui cloche ?

— Il est trop petit. Je crois que nous devrions les marquer maintenant, tant pis pour le transfert. On verra ça plus tard.

— Les prendre au piège deux fois ? dit Jim. Ça paraît excessif. Je ne suis même pas sûr que Doris se laissera faire à nouveau. Elle n'est pas idiote.

— Je crois que Sheldon doit examiner Danny. L'examiner sérieusement. »

Le regard de Sheldon croise le mien, mais seulement en passant – il se dirige vers la serveuse, dont il retient l'attention avec son plus beau sourire de Beach Boy. Il a un petit geste désinvolte du poignet pour demander un autre café. Elle sourit en retour et se hâte vers lui. Lentement son beau regard fait le tour de la table. « Personne d'autre que Clem n'a jeté un coup d'œil sur cet ourson cette saison ?

— R. B. l'a vu », dis-je, bien que ce soit une supposition de ma part. R. B. n'assiste pas à nos réunions.

Sheldon me fixe. « L'homme aux chiens. » S'il va jusqu'à admettre les biologistes, pour lui R. B. habite une sorte de troisième sous-sol intellectuel. Sheldon est un végétarien déclaré, ouvertement méprisant envers les chasseurs, même ceux qui nourrissent ainsi leur famille. (« J'ai quitté un passé de prédateur. Tout le monde peut en faire autant. »)

« Ouais, mais qu'est-ce qu'il pourrait en savoir ? dis-je. Désolée.

— De toute façon il n'est pas responsable de ces décisions. »

M'efforçant d'ignorer le sarcasme, j'informe Sheldon que je prendrai la *responsabilité*. Je n'ajoute rien concernant R. B. J'ignore si Sheldon a des soupçons. Je ne sais s'il m'a jamais pardonné d'avoir refusé de l'accompagner chez lui en sortant d'une soirée le premier mois après mon arrivée ici. Il doit donc se demander ce qui m'occupe l'esprit. Je n'ai pas pu lui dire non pour *rien*. Pas à *lui*, si séduisant, si brillant.

Vern, un garçon pacifique qui n'exprime jamais son opinion, excepté quand nous parlons de végétation, lorsque les ours commencent à manger les pignons ou les baies, point de départ des contrôles, m'adresse un gentil sourire entendu. « Match à cinq heures. Terrain d'entraînement derrière le magasin de matériel. »

Il sait comment me redonner un peu le moral. Il parle de notre championnat de *softball*. Les matchs ont pour but de faire oublier toutes les rivalités professionnelles et personnelles qui s'accumulent entre nous. En dépit de son physique d'habitué des gymnases, Sheldon lance comme une fille. Et quand j'envoie la balle dans sa direction, il lui arrive d'esquiver. Je regrette de le dire, mais j'en éprouve un certain plaisir.

« S'il est malade, dis-je à Sheldon, vous le soignerez, n'est-ce pas ?

— Ça dépend.

— De quoi ?

— C'est tellement compliqué, vous ne pouvez même pas imaginer.

— Sûr que je n'ai pas beaucoup d'imagination. » Je jette un billet de dix dollars sur la table, me lève et attrape ma veste. Je suis secouée de tremblements. Je pense à tous ses lancers minables, toutes les balles qu'il n'a pas rattrapées, tous les points qu'il a coûtés à notre équipe.

« Clem, ce n'est pas comme si je *ne pouvais pas*, dit-il. Vous savez comment est Marty.

— Ne mettez pas tout sur le dos de Marty », répliqué-je. Mais je sais ce qu'il veut dire. Il veut dire tout le système, la mécanique. Marty n'est qu'un rouage.

La respiration de R. B. est inaudible ; il ne ronfle jamais, aussi rusé dans son sommeil qu'il l'est sur une piste fraîche. Peut-être est-il né furtif. Contre le mur, couchés à leur place, les chiens dorment aussi, mais plus bruyamment : un jappement occasionnel, un ronflement humide. Le cadran du réveil me nargue avec son vert criard : quatre heures douze, cinquante-cinq minutes depuis la dernière fois que je l'ai consulté. Je ne peux penser à autre chose que Danny, notre pauvre ourson léthargique. Marty a téléphoné aujourd'hui, peu après la réunion du petit déjeuner. Il dit que nous devons faire le transfert avant qu'une autre « rencontre inopinée » se produise dans la résidence. J'étais encore au téléphone avec Marty, presque sans voix devant son soudain revirement, quand Buzz me passa un mot. Un des appartements appartient à la fille d'un député qui adorerait voir abolir la loi sur les espèces menacées. Ainsi Marty a le feu vert des fédéraux et le soutien du bout des lèvres du shérif du Park County, qui aurait sans doute préféré accrocher les têtes des ours au-dessus de sa cheminée, plutôt que les laisser en liberté dans la forêt. On croirait que nous projetions de lui expédier un trio de bourreaux d'enfants.

Nous apporterons demain les pièges dans la montagne en espérant que tout se passera pour le mieux. Sheldon a un nouveau sédatif à effet rapide qu'on utilise sur les lions dans le parc national de Glacier ; il a un effet paralysant temporaire qui me paraît tout simplement abominable. R. B. peut leur tirer un flèche avec sa carabine si les pièges ne marchent pas. Jésus-Christ !

R. B. dort sur le dos. Sa bouche bâille stupidement, la peau sur ses tempes est molle et relâchée, les rides marquent son âge comme les cernes d'un arbre. Je profite de l'occasion pour examiner chaque pore de son visage. Il a vingt-cinq ans de plus que moi. À presque soixante ans, marié, ridé, tueur sans remords. C'est avec lui que je suis ?

Pourtant je sais exactement comment et pourquoi il me convient. J'aime son nez – si grand, c'est une proclamation – et sa taille, et la force dont il ne fait jamais étalage, et sa façon de garder son calme en toutes circonstances. Je sais aussi que tomber amoureux n'est pas une option possible. Parce que tout ça, ce que nous avons, n'est pas « réel ». Cela ne peut pas durer, et il est même hors de question de commencer à espérer que ça durera. Il sait que je le sais, sans qu'il ait besoin de rien dire. C'est pourquoi cela marche si bien.

J'ai entendu parler de R. B. la première semaine de mon arrivée, quand j'ai fait connaissance du reste de l'équipe des ours et des autres groupes de biologistes, étudiant tout, depuis la maladie du pin jusqu'aux meutes de loups. Oui, étudiant la VIE sous toutes les formes qu'elle a choisi de prendre dans cette partie du monde, certaines devenues soudain ténues et fragiles. R. B. est une anomalie ici. C'est un type qui a longtemps gagné sa vie en abattant des animaux sauvages, des animaux exotiques redoutables. Il y a vingt ans, R. B. chassait des tigres et des éléphants. C'était un excellent guide pour certains des hommes les plus riches de la planète, celui avec lequel ils étaient sûrs de rapporter un trophée chez eux. Mais ses talents nous sont tout aussi utiles quand il faut pister un animal ou le neutraliser – l'endormir – sans utiliser de piège. (Il prétend que son travail est une façon de corriger son karma. Il aime voir les réactions que cette phrase déclenche.)

Je ne m'attendais donc pas à rencontrer ce genre d'individu. Je n'imaginais pas pouvoir collaborer avec quelqu'un pour qui tuer avait été un sport ; je me fiche que son permis de chasse ait payé le microscope qui est sur mon bureau ou que l'abattage périodique des daims soit utile. Je suis au courant de ces choses et je ne veux pas qu'on me les mette sous le nez.

La première semaine, nous étions tous sur le terrain et il pleuvait dru depuis deux jours. Nous avions dressé un campement et étions blottis dans nos ponchos sous nos tentes, ce qui ne nous empêchait pas d'être trempés jusqu'aux os. R. B., Jim et un couple de stagiaires racontaient des blagues. Je faisais une tête d'enterrement. Mon sens de l'humour avait été lessivé par la pluie. Je pensais : *J'ai quitté l'océan pour ça ?* Plus tard, sur la piste, R. B. a demandé si j'étais une petite gauchiste innocente qui adorait les animaux ou une garce qui avait un avis sur tout. C'est difficile de me choquer, mais je le fus. Et je fus aussi obligée de rire. « Les deux, dis-je.

— Peut-être parce que quelqu'un vous a donné un nom de mollusque.

— Ça s'épelle “Clem”, dis-je. Avec un *e* et non un *a*. comme “éduquée”. “Clement”.

— Et vous l'êtes ? »

J'ai droit à cette amusante petite question concernant mon nom plus souvent qu'on l'imagine. « Vous ne me connaîtrez jamais assez bien pour découvrir la réponse, dis-je. Je vais donc vous poser la même question : quelle sorte de mère vous a donné le nom d'une chaîne de *fast-food* ?

— Touché, poupée ! Bon, vous pouvez m'appeler Rex, ou vous pouvez m'appeler Bwana.

— Oh, de toute façon vous êtes le chef. Comme c'est malin ! »

Pendant le reste de la journée, nous ne communiquâmes que par sarcasmes, sachant que nous avions fait une alliance, chacun reconnaissant à l'autre le camouflage de l'insolence. Nous sommes les rois pour prétendre que nous nous foutons totalement de ce que pensent les autres. Peut-être lui s'en fiche-t-il vraiment.

Pour ma part, j'éprouve un sentiment d'étrange admiration : j'ai fini par constater que R. B. connaît les animaux aussi bien que n'importe quel défenseur de l'environnement, mais sans s'encombrer de tout le baratin. Nous parlons beaucoup de survie et d'extinction, de l'influence de l'homme dans ces deux domaines. R. B. dit que notre prétendue ingérence, l'indifférence égoïste que nous témoignons à l'égard des autres formes de vie autour de nous, est aussi naturelle que toute autre force à l'œuvre dans le cosmos. Mais il faut regarder les choses en face. Si nous chassons les éléphants ou les tigres jusqu'à leur disparition, dit-il, acceptons de ressentir une certaine tristesse – « regret » est peut-être plus juste –, mais ne déclarons pas que c'est une honte, un crime ou quelque autre horreur. Bien qu'il ne soit pas le moins du monde croyant, il aime raconter l'histoire de cette femme qui, lors d'un procès, s'est levée et a dit d'un ton d'évidence dénué d'agressivité : « Peut-être Dieu rappelle-t-il à Lui toutes ces créatures. » Comme un fermier rentre ses moutons ou une banlieusarde appelle son chat la nuit avant d'aller se coucher. C'est une histoire célèbre dans les cercles de protection de la nature, où elle tient lieu de preuve de la stupidité et du nombrilisme auxquels nous avons à faire face, nous qui nous battons pour les furets et les loups, les sabots de Vénus et les papillons monarques. Mais lorsque R. B. la raconte, il hausse les épaules et dit : « Qui diable pourrait affirmer que cette femme a tort ? »

Il est possible que tenter d'aider ces animaux à « survivre » soit aussi aveugle, aussi égoïste que les laisser mourir. En Floride, les activistes des « droits des animaux » essaient d'empêcher les biologistes, un groupe comme le nôtre mais plus agressif, d'évacuer les panthères de la partie la plus polluée des Everglades, d'élargir artificiellement leur patrimoine héréditaire avec du sperme de puma, même si de telles actions risquent dans vingt ans de faire la différence entre survie et extinction. *Laissez-les tranquilles*, disent les activistes. *TRANQUILLES.* Ce qui veut dire, certainement : *Laissez les choses suivent leur cours.*

Louisa et moi n'avons jamais appris à laisser les choses tranquilles, ni suivre leur cours. Libre de ses choix, notre père aurait peut-être été un parent du genre zen, mais n'essayez pas ce genre de truc avec notre mère. Elle peut donner des dîners raffinés où certains invités possèdent des yachts, mais elle a appris à conduire un tracteur dès qu'elle a été assez grande pour appuyer sur le champignon. C'est une bagarreuse qui s'adapte à toutes les situations, une femme qui agit d'abord et réfléchit ensuite. Nous ne l'avons jamais entendue dire : *Qui va lentement va sûrement.* Nous avons entendu : *Quoi que tu fasses, fais-le vite.*

Il n'y a pas de petites économies. Jamais : *Tout ce qui brille n'est pas or.*

Louisa m'a laissé ces trois messages, à la fois furieuse et désespérée des effets de la chimio sur son corps, mais pas ceux qu'on croirait, pas ceux qui l'attendent (devenir chauve, être nauséeuse, perdre le sens du toucher). Elle a besoin de fulminer, comme on se le permet avec un membre de la famille ; s'apitoyer sans retenue sur son sort, faire un trait sur l'espoir et le courage, détester la compassion prodiguée par des amis éclatants de santé. Quand je l'ai rappelée hier soir, elle m'a raconté en sanglotant qu'une de ses proches amies venait d'avoir un bébé à l'hôpital où elle se fait soigner, et qu'un jour, après avoir fait ses prises de sang, elle est montée en ascenseur jusqu'au service de la maternité (l'étage qui a la plus belle vue, bien sûr). Une semaine auparavant, Louisa s'était rendu compte que ses règles avaient cessé. Elle sait qu'elles ont cessé pour de bon, que ses chances d'avoir un enfant se sont évanouies, à moins d'un miracle. Elle a pris le bébé de son amie dans ses bras et s'est mise à pleurer, prétendant que c'était des larmes de joie.

J'aurais pu lui dire que ce n'était peut-être pas définitif, que le corps est imprévisible, ou j'aurais pu, gentiment mais fermement, déclarer qu'elle savait que cela arriverait – nous en avions parlé quand elle était en radiothérapie et se plaignait qu'en plus de toutes ses souffrances, de tout ce qu'elle avait perdu, elle devrait peut-être renoncer aussi à cela –, mais je l'ai écoutée tempêter et geindre sans l'interrompre une seule fois.

« Je suis navrée, Louisa, dis-je quand elle fut à court de mots. Je suis vraiment désolée. »

Elle garda le silence pendant un moment étonnamment long, un silence entrecoupé de soupirs et de sanglots. Elle croit que je suis quelqu'un qui a une explication ou une objection pour tout, et c'est ce qu'elle devait attendre.

Elle finit par dire : « Tu ne vas pas me raconter que je peux adopter un enfant, une platitude de ce genre ?

— Plein de gens le feront, donc je ne vais pas m'y mettre aussi. D'ailleurs tu le sais. » Je lui demandai comment Ray prenait tout ça.

« Il s'absente beaucoup. Pour son travail.

— Dommage. Il te téléphone au moins ?

— Oui. » Elle se moucha. « Je suis plutôt contente qu'il ne soit pas là en ce moment. Je ne crois pas qu'il ait vraiment envie d'avoir des enfants et, au fond, il est peut-être soulagé. Et tu le comprends, n'est-ce pas ? » Elle se remit à pleurer.

« Bon Dieu, Lou ! J'ai envie que tu aies ce que tu veux. Tu le sais bien, non ?

— Tu es ma sœur. C'est normal.

— Tu ne peux pas jouer sur les deux tableaux, Lou. Lorsque les choses vont mal, tu ne peux pas m'appeler – et j'en suis heureuse, crois-moi ! – et ensuite prétendre que je me fous de ce qui t'arrive.

— C'est ce que j'ai toujours pensé.

— Je sais. » Je m'interrompis. Couper court à la conversation eût été la blâmer de remettre sur le tapis ces récriminations qui ne comptent plus désormais. Mais cela aurait tout ramené à la surface (rancune, regrets, scènes). « La question est : que penses-tu maintenant ?

— Je pense que nous... je pense que nous avons dépassé l'âge de l'adolescence.

— L'adolescence ? Qu'est-ce que tu veux dire ? Je suis loin d'être adulte, mais je me débrouille assez bien pour le cacher.

— Pas ce genre d'adolescence. Pas du tout ! Je veux dire que nous avons atteint le stade où nous comprenons pourquoi tout est différent de nos attentes et qu'il n'y a rien à faire. Nous avons cessé de croire qu'il y a une justice.

— D'être dans le je-ne-sais-pas.

— Quoi ? fit-elle d'un ton irrité et las.

— Zip, dis-je. Tu te souviens de Zip ? » Bien sûr, j'étais la seule à m'en souvenir, à me rappeler que la vie avec Zip avait été pour moi l'époque la plus heureuse sur la côte. Je revis au passage son tee-shirt préféré, sur lequel on lisait, en lettres si petites qu'il fallait se tenir tout près pour les déchiffrer : UNE VIE QU'ON NE MET PAS EN QUESTION NE VAUT PAS D'ÊTRE VÉCUE. Il était généreux et honnête, et, sans qu'il le veuille, je m'étais sentie indigne d'intérêt.

« Oh, Zip ! répondit Louisa. Je l'aimais beaucoup.

— Encore un type bien que j'ai laissé filer, hein ?

— Je n'ai pas dit ça. »

Je me sermonnai : *Ne commence pas à parler de toi.* « Alors, comment vont les choses chez les grands découvreurs d'art ? » demandai-je. Louisa travaille dans une revue de luxe, *Artbeat*.

« Sans histoires. Dieu merci. Le numéro d'août est mince. Les conservateurs sont comme les psys. Ils vont à la plage tout le mois.

— Bizarre, ce boulot où tu vis toujours trois mois à l'avance.

— En ce moment, je donnerais cher pour être dans trois mois. Cet enfer serait terminé. Si on était en août, toutes les mauvaises nouvelles seraient derrière moi. »

J'avais faim et je m'étais préparé un sandwich à la dinde pendant que nous parlions. Je ne pus résister plus longtemps à l'envie de le manger. Mieux valait ne pas faire remarquer que, évidemment, toutes les mauvaises nouvelles ne sont jamais derrière vous. La vraie mauvaise nouvelle est toujours là, prête à vous tomber dessus. La pire des nouvelles arrive en dernier.

« J'ai interrompu ton dîner, remarqua Louisa.

— Pas du tout. Je mange entre les repas. »

Depuis peu, c'est notre formule pour dire qu'on est déprimées. Elle rit.

« Tu as ri, lançai-je la bouche pleine. Ça va aller ?

— Ménopausée, mais ça va. Il faut que ça aille, non ?

— Souris même si ça fait mal », dis-je. Un des aphorismes favoris de notre mère.

« Il y a loin de la coupe aux lèvres », fit-elle. Encore un autre.

« Peut-être devrions-nous actualiser la formule, ajoutai-je. Qu'est-ce que tu penses de "loin de la coupe à tes ovaires" ? »

Pendant une minute je crus qu'elle allait se remettre à pleurer, je me dis que je n'aurais pas pu proférer plaisanterie plus cruelle, mais elle répondit : « Bravo, Clem. Ça me plaît. Je vais l'utiliser avec Ray la prochaine fois qu'il se plaint de maux de tête ou d'un torticolis.

— Je veux que tu sois heureuse, Lou.

— Je te crois. »

Je regarde le réveil de R. B. : quatre heures trente-trois. Derrière la fenêtre voisine du lit (une fenêtre maculée d'empreintes de pattes), un léger brouillard marron s'étend sur la butte irrégulière. Le ciel va passer du brun au rouge, puis au feu et au safran avant de s'embraser dans un éclat doré ; si vous observez la scène avec un œil de faucon, vous saisissez un éclair de vert, comme une feuille nouvelle, avant l'apparition d'un bleu persistant. Je connais ces couleurs par cœur.

Je me lève aussi doucement que possible et vais dans la cuisine. J'hésite : du café et m'habiller, ou un verre d'eau et retour au lit ? Marcher d'un pas furtif est inutile, puisque, naturellement, Rosie et June sont à mon côté, à attendre.

« Braves bêtes », je murmure, me penchant pour leur caresser le cou. Elles commencent à faire leurs claquettes matinales sur le linoléum, espérant qu'une chasse est au programme de la journée : quand les gens se lèvent aussi tôt, il y a de grandes chances. Leurs queues frappent les placards à un rythme désordonné.

R. B. ronchonne dans la chambre. Il lance d'un ton rogue : « Miss Inky, reviens ! » C'est le nom qu'il me donne durant ce qu'il appelle mes « matins sombres ». Un diminutif dérivé d'« Inclément », pour mon côté noir, insomniaque. Mon côté Tom Waits intérieur, la voix de la décomposition, de la désintégration.

Je bois de l'eau au robinet de la cuisine, sèche mes mains sur mon tee-shirt et me retrouve sous les couvertures, me pressant contre lui avec gratitude. Il lève les yeux au ciel, mais me tient dans ses bras. Il attend que je parle.

Je dis : « Comment peut-on se sentir heureux après des mauvaises nouvelles, je veux dire des mauvaises nouvelles continuelles, sur soi-même ?

— Sur quoi ? La personne que tu es, ton caractère ? Comme si tu découvrais que tu es une voleuse ou une tricheuse ?

— Non, non. Je pense à Louisa. »

R. B. soupire. Nous avons parlé du cancer de Louisa plus d'une fois. « C'est normal qu'elle panique, dit-il. Mais elle reprendra du poil de la bête.

— Ouais, d'accord. » Je décide que je n'ai pas envie de discuter de ce genre de choses avec lui. On pourrait presque penser qu'il s'agit de moi, pas de Lou. « Mais je me demande comment on peut être heureux. Dis-moi, Bwana : c'est quoi, ce truc qu'on appelle bonheur ?

— Inky, tu recommences. » Il me serre fort contre lui et nos côtes se touchent.

« Je recommence quoi ?

— Ne te fiche pas de moi. Tu retournes le fer dans la plaie. N'est-ce pas, Rosie Larosa, Miss June ? » Les chiennes nous regardent fixement, reposant leurs longs museaux tachés de roux sur le lit du côté de R. B. Elles savent qu'il ne supporterait pas de les entendre gémir, mais qu'elles peuvent donner des petits coups de museau.

« Sérieusement. Est-ce stupide de se poser la question, du crétinisme pur jus ?

— Stupide de ruminer des idées noires. » La main libre de R. B. vagabonde vers ma hanche. « Certains font leur bonheur comme un simple lit d'hôtel tout propre et se couchent dedans. Bordé au carré et le reste.

— Vraiment ? Je veux dire : c'est ce que tu fais ? Tu as l'air heureux.

— Tout ce que je fais, poupée, c'est rester occupé. Être occupé empêche de broyer du noir.

— Tu ressembles à ma mère.

— Je suis mieux élevé que tu veux bien le reconnaître. » Il donne une tape sur le museau des chiennes. « Oust, les filles ! » Elles reculent, déçues mais obéissantes. Il commence à m'embrasser l'oreille droite. « Arrête de penser. Tu es tout le temps en train de penser, penser. À force, tu vas finir par user ce petit cerveau trop rempli.

— Penser est une occupation.

— Une mauvaise occupation. » Et il me fait chavirer, m'entraîne au fond, comme un sous-marin. Nous nous enfonçons tout au fond et je cesse enfin de penser. Rentrer le périscope, c'est la dernière pensée que je puis exprimer sous forme de mots.

J'ai pris place dans le premier camion et je m'adjure de ne pas pleurer, pas devant Sheldon. Il ne s'en apercevrait peut-être pas car toute son attention est rivée sur la conduite, pour éviter les ornières de la route forestière. De toute façon il ne peut pas me voir, car entre nous est assis Dave, le nouveau stagiaire, un étudiant de dernière année en écologie (la nouvelle branche, plus brillante, plus sexy, de la biologie). La tête de Dave effleure presque le toit de la cabine, et c'est un vrai moulin à paroles, commentant à voix haute tout ce qu'il voit. C'est sa première expérience sur le terrain avec toute l'équipe, et il est stupéfait par l'opération, depuis le tir et l'administration du sédatif jusqu'à la prise de sang et d'échantillons de poil.

Une fois que les pièges ont été attelés aux camions, nous nous sommes mis en branle comme une caravane de romanichels. Les pièges ont l'air de sortir d'un roman de Jules Verne, lourds et cylindriques, montés sur pneus. Nous surveillons les plaques de glace, rares mais potentiellement fatales. Avec les ours en remorque nous ne pouvons nous permettre de déraper.

Je ne cesse de penser à R. B. tirant sur Danny, ciblant exactement l'encolure de l'ourson, à la façon dont l'animal s'est écroulé sur le sol sans la moindre résistance. Même Sheldon était visiblement impressionné. Les chiens d'ours étaient avec nous, mais ils n'ont pas eu à se montrer menaçants. Le pauvre Danny attendait passivement à côté du piège renfermant sa mère et sa sœur qui se serraient l'une contre l'autre. Quand nous sommes arrivés, il avait l'air plus étonné qu'apeuré.

Que j'aie eu raison, qu'il lui manque cinquante livres pour atteindre le poids de sa sœur, importe peu. Sheldon siffla en posant le stéthoscope sur la poitrine de Danny, le disque de l'appareil enfoui dans la profonde fourrure sombre tandis que l'ourson gisait sur la toile que nous avions utilisée pour le hisser et le peser avant de l'enfermer dans une cage.

« Que se passe-t-il ? » demandai-je.

Sheldon positionna à nouveau le stéthoscope et écouta plus longuement. Il secoua la tête. « Il me faut un électro. »

Il y avait trop à faire en trop peu de temps pour que nous restions tous là à questionner Sheldon sur le cœur de Danny. Nous n'avions d'autre choix que de prendre la route avec les ours avant que l'effet du calmant ne s'atténue trop. Je devais montrer à Dave comment nous étiquetons et marquons les tubes de sang, les rangeons dans la glacière. Vern et Jim attelaient les pièges aux camions, Buzz organisait le matériel. Nous avons perfectionné cette technique, notre technique, au point qu'il s'agit presque d'une science, mais cela ne signifie pas que nous soyons décontractés. On pouvait entendre des halètements, des jurons, des ordres aboyés, mais nous parlâmes peu jusqu'à ce que Sheldon débranche la radio. « Nous les emmenons tous à la station, dit-il, pas de transfert sur l'autre site. »

Donc me voilà dans le camion à me demander ce que nous sommes en train de faire, comment nous allons réussir ce coup-là. L'enthousiasme de jeune chien de Dave, ses exclamations, *wouah, super, chouette,* me mettent à cran, me font monter les larmes aux yeux. Je regrette de ne pas avoir choisi le camion de R. B. Il essayait d'attirer mon regard pendant que Sheldon était retourné près du piège pour examiner Danny, mais je n'ai rien voulu savoir.

« Prévenez la station, dit Sheldon. Avertissez-les que nous serons là dans un quart d'heure.

Dites-leur que les ours y passeront la nuit. Assurez-vous que tout est prêt. »

C'est Tête de Cône qui répond, pas Vern. Il débarque tout juste de Cheyenne, et maintenant qu'il se sait ici pour plus qu'une visite banale concernant un transfert ordinaire, j'imagine qu'il s'apprête à jouer le rôle du chasseur d'opérette qui évite la partie sanglante mais s'arrange pour s'attribuer tout le mérite. Je l'imagine posant avec Doris comme s'il l'avait prise au piège, une botte de cow-boy sur sa grosse tête blonde, ce gros gâteau blanc sur la sienne.

« Ça a marché ? me crie-t-il.

— On peut voir les choses ainsi, lui dis-je d'une voix crispée pour cacher mon émotion. Nous sommes en route avec les trois.

— Vous ne vous étiez donc pas trompée, mademoiselle Jardine. »

Je demande à parler à Vern.

« C'est super chouette, dit Dave pour la soixante-troisième fois.

— Ce qui sera super chouette, rétorqué-je car il est clair que l'ignorer ne va pas décourager son exubérance, ce sera de voir ces animaux sains et saufs, hors de nos griffes et de retour dans les bois où ils vivent. »

Nous roulons sur le bitume maintenant et reprenons notre allure de croisière, bien que Sheldon se garde de trop accélérer. Il laisse les essuie-glaces en marche, assez longtemps pour ôter la poussière du pare-brise, puis allume la radio, de la musique *country* en sourdine. Nous sommes tous les trois silencieux, personne ne chante.

« Si on ne l'opère pas, son cœur lâchera. C'est aussi simple que ça, dis-je.

— Est-ce qu'ils savent… Est-ce que tes gars savent opérer un ours ? demande Louisa.

— Il y a un vétérinaire dans l'équipe et si... » Je soupire devant tous ces « si » que je ne peux même pas énumérer.

« Si quoi ?

— S'il a de l'aide, il dit qu'il pourrait y arriver. »

Danny a ce qu'on appelle un défaut congénital de communication interventriculaire, une anomalie qui, de nos jours, s'il était un enfant né avec une bonne assurance dans une ville moderne, serait rectifiée par la chirurgie. Une grosse opération, mais pas si rare. Étant donné son rythme cardiaque, sa respiration et l'inflammation de ses membres, Sheldon est pratiquement certain qu'il ne vivra pas longtemps. Étrangement, Sheldon semble à la fois moins crâneur et plus sûr de lui. Il a déjà dégoté un chirurgien en cardiologie à Laramie qui accepte de s'occuper de l'ourson pour seulement le prix du voyage. Une expérience unique. Il peut être ici dans deux jours, avec les appareils et un technicien.

L'autre solution – dont même Buzz n'est partisan qu'avec réticence – est de relâcher le petit bonhomme sans intervenir, laissant la nature suivre son cours.

« Alors fais-le, dit Louisa. Faites-vous aider !

— Il faut remplir un tas de papiers avant d'avoir le feu vert pour ce genre de choses. Sans parler de l'argent. »

Ce genre de choses. Comme si la situation était plus ou moins habituelle. Louisa ne voit rien d'absurde dans cette démarche – tous ces efforts extraordinaires pour sauver la vie d'un seul animal qui n'a rien d'exceptionnel, qui n'appartient à personne en particulier, juste une créature anonyme dans les bois. Hier, comme j'écoutais Buzz, Jim et Marty peser le pour et le contre, je suis peu intervenue. Je me sentais désarmée, terrifiée, parce que pour moi le choix était évident, alors que je savais qu'il ne l'était pas nécessairement. Parce que cette créature et sa vie ne sont pas anonymes à mes yeux. Ai-je dépassé les limites ? À mes yeux, la vie de Danny est sans prix – cette vie qui n'a pas plus de valeur que le plaisir d'appuyer sur la détente pour une armée de chasseurs du dimanche qui pensent que la protection de l'environnement est bonne à mettre aux chiottes.

Je suis à mon bureau dans le laboratoire. Il est tard et tous les autres ont quitté la station. Les ours sont dans un abri de ciment à l'arrière. Il faut que Doris et Tipper reprennent la route dans un jour ou deux – avec Danny, si nous nous bornons à le relâcher dans la nature pour y mourir.

« Je vais te raconter la suite, dis-je à Louisa. Mais que se passe-t-il de ton côté ? Quelle nouvelle torture ont-ils inventée pour toi cette semaine ?

— Ils m'ont donné un médicament pour booster mes globules blancs. Atrocement douloureux. J'ai l'impression qu'un assaillant invisible me frappe au hasard, partout, avec une batte de baseball. »

De tous les gens que je connais, Louisa est la seule à utiliser un mot comme *assaillant* avec autant de naturel. « Beurk, dis-je. Ça semble horrible.

— C'est horrible. Je vais louer un film, un truc drôle mais pas romantique. Peut-être quelque chose avec Danny DeVito ou Denis Leary. J'ai envie de quelque chose de drôle et méchant, pas drôle et sympa.

— Ray est là ?

— Il est revenu hier. Il a été très gentil. Ça m'aide.

— Bon, dis-je. Je dois y aller. Je dois remplir plein de formulaires.

— Bonne chance.
— "Chance" n'est pas le mot qui convient.
— Ici non plus », fait Louisa.

Pourquoi cette conversation me laisse-t-elle plus triste, plus déprimée ? Louisa semble mieux qu'elle ne l'a été depuis longtemps. Ses globules blancs sont prêts à la bataille. Son Brave Homme est à la maison. Il l'aime. Il n'a pas de femme à Sarasota.

Je feuillette mon tableau d'affichage, les pense-bêtes éparpillés : les horaires du *softball*, un long article sur les feux de forêt à Yellowstone que j'ai l'intention de lire plus tard, le menu de la pizzeria la plus proche, une carte des ours équipés d'un collier émetteur de notre unité, dont nous suivons les mouvements depuis qu'ils sont sortis de leurs repaires.

Il y a seulement deux photos : moi posant avec un ours anesthésié (je suis couchée dans les aiguilles de pin, souriant, un bras passé autour de l'ours comme si nous étions au lit ensemble) ; moi à l'aquarium de Monterey Bay, nageant dans la forêt d'algues marines en combinaison, nourrissant les poissons. C'est Zip qui a pris cette photo. Je l'aime non parce qu'elle est flatteuse – on peut à peine dire qu'il s'agit de moi –, mais parce que c'est moi dans un autre monde, une réalité suspendue (bien qu'en regardant de près on puisse voir le flash et la silhouette de Zip, reflétée dans le mur de verre de l'aquarium). Il n'y a aucune photo de famille. Pas de parents, pas de Louisa.

Danny est avec sa mère, pourtant je me sens responsable de lui. Je vais chercher le lit de camp dans la réserve ; je me couche, espérant ne pas m'endormir. Mais je me réveille aux premiers rayons du soleil, au bruit d'une clé dans la serrure.

« Salut », dit Buzz. Il ne semble pas surpris de me trouver là.

« Salut.

— Tu n'as pas l'air tellement joyeux. »

Quand je sors de la salle de bains, il a rangé le lit de camp. « Prends un peu de caoua-carton. » Il me tend un gobelet taché rempli d'un café du vieux percolateur qui refuse de mourir. « Ils ont l'air bien, dit-il. J'ai jeté un coup d'œil en venant.

— On a foiré. On aurait dû les emmener directement à Fox Creek.

— Non, dit Buzz. Sheldon veut faire des examens sur Tipper, ensuite nous pourrons les transporter par la route. » Buzz est notre boy-scout, celui qui agit comme si tout était formidable, même quand on est dans la merde. Autrefois je n'aimais pas ce genre d'attitude. Maintenant c'est plus compliqué.

Je ne mentionne pas Danny. On dirait que Sheldon et moi sommes les seuls à vouloir une intervention chirurgicale, quoi qu'il arrive. Coûte que coûte. Pas question de lâcher ; pas question d'abandonner.

Je me rends en voiture au resto où je retrouve R. B. quand nous sommes seulement tous les deux, un endroit où les autres n'imagineraient jamais aller. Il est connu des transporteurs de bois, les hommes qui conduisent les semi-remorques de l'autre côté du col. R. B. n'est pas encore arrivé. Je m'installe dans un box et demande un café ; il est bien meilleur que le caoua de la station.

Au comptoir, deux types d'âge moyen plaisantent et rient devant leurs assiettes de steak, œufs et biscuits salés. Parce que je n'ai rien à lire, j'écoute sans en avoir l'air. Ils parlent de filles et de pêche. L'un a une femme, l'autre non.

Quand celui qui est marié se lève pour aller aux toilettes, le célibataire me lance un coup d'œil en coulisse et croise mon regard. « Bonjour », dit-il. Il fait pivoter son tabouret pour me faire face. Sa chemise est tendue sur son ventre et son visage paraît plus vieux qu'il devrait, avec trop de veines apparentes, mais il m'adresse un sourire franc et ouvert.

Je réponds : « Bonjour.

— Seule ? vous voulez vous joindre à nous ?

— J'attends quelqu'un. Quelqu'un qui est toujours en retard. Mais merci.

— Z'êtes une sorte de flic ? » Il regarde avec insistance l'insigne sur mon épaule.

« Chasse et Pêche.

— Madame... » Il me salue.

Son ami revient, s'assied et se tourne également vers moi. « Je te laisse deux secondes et tu es déjà en infraction, Jack ? »

Jack ignore l'ami. « Pour que vous soyez au courant, officier, les fusils sur le râtelier là-bas sont déclarés. » Il fait un signe de tête en direction du parking. Il cherche à flirter, ce qui m'amuserait si je n'étais pas aussi tendue.

« Pas d'inquiétude. Je suis juste une brillante biologiste qui n'a pas les pieds sur terre. »

Maintenant c'est le tour du copain de me demander si je veux me joindre à eux. Il me sert le prétexte éculé qu'ils sont deux mecs inoffensifs loin de chez eux, à la recherche d'un peu de compagnie féminine. Jack l'informe que j'attends quelqu'un.

Je leur demande d'où ils viennent. Ils me disent qu'ils sont descendus du nord de l'Idaho, une région minière, pour pêcher. Quand je leur demande pourquoi maintenant – pourquoi ne pas attendre une saison plus chaude, le véritable été ? –, Jack répond : « Le prix de l'argent. »

Je ris. « Le prix de l'argent ?

— Il a bondi à six », dit-il.

Son ami m'explique que la mine, l'endroit où ils vivent, est pratiquement épuisée – qu'on y a maintenu quelques douzaines d'emplois –, mais au printemps on a assisté à une demande soudaine, un pic du prix du métal qu'ils arrachent à la terre. Leur fortune est liée à ce chiffre, un chiffre sans doute publié tous les jours dans les journaux de la région. Ce doit être étrange de voir la valeur de votre travail quantifiée à la virgule près. Sa signification pour le monde vous échappe complètement.

« Bravo ! Félicitations, fais-je.

— Oh, il plongera à nouveau. C'est sûr et certain. Mais on s'est dit : pourquoi ne pas fêter ça sans tarder ?

— En profiter pendant que c'est possible », renchérit Jack.

À ce moment, R. B. se glisse dans le box. Il jette un regard aux mineurs. « Salut, dit-il sans enthousiasme.

— Salut », répondent-ils du même ton neutre, sans doute une façon de dire : *Ouais, mec, on sait déjà qu'elle est à toi,* car sans insister, n'ajoutant pas un mot, ils me saluent d'un même mouvement et se tournent vers le comptoir.

« Tu t'es fait des nouveaux copains ? demande R. B.

— C'est mon genre, me faire de nouveaux amis partout où je vais.

— Bon, si tu en as envie, rien ne t'en empêche. » Je me rends compte qu'il est sérieux. « Pourquoi ce silence ? demande-t-il au bout d'un moment. Tu es trop silencieuse ces temps-ci. Je ne peux pas croire que tu avais si peu à dire à la réunion hier soir. Tête de Cône se complaisait dans l'ambiguïté, comme un porc dans son auge. Je l'ai vu te zieuter à plusieurs reprises, se demandant pourquoi tu ne lui rentrais pas dedans. Pas une fois. »

Il fait allusion à ce qui fut davantage une mêlée qu'une réunion. La plupart d'entre nous déambulions dans le laboratoire, essayant d'imaginer comment procéder au transfert avec Danny. On eût dit que la tribu entière des je-sais-tout de la faune et la flore des quatre comtés – les collègues botanistes de Vern, l'équipe des ongulés, même un spécialiste des loups – avait rappliqué pour exprimer un avis, informé ou pas.

« J'aurais perdu mon temps, dis-je. Je doute que Marty ou ses copains s'intéressent à ce que nous pensons. Il ne faisait même pas semblant d'écouter.

— Oh, je ne sais pas, répond R. B. Je crois qu'il vous écoute quand la situation devient difficile.

— Ou qu'il a du mal à comprendre. »

R. B. me regarde sans sourire. « Qu'est-ce qui te rend tellement cynique ?

— Le mimétisme. »

La serveuse lui apporte du café et la carte. Sans regarder le menu, il commande pour nous deux. Puis il me dévisage à nouveau. « Si je ne savais pas ce qu'il en est vraiment, Je dirais que tu es tombée amoureuse de cet ours.

— Tu serais jaloux ?

— Je ne vois aucune autre raison pour que tu ailles à l'encontre de toute logique. D'abord tu n'as jamais été sentimentale.

— Je prends ça comme un compliment.

— Je sais, poupée. » Il ne cesse de me regarder, ne m'adresse pas un seul sourire. Pour quelqu'un que je ne peux jamais considérer comme un partenaire, il a de moi une vision inquiétante. « Inky, prends garde, dit-il. Tu t'es mise dans une mauvaise posture avec ce coup-là. À ta place, je laisserais tomber. »

Buzz et Jim ont souligné que nous ne rendions pas service aux ours en soignant Danny, comme si on réparait une voiture avec un alternateur foutu, et en le relâchant dans la nature afin qu'il s'y développe, se reproduise et engendre peut-être des oursons présentant la même anomalie que la sienne. Le choix est donc de jouer entre Dieu et Darwin, faux de toute façon.

Lors de la réunion, j'ai vu l'hypocrisie de notre mission. Nous voici, autoproclamés amoureux de la nature, et pourtant notre tâche consiste à combattre ses lois et sa logique. Nous ne la laissons pas suivre son cours, nous cherchons à l'inverser. Pourquoi faire cette brutale exception pour Danny ?

« Bon, dis-je. Et que penses-tu d'opérer, puis de *castrer* ce garçon ? Appelle ça du favoritisme. Traitement de faveur. »

Jack le mineur et son ami se retournent en entendant parler de couilles. Je croise leurs regards. « C'est ce que nous faisons aux chasseurs qui passent outre aux quotas. »

Mon assiette de pain perdu arrive. Je l'attaque, déterminée à me taire. Je n'ai pas faim, mais je mange car cela me permet d'éviter le regard réprobateur de R. B.

Il baisse le ton : « Pour qui te prends-tu ? »

Je lève la tête, piquée au vif. C'est un autre écho de ma mère, sa réplique « Descends de ton piédestal » lorsque Louisa ou moi essayons d'avoir le dessus sur elle (une bataille perdue d'avance). Mais l'expression de R. B. est perplexe, pas irritée. Il dit, si pénétré que je suis obligée d'écouter : « Es-tu là pour faire le boulot ou es-tu un martyr qui se tire chaque fois que quelque chose rate ?

C'est un job qui oblige constamment à se casser la tête. Tu devrais le savoir maintenant.

— Je l'ai toujours su. »

R. B. n'insiste pas ; les luttes de pouvoir ne l'intéressent pas. « Bon, poupée, dans ce cas il est possible que tu réussisses. Il y a un type du *National Geographic* à Jackson, un bon copain du chirurgien qui serait ravi de prêter main-forte à Sheldon. »

Je lui jette un regard noir, mais le laisse continuer. Je ne lui demande pas comment il sait ça. R. B. sait tout ce qui se passe en ville. C'est un traqueur universel.

« Tête de Cône aime la presse haut de gamme. Et il a raison » R. B. fait allusion au facteur ours : la façon dont nous gagnons l'opinion publique en tirant profit de leur aspect photogénique. Chaque fois que quelqu'un publie une lettre dans les journaux sur le danger que représentent les ours, le fait qu'on leur donne trop d'importance ou qu'ils empêchent le développement et le tourisme (donc l'emploi), nous appelons le rédacteur et ripostons avec une séquence en panavision de maman ours et ses bébés batifolant dans un champ de fleurs.

« Bon, dit R. B., les motivations de Sheldon sont une chose.

— De l'ambition pure. Tant mieux pour lui.

— Et quelles sont les tiennes ? »

Je secoue la tête, feignant d'être amusée. Cette fois, je lui fais croire que je m'en fiche complètement. Il pique une tranche de mon pain perdu refroidi et la dépose près du reste de ses œufs brouillés. Un filet de gouttelettes de sirop réunit mon assiette à la sienne. Je pense à plusieurs remarques acerbes à faire sur cet acte d'annexion territoriale, mais je suis à court de reparties spirituelles. Rien à voir avec *Daktari*. Ce serait plutôt, voyons, un sketch de *Rowan et Martin* ? Le feuilleton policier *La Nouvelle Équipe* ?

Le jour de l'opération, difficile de dire qui a apporté le plus d'équipement : le chirurgien de Laramie qui travaille avec Sheldon ou le photographe du *National Geographic*. Dans notre salle d'examen réduite à l'essentiel, qu'ils ont équipée pour l'intervention, l'espace est limité. Ce sera un exploit de loger Sheldon, le chirurgien et son technicien, plus un médecin vétérinaire (qui a les instructions du spécialiste d'un zoo sur la façon de pratiquer une anesthésie), ainsi que le photographe et le rédacteur. Tant pis pour le pauvre Danny, qui est resté désorienté pendant une semaine dans son trou. Doris et sa fille ont été emmenées vers le nord et relâchées il y a cinq jours.

Je n'étais pas d'accord pour qu'on les relâche. J'ai pris prétexte qu'il fallait assurer une permanence téléphonique pour répondre aux appels des journalistes. À la fin, nous avons troqué la vie de Danny, ou ses chances de survivre, contre un show médiatique. Cela arrive constamment dans notre travail ; la meilleure façon de toucher les cœurs, les esprits, les votes et les portefeuilles est de passer par la radio nationale, *Nova*, voire – le Bighorn Center ne l'a pas laissé passer – le *Wall Street Journal*. Donc vous acceptez que des étrangers fassent irruption avec leurs magnétophones et leurs caméras, leurs *Oh !* et leurs *Ah !*, leurs chaussures jamais adaptées. Vous faites comme si vous étiez aux anges.

Et maintenant, aujourd'hui, quand mon seul désir est d'être avec Danny, comme s'il était mon enfant et non un sujet de mes observations scientifiques, mon job consiste à traîner avec ces journalistes de deuxième zone – envoyés par deux journaux de l'Ouest et un magazine destiné aux membres d'une prestigieuse organisation de sauvegarde de la nature (dans leur dos, nous les appelons les écolos des pandas). Sheldon m'a donné un répertoire des « sujets de discussion » concernant l'opération ; Marty m'a communiqué une liste mise à jour des politiciens locaux qui sont (ou ne sont pas) favorables à la protection des grizzlys. « Mets-toi bien dans la tête que tu travailles grâce à ceux qui sont pour », m'a-t-il dit. À la fois agacée et soulagée, j'apprends que Tête de Cône ne pourra pas venir aujourd'hui. On décerne à son rejeton son diplôme universitaire.

Nous avons donc rassemblé une petite foule. Nous avons même des éléments perturbateurs. Dans la rue – une rue au milieu de nulle part, aucune caméra de télévision en vue, peut-être un badaud ou deux – quatre personnes brandissent trois panneaux : LES GRIZZLYS SONT UNE MENACE, PAS UN TRÉSOR, LES GENS SONT UNE ESPÈCE AUSSI et LES OURS DOIVENT VIVRE DANS LES ZOOS. La quatrième personne a un mégaphone qui, visiblement, l'embarrasse. Par la fenêtre, une fois entrés tous ceux qui sont venus, je la vois le planquer sous un buisson.

« Est-il vrai que les grizzlys sont pacifiques de nature, que ce sont les gens qui les rendent méchants ? », « Cette intervention chirurgicale a-t-elle déjà été pratiquée sur un animal sauvage ? », « Est-ce que ça ressemble à un pontage ? », « Est-ce qu'il rejoindra sa mère ? », « Combien ça va coûter ? », « Est-ce que c'est financé par nos impôts ? », « La loi sur les espèces menacées ne doit-elle pas venir à expiration ? » : telles sont les questions auxquelles je réponds tandis que Danny passe sous le scalpel.

Pendant plusieurs heures, les membres de mon groupe vont et viennent, reviennent avec des pizzas, des beignets, des bretzels. L'atmosphère commence à ressembler à celle d'un événement sportif : une odeur de graisse et de transpiration. À un moment, le photographe sort de la salle d'examen, histoire de prendre l'air et manger un morceau.

Je lui demande : « Comment ça se passe ? »

Il avale une bouchée avant de parler. « C'est tendu. » Il engouffre le reste de sa pizza et s'essuie les mains sur l'arrière de son jean.

Je sors à mon tour et fais à deux reprises le tour du bâtiment. Une lumière froide émane de la fenêtre de la salle d'opération de fortune, mais c'est une fenêtre en hauteur et je ne distingue que le plafond éclairé au néon. Les manifestants sont partis. La rage refroidit rapidement sans une cible accessible.

Les journalistes ont épuisé leurs questions. Deux d'entre eux, des femmes, se tiennent sur les marches de ciment de la façade, fumant, discutant de ce que feront leurs enfants pendant l'été. À l'intérieur, deux autres s'installent à nos bureaux, ouvrent leurs portables, commencent à rédiger leurs articles. Quand mon téléphone sonne, je dois me pencher par-dessus l'épaule d'un inconnu pour répondre. R. B. dit : « Ça va ? »

Je l'informe que ce n'est pas encore terminé.

« Je ne bouge pas, fait-il. J'ai acheté quelques bouteilles de ce vin blanc que tu aimes. Tu veux aller au cinéma ?

— Au cinéma ? Si tout se passe bien, j'ai l'intention de dormir pendant trois jours.

— Viens dormir ici, dit-il.

— Merci. » Je lui suis reconnaissante de ne pas me demander mes intentions si ça se passe mal.

Le soir tombe quand la porte s'ouvre enfin. La pièce dégorge les gens les uns après les autres : d'abord le rédacteur, puis le photographe, ensuite le médecin vétérinaire. Derrière eux, je vois à peine Sheldon, ses cheveux blonds assombris et aplatis par la sueur, le masque bleu plissant à la hauteur de son cou.

Les visages des trois hommes qui ont quitté la salle sont flasques, vidés de toute énergie et volonté. Le photographe dit quelque chose qui suscite un rire bref de la part de son acolyte. Puis viennent les autres journalistes, ceux qui ont attendu avec moi – quatre sur les six du début –, groupés autour de la porte, me bouchant la vue.

Je m'assieds à mon bureau et j'attends. Buzz entre et se tient à côté de moi. Il pose une main qui s'attarde gentiment sur mon genou.

« Le moment de vérité », lance-t-il.

Je suis calme. J'ai décidé de ne pas dire un mot jusqu'à ce que j'aie parlé avec Sheldon, comme si c'était une assurance de bonnes nouvelles. Je ne veux pas écouter les conversations qui se tiennent à la porte, une trentaine de mètres plus loin. Quoi qu'ils disent, ce sont des rumeurs.

Les journalistes s'écartent un moment, faisant place au cardiologue de Laramie. Il se dirige vers les toilettes, impassible. L'assistant roule une machine hors de la pièce et le long du couloir.

Sur mon bureau, le téléphone sonne à nouveau. Buzz me regarde. Je secoue la tête. Il laisse sonner jusqu'à ce que le répondeur se mette en marche.

Sheldon sort rapidement, ôtant la blouse chirurgicale par-dessus sa tête. Il la jette d'un geste brusque sur une chaise, un acte de violence ou de libération. La laissant glisser par terre, il vient nous rejoindre, Buzz et moi. Son tee-shirt affiche une publicité pour la Jamaïque ; les taches de sueur sous ses bras envahissent sa poitrine.

« C'est raté, me dit-il. Désolé, Clem. »

Je me mets à pleurer avant qu'il raconte ce qui est arrivé. Danny ne s'est pas réveillé après l'anesthésie. On ne peut pas dire clairement si l'opération a réussi ou non. Sheldon évite de me regarder. Il prévient Buzz qu'il va manger un morceau et reviendra ensuite pratiquer une autopsie. « Je ne veux personne dans les parages, déclare-t-il. Je suis sérieux. J'ai dit aux vautours de m'appeler demain. » Il ne manifeste aucune émotion autre qu'un léger dégoût.

Je me rends compte que tous les journalistes sont partis, y compris ceux du *National Geographic*. Dave, notre stagiaire surexcité, rôde nerveusement autour de nous, mais semble comprendre qu'il vaut mieux la boucler.

Sheldon finit par se tourner vers moi. « Vous allez appeler Marty ? »

Buzz dit : « Je m'en charge. » Il passe doucement son bras autour de mes épaules.

Sheldon va aux toilettes. Quand il en sort, il décroche son manteau du portemanteau, comme s'il était terriblement pressé. Il se dirige vers la porte du parking, puis se retourne et vient vers moi. « Je suis désolé, Clem. Vraiment désolé. Vous avez dit que vous en preniez la responsabilité, vous vous souvenez ? Mais c'est la mienne. Sachez-le. Ma responsabilité.

— Vous avez fait de votre mieux », dis-je, et je sais que c'est vrai. Pourtant, devant sa souffrance – c'est pire pour lui que pour quiconque –, je ne peux m'empêcher de penser que sa noblesse d'âme est une attitude. Il s'en va rapidement. Avant que la porte ne se referme derrière lui, je l'entends crier : « Merde ! Merde ! Merde ! » Comment se fait-il que je sois incapable de plaindre

Sheldon, que mon cœur ne soit tourné que vers l'ours ?

Dave dit : « Wouah ! Quelle journée ! Alors, qu'est-ce qu'on fait à présent ?

— Rentre chez toi », lui répond Buzz, plus gentiment que je ne l'aurais fait.

Dave semble vexé, mais il obéit.

Buzz et moi sommes seuls. L'intervention est terminée depuis moins d'une heure et tout le monde est parti, sauf nous. « Tu as envie de dîner ? demande Buzz.

— Non. Merci quand même. » Je me lève de mon bureau et me dirige vers la salle d'examen. J'ouvre la porte et allume.

« Oh, ne fais pas ça ! Non, vraiment », dit Buzz, mais il me suit.

Danny gît sur la table métallique comme un petit bateau échoué après une tempête. Comme toutes les créatures mortes, il paraît curieusement dégonflé. Sa poitrine est rasée, une longue incision est recousue dans sa peau sombre et lisse. Il y a des bouts de tubes et des tampons de gaze répandus autour de son corps et, sur le sol, comme des détritus soufflés par le vent. Sur le linoléum gris, on distingue deux ou trois vagues empreintes sanglantes de chaussures.

« Sa tête est énorme, dis-je. Les grizzlys ont des têtes massives, plus larges par rapport à leurs corps que celles des autres ours. » Je prends cette tête entre mes mains, la fourrure dense à la fois douce et rugueuse, et je la regarde dans les yeux. Ils sont ouverts mais sans expression, voilés. R. B. m'a dit un jour que si vous voyez votre reflet dans les yeux d'un animal sauvage, un de ces prédateurs capables de vous tailler en pièces, vous ne serez plus jamais le même. J'ai oublié de demander de quelle façon. Êtes-vous maudit, sage, sauvé ? Ce n'est pas aujourd'hui que je le saurai.

« Clem, partons, dit Buzz. Je t'emmène prendre un verre. »

Je le laisse attraper ma veste, m'aider à enfiler les manches et m'entraîner jusqu'au parking. Il nous conduit vers un bar de yuppies avec une vue étonnante sur les Tetons. C'est superbe le jour. Aujourd'hui, la vitre panoramique est un miroir où se reflète une assemblée de gens heureux, beaux, qui sont sortis en ville. Je commande une margarita et vais aux toilettes. Je téléphone à R. B. et lui raconte ce qui est arrivé. Il me demande où je suis, je dis que je prends un verre *post mortem* avec l'équipe. J'attends qu'il me supplie de venir le rejoindre. Il n'en fait rien. Il dit qu'il regrette, qu'il me verra demain.

Tandis que je regagne le bar, je pense : *C'est nul !* Mais quand j'aperçois Buzz, l'air normal et si abattu, remuant son verre de vodka tonic avec une petite paille rouge, je comprends que je dois essayer, simplement essayer, de dire quelque chose de plus gentil que ce que je pense. Une fois installée sur mon tabouret, je lance : « Les plaisirs du hasard. »

Buzz rit nerveusement. « Pardon ?

— C'est ce que disait une de mes très vieilles tantes. Qu'elle aimait les plaisirs du hasard. Le plaisir des absurdités ordinaires. Sa vie était secrète, une tragédie muette, mais elle avait un appétit féroce pour tout ce qui était saugrenu. Les cancans sans conséquence. Les livres de plage. Les barbes à papa. C'est ce que je voudrais en ce moment. Les plaisirs du hasard.

— Ouais, marmonne-t-il. Ça pourrait être utile en ce moment. »

Le silence qui suit ne fait que railler notre désir de légèreté. « Bon, n'empêche que nous pourrions manger, dis-je. Et boire par la même occasion. »

Nous commandons des hambugers. Je bois deux autres margaritas. Nous racontons comment nous sommes arrivés ici, parlons de notre travail, de notre amour pour le Wyoming. Deux heures de conversation plaisante, comme si nous venions de nous rencontrer, comme si nous avions été largués par les autres et cherchions à tâtons un nouveau commencement. J'imagine que s'il voulait m'emmener chez lui, j'irais. Mais c'est un gentleman, c'est Buzz. Il me raccompagne en voiture jusqu'à ma caravane et promet de venir me chercher le lendemain. « Qu'en penses-tu si j'apporte le récepteur radio ? Nous pourrions aller vers le nord espionner notre petite chérie.

— Bien sûr », dis-je.

Pendant une minute ou deux, nous restons assis dans la voiture, dans le noir. C'est embarrassant. Puis il sort, si vite que je sursaute. Il fait le tour du véhicule pour m'ouvrir la portière. Naturellement. Il dit : « Bois beaucoup d'eau et prends deux aspirines.

— Buzz, tu ferais un mari formidable.

— Je sais, fait-il d'un ton sec. C'est ce que me disent les femmes qui ne veulent pas se marier.

— Je regrette.

— C'est sans importance. Mais oublie l'aspirine et tu le regretteras vraiment. »

Il attend que je sois rentrée avant de s'éloigner. Typique : je congédie le gentleman dans la nuit.

Dans mon petit logement froid, j'écoute deux messages de Louisa, le premier pressant, le second anxieux. Elle est impatiente de savoir ce qui est arrivé à Danny. *Tu ne peux même pas imaginer*. Je me laisse tomber sur mon lit, tout habillée, sans prendre la peine d'éteindre la lumière, sans boire une goutte d'eau ni avaler une aspirine, puis je me souviens que c'est Sheldon qui m'a dit la première fois où nous discussions de Danny : « Vous ne pouvez même pas imaginer. » Je n'ai rien vu de plus qu'une insulte dans son attitude. Quelle gourde j'étais ! Quelle gourde je suis ! Et si je considère les choses telles qu'elles sont, non pas comme je désire qu'elles soient, je le serai toujours. Où est Ma Vie, ma jumelle nomade, quand j'ai désespérément besoin de la retrouver ?

Les draps sont si froids. Je devrais me lever et monter le chauffage, mais je ne le fais pas. Était-ce R. B. qui a parlé du bonheur d'un simple lit d'hôtel ? L'opposé du bonheur n'est pas le malheur. Je crois que je sombre dans le sommeil. Je capitule.

Le monde que nous avons fait
Août 1993

Je suis en train de penser à Eva Hesse quand apparaissent les monts Tetons. L'avion s'incline doucement, tel un bison qui s'agenouille, puis remonte en un arc extravagant. Le sifflement des moteurs atteint un paroxysme et le train d'atterrissage s'abaisse, un bruit qui fait toujours tressaillir mon cœur. « Vingt-quatre degrés, clair et sec comme un martini-vodka », annonce le pilote, comme si ce cocktail vespéral était de sa fabrication. « En mon nom et en celui de votre équipage, permettez-moi de vous souhaiter un excellent et heureux séjour à Jackson. Et si vous y résidez, eh bien, vous avez de la chance ! »

Il y a trois mois, je me suis rendue à Washington, où je devais rendre compte d'une rétrospective de l'œuvre d'Eva Hesse. Ma sœur, par hasard, s'y trouvait également, pour donner une conférence sur le recensement de la population d'ours dans les Rocheuses. Afin de me voir, Clem est restée un jour de plus. Un heureux hasard, une occasion d'échapper aux grésillements du téléphone ou au décalage horaire, sans qu'une réunion de famille ne déclenche la tourmente. Nous avons déjeuné dans un restaurant indien et ensuite, bien que sûre de son refus – trop à faire, les papiers, l'administration ; « un Everest de guano », avait-elle dit un jour, décrivant cette partie détestable de son job –, je lui ai demandé si elle aimerait voir l'exposition. Imprévisible comme d'habitude, elle a accepté. C'était en mai ; nous nous dirigeâmes vers le musée Hirshhorn ; les dernières fleurs de cerisier tombaient comme une pluie légère autour de nous. Ma chimiothérapie était presque terminée, mais je portais encore une perruque.

Eva Hesse est morte du cancer à trente-quatre ans. Le sien était un cancer du cerveau, le mien un cancer du sein. Le mien ne s'est pas généralisé – en tout cas, ça n'a pas été décelé. Il a été détecté assez tôt et on considère que j'ai eu de la chance, même à trente-sept ans. C'est vrai en comparaison d'Eva. Au moins jusqu'à présent.

Alors que nous franchissons les montagnes en venant de Denver, je garde le visage tourné vers le hublot. Je préfère en général éviter les conversations oiseuses avec mes voisins, mais aujourd'hui le paysage est spectaculaire. Sous le soleil, les pentes ressemblent à du velours vert ; froissé à certains endroits comme une robe qu'on pose négligemment, côtelé à d'autres – là où les producteurs de papier déploient leurs bataillons de jeunes arbres, forêts résolument vouées à la monotonie. Clem parlait des producteurs de papier avec haine. Leur pouvoir est sans limites, disait-elle. Ils contrôlent tout le monde, depuis les journalistes jusqu'aux guides de pêche – et même le clergé. Ils se prennent pour Dieu. À la réflexion, c'est sans doute vrai.

À cette distance, le terrain présente la texture d'un cerveau, et c'est peut-être ce qui me fait penser à Eva. Mais surtout à Clem ; la dernière fois que je l'ai vue, nous regardions les sculptures d'Eva.

Mêlée aux autres passagers, je descends sur le tarmac. Débarquer par une échelle à l'air libre dans la flamboyance d'un terrain d'aviation me donne une sensation d'importance, comme si j'étais une reine ou une starlette. Même aujourd'hui c'est merveilleux, cette impression de chaleur odorante après des heures d'un froid anesthésiant. Merveilleux de voir les visages interrogateurs derrière les vitres qui reflètent les montagnes. Merveilleux de regarder la masse du ciel bleu si proche, le soleil qui frappe ma tête que plus rien ne protège. Je laisse à l'air libre mes nouveaux cheveux qui ont perdu leur raideur, ils sont désormais blonds avec des reflets roux, et non plus de la couleur dorée de la paille. Je suis heureuse de ne pas être enfermée sous les casques hermétiques que j'ai portés pendant des mois. Quand le vent effleure la peau de mon crâne, la sensation est surprenante, fraîche et astringente.

Au sol, je pivote sur moi-même et contemple les montagnes vues d'en bas. Elles semblent se pencher au bord de la piste, comme si un enfant les avait dessinées, droites et pointues, couronnées de neige même en août, jaillissant de terre comme des baleines transperçant la surface de l'océan. Puis je cherche Buzz.

Il m'a demandé au téléphone s'il devrait brandir une pancarte, puis il a dit qu'il serait en uniforme, sortant de son travail. Le voilà donc comme prévu, en pantalon de Tergal et en chemise à manches courtes marron, une couleur peu flatteuse en général ; sur ses épaulettes, un élan maladroitement cousu. Il est plus jeune que je l'imaginais – l'air d'un adolescent, vingt-huit ans maximum : l'âge qui me donne l'impression d'être scandaleusement vieille.

Je lui fais signe.

« Louisa ?

— Buzz. »

Il répète mon nom. Il me serre la main. « Pas trop secouée à l'atterrissage ?

— Parfait. Pour une fois j'étais assise du bon côté de l'appareil. Pour la vue.

— C'est spectaculaire, pas vrai ? »

J'acquiesce et il demande si j'ai enregistré mes bagages. Quand je secoue la tête, il dit : « La voiture est devant. » Je me rends compte qu'il a hésité à me serrer dans ses bras et s'est ravisé. « Oh ! » Il tend le bras pour prendre mon sac. « Nous ne sommes pas très forts pour les manières dans le coin. »

Ce n'est qu'une fois dans la voiture (du même marron que son uniforme, l'insigne de Chasse et Pêche gravé sur les deux portières) qu'il dit combien il compatit à la mort de ma sœur, qu'il ne l'a pas connue intimement mais qu'il a travaillé avec elle, naturellement, et pense qu'elle était une des femmes – « Oh ! », il rougit –, une des personnes les plus intelligentes qu'il ait jamais rencontrées, et que tout le monde autour de lui est encore sous le choc.

Quand je le remercie, je me sens l'esprit étrangement clair. Jusque-là, j'ai surtout pleuré à Denver, pendant l'escale. Je ne pouvais m'en empêcher, et il n'y avait aucun endroit dans l'aéroport, pas même des toilettes, un kiosque à journaux, une seule salle d'embarquement vide, où j'aurais pu m'isoler pour pleurer. Je l'avais appris douze heures auparavant. Maintenant je ressens une sorte de torpeur, comme si je n'avais plus une seule larme, comme si j'avais respiré un flacon d'huile essentielle de Gaulthérie.

« Nous allons traverser le parc, dit Buzz. C'est un peu plus long mais superbe en cette période de l'année – en réalité, à n'importe quelle période de l'année, comme vous pouvez le deviner. »

Je le remercie à nouveau, me souvenant que le pilote m'a souhaité, ainsi qu'à tous les autres, un magnifique séjour. Magnifique, inévitablement, il le sera. Magnifique.

« Le directeur dit que vous pouvez utiliser cette voiture pendant votre séjour, pas de problème. » Je le remercie pour la troisième fois. « Nous vous avons logée à Dubois. À vingt minutes de l'endroit où elle vivait. La maison de Clem, ajoute-t-il comme si je n'avais pas compris. Je suis allé chez elle une ou deux fois. Elle a donné un grand repas en plein air l'année dernière.

— Elle aimait les fêtes, dis-je.

— Et le *softball* aussi. C'était une bonne bloqueuse. Vous a-t-elle parlé de l'équipe ? » Il s'anime, s'efforçant d'affronter cette mission difficile dont on l'a chargé. J'imagine les collègues de Clem – les biologistes, les techniciens de laboratoire, les charlatans dans les bureaux contre lesquels elle vitupérait chaque fois que nous en parlions –, je les vois tirant à la courte paille et le pauvre garçon désigné par le sort. Pendant ces trois dernières années, elle n'avait vécu que pour son travail. En dehors du labo elle ne connaissait pratiquement personne, selon elle. Pendant un peu plus d'un an elle avait eu une liaison ; j'avais dû la questionner sans relâche pour le savoir. Elle disait qu'elle avait provoqué un certain scandale, mais n'avait jamais mentionné le nom du garçon. Pas Buzz en tout cas, me dis-je ; il est séduisant dans le genre étudiant ou chasseur de canard, mais elle n'aurait pu être attirée par son envie de plaire, de s'affirmer. À moins qu'il ne soit nerveux de se trouver avec moi.

Clem était aventureuse dans l'âme, sa nature risque-tout hermétiquement enfermée dans une enveloppe rugueuse. Les hommes qui lui plaisaient – un petit bataillon qui lui rendait la pareille, séduit par sa rudesse – étaient des costauds, qui ne mâchaient pas leurs mots ou manifestaient leur assurance d'une autre manière. Buzz me rappelle plutôt mon ex-mari, Hugh : digne de confiance, bien élevé. Je parie que les ongles de ses orteils sont propres et bien taillés, ses pieds doux et blancs comme des champignons sous Cellophane achetés au supermarché.

Dubois est à plus d'une heure de Jackson, de l'autre côté d'une faille dans la montagne appelée Twogwotee Pass. La plupart des véhicules que nous doublons sont des pick-up, des semi-remorques ou des plates-formes chargées de troncs d'arbres. Dans la plupart des pick-up il y a un fusil ou un chien, voire les deux. La principale artère de Dubois – sa seule rue commerçante – est la réponse du Wyoming à Walt Disney. Sur la droite, un motel décoré à l'entrée d'un énorme ours en plâtre. À quatre pattes, cet ours mesure deux mètres cinquante de haut. Sa gueule s'ouvre en un grognement livide ; ses dents dégoulinent de sang, couleur du rouge à lèvres de Paloma Picasso. De l'autre côté de la rue, la clinique vétérinaire jouxte la station de lavage de voitures. On pénètre dans la clinique en traversant un crâne de bison grand comme une maison. À côté, sur le toit de la station de lavage, un élan semble contempler d'un air impérieux une table de roche rouge. Son pelage en plastique reflète le soleil. Le magasin où l'on achète munitions, mouches et accessoires de pêche a pour enseigne une canne à pêche plus haute qu'un lampadaire, à laquelle pend une truite mouchetée de la taille d'un espadon.

Lorsque nous arrivons à destination, Buzz est en train de m'expliquer comment travaille l'équipe des grizzlys, comment les autres équipes qui partagent le laboratoire de la station étudient des espèces différentes ou même des plantes. Il ne s'étonne pas de la ménagerie de fête foraine qui règne autour de nous, passe sans commentaire en baissant la tête sous les bois d'élan emmêlés qui accueillent les clients à l'hôtel qu'il m'a choisi. En dehors de ces curiosités primitives, on pourrait se croire dans n'importe quelle halte sans charme d'une route perdue de l'Ouest.

« Les lits sont confortables », dit-il en voyant mon expression. Il insiste pour porter mon sac. « J'ai retenu des chambres qui se font face – j'ai eu de la chance en cette saison.

— C'est parfait. Nous vous sommes très reconnaissants. »

Mes parents arriveront demain. Partant de Rhode Island, ils ont eu plus de mal à trouver des billets d'avion que moi qui viens de New York. Il a fallu plusieurs heures à mon pauvre père pour s'assurer que quelqu'un s'occupe des chantiers ; août est un mois toujours surchargé.

La chambre est plus grande que dans le même genre d'hôtel sur la côte Est, et la vue est généreuse : la table de roche rouge sous un baldaquin bleu cobalt, un ciel auquel vous pouvez vous fier. J'ai un balcon de béton où sont disposés deux transats et, à l'intérieur, un petit réfrigérateur, que j'espère rempli de mini bouteilles d'alcool fort. Je me suis remise à boire avec le plus grand plaisir. Pendant ma chimio, quand l'alcool était supposé me faire vomir, la sobriété implacable qui était imposée me semblait une insulte sadique ajoutée au reste pour faire bonne mesure. Lorsque Buzz demande s'il peut faire quelque chose, n'importe quoi, je lui tends le seau à glace qui est dans la salle de bains. Il a l'air content. J'ai appris, très récemment, à donner aux gens quelque chose à faire en cas de crise. Accepter des faveurs est une forme de reconnaissance.

Lorsqu'il revient avec mes glaçons, il hésite sur le pas de la porte. « Deux ou trois d'entre nous espéraient que vous pourriez dîner avec nous. Plus tard si... mais si vous êtes trop fatiguée et préférez...

— C'est aimable de votre part, merci. » Je lui dis que j'ai besoin de prendre un bain et que je voudrais visiter l'endroit où vivait ma sœur – une minute, juste pour voir. Je ne lui dis pas qu'il faut que j'appelle la police, que j'appelle Ray, que j'appelle un médecin pour annuler un check-up que j'étais censée passer le lendemain à New York.

« Oui, bien sûr, dit Buzz. Je vous y conduirai après dîner. Vous risqueriez de vous perdre en essayant d'y aller seule.

— Sachez que je comprends que tout cela doit vous paraître étrange. Je suis triste pour vous – pour vous tous... » Je suis sur le point de dire qu'ils n'y peuvent rien, mais il m'interrompt :

« Oh non. Oui... Non. Tout le monde trouve que c'est horrible. Je veux dire pour vous. »

Et pour Clem ? Trouvent-ils que c'est horrible pour elle ? S'était-elle fait des ennemis, des gens qui sont secrètement soulagés qu'elle ne soit plus en travers de leur chemin ?

Après avoir refermé la porte, j'allume la lumière dans la salle de bains. Je me regarde dans la glace. « Toi, dis-je à mon image, et je lui touche le nez, te voilà enfant unique. Voilà. » Ce qui veut dire, je m'en rends compte (écœurée par l'éclair de soulagement qui transperce mon amer chagrin), que j'hériterai de tout. Il n'y aura pas de dispute pour savoir laquelle aura quoi, le genre de scène trop souvent jouée dans le théâtre de la grande famille possessive de mon père. Les petites cuillers en argent provenant de tous les parcs nationaux. Et parmi d'autres antiquités, une commode haute, copie de celles qui ornent la maison de Jefferson à Monticello. Les pointes de flèches que notre grand-père a découvertes en retournant ses champs dans le Minnesota (Clem aurait aimé les avoir). L'armure espagnole coloniale, la malle de manteaux en fourrure de raton laveur, les timbales d'argent terni, les cocardes de satin passé – des douzaines – gagnées par les vaches que présentait ma mère aux foires locales pendant sa jeunesse dans le Middle West. Outre ces trophées, des douzaines de médailles décernées durant les nombreuses guerres auxquelles a participé la longue lignée d'ancêtres militaires de mon père (une chaîne qu'il rompit, à contrecœur puis avec soulagement, après que West Point eut refusé ses pieds plats). Il semble que j'hériterai de tout cela, ainsi que du privilège d'avoir à faire face seule à l'éventuelle sénilité de mes parents, à leur maladie en phase terminale, voire aux deux. À moins qu'ils ne me survivent.

Sous la lumière fluorescente, je remarque que la peau de mon crâne luit désagréablement à travers ma nouvelle chevelure. À moins qu'ils ne nous survivent, à toutes les deux.

Je fais couler un bain. La baignoire, le lavabo et les toilettes sont d'un plaisant vert Bermudes. Je vide dans l'eau un minuscule flacon de bain moussant, et dans un verre rempli de glace une minuscule bouteille de Smirnoff. La vapeur s'élève en un nuage vert sapin délicat ; elle a l'odeur d'un chat que j'aimais beaucoup quand j'étais petite, un chat en tissu rembourré d'aiguilles de pin. Chaque fois que je dormais avec lui, une aiguille passait à travers une couture et me réveillait en me piquant. Mais je n'ai jamais abandonné mon amour épineux ; j'ai pris un soin maternel du chat jusqu'au jour où toutes les coutures usées de ses oreilles ont cédé, laissant fuir son contenu desséché.

Je me déshabille et me glisse dans la baignoire à moitié pleine. Je regarde l'eau monter autour de moi, submerger mes jambes, mes cuisses, mon nombril, mes genoux. Je m'enfonce jusqu'à ce que la mousse recouvre la cicatrice de mon sein et s'accroche à mon cou comme une fraise élisabéthaine. Je me penche en avant, ferme les robinets, m'incline en arrière à nouveau. Je ferme les yeux et reste immobile, savourant la vodka, jusqu'à ce que l'eau refroidisse et que les bulles se transforment en un voile laiteux semblable à de légers nuages mouvants. Tandis que mon corps réapparaît, je veux soudain savoir ce qu'il est advenu du sien – ce qu'elle lui a fait, où il se trouve en ce moment, ce qu'on peut encore en voir. Je veux voir le corps de Clem.

La dernière fois que je l'avais vue, à Washington, elle s'était moquée de ma perruque.

« Tu sais, avec ce truc tu ressembles à une des Supremes. Une Supreme d'une blancheur de lis. Ou à Doris Day. On s'attend à ce que tu te mettes à chanter *Que sera, sera.* »

J'avais ri. « Essaye un peu pour voir. Je ne parle pas de la perruque.

— Oh, on va tous y passer un jour ou l'autre, à moins d'être écrasé par un rocher ou descendu par un *sniper*. Ce monde est tel que nous l'avons fait, il n'y a pas de quoi être surpris. Mais, à ta place, je me raserais la tête.

— Et ensuite, j'irais m'exhiber ? Rappeler aux gens ce qu'ils craignent par-dessus tout ?

— Si le cancer est ce que tu crains par-dessus tout, tu te débrouilles pas mal. »

J'ai compris il y a longtemps que l'idéalisme avait fait de ma sœur une excentrique. Mais sa compagnie me rendait heureuse – et j'ai encore des souvenirs fugaces de sa tendresse totale, enfouie au plus profond de sa coquille. Et, honnêtement, j'avais été soulagée de la voir se moquer de mon apparence ridicule, car j'avais vraiment l'air ridicule. Comme la plupart des femmes qui traversent la même épreuve, j'avais essayé des douzaines de perruques, cherchant à me retrouver dans le miroir – pourquoi étais-je incapable de le fixer ? –, avant de comprendre que la seule chose à faire était de considérer ce camouflage comme une mascarade ou un déguisement. J'en avais choisi deux : une perruque auburn coupée au carré, très Glenda Jackson, et celle que je portais ce jour-là, un casque jaune canari qui frôlait ma mâchoire. Mes amis trouvaient cela d'un goût douteux, chic ou osé ; je ne ressemblais à rien de tout ça, mais c'était leur rôle de le dire. Pas celui de Clem. Elle faisait ce qu'elle pensait devoir faire : téléphoner à ses camarades d'études haut placés dans la recherche médicale. Elle avait obtenu la vérité sur les aspects les plus compliquées de mes traitements et me l'avait rapportée, sans rien cacher. Risques de leucémie, atrophie musculaire, troubles de la mémoire, foie passé au papier de verre, neuropathie, ménopause précoce et pénible. Impossibilité d'avoir des enfants. De cela, m'avoir annoncé aussi crûment ce que je risquais et que mes médecins ne m'auraient jamais dit, je lui fus reconnaissante.

Je commande l'assiette barbecue « Comme à la ferme » et en dévore chaque bouchée : porc émincé, poulet frit, purée de pommes de terre, salade de chou cru. Je mange chaque feuille de salade, chaque quartier de tomate. Je romps un petit pain en deux et nettoie la sauce restée dans mon assiette, la sauce de salade dans la petite assiette. Je les sens gênés par ma fringale. Quand votre unique sœur se suicide, vous n'êtes pas censée vous goinfrer comme John Wayne à une fête populaire. Je ne peux m'en empêcher. Je ne mange pas seulement pour me consoler, mais parce que c'est ce que je fais toujours quand mon esprit ne peut ou ne veut plus penser. (« Chacun de nous excelle dans une activité qui demande peu d'effort intellectuel, m'a dit Clem un jour. Toi, c'est manger, moi, c'est le sexe. » Je lui ai lancé un regard torve. « Comment sais-tu que pour moi ce n'est pas également le sexe ? – À cause de ta façon de réagir : tu es manifestement jalouse. Mais écoute, manger n'a rien de dégradant. »)

L'endroit où nous dînons serait qualifié de caféteria à New York ; à Dubois il s'agit d'un restaurant familial. C'est ce que proclame le menu, comme pour en décupler l'attrait, avec tous ces bébés dans des chaises d'enfant, hurlant pour le plaisir. La cuisine est parfaite – j'ai pris un flan à la noix de coco pour le dessert, avec une cuillerée de glace au chocolat –, mais j'aurais préféré moins de lumière. Les quatre personnes qui m'ont amenée ici ont le teint aigre et verdâtre de gens qui ne se sont pas lavés ou qui n'ont ni dormi ni ri depuis des jours. Outre Buzz, il y a Sheldon, un vétérinaire ; Vern, un grand échalas à la peau vérolée ; et Dave, l'assistant de Clem, un stagiaire venu de Bozeman pour l'été. Buzz m'a dit que c'est Dave qui a découvert Clem. Maintenant que je le connais, je ne sais pas comment l'interroger sur la manière dont ma sœur est morte. Ce n'est qu'un gosse, avec ses grands yeux écarquillés et son air décontenancé. Je suis sûre que mes parents savent qu'elle s'est suicidée – ils se sont entretenus avec la police –, mais je ne les interrogerais pas pour tout l'or du monde.

Sheldon est le plus bavard. Il me raconte qu'au printemps ils ont opéré un ourson captif qui avait une malformation cardiaque. Clem avait rempli les formulaires byzantins nécessaires à l'obtention de l'autorisation (une autorisation inepte pour sauver la vie d'un animal protégé par l'Association de sauvegarde des espèces menacées). Ils avaient trouvé un chirurgien du cœur, que l'attrait de la nouveauté et de la publicité avait incité à guider Sheldon durant l'intervention. Ils avaient à leur disposition les compétences et les appareils voulus. Les risques étaient importants, c'était une des données de l'affaire. L'ours est mort sur la table d'opération.

« L'histoire devait faire l'objet d'un grand article dans le *National Geographic*. Mais sans heureux dénouement... » Sheldon s'interrompt en voyant Buzz et Vern froncer les sourcils. Je voudrais lui dire de continuer, ne serait-ce que pour occuper le temps. Peu importe que Clem m'ait tout raconté juste avant que je la retrouve à Washington. Elle m'avait téléphoné le lendemain de l'opération. Elle semblait malheureuse, épuisée, résignée. Mais elle n'en avait plus jamais reparlé, ni moi non plus.

« Je crois, dit Sheldon, eh bien, je crois qu'elle s'identifiait à cet ours. Je crois qu'elle a eu l'impression, d'une certaine façon, de mourir *avec* lui. Quelque chose qui avait probablement un lien avec son karma. Elle n'a plus jamais été la même par la suite. »

Vern écarquille les yeux. « Clem n'avait rien à voir avec le bouddhisme, Shel. » Vern est botaniste. Clem lui avait acheté sa Jeep et ils allaient parfois danser. « Tout ce qu'il y a de plus platonique, disait-elle, mais Vern est une âme sensible. » Je l'observe et comprends pourquoi leur relation est restée platonique, bien que ce soit un garçon charmant et intelligent. Il n'était pas assez beau. Clem était vaniteuse dans ce domaine.

« Karma au sens large », dit Sheldon. Je me souviens maintenant que Clem m'avait raconté, au début, que Sheldon était un bon vétérinaire mais un emmerdeur imbu de lui-même. Tous ces gens – des gens que j'aurais sans doute rencontrés si j'étais venue rendre visite à Clem – se mettent soudain en place, s'accordant aux portraits qu'elle m'en avait faits dans nos conversations au téléphone, des portraits qui me faisaient rire. (Où est le boss rond-de-cuir avec ses cheveux clairsemés plaqués sur le crâne et ses cravates de macramé ? Et la femme tatouée qui étudiait les lions de montagne, mais hurlait à la vue d'une araignée ?)

« Tout ce que je sais, dit Dave, c'est qu'avant-hier elle a préparé son sac pour aller passer une semaine sur le terrain. Elle m'avait demandé de lui commander une nouvelle paire de chaussures de marche dans son magasin de prédilection à Jackson. Elle voulait du violet, rien d'autre, et a demandé des doublures spéciales toutes saisons. Mon Dieu, tout ça... tout ça n'a pas de sens.

— Ouais, dit Buzz. Ouais, c'était les plans habituels. Comme pour le match de demain. Elle m'a dit qu'elle avait les hot dogs, même les Not Dogs pour toi, Sheldon. »

Je ne leur ai demandé ni explications ni théories. Peut-être pensent-ils que trouver des raisons me réconfortera. Je me sens détachée au contraire, comme si je flottais au-dessus d'eux (en dépit de mon estomac chargé). Trois superdiplômés à cette table et aucune de ces têtes d'œufs ne sait ce qu'on apprend dans le plus minable des feuilletons TV : que le suicide, quand il réussit, se dissimule derrière les plans les mieux conçus. Une sorte de perruque trop visible.

Nous empruntons une route étroite qui sinue entre des pins clairsemés et des champs dispersés. Nous franchissons quatre grilles pour le passage du bétail, qui font vibrer la voiture comme pour nous tenir éveillés. Cette fois, Buzz ne fait aucun effort de conversation, sérieuse ou non. Je lui suis reconnaissante de sa présence embarrassée, de tout faire pour m'éviter d'être seule.

Clem louait une caravane installée sur le terrain d'un ancien ranch transformé en un luxueux chalet-hôtel. À l'entrée se trouve un chenil de chiens de traîneau ; en hiver les clients peuvent faire d'élégantes randonnées aux alentours. Clem disait qu'ils éloignaient aussi les coyotes. À notre passage les chiens s'élancent contre les grillages et aboient, mais personne ne sort du chalet. Il fait encore jour, le soleil énorme et lourd descend à l'horizon. Buzz coupe le contact, nous restons un moment à écouter les derniers tressautements du moteur. Il dit : « Voulez-vous que je reste ici et vous attende ?

— Non. À moins que vous n'ayez pas envie d'entrer.

— Oh non, pas du tout », dit-il.

Je n'ai jamais mis les pieds dans une caravane. On se croirait dans un wagon de chemin de fer, rangé et sobrement meublé mais couvert d'affiches de paysages d'une beauté sauvage : Barrow en Alaska, la Patagonie, Big Sur, le Rio Negro. Clem avait visité tous ces endroits, principalement pour son travail, mais je suis saisie de voir sa connaissance du monde exposée dans un espace aussi exigu. Trompe-l'œil inconscient, comme si elle avait voulu ruser avec la claustrophobie à laquelle, même au Wyoming, elle ne pouvait échapper.

Dans l'après-midi, une conversation téléphonique m'a appris que la police est venue ici à la recherche d'indices. Elle n'en a trouvé aucun. Personne ne soupçonnait un acte criminel : il s'agissait d'une simple formalité. Je n'ai donc pas de frissons à avoir à la pensée que Clem a été la dernière dans les lieux.

« Je vais, euh... » Buzz est debout près de la table dans la kitchenette. Sur la table trône un petit poste de télévision.

« Oui, je vous en prie. » Je suis soulagée qu'il fasse autre chose que me regarder.

À l'extrémité opposée se trouve le lit de Clem ; appuyé aux coussins, l'ours blanc en peluche qu'elle a toujours gardé depuis l'école. J'essaye de me rappeler son nom. Damien ? À côté du lit, une table de chevet avec une lampe. L'abat-jour est recouvert d'une légère écharpe de soie verte qui m'appartient, souvenir d'un amour perdu que je croyais avoir égaré à l'époque de mon mariage (et qui aurait dû, en raison de sa rémanence, m'inciter à renoncer). Je soulève l'écharpe et l'expose aux dernières lueurs du jour devant la fenêtre. Il y a un cercle sombre au centre, à l'endroit où l'abat-jour a peu à peu brûlé la soie délicate. Je murmure : « Sale petite punaise. » Je le replace sur la lampe, que j'allume. Le décor autour de moi prend un éclat tamisé couleur chartreuse.

Je tire l'un des tiroirs de la table, le pose sur le lit, m'assieds à côté. L'un après l'autre, je sors les objets qu'il contient.

Une boîte indienne émaillée remplie de boucles d'oreilles, les pendentifs bio préférés de Clem, faits de plumes, de coquillages, de turquoises brutes, de feuilles trempées dans l'or.

Une barrette en argent terni en forme de poisson.

Des préservatifs dorés dans un emballage transparent.

Une boîte d'allumettes du restaurant français favori de notre mère à Providence.

Un livre de poche, *Pourquoi les grands animaux féroces sont rares.*

Un minuscule crâne délicat, mâchoire et dents intactes.

Une paire de baguettes chinoises avec une incrustation d'ormeau.

Une carte d'un dentiste de Jackson rappelant un rendez-vous il y a trois semaines.

Une photo de Clem arborant un large sourire, bronzée, assise dans l'herbe haute près d'un grizzly anesthésié équipé d'un collier émetteur, une main enfouie dans sa fourrure.

Un large bracelet en cuivre, visiblement d'homme.

Ce n'est pas tout, mais je n'y vois plus clair à présent. Je fourre les préservatifs dans ma poche (je pense à nos parents demain, reproduisant les mêmes gestes, à tout ce travail d'enquête du deuil) et j'apporte le crâne à Buzz.

Il l'examine et sourit. « Un chien de prairie. Ouais. Joli spécimen. »

Je le range dans le tiroir, que je glisse à sa place dans la table.

Je regarde à nouveau le lit de Clem. Darius, c'est le nom de l'ours blanc. Je le prends et le serre contre moi.

Il fait nuit. Je demande à Buzz de me reconduire. Je ferme les yeux et attends que la voiture franchisse les grilles de passage du bétail. Cette fois, j'accueille avec soulagement d'être secouée comme un prunier.

« Je sais, je sais. Je vais encore gagner le concours d'apitoiement, c'est sûr et certain. » C'est moi qui parle, affichant un visage impassible et courageux, comme toujours devant Ray. Je l'ai affiché même durant mon prétendu traitement. (Oncologues : faites-nous une faveur et trouvez un autre mot ; comme le disait l'un de mes compagnons de radiations : « Difficile de prétendre qu'ils nous traitent bien, chérie. ») C'est ma faute, pas celle de Ray, et c'est l'une des raisons pour lesquelles nous avons fini par comprendre qu'il fallait tirer un trait. La façon dont je devais me comporter, la façon dont il ne pouvait pas se comporter.

Mais nous sommes séparés depuis à peine un mois, et c'est encore à lui que j'ai eu un besoin désespéré de parler après avoir appris l'insoutenable nouvelle. Je n'ai pas réfléchi longtemps. Je lui ai laissé des messages à trois endroits, y compris chez son agent. Ray voyage beaucoup, et il arrive qu'il soit tout bonnement injoignable. Aujourd'hui je lui raconte tout. Comment ma mère bouleversée m'a annoncé la nouvelle, comment j'ai entendu mon père, un homme habituellement doux, jeter et briser des objets. Tout, absolument tout : mes pleurs à Denver en débarquant au milieu d'une beauté aussi scandaleuse, mon sentiment de culpabilité en prenant conscience de cette beauté, le dîner trop lourd que j'ai ingurgité et les brûlures d'estomac. Les collègues de ma sœur. Le contenu du tiroir.

Je lance : « Ce n'est pas le genre d'objets de quelqu'un qui va se suicider !

— Ce devrait être quels objets ? » demande Ray, les premières paroles qu'il prononce depuis un moment. Il est à Los Angeles, dans une chambre d'hôtel comme moi.

« Des choses banales. Je ne sais pas, juste… pas des photos de soi avec un ours ! Pas des préservatifs dorés !

— Pas dorés, dit-il calmement, se contentant de répéter comme le ferait un thérapeute. Bon, tout ce qui brille…

— Sa vie, c'est ce que tu veux dire. Super, génial ! Merci, Ray. » Cette fois je me mets à pleurer.

« Je suis désolé. C'est simplement que… tu as toujours pensé qu'elle en savait tellement.

— Et alors ? Tout compte fait, elle ne savait rien ? C'est ça que tu insinues ?

— Ce n'est pas ce que j'ai dit.

— Excuse-moi. » Je caresse Darius, posé à côté de moi sur le lit d'hôtel.

Ray m'a quittée une fois ma chimio terminée. En partie parce que nous passions notre temps à nous excuser – c'est-à-dire que nous disions trop de choses nécessitant des excuses. Nous étions ensemble depuis environ trois ans. Pendant presque toute cette période, je l'avais harcelé pour avoir des enfants ; il ne voulait pas d'enfants. Il est curieux que nous nous soyons séparés lorsqu'il m'était devenu impossible d'en avoir. Nous avions eu trop de conflits. Je pense que nous sommes tous les deux tristes, mais nos vies sont plus paisibles à présent. Quand nous nous parlons, nous nous rappelons que nous avons pris la bonne décision.

« Je serais heureux de venir t'aider. Le tournage a été retardé d'une semaine, je peux prendre l'avion dès demain, dit-il.

— Mes parents seront là.

— Super, génial ! fait Ray et je ne peux m'empêcher de rire.

— Merci, mais je ne crois pas que ce soit une très bonne idée.

— Non, tu as raison. Cela soulèverait trop de questions. » Avant de me quitter, il me communique le numéro de l'hôtel où il séjourne.

Nous formions un couple étrange, qui donnait lieu à quantité de commérages. Quand on découvrit que Ray était cascadeur, le bon mot qui courut parmi mes amis fut que l'épouse dévouée avait troqué M. le Professeur Chips pour M. Muscle. Ce n'était absolument pas ça. Mais je laissai se propager cette fausse interprétation. Elle donnait du relief à mon existence. C'était avant mon cancer.

Je reste assise sur le lit, me demandant comment je vais pouvoir dormir. Les draps ont été rabattus, et sur l'un des oreillers sont posés trois bonbons au chocolat. En me levant, je découvre que je me suis assise sur un quatrième, qui est devenu mou et informe. Emportant Darius avec moi, j'ouvre le miniréfrigérateur et m'aperçois que la petite bouteille de Smirnoff que j'ai bue a été remplacée par deux autres. Cet hôtel me plaît, après tout.

Buzz m'a laissé le break et les indications pour gagner l'aéroport. J'avais l'intention de descendre la rue à pied et d'étudier la carte en prenant mon petit déjeuner, puis d'aller à Jackson et de me rendre dans l'entreprise de pompes funèbres où se trouve le corps de ma sœur. Je sais au moins où elle est. Si je survis à l'épreuve, je m'installerai dans un restaurant et ferai un énorme déjeuner. Puis j'irai chercher mes parents. Ensuite, je n'ai aucun projet d'aucune sorte.

C'était sans compter sur le type débraillé qui attend avec ses chiens près de l'arche en bois d'élan. « Hé ! » fait-il plutôt aimablement. Les chiens, un couple de grands chiens de chasse tachetés, viennent déjà me renifler l'entrejambe.

Je leur caresse la tête, dit « Salut ! » et continue à marcher.

« C'est vous Louisa », énonce-t-il d'un ton qui insinue que je pourrais l'ignorer.

Je le détaille. De tous les hommes que j'ai vus dans ce coin, c'est lui qui ressemble le plus à un cow-boy. Il porte un chapeau taché par la sueur avec un bord roulé inégal, une imitation de Stetson, mais c'est davantage son maintien qui suggère qu'il monte à cheval. Il a besoin de se faire couper les cheveux, tailler la moustache, et de pièces aux genoux pour son jean. Sur son tee-shirt blanc étrangement propre est inscrit en gros caractères marron FAUNE.

« Je remplace votre sœur, continue-t-il. Ils m'ont dit de passer vous voir et de vous demander si vous vouliez vous joindre à nous. Si vous ne voulez pas, ils comprendront. »

Je touche un des bois d'élan. Doux comme une nouvelle peau. Je consulte ma montre. Il est dix heures et nous sommes samedi matin. Je ne sais absolument pas de quoi il parle.

« Le match de *softball*, dit-il. Il y en a qui font deux heures de route pour venir, sinon je suis sûr qu'ils auraient annulé. » Il s'interrompt, mais je reste sans voix. « Ils espèrent que vous ne leur en voulez pas.

— Comment leur en voudrais-je ?

— Votre sœur leur en aurait voulu. »

Je contemple encore les bois. « Personne ne trouve cela barbare ?

— Barbare ? »

Mon compagnon mystérieux éclate de rire. « Ma petite, ce sont des bois qui sont tombés au moment de la mue. Pas une goutte de sang n'a été versée pour fabriquer cet assemblage. Qu'on puisse le trouver de mauvais goût, c'est un autre problème. »

Je le suis jusqu'à son pick-up (des fusils : rien de surprenant ; les chiens s'élancent devant nous et sautent à l'arrière). Il me dit qu'il s'appelle R. B. « Nous allons nous arrêter une minute à la station pour prendre les chiens. »

Je regarde les chiens de chasse sans comprendre.

« Les chiens chauds, les hot dogs, poursuit-il. Pour le barbecue après le match. »

Je me souviens de ce que m'a dit Buzz : que c'était Clem qui s'en chargeait. *Les plans habituels*. Je l'imagine les mettant dans le réfrigérateur de son labo, à côté de boîtes de Petri dans lesquelles se développent des choses invisibles et des tubes contenant le sang d'animaux rares.

Nous roulons pendant cinq minutes sans parler. Je me demande quels sont les paysages que nous traversons. Mais je le garde pour moi, ma curiosité pourrait paraître malséante.

R. B. est amical mais silencieux. De temps à autre il me jette un coup d'œil, peut-être pour voir si je pleure. Que dirait-il ? Se trouver à côté de la sœur de sa collègue morte ne semble pas l'émouvoir outre mesure. À la station, un bâtiment bas en béton qui s'étend au milieu d'un bosquet d'arbres rabougris, il ne me demande pas si je veux entrer. Il en ressort avec un gros sac d'épicerie en papier brun et le pose entre nous.

Je regarde à l'intérieur. Sur le dessus il y a les Not Dogs pour Sheldon. J'en ai assez du silence. Je dis : « On trouve des Not Dogs dans le Wyoming ?

— Jackson, dit R. B. Est-ce encore le Wyoming, c'est une question qui se discute. »

Il revient par la route que nous avons prise et s'arrête devant la cour d'une école publique.

« Quand vous voudrez que je vous reconduise à l'hôtel, je suis à votre disposition, fait-il. Nous voulons tous nous occuper de vous pendant votre séjour ici. »

Et ensuite ? Que se passera-t-il ? « Merci », dis-je.

La Faune est une équipe, l'autre, logiquement, est la Flore (Vern, le botaniste, porte l'un de ses tee-shirts, blanc sur vert). Le personnel des stations de préservation de la nature du voisinage est autorisé à arborer ce vilain uniforme que j'ai vu sur Buzz et sur une photo de ma sœur que ma mère a fait encadrer.

« Rosie, June. » R. B. porte une glacière sous un bras, le sac d'épicerie de l'autre, et se dirige vers le terrain en losange. Les chiens suivent, et moi derrière. Je lui suis reconnaissante de ne pas me présenter à tout le monde. (La plupart de ces gens, j'imagine, connaissaient ma sœur comme la personne qui occupe la place de défenseur un week-end sur deux, sans plus). Il se dirige vers les tribunes découvertes. « Vous voulez jouer ? vous pouvez vous joindre aux Flore. Ils sont pathétiques quand le type des herbes de prairie n'est pas là.

— Oh non. Je ne ferai qu'empirer les choses. » Je vois Vern s'avancer vers nous.

R. B. hoche la tête. « C'était juste une question. »

Vern me serre la main et me demande comment ça va. Je dis : « Bien. » Les gens font des exercices d'élongation, du jogging entre les bases, lancent des balles sans but. *Smack... smack... smack*. La balle atterrit d'un gant dans un autre. Un rythme facile. Une femme enceinte et deux enfants occupent à eux seuls les tribunes découvertes. Qu'est-ce que je fiche ici ? Soudain, j'ai désespérément envie d'être avec Ray.

L'équipe de Clem pénètre sur le terrain. Les Flore sont assis sur un long banc de bois derrière le marbre. Un homme que je ne connais pas occupe la place du batteur. Il a une silhouette dégingandée, sans rien d'athlétique. Buzz est à la première base, Dave à la seconde. Sheldon se tient dans le champ extérieur. Le lanceur s'entraîne avec le receveur pendant un moment, puis dit d'un ton solennel : « Celle-ci est pour Clem. » C'est un lancer. La femme enceinte applaudit.

Je suis assise en haut des tribunes découvertes, personne ne me rejoint. Je regarde pendant une manche et demie, n'absorbant rien du jeu sinon qu'il est étonnamment sérieux, dépourvu de cette amicale décontraction à laquelle on s'attend dans le sport amateur (mais je ne pratique aucun sport d'aucune sorte). Puis je me rends compte que les joueurs avertis de ma présence ont sans doute fait un effort pour freiner leur chahut habituel. Quand R. B. sort du champ extérieur, je descends des tribunes.

Je n'ai pas besoin de dire un mot. Il vient vers moi. « Je vais les avertir que je suis hors service. Je vous retrouve au pick-up. »

Dès qu'il est monté, il dit : « C'était stupide. Je suis désolé.

— Qui a eu l'idée de m'inviter ?

— Moi. » Il conduit sans me regarder. Ce qui me permet d'examiner son large nez cabossé et ses grandes mains sur le volant. « J'ai pensé vous donner cette place. »

Comme je reste silencieuse, il ajoute : « Clement aimait beaucoup les matchs. Elle était très démonstrative. J'ai pensé que vous pourriez l'imaginer rétrospectivement dans cet univers. Peut-être auriez-vous regretté plus tard de ne pas avoir cherché à en savoir plus sur sa vie ici. Elle m'a dit que vous aviez l'intention de venir un jour.

— Et je suis venue. Un peu tard. » Je lui demande s'il connaissait bien Clem. Et s'il pense que certaines des personnes que j'ai rencontrées la connaissaient bien.

« Je la connaissais plutôt bien. Oui. On ne s'ennuyait pas avec elle. C'était notre avis à tous, je peux vous l'assurer. Même ceux qui la trouvaient... irritante. »

Qui était amoureux d'elle ? C'est la question que j'aimerais vraiment poser. Car partout où elle allait, quelqu'un tombait amoureux de Clem. Cela semblait être une loi de la physique. Et qu'est-ce qui comblera ce vide ?

« Vous n'êtes pas obligée de parler, dit R. B.

— Je sais. » Ai-je l'air en colère ? (Est-ce important ?)

Je constate qu'il porte une alliance. Et sur son poignet droit je vois une bande de peau plus pâle, la marque d'un bracelet.

« Qui était le lanceur ? dis-je. Le garçon qui l'a mentionnée ?

— Un trou du cul d'administratif originaire de Cheyenne, le type qui est leur boss à tous. Il est ici à cause de sa mort. Il va vouloir se montrer aimable à l'égard de vos parents. Il aimait bien votre sœur, mais il redoute des poursuites judiciaires. »

Je pourrais lui assurer que mes parents sont d'une génération qui n'intente pas de procès, mais j'ai du mal à penser à eux en ce moment. « Vous êtes biologiste, vous aussi ? Spécialiste des ours ? »

Il hésite. « Mon boulot est de pister n'importe quel animal qu'on me demande de pister. Rosie et June font une bonne partie du travail. Je supervise. » Il frappe de son doigt la vitre derrière nous ; ses chiens reniflent et lèchent le coin qu'il a touché.

Nous arrivons à l'hôtel. « Comment s'est-elle suicidée ? »

Il range la voiture. « En ne laissant aucun doute sur ses intentions. » Il se tourne franchement vers moi. « Vous parlez de la méthode ? » Il tend son bras et pose une grosse main sur mon genou. « Elle s'est asphyxiée dans la Rover de service tout en s'injectant une overdose de l'anesthésique qu'ils avaient gardé pour l'opération de l'ours. Elle avait accroché une perfusion au rétroviseur. Elle imaginait sans cesse des trucs nouveaux. Une inventivité stupide. Elle était morte depuis plusieurs heures quand Dave s'est pointé le lendemain et a ouvert la porte du garage. » Il retire lentement sa main, m'adresse un regard inquiet et gentil qui contredit l'aspect de son visage buriné. « Suis-je le premier à vous en parler ?

— Oui, dis-je. Donc, si je... »

Il pose à nouveau sa main sur mon genou. « Si vous voulez voir son corps, il sera sûrement impeccable. » Il a le sens de l'humour de Clem.

« Bien. C'est bon à savoir. Très attentionné.

— N'est-ce pas ? J'irais maintenant, si j'étais à votre place. Je peux passer un coup de fil, prévenir les pompes funèbres de votre venue.

— Vraiment ? » Les larmes commencent à couler, mais je les refoule. J'avais l'intention de me présenter sans avertir personne.

Au moment où je m'apprête à ouvrir la portière, il dit : « Vous allez rester un jour ou deux, n'est-ce pas ? » J'acquiesce et il hoche la tête à son tour. « J'ai diverses choses qui lui appartenaient. Je vous les apporterai plus tard. » Il consulte sa montre. Je comprends qu'il n'a pas envie de parler davantage pour l'instant, qu'il ne désire pas répondre à plus de questions – mais je sais qu'il répondrait si je les posais.

« Vous feriez mieux de retourner au match, dis-je.

— Le match importe peu », répond-il.

Jamais plus l'odeur des jacinthes ne me paraîtra sublime. Dans ces lieux, elle est d'une puanteur virulente, dans un but qui ne trompe personne. Car dans une ville aussi aérée que Jackson le funérarium est dépourvu de fenêtres. Telle une société secrète de la mort.

Le directeur murmure ses condoléances toutes prêtes : Clem aurait aussi bien pu mourir d'une attaque, des suites d'un accident d'avion ou d'une rafale de mitraillette dans la rue. Il m'installe sur un canapé recouvert de tweed devant une table où est posée une bible ouverte. Mon regard s'arrête sur un petit tableau banal : un paysage de montagne. À son retour, il me dit que les corps qui doivent être incinérés sont dans le garage ; est-ce que cela me dérangerait d'aller la voir là-bas ? Je réponds que non. Après tout, me dis-je, gardant ma réflexion pour moi, elle est morte dans un garage.

Sans un mot, un jeune garçon me guide à travers le parking. Les portes du garage sont grandes ouvertes. Bien qu'il soit désert en ce moment, il peut contenir trois fourgons mortuaires. Après m'avoir fait entrer, le garçon me dit d'attendre. J'obéis, debout au milieu d'un emplacement de ciment, près d'une tache d'huile sombre. Je le regarde tirer le verrou d'une lourde porte dans le fond ; au moment où il l'ouvre, un nuage d'air glacé jaillit derrière lui.

Il fait rouler un chariot chargé d'une boîte en carton oblongue, semblable à celles d'un fleuriste, mais d'un mètre quatre-vingts de long. Il en ôte le couvercle, qu'il appuie contre un mur. Il passe devant moi en disant : « J'attendrai dehors. » Hébétée, je le regarde sortir. Je lui suis reconnaissante de laisser la porte du garage entrouverte. Il se poste sur le trottoir ensoleillé et allume une cigarette.

C'est la première fois que je vais être face à un mort. J'ai maintes fois entendu – surtout de la part d'amis ayant perdu des proches emportés par le sida – qu'il est essentiel de voir le cadavre d'un être aimé, surtout quelqu'un qui est mort trop jeune : c'est l'unique et irremplaçable confirmation qu'elle ou lui n'est plus là. Le corps ne ressemble pas à la personne que vous connaissez, au moi de cette personne. Cela démontre qu'il existe sans doute une âme puisqu'il manque quelque chose ; et qu'est-ce que ce quelque chose pourrait être d'autre ?

En la voyant, ma première réaction est que je ne recommanderais cette expérience à personne.

À l'exception de ses lèvres violettes, Clem paraît juste sortir du froid, d'avoir skié ou patiné, avec du givre sur ses sourcils. Sans artifice, sans maquillage, elle est recouverte d'un drap jusqu'au cou – j'imagine que le drap a été replié pour découvrir son visage. Il y a un caillot noirâtre sous sa narine gauche. Sur le dessus de sa tête, peu visibles à travers sa chevelure noire, il semble y avoir d'autres traces de la même substance noire. Du sang, naturellement, même si on dirait plutôt du goudron. (La manière dont elle s'est suicidée n'a pas causé d'effusion de sang, mais une autopsie, requise par la loi, a été pratiquée.) Ce qui cloche, ce qui me bouleverse et me consterne, c'est qu'elle ressemble encore tellement à la Clem que j'ai connue. Ses lèvres sont peut-être anormalement sombres, mais ce sont les lèvres de Clem. C'est toujours elle telle qu'elle était, à qui je cherchais à ressembler avec mes perruques. Je contemple ma sœur et m'exclame en silence : *Alors, te voilà ! Et dire que j'étais si inquiète !*

Je regarde avec attention, cherchant je ne sais quoi, mais il y a quelque chose qui m'échappe visiblement. On dirait, contre toute logique, que j'ai besoin de mémoriser cette image de Clem. Comme si cette Clem-là était essentielle à celle qui ne sera plus que souvenirs désormais. Je me mets à parler – à bredouiller plutôt (à voix basse, consciente de la présence du garçon qui attend dehors). Je conjure, je maudis, j'adore, de tels débordements passionnés sont plus ceux d'une amante que d'une sœur. Dès que je cesserai de la regarder, je sais qu'un vide s'offrira à ma vue, non le vide éphémère laissé par la femme qui captivait, fascinait les hommes – ce vide-là sera comblé car, comme l'aurait dit Clem, la nature indifférente finit toujours par triompher –, mais le vide laissé par le départ de mon alter ego génétique. Comme si quelqu'un s'était éloigné, me privant de mon ombre.

Je remarque deux détails que je n'avais jamais notés auparavant : contrairement à moi (même aujourd'hui, avec mes follicules tirebouchonnés par les toxines intraveineuses), elle a quelques cheveux blancs. Et sous un sourcil il y a une petite verrue que je ne me rappelle pas avoir vue. J'ai toujours envié ses ravissants sourcils – le plus séduisant chez elle.

Mes parents ont le visage blême et l'air épuisé, à bout de forces. Je commets l'erreur de leur raconter que je suis allée voir Clem. Ont-ils aussi envie de la voir ? Je fais timidement cette proposition, dis que je les conduirai.

Ma mère ne m'a jamais jeté un tel regard depuis mon adolescence. « Chérie, j'ai mis cette fille au monde. Elle peut très bien en sortir seule. » Maman traverse le terminal comme un général qui part à la guerre. Elle a toujours mêlé chagrin et rage. « D'abord toi. Toi et ta satanée maladie. Et maintenant ça. *Ça !* Pendant tout le trajet, ton père n'a pas ouvert la bouche. Qu'aurait-il pu dire ? Qu'il a dépensé des milliers et des milliers de dollars pour éduquer sa fille, pour en faire la prochaine Jane Goodall, une primatologue ou je ne sais quoi, et que nous lui avons donné tout ce qu'elle pouvait désirer, que... Bon, tant qu'on n'a pas d'enfant, on ne peut pas comprendre. » En d'autres termes, je ne pourrai jamais comprendre.

Nous arrivons au tapis roulant au moment où les bagages commencent à tomber du toboggan.

Mon père, que j'ose à peine regarder, murmure : « Ma fille était la comète de Halley.

— C'est tout ce que tu as à dire ? Que signifie cette idiotie ? » s'écrie maman.

Il secoue vivement la tête, attristé qu'elle ne saisisse pas ce qu'il veut dire. La vie de Clem, d'après lui, a été un arc bref et magnifique. Une tragédie rare, comprimée dans le temps. Je devine immédiatement qu'il va romancer l'histoire. Elle deviendra une existence accomplie, une voie tracée d'avance. « Un peu de respect, s'il te plaît, dit-il à maman.

— Et elle, elle en a eu ? réplique maman. En a-t-elle vraiment montré ? » À ses yeux, la vie de Clem, loin d'être accomplie, a été un simulacre. Mes parents ne sont pas religieux et je vois soudain la menace d'une autre sorte de destruction. J'éprouve cette angoisse que l'on ressent en écoutant les nouvelles, quand on sait, avant même d'avoir entendu les premiers mots, que quelque chose d'horrible est arrivé dans le monde et se poursuit encore.

« Voulez-vous m'excuser une minute ? dis-je. Attendez-moi ici. »

Dans la cabine téléphonique, je laisse un message sur la boîte vocale de Ray. « J'ai changé d'avis. Si tu peux encore venir, tu nous sauveras la vie. » Sauf celle de Clem. Je ne peux m'empêcher de penser que lui demander ce service est en quelque sorte une bonne action. Je vois ma mère de loin, qui fait les cent pas le long du tapis roulant, restant à distance de papa. Je vois mon père, son imperméable inutile sur son bras, affreusement immobile. Mon ex-mari, si bien élevé, aurait su quoi dire. Mais Ray – Ray saura quoi faire.

Une brève cérémonie à la mémoire de Clem a lieu dans le champ devant sa caravane. Une vingtaine de personnes sont réunies (les chiens de traîneau s'affolent chaque fois qu'une voiture passe en cahotant devant le chenil). Sheldon et les collègues biologistes de Clem sont tous venus. Je reconnais plusieurs visages aperçus au match de *softball*, y compris le trou du cul de Cheyenne, le patron de ma sœur. Avant toute chose, il a droit à une engueulade soignée de maman. Comment, au nom du ciel, a-t-il pu se montrer aussi aveugle aux affres de son employée ? Que se passait-il dans cette organisation pour que Clem ait éprouvé un tel désespoir ? Elle va écrire à ses supérieurs au gouvernement ! Il baisse la tête et acquiesce. Il marmonne qu'il est désolé, que c'est une perte pour tous ceux qui sont présents. Tandis que ma mère l'accable de reproches, les collègues de ma sœur regardent la scène. Leur approbation tacite est si évidente qu'elle en est presque palpable.

Mais R. B. n'est pas là. Je demande à Buzz s'il va venir. « Oh, dit Buzz d'un air gêné, il ne travaille pas à plein temps avec nous. Il vient lorsque nous avons besoin de lui, mais il ne fait pas vraiment partie de l'équipe. Je sais qu'il aimait bien Clem, ouais, j'en suis certain, et il n'y a rien de personnel dans son absence. »

J'en suis sûre désormais : c'est avec lui qu'elle avait une liaison. J'ai le bracelet de cuivre dans ma poche ; je comptais le lui remettre pour l'inciter à me confier des choses qu'il ne m'a pas dites hier. Je regarde à plusieurs reprises en direction du carrefour. Je n'arrive pas à croire qu'il ne va pas venir. Mais c'est le cas. Tandis que Buzz raconte à tous combien Clem était intelligente et drôle, combien elle les faisait rire, à quel point elle va leur manquer, pendant que Vern lit un passage d'Edward Abbey et que Dave dit que c'était une danseuse merveilleuse et que ses margaritas formidables vont terriblement lui manquer (des propos qu'il étoufferait sur-le-champ s'il pouvait voir l'expression de ma mère), je presse le métal mou dans ma main jusqu'à ce qu'il se torde.

Ray est à côté de moi ; il ne me touche pas, mais il est là. Il est arrivé tard dans la matinée et a déjà commencé à trier les affaires de Clem à la station. En dehors de quelques photos et une chemise contenant des lettres d'anciens collègues, toutes professionnelles, il n'y a rien de personnel. Buzz a examiné les dossiers concernant les ours.

Le patron de Clem, qui a clairement l'intention d'avoir le dernier mot, en rajoute : « Elle était certes intelligente, comme tout le monde l'a dit. Et peut-être mieux que la plupart d'entre nous, elle savait ce que signifie travailler. Dans le sens ancien du terme. » Il évoque son dévouement, ses longues heures à son poste, sa passion pour la nature, comme si elle était là et qu'il lui remettait une médaille, et je pense : *Pauvre imbécile, qu'est-ce que tu en sais ?* C'est ma sœur qui parle à ma place. Et elle pourrait aussi bien s'adresser à moi.

Clem n'avait jamais entendu parler d'Eva Hesse, et ça n'avait rien de surprenant. Devant le musée, elle s'était arrêtée pour regarder la sculpture de Rodin. « Lui, je l'aime bien », avait-elle dit. En pénétrant dans l'exposition, je lui parlai un peu de la vie d'Hesse et de son art : « Personne, avant elle ni depuis, n'a réalisé des œuvres de ce genre. Personne ne pourrait même imiter son travail.

— Travail, fit Clem. Travail. » Elle eut un sourire particulier tandis que nous entrions dans la première salle. Je n'aurais su dire si elle se moquait de ce qu'elle voyait.

Je la suivis. « Pour toi, ce n'est pas du travail ?

— Je me dis seulement : d'accord, on peut être morte depuis des années comme cette femme, mais son *travail*, ce qu'elle a accompli, son œuvre, vit encore. On écrit à son sujet dans les magazines, on paie pour voir son œuvre, sous des éclairages sophistiqués. Elle n'est plus là depuis longtemps, mais elle a fait toutes ces choses, elle n'y a pas seulement réfléchi, et elles sont là devant nous, pourvues d'une existence propre. Tellement d'œuvres dans le monde sont finies – je veux dire mortes – dès l'instant où elles sont achevées.

— Le travail n'a pas besoin d'être concret pour durer. » Voilà bien une réflexion de sœur aînée.

« Même si c'est le cas, dit Clem, il n'y a rien de sûr dans ce domaine, n'est-ce pas ?

— Non.

— Personne ne peut prédire ce qui durera.

— Bien sûr que non », dis-je, irritée. Je ne voulais pas que son cynisme accentue la palette sévère de l'exposition, ses couleurs de rubans adhésifs, de fil de fer barbelé, de neige sale, de bronze, de créosote, de cendre. « Regarde. Tais-toi une minute et regarde.

— D'accord. » Et elle m'accompagna à travers l'exposition sans dire un mot, pendant plus d'une heure. C'était moi qui ne regardais pas, qui n'écoutais pas.

Une fois terminé le petit discours du boss, un silence consternant s'installe. Certains regardent ma mère, se demandant si elle va supporter cette ridicule commémoration. C'est finalement papa qui s'adresse à l'assistance : « Merci d'être ici. Merci d'avoir rendu hommage à notre fille. » Personne n'a organisé de réception, il n'y a ni plats préparés, ni biscuits, ni bouteilles de vin. Quelques personnes viennent serrer la main de mes parents. Certains m'embrassent. Ils partent en voiture, et les chiens refont le même vacarme.

« Reconduis tes parents à l'hôtel, me dit Ray. Je vais commencer par ici. » Il entre dans la caravane.

Mes parents en ont déjà fait le tour. Ma mère a ouvert les deux placards, tous les tiroirs, regardé sous le lit. « Elle n'a laissé aucun indice, rien, a-t-elle dit sèchement. Bon, j'ai toujours su qu'elle réussissait tout ce qu'elle entreprenait. »

Pour la première fois en une heure, mon père rompt le silence : « Nous allons partir à présent, regagner notre chambre. Nous allons laisser ce jeune homme ranger les affaires de notre fille. Il nous les enverra chez nous, du moins ce qui vaut la peine d'être conservé. C'est assez pour la journée. » Il prend le bras de maman, et pour une fois c'est lui qui commande.

Ils s'installent ensemble sur la banquette arrière du break que j'ai emprunté et je les ramène à Dubois. C'est alors qu'ils se mettent à pleurer. Je ne dis pas un mot. J'ai l'impression d'être une étrangère, un chauffeur professionnel, jusqu'à ce que ma mère me presse les épaules par-derrière, au moment où j'arrête la voiture devant l'arche de bois d'élan. Ils descendent et je retourne à la caravane de Clem.

Ray a mis ses livres en caisse et fourré ses vêtements dans deux sacs-poubelle noirs.

Je lui crie : « Attends ! Il faut que je jette un coup d'œil !

— Occupe-toi de la cuisine, dit-il fermement. Les bijoux, les choses qui étaient sur son bureau, je les ai rangés dans une boîte que tu peux emporter à l'hôtel. Tu les regarderas plus tard. » Il s'approche de moi et me prend dans ses bras comme pour me retenir, bien que je sois plus ou moins paralysée. « C'est ce qu'il y a de pire. Vraiment. »

Je réponds : « Oui, c'est vrai. » Il me berce doucement.

« Tu me manques tant, dis-je.

— Tu me manques aussi. »

Je me sens dévastée et réconfortée en même temps. « Mais je suppose...

— Oui, lance-t-il sans me laisser finir. C'est aussi pourquoi c'est si dur. Elle m'a fait revenir, la petite sorcière. »

Je suis soudain envahie par l'illusion terrifiante que c'est pour cette raison qu'elle l'a fait, parce qu'elle voulait me voir de nouveau avec Ray... ou parce qu'elle pensait que si elle mourait, je ne pourrais avoir de rechute, je serais obligée de guérir. Un plan compliqué destiné à me rendre heureuse, à programmer mon destin. Un plan qui me concernait, moi. Et si c'était vrai, ne devrais-je pas faire en sorte qu'il en soit ainsi ? Que je sois *heureuse* ? Sinon, que reste-t-il ? Ne restera-t-il rien de sa vie ?

« Tu peux partir demain, dis-je. Tu devrais. »

Nous nous sommes écartés l'un de l'autre.

« Je n'aurai peut-être pas le choix. » Je sais qu'il parle du tournage qui risque de commencer bientôt, mais je me sens blessée. Comme si quelqu'un d'autre contrôlait mes réactions à ce qui se passe autour de moi. Clem sans doute. Ce doit être elle.

À l'hôtel, un paquet m'attend à la réception, une de ces enveloppes postales rembourrées. *À l'attention de Louisa Jardine.* Pas de nom ni d'adresse d'expéditeur. Je l'emporte dans ma chambre. Ray est parti en voiture déposer les sacs de vêtements et les caisses de livres au bureau de ma sœur. Buzz s'en chargera.

Je prête l'oreille à la porte de mes parents, de l'autre côté du couloir. J'entends la télévision, le brouhaha d'un reportage sportif. Pas de voix. J'ouvre et referme la porte de ma chambre aussi doucement que possible. Dans l'enveloppe il y a une feuille de papier avec l'écriture de ma sœur, un tee-shirt de l'équipe Faune et un billet qui m'est adressé, rédigé par une main masculine maladroite : « Louisa. Je me suis dit que je ne pouvais garder secrète cette lettre qui ne m'était pas destinée. Le tee-shirt lui appartenait. Je n'aime pas les enterrements, même ceux des êtres qui m'étaient chers comme elle. Car je l'ai beaucoup aimée. Désolé. » Il est de R. B. Voilà ce que Clem avait écrit :

Je vais te dire maintenant ce qui est l'évidence même. Tout cela n'a rien à voir avec toi. Ni avec personne d'autre, et c'est le problème. Personne ne comptait à ce point, je l'ai finalement compris. Non que personne n'ait mérité de compter. Toi en particulier. Mais (tu connais le reste). Je crois que j'ai fait l'erreur d'espérer que les autres me retiendraient. C'est un mythe. Une chose qui leur est impossible. De même qu'une roche ne peut retenir l'eau, l'eau retenir l'air, l'air retenir le feu.

Les choses que je vais regretter sont prévisibles : rire, baiser, boire du champagne, danser, la première douche après avoir campé, le premier coucher de soleil du véritable hiver, le premier lever de soleil d'un été digne de Dieu (quel qu'il soit). Si je continue ainsi, je risque de renoncer. Le renoncement (est-ce un mot réel ?) n'est pas à l'ordre du jour. Je suis déjà passée par là à plusieurs occasions. C'est de l'histoire ancienne désormais. Je connais les rêves que je devrais désirer. Devrais : toujours le même problème.

Toute la journée d'aujourd'hui j'ai regardé des graphiques. Ma vie est un graphique où les ambitions cessent de croître, les désirs atteignent leur pic et les passions s'effondrent.

Je suis navrée pour toutes les complications. Mais j'imagine que tu pourras y échapper. S'il te plaît, reste à l'écart. Je t'en prie, ne raconte pas tout ça à tout le monde. Si tu vois mes parents (mais qu'importe au fond ?), ne leur parle pas de nous. Ma mère trouvait qu'il y avait déjà eu trop d'hommes dans ma vie. Elle pensait que j'avais besoin de quelqu'un qui me « calmerait ». Comme si j'étais un cheval à qui il manquerait un peu de dressage. Parle de moi à ceux qui en auront envie, dis-leur que j'ai fait les quatre cents coups et que je ne m'ennuyais jamais. (Vrai !) La souffrance est une chose anodine, comme des toilettes au bout d'un jardin, sa banalité est sans effet sur le plaisir en général mais en rabaisse la valeur dans tous les domaines. Non. Elle est comme la basse dans une bonne chanson. On ne la perçoit pas au début, et à la fin c'est sur elle que l'on danse. Mais nous avons déjà évoqué tout ça. Je ne crois pas (pas tout à fait) n'avoir jamais été aimée. Ce n'est pas la vraie raison. Je suis désolée pour mes parents à cet égard, mais à quoi bon le leur dire ? Je ne crois pas que quiconque ait besoin de moi. Ces pauvres ours n'ont pas besoin de moi, je ne vais plus me mêler de leurs affaires. Dommage pour eux, je suis remplaçable. Le karma, bien que je déteste la connotation *hare krishna*, n'est pas pour rien dans tout ça. Ce corps (tu serais en désaccord sur ce point, et je t'en remercie) ne m'a jamais semblé adapté (habitable). Une erreur sur la chaîne d'assemblage. Le travail (le mien) a mis un point d'exclamation sur ce mal-être, cette façon dont rien ne semblait jamais coller. Voir les ours de près m'a convaincue. Ils savent à quoi ils sont destinés. J'aurais aimé être un ours. Même Danny. Pauvre petit Danny. Tu savais ce qui allait arriver. Tu avais raison. Je t'ai fait si peu de crédit sur tant de points.

Mes pensées tournent en rond. Il faut que je m'évade de ce cercle. L'autre soir j'ai loué *Hamlet*. Je l'ai fait pour voir Mel Gibson, voir s'il pouvait me remonter le moral, ce grand crétin dans ses collants, mais je me suis retrouvée dans la peau d'Hamlet, le type créé par Shakespeare. De bonnes questions conduisent à un dénouement malheureux. Est-ce que j'ai trente-trois ans de trop ? Absolument pas. Mais il était grand temps, et 33 est un nombre mystique si on a un penchant pour ces choses.

Shel vient de quitter le labo, c'est mon avant-dernier au revoir. J'ai toujours aimé cet endroit quand il est entièrement à moi. Je pars donc. Et tu pars aussi, quel que soit l'endroit auquel tu appartiens. J'aime ta façon d'aller où bon te semble, cela paraît si facile. J'aurais aimé avoir eu ce don, moi aussi.

C'est tout. Pas de signature, pas même son nom.

Et elle ne me mentionne pas. Pas la moindre allusion. « Petite garce, dis-je à voix haute. *Monstre.* » Mes mains tremblent. Je jette la lettre sur le lit, comme si elle brûlait.

Une heure plus tard, Ray arrive. Il apporte la boîte contenant les affaires personnelles de Clem que je dois trier. J'ai envie de tout jeter du haut du balcon. Je laisse Ray la poser sur le vaisselier.

Il voit mon visage gonflé. Il voit la lettre tombée par terre. Il s'assied à côté de moi et la lit.

« C'est comme si je n'existais même pas, dis-je.

— Qu'aurais-tu voulu qu'elle écrive ? demande Ray. Qu'elle savait que tu voulais la voir rester, mais qu'elle s'en fichait ? Du genre, merde Louisa, qui pouvait s'intéresser à ce qu'elle devenait ? Tu crois que tu aurais moins souffert ? Le point final, souligne-t-il, est que rien ni personne n'était indispensable à Clem. »

C'est curieux que Sheldon ait vu juste à propos du karma. Clem n'aurait pas apprécié.

Les cendres de Clem arrivent par FedEx chez nos parents dix jours après sa mort. Maman me téléphone au bureau : « Bon, j'ai signé ce matin pour ses restes. J'ai dit au type : “Savez-vous ce qu'il y a dans cette boîte ? Ma fille morte.” J'ai cru qu'il allait tomber dans les pommes devant ma porte. » Son rire plein de mépris. « “Bienvenue dans le monde moderne, jeune homme, lui ai-je fait. Mort par Federal Express.” Il a décampé dans notre allée. »

Le mépris de ma mère est sa faiblesse, mais c'est son sens pratique qui fait sa force. C'est elle qui a opté sur-le-champ pour l'incinération, et c'est elle qui a décidé de ce qu'on ferait des cendres. « Au diable la concession familiale ! Le seul endroit où ta sœur a été heureuse – si elle a jamais été heureuse –, c'est la mer. Elle ira là. »

Une fois de plus, Ray prend l'avion pour la côte Est. Il insiste – la scène qu'il devait tourner est terminée. Il propose de prendre la barre, et nous piquons vers l'entrée de Narragansett Bay. Le temps est ensoleillé, la mer calme. La baie miroite comme un œil. Il dirige le bateau à travers la foule des plaisanciers du samedi. Les grands *sloops*, les *speedboats* bruyants, les voiliers, les embarcations de pêche, les petits canots. Skippers et passagers nous saluent de la main avec des sourires complices, le plaisir partagé de ceux qui fendent les flots juste pour se distraire. Quelques-uns reconnaissent mon père et le hèlent par son nom.

« Pour l'amour de Dieu, on ne peut donc jamais être tranquille ? » fait maman.

Papa ne fait pas de commentaire. Assis à l'avant, il nous ignore tous. Napoléon en route pour l'île d'Elbe. Juste avant de monter à bord, il a dit à maman qu'il trouvait effroyablement obscène de toucher aux cendres. « Tu n'es pas obligé, a-t-elle répliqué. C'est nous qui le ferons. »

Ray accélère, nous emmène au large, si loin de la côte qu'elle disparaît de notre vue. Enfin, il me jette un coup d'œil. Ici ? Je hoche la tête. Il me faut un moment avant de pouvoir garder mon équilibre, mais je m'habitue bientôt aux mouvements du pont. Je mets en marche mon lecteur de cassettes. *Uprising*, un air favori de Clem. Elle adorait Bob Marley. Je lis un passage de Thoreau sur la consolation qu'apporte la nature quand autrui nous est insupportable. Ensemble, maman et moi sortons le sac plastique de la boîte et défaisons l'attache qui le maintient fermé. Nous nous apprêtons à plonger la main à l'intérieur et à nous emparer de Clem par poignées pour les lancer à l'arrière du bateau, mais quelque chose nous retient. Changeant d'avis, nous prenons le sac et, nous agenouillant, nous nous penchons aussi loin que possible et le vidons d'un seul geste décisif. Presque toutes les cendres tombent, d'autres s'envolent. Clem, ou la matière qui constituait Clem, s'enfonce comme un nuage gris dans les profondeurs, disparaissant à la vue. Le poids des cendres me surprend ; seule une vague pellicule à la forme indécise demeure à la surface. Les cendres, je le constate, ne se dissolvent pas. Clem avait raison : elle sera dispersée mais jamais retenue.

Je plonge la main dans le cartable que j'ai emporté, déroule la perruque Doris Day et la lance aussi dans l'eau. Elle flotte. « Qu'est-ce que c'est que cette horreur ? » demande maman. Elle sait parfaitement de quoi il s'agit, elle veut simplement savoir ce qu'elle fait ici. C'est mon tour de lui adresser un regard noir qu'elle n'a pas vu depuis l'époque de mon adolescence. Je tape doucement sur l'épaule de Ray, qui reprend la direction du rivage. Lorsque nous atteignons l'appontement, Bob Marley chante toujours. En descendant pour assurer les amarres, papa dit d'un ton sec : « Tu peux arrêter ce type maintenant. »

C'est alors seulement que je me rends compte que Bob Marley est mort jeune, lui aussi – d'un cancer, un cancer de la peau qui a envahi le cerveau. Ce qui me rappelle Eva Hesse. Ce qui me ramène à moi-même, à ma peur. Bob, Eva, moi.

« Tout n'est que présage, je ne le supporte pas », dis-je à voix basse à Ray. Je lui explique les rapprochements qui me traversent l'esprit. Nous suivons mes parents à une distance prudente, traversons le chantier naval en direction du parking.

Ray s'immobilise. « La superstition est un moyen de s'évader.

— S'évader de quoi ?

— Tu ne peux t'empêcher de penser secrètement, voire d'espérer qu'elle a pris ta place. » Il rit, à peine. « Eh bien, ce n'est absolument pas le cas. Ni en naissant. Ni maintenant. »

Ma mère est déjà dans la voiture, au volant. Elle prendra un martini dès que nous arriverons au restaurant. Quoi de plus naturel ? Mon père monte la garde près de la portière ouverte, attendant que Ray et moi arrivions. En m'approchant, je vois qu'elle lui tient la main. Ils forment l'image de vies qui s'écoulent ensemble et séparément, ensemble et séparément. J'imagine leur mariage comme une double spirale, deux âmes qui s'enroulent autour d'un axe commun, jointes sans jamais se toucher. Nos vies, celles de Clem et la mienne, ont eu cette forme, elles aussi, pendant un temps.

Le dernier mot
2005

Je sors des assiettes et des verres pour deux, puis me souviens d'Henri, qui voudra se joindre à nous. En plaçant son coussin sur une chaise, je me sens soudain heureuse qu'il soit là et me demande si j'ai eu raison d'inviter cet homme à déjeuner – non parce que je ne me sens pas sûre de moi, mais parce que je ne suis pas certaine, après tout, d'avoir envie de parler des choses que nous n'allons pas manquer d'évoquer.

Henri est mon filleul. Il a six ans, mais il adore la compagnie des grandes personnes. Il peut rester assis des heures au restaurant, captivé par le bavardage et la gaieté des adultes qui boivent du vin et apprécient le plaisir d'être ensemble pendant que d'autres s'affairent pour les nourrir et les satisfaire. De temps en temps, il interrompt les conversations par des remarques saugrenues, sans queue ni tête, mais il ne va jamais se cacher sous la table et ne dit pas : « Quand est-ce qu'on part ? » Il sait déjà, peut-être parce que c'est un enfant sociable, que les réflexions désagréables ou moqueuses sur les inconnus de la table à côté – sur leurs drôles de tenues, leur vulgarité, leurs coiffures ridicules – doivent être prononcées tout bas, derrière une main en cornet, dans l'oreille d'une grande personne. C'est le genre d'enfant dont les maîtres d'hôtel font l'éloge quand vous partez : « Comme il est bien élevé ! Vous avez un fils remarquable. » (Et s'ils préfèrent croire que c'est mon fils, je ne les détrompe jamais, ni lui non plus.) Il a droit à des gâteries qui ne figurent pas au menu, même à des cadeaux. Voilà quinze jours, le père d'Henri l'a amené à un déjeuner de travail, un entretien organisé avec le critique d'art du *Times* dans un restaurant chinois luxueux où nous trempions tous les quatre nos doigts dans des bols d'eau parsemés de pétales, à une table baignant dans une lumière rosée, avec des assiettes translucides comme des ailes de libellule. Henri observait et imitait les manières délicates et empruntées des adultes, écoutait attentivement son père et le critique comme s'ils racontaient des histoires de fantômes dans la nuit. Lorsque nous avons quitté le restaurant, le propriétaire a offert à Henri un tigre de céramique. C'était un petit objet joliment fabriqué qu'il avait remarqué, avec envie et admiration, en passant devant une vitrine de bibelots chinois à l'entrée. « Un enfant très remarquable », a déclaré le propriétaire en s'inclinant avec un sourire. Henri s'est incliné à son tour sans se démonter et lui a dit que les pâtes étaient très remarquables, elles aussi.

Le père d'Henri, Esteban, est un artiste qui a connu le succès sur le tard et bataillé suffisamment pour savoir combien il est rare, pour ne pas dire miraculeux, de réussir dans son domaine. Il croit me devoir ce succès, parce que j'ai fait l'éloge de son travail lorsque j'étais éditrice dans un magazine d'art qui avait la réputation, il est vrai, de faire ou défaire les carrières. À ses yeux, je suis la bonne fée qui a levé sa baguette magique et métamorphosé le chauffeur de taxi qu'il était en hôte de marque recherché par les collectionneurs d'art, un personnage respecté capable de souscrire un emprunt hypothécaire à New York, dont les enfants sont inscrits dans une école privée de Manhattan. Mais nous nous apprécions sincèrement, sans qu'il soit question de dette, et douze années de travail assidu ont annulé toute notion d'obligation. Et puis il y a Henri. J'aime infiniment Henri.

Il passe la semaine chez moi pendant que ses parents et son frère aîné sont partis à Haïti organiser l'enterrement de sa grand-mère. Contrairement à son frère, Henri a peu connu sa grand-mère, aussi Esteban a-t-il jugé préférable de nous le confier, à mon mari et moi. Campbell a, lui aussi, une passion pour Henri – avec une nostalgie révélatrice de sa joie d'être père à la naissance de ses enfants – et les deux fils de Campbell se réjouissent de la présence de ce petit garçon. Luke et Max ont à peu près l'âge du frère d'Henri, mais, à l'inverse de ce dernier, ils le traitent avec affection et générosité. Ils sortent leurs vieux jouets à son intention, lui lisent des histoires, et s'ils vont avec leurs copains acheter des pizzas ou jouer au basket, ils l'emmènent avec eux, comme s'ils voulaient le faire admirer. En retour, Henri apprécie et encourage leurs fanfaronnades d'adolescents. Quand il est chez nous, la discipline se relâche. On joue au football dans le couloir, les chaussures de tennis traînent sous la table, la musique rock résonne à plein tube sur le clavier électronique de Luke. Le « paradis des garçons », c'est ainsi que Campbell appelle la maison lorsque Henri vient y séjourner.

En ce moment, Henri est à l'autre bout du loft, en train de fabriquer un zoo avec des briques de Lego et des animaux en plastique aux couleurs passées que Luke et Max ont depuis longtemps relégués mais auxquels ils refusent de renoncer.

« Dis donc, si tu venais m'aider à mettre le couvert pour notre invité ! »

Il bondit sur ses pieds. « Qu'est-ce que je dois faire ? Qu'est-ce que je dois faire ? Qu'est-ce que je dois faire ? psalmodie-t-il en courant vers la cuisine.

— D'abord, les serviettes », lui dis-je. Je les plie et les lui tends l'une après l'autre. « Puis les fourchettes, les couteaux. » Ce sont des couteaux à beurre, sans danger, même s'il les manie maladroitement et les fait tomber. « Les cuillères. »

Il approche la dernière de son visage. « Joli nez, fait-il à son reflet.

— Tu as raison. » En le couchant la veille au soir, je lui ai dit qu'il avait un beau nez. Il l'a hérité de son père.

« Est-ce qu'il vient avec des animaux ? demande Henri.

— Non. Les animaux doivent rester là où ils vivent – dans la forêt ou au zoo.

— Mais il est leur ami, n'est-ce pas ?

— Il découvre des choses sur les animaux – les oiseaux – qui aident les gens à les préserver dans la nature.

— Parce qu'ils sont en danger, dit Henri en fronçant les sourcils. À cause du réchauffement de la planète. » À la maternelle, son institutrice a parlé du réchauffement climatique. Quand je suis allée le chercher hier, il tenait à la main un collage de sa composition. Au centre, il y a la photo d'un ours polaire sur un morceau de glace dangereusement réduit ; il ressemble à une femme dans une robe trop étroite. Si l'on pousse l'anthropomorphisme plus loin, on pourrait dire qu'il (ou elle) a l'air perplexe et triste. Autour de l'ours Henri a collé des couchers de soleil, des baleines, des phoques, mais également un flot de voitures bloquées sur une autoroute, un vaste terrain d'épandage et une image terrifiante de cheminées d'usine quelque part en Chine. Une brochure de la classe est jointe au collage, intitulée *Que chacun contribue pour sa part !* Henri fait le tour du loft, éteint les lumières derrière tout le monde. Plusieurs fois par jour il vérifie les poubelles de recyclage pour s'assurer que nous trions les ordures suivant les prescriptions de la municipalité (prescriptions que la maîtresse a affichées dans la classe). Jusqu'à ce qu'on l'en dissuade gentiment, il se tenait devant les toilettes quand quelqu'un les utilisait, annonçant : « Ce n'est pas la peine de tirer la chasse à chaque fois ! »

« C'est parfois pour cette raison, dis-je à présent, ou à cause de la pollution de l'eau, ou parce que les gens veulent construire des maisons dans les endroits où vivent les oiseaux. Ils sont alors obligés de s'enfuir et trouvent difficilement où s'installer.

— Alors c'est toujours la faute des gens. » Il me regarde avec sérieux.

« Oui, la plupart du temps. » J'hésite à proférer cette condamnation. Un enfant de six ans doit-il considérer que l'humanité est indifférente, destructrice et égoïste ? « Mais il y a aussi des personnes dont le travail consiste à aider les oiseaux. Et les autres animaux.

— Comme les ours polaires.

— Oui. » Et j'ai conscience à nouveau que les malheurs du monde d'aujourd'hui, ces malheurs sur lesquels les journalistes et les institutrices de la maternelle se penchent avec tant d'empressement – remercions ce pauvre, cher et injustement traité Al Gore pour sa croisade –, me rappellent ma sœur, la rendent plus proche de mon esprit et de mon souvenir. C'est douloureux quoique vaguement amusant. Ou plutôt Clem aurait trouvé cela amusant : que ses grizzlys adorés – au contraire de leurs cousins polaires – réapparaissent, alors que c'est elle qui a disparu, sans laisser de descendants. Je suis parfois hantée par la pensée que le travail qu'elle a accompli il y a douze ans ne paraîtrait pas aussi chimérique, aussi solitaire aujourd'hui. Cela aurait-il fait une différence à ses yeux ?

Je dépose la salade sur le comptoir et la recouvre d'une serviette humide. Je coupe en long une baguette de pain, étale un filet d'huile sur chaque moitié, les frotte d'ail, referme la baguette et l'enveloppe de papier aluminium. Je vérifie que la bouteille de vin est dans le réfrigérateur. Je ne bois pas de vin au déjeuner, mais je ferai peut-être une exception aujourd'hui.

« Darius peut s'asseoir avec nous ? demande Henri.

— Bonne idée. »

Henri court jusqu'à ma chambre – il court toujours, à l'extérieur comme à l'intérieur – et revient avec Darius, un ours polaire dont la fourrure blanche synthétique a jauni au fil des années, bien que ses yeux de verre et son nez de velours soient toujours intacts. Je pense au collage d'Henri et me demande s'il s'agit d'une coïncidence ; mais les ours polaires, comme Al Gore, font aujourd'hui dangereusement fureur.

Henri approche une quatrième chaise de la sienne. Il y installe Darius – bien que la tête de l'animal n'atteigne pas la table, Henri me dit que Darius n'a pas besoin d'assiette ni de fourchette, qu'il ne mangera pas de salade ou de pain, même pour faire semblant. « Seulement de la viande. Des phoques et du poisson. »

Notre invité est végétarien, aussi n'y aura-t-il rien d'intéressant pour un ours polaire.

La sonnerie nous fait sursauter. Je parle dans l'interphone et introduis Ralph dans l'immeuble. Henri attend à la porte que j'ai déverrouillée pour qu'il puisse l'ouvrir tout seul. J'entends l'ascenseur qui arrive. Henri court jusqu'à la cuisine, s'empare de Darius et retourne à son poste. Je m'éloigne un peu, feignant d'arranger les tulipes. Je mets le pain au four.

Puis j'entends Henri qui présente Darius à Ralph. Ralph leur serre la main à tous deux, s'extasiant comme il convient de trouver un ours polaire qui va partager son déjeuner dans un loft du bas de Manhattan.

Lorsque vient mon tour d'accueillir Ralph – nous nous embrassons maladroitement –, je m'efforce de faire cadrer la vision de l'homme qui se présente à moi avec le souvenir de celui que j'ai rencontré vingt-cinq ans auparavant, lors d'une visite à Clem quand elle vivait dans le Vermont. Il a toujours l'air sportif et juvénile, mais le soleil a tanné sa peau, et ses cheveux, coupés ras à la dernière mode, sont complètement gris. Jusqu'à notre conversation dans le métro la semaine dernière, quand je l'ai rencontré par le plus grand des hasards, je ne l'avais pas revu et n'avais pas eu de ses nouvelles depuis cet été-là.

« C'est un festin, dit-il en posant son sac à dos sur le banc près de la porte. Quand je suis ici, je me nourris la plupart du temps de plats chinois à emporter ou de crudités dans un bar à salades.

— Eh bien, je ne peux vous promettre mieux cette fois-ci.

— Quoi ? Nous n'allons pas manger de la salade tropicale ! s'exclame Henri.

— Petit malin », dis-je.

Comme tous les invités qui pénètrent ici, Ralph est attiré par la grande baie vitrée du séjour. La vue n'est ni spectaculaire ni panoramique, mais elle est très new-yorkaise : un ou deux étages au-dessus des toits environnants, nous donnons sur des jardins suspendus de fortune, des amateurs de bains de soleil et des turbines de climatisation. Campbell et ses fils l'appellent la « vue aux vingt-sept châteaux d'eau ». Si vous contestez ces chiffres, ils recomptent à votre intention. Il m'arrive de leur demander de faire leur numéro juste pour le plaisir. C'est devenu un spectacle familial, à mi-chemin entre le hip-hop et la comédie.

« Blagueur, fait Ralph. Je crois que nous ne sommes plus dans la forêt vierge. » Il se tourne et me sourit, si chaleureusement que mon angoisse disparaît. C'est l'homme dont je me souviens, l'ami et (le boss) de ma sœur qui rayonnait de gentillesse et d'assurance, pour lequel j'ai eu un bref béguin un soir en dansant sur un air de Marvin Gaye à Burlington ; qui, le lendemain, a été témoin de ce qui reste l'épisode le plus humiliant de ma vie, lorsque j'ai failli me noyer dans ce creux de rivière et que Clem m'a sauvé la vie devant témoins. Plus tard, elle a prétendu que je ne me serais pas noyée et que ce qu'elle avait fait – calmer ma panique – était peu de chose. J'ai alors fait remarquer que si ma situation n'était pas réellement aussi critique, j'en serais doublement mortifiée. « D'accord, je t'ai sauvé la vie, dit Clem, ce qui signifie que tu me dois la pareille. » Pendant les dix années qui suivirent, elle prit plaisir à me taquiner devant nos amis. Une étincelle dans l'œil, elle lançait d'un ton désinvolte : « N'est-ce pas cet été-là que je t'ai sauvé la vie ? » Elle y a même fait allusion en portant un toast à l'occasion de mon premier mariage – disant à Hugh qu'il lui devait beaucoup rétrospectivement. J'aurais pu ne pas apprécier, et je le lui ai dit, mais c'était pour moi la preuve d'un lien étroit entre nous, en dépit du fait que nous nous voyions si peu, que nos vies avaient pris des directions si éloignées que nous nous écrivions ou nous appelions de moins en moins.

Récemment, alors que je tentais de faire revivre la scène de ce repas de mariage, du toast de Clem, je me suis rendu compte que j'oubliais peu à peu le son de sa voix, que j'avais déjà perdu le souvenir de son rire. C'est à la fois réconfortant et troublant de se rappeler ceci en particulier : que ma sœur aimait tant rire.

Ralph accepte une bière. Il s'est installé dans un fauteuil face à la vue. Je suis assise à côté, avec un verre d'eau. Si je buvais du vin maintenant, je perdrais le contrôle de ma raison – et de mes émotions.

Henri est assis près de moi, Darius sur ses genoux. Ralph essaie visiblement de deviner quel lien nous unit. C'est sans doute mystérieux, car j'ai la peau pâle et celle d'Henri est sombre. « Henri est mon filleul, dis-je. Mon filleul *préféré*. » Je le serre contre moi.

Ralph jette un regard autour de lui, s'attarde sur les objets qui tranchent sur le simple mobilier du loft. À l'extrémité de la pièce, au-dessus du zoo en Lego d'Henri, sont accrochés les masques anciens de Mardi gras de Campbell, une collection réunie quand il vivait à Tulane, mais les murs sont occupés en majorité par des œuvres d'art, dont beaucoup m'ont été données par les artistes que j'aime le plus. « Waouh ! » s'exclame Ralph, et je comprends que notre conversation décousue sur la ligne A pendant cinq stations ne lui a pas révélé grand-chose de mon existence. Je me demande s'il a gardé le moindre souvenir de la vie que je menais quand j'ai fait sa connaissance dans le Vermont. Il me vient à l'esprit qu'il ne m'a peut-être même pas reconnue lorsque je me suis présentée dans le métro. Mais, bien sûr, il se souvient de Clem. Qui l'aurait oubliée ?

« Le père d'Henri, dis-je, est l'un des artistes que j'expose dans ma galerie – la galerie que je partage avec mon associé. » Je lève les yeux pour désigner l'œuvre qui domine toute la pièce une fois qu'on l'a remarquée. De grands entrelacs de fines plumes habilement, invisiblement nouées ensemble, tombent délicatement du plafond, comme du ventre d'une mouette ou d'une aigrette géante. Je rougis, me souvenant du travail de Ralph avec les oiseaux.

« Waouh ! s'exclame à nouveau Ralph. C'est étonnant.

— C'est mon papa qui l'a fait, fanfaronne Henri.

— Waouh ! Ton papa a plein d'imagination.

— Je crois que les plumes proviennent d'un fabricant d'oreillers, dis-je, et je me sens encore plus embarrassée.

— Ce n'est pas un problème pour moi, dit Ralph. Je ne suis pas un extrémiste des droits des animaux. Ne vous en faites pas. » Il se lève et commence à examiner les autres œuvres d'art disposées autour de nous dans la pièce. Il pose des questions sur un photographe, une sculpture. Persuadée qu'il se montre simplement poli, je me limite à de brèves réponses. « Et voici quelque chose définitivement d'avant-garde, dit-il en désignant deux cannes de hockey posées contre l'encadrement de la porte de la chambre des enfants.

« Mes beaux-fils. Luke et Max.

— Je dors dans leur chambre, mais je n'habite pas ici, explique Henri. J'habite à Long Island City. J'ai ma chambre à moi quand je suis à la maison. J'ai un lit et un hamac. Quelquefois je dors dans mon hamac.

— Moi aussi, je dors parfois dans un hamac, dit Ralph. Même dehors. »

Henri hoche la tête. « Vous vivez dans la jungle. »

Je lui souris, me demandant si Ralph et moi pourrons avoir une vraie conversation ou si j'espère en secret que nous n'en aurons pas l'occasion. À quoi ai-je pensé en l'invitant ici ? Et que pouvait faire le malheureux sinon accepter ? Il est naturellement évident pour nous deux que j'attends de lui qu'il jette un éclairage sur la vie de Clem – et, implicitement, sur sa mort. Il était au courant ; à la deuxième station de métro, il m'a dit qu'il était désolé ; quelle perte, quel gâchis, quel chagrin pour nos parents.

Tout fier, Henri informe Ralph que Luke a quinze ans et Max douze. Max est né l'année de la mort de Clem.

« Vous allez probablement les apercevoir pendant trois minutes, lui dis-je, quand ils vont arriver en trombe pour déposer leur équipement de football. Mais vous ne verrez pas mon mari. Je crains qu'il ne consacre le week-end à un de ces épouvantables tournois de golf d'entreprise. Il déteste ça – il déteste le golf –, mais ça fait partie de ses obligations.

— Il travaille aussi dans l'art ?

— Pas du tout. Et j'en suis heureuse. Il est chargé des investissements immobiliers à l'université de New York.

— Ah ! » fait Ralph, comme si c'était un job incroyable pour quelqu'un qui passe sa vie à essayer de réparer les dégâts que nous causons aux créatures sauvages autour de nous – dont beaucoup sont dus aux programmes immobiliers. Sur la ligne A du métro, il m'a dit qu'il vient plusieurs fois par an à New York ; il a un bureau à la Wildlife Conservation Society (le zoo, pour ceux d'entre nous qui emmenons les enfants au Bronx voir les girafes, les gorilles et tous les prédateurs féroces et cruels que nous sommes ravis de ne pas compter au nombre des menaces toujours plus nombreuses auxquelles nous, citadins, devons faire face, trop entêtés pour nous résoudre à fuir).

Je n'avais jamais imaginé que je m'entendrais si bien avec quelqu'un dont le métier est aussi peu fascinant. Je pensais autrefois que le travail d'un homme fait nécessairement partie de sa séduction. (Regardez Hugh et Ray par exemple, l'un enseignant et, comme moi, passionné par l'art, et l'autre cascadeur – les deux extrémités du spectre de la curiosité.) Mais il en va différemment avec Campbell : il y a cinq ans, lors de notre première soirée en tête-à-tête (difficile de la qualifier de rendez-vous galant à nos âges), il m'a dit que peu importait ce qu'il faisait pour gagner sa vie. « Vous n'êtes pas obligée de vous enquérir poliment de mon travail, dit-il avant même que nous ayons commandé. Je le fais bien, et j'apprécie ce talent bizarre qui ne ferait rêver aucun jeune. Imaginez-vous que je voulais être critique de cinéma ! Mais je ne regrette pas. Ce n'est pas ma raison d'être et ne l'a jamais été. » Il n'a pas eu besoin de me dire quelle était sa raison d'être : j'avais déjà vu les photos de ses fils, et je savais comment il avait perdu sa femme. Mais même avant sa mort, ce qui comptait le plus pour Campbell était sa famille. Le décès de sa femme avait changé beaucoup de choses, mais pas ça.

Quand vous avez quarante-quatre ans, pas d'enfant, que vous êtes ménopausée à cause de la chimiothérapie et uniquement heureuse d'être en vie, comment ne pas tomber follement amoureuse d'un homme pareil ? Qui se souciait de ce qu'il faisait pour gagner sa vie ? Mon cancer datait alors de sept ans. Je ne pouvais affirmer que j'étais guérie, pas tout à fait, mais je commençais à penser que mon avenir avait des chances de s'insérer dans quelque chose de plus vaste qu'une boîte à chaussures.

Je demande à Henri : « Tu as faim ? » Il se lève d'un bond.

Je place le pain dans une corbeille. Je mets sur la table une assiette de fromages, de tomates grillées et d'olives. Une fois que nous sommes tous assis, je sers la salade.

« C'est magnifique », dit Ralph. Il me remercie chaleureusement à nouveau. Je lui répète combien je suis heureuse de le voir. Je me sers un verre de vin.

Occupé avec Darius, Henri s'efforce de le faire tenir droit. « Pas de tomates. Ni lui ni moi ne mangeons de tomates », dit-il quand il a enfin installé l'ours. Darius appartenait à Clem, il était « l'enfant de l'amour », plaisantait-elle, issu de sa première et plus longue relation avec le garçon qui avait été son petit ami à l'université et plus tard. Après la mort de Clem, j'ai découvert Darius parmi ses affaires et tenté sans conviction de retrouver la trace du petit ami en question. C'était bien avant l'arrivée de Google, néanmoins je n'ai pas cherché aussi sérieusement que j'aurais dû. Je voulais avoir la garde de Darius. Même Henri n'a pas le droit de le faire sortir du loft.

« Henri voudrait vous entendre raconter ce que vous faites, dis-je à Ralph, et moi aussi. »

Ralph fait des allers-retours entre le Brésil et les Grands Lacs. Il étudie les effets des engrais et autres composés chimiques présents dans l'eau, des rejets industriels sur les populations d'oiseaux dans les deux zones. Je me souviens maintenant qu'à l'époque de notre rencontre il rédigeait une communication sur pratiquement le même sujet. Je suis toujours étonnée par les gens qui découvrent très tôt ce pour quoi ils sont faits, s'y tiennent et ne voient pas leur passion diminuer. Je croyais que ma sœur était de cette espèce.

Comme s'il lisait mes pensées, Ralph dit : « Ces assiettes sont très belles. On dirait qu'elles ont été fabriquées à la main.

— Oui, par moi. Il y a longtemps. Je faisais de la poterie à l'époque.

— Ça y est ! dit-il. Je me rappelle maintenant ! Vous viviez en Californie et n'y étiez pas heureuse. »

Je ris. « Non. Je me sentais plutôt minable. Je regrette que vous ayez gardé le souvenir de ce que j'étais à cette époque.

— Je vous avais trouvée sympathique pourtant. C'est vrai. Clem et vous aviez toutes deux la même... fougue. Je l'ai interrogée à votre sujet plus tard, lui ai demandé comment vous alliez, et elle a répondu : "Oh, ne t'inquiète pas pour Louisa. Elle trouvera un moyen de s'en sortir. Elle y arrive toujours."

— Elle parlait de moi ? » Je me demande s'il n'invente pas ; en général, Clem me reprochait mon manque de bon sens.

« Bien sûr. Elle parlait aussi de vos parents. Peu, mais elle en parlait. »

J'hésite. Je n'ai pas envie d'évoquer mes parents. En un sens, ils se sont rapprochés après la mort de Clem. Ils ont entrepris des rénovations à la maison qu'ils avaient repoussées pendant des années, suivi des cours de cuisine à l'étranger, se sont mis à assister à des dîners de bienfaisance, ont installé un jacuzzi de plein air ; ils avaient un comportement qui me semblait inapproprié à leur âge, mais qui était un soulagement pour leur entourage, un signe d'espoir. « Qu'ils en profitent ! » ont dit leurs amis. J'ai compris plus tard que ma réaction cachait un ressentiment secret, inavouable : qu'ils monopolisaient les manifestations de sympathie, même si ce n'était pas intentionnel. À l'exception de Campbell, personne ne me demande jamais si ma sœur me manque, si je suis en colère ou triste, si la façon dont elle est morte – volontairement – m'empêche encore de dormir la nuit.

Sans réfléchir, je lance : « Comment va Hector ? » Lorsque je l'ai connu, Ralph avait un ami, un garçon tout aussi charmant que lui, dont le nom me revient à l'esprit à présent uniquement pour sa singularité classique. Pendant un instant, je pense à tout ce qui aurait pu tristement les séparer – pas seulement une rupture, mais le sida. « Êtes-vous toujours ?... Je me rends compte... » Je me rends compte de quoi ?

Ralph finit de mâcher son pain, mais il hoche la tête. « Hector va bien, dit-il. Il vit à New Bedford maintenant, avec sa mère qui a besoin de lui. Nous ne sommes plus ensemble depuis des années, mais nous gardons le contact. Il s'occupe de l'aquarium de Mystic.

— Oh, fais-je, soulagée mais figée. Vous vous entendiez vraiment bien avec Clem. Elle s'est follement amusée avec vous deux.

— Les années faciles, dit Ralph. Nous avons de la chance de les avoir connues et d'y avoir survécu. » Son sourire s'efface légèrement. Il se ressert de la salade. Je remarque qu'il repousse les tomates cerises séchées sur le bord de son assiette. J'ai l'impression que nous n'échapperons pas à la tristesse, comme si j'avais réuni nos chagrins mutuels en un centre commun, un tourbillon.

Ralph lève les yeux vers moi, me prenant au dépourvu. Il dit doucement : « Elle m'a parlé de votre cancer. Je présume que vous... Vous semblez en forme. » La fin de cette remarque embarrassante ressemble à une question. Il rougit.

Je réponds avec vivacité : « Je vais bien. » Je touche le bois de la table. « Mais écoutez, je ne vous ai pas invité pour que nous cédions à la mélancolie. Je suis désolée.

— C'est quoi, la mélancolie ? » demande Henri. Notre ton grave a interrompu le discours qu'il chuchotait à Darius.

« Cela veut dire trop penser à des choses tristes.

— Qu'est-ce qui est triste ? Tu es triste ? » Il me regarde, soudain inquiet.

« Pas en ce moment, dis-je. Nous ne sommes pas tristes maintenant. Mais les gens peuvent être heureux et se souvenir en même temps de choses tristes. Ou parler d'autres personnes qui sont tristes.

— Comme mon papa. Parce que tatie est morte.

— Oui.

— Elle était très, très vieille.

— C'est vrai. Mais c'est toujours triste de dire adieu, même quand on sait que quelqu'un a eu une longue vie heureuse.

— Je *sais*. »

Ralph se penche sur la table. « J'adore le pain à l'ail, pas toi ? » Il tend un morceau à Darius, à la grande joie d'Henri qui déclare que les ours blancs n'aimeraient certainement pas le pain à l'ail, même s'ils avaient des fourneaux. Ce qu'ils n'ont pas. Et il faut un fourneau pour faire du pain à l'ail. Ralph se met à raconter à Henri comment il a fait du pain à l'ail au-dessus d'un feu de camp lorsque la porte d'entrée s'ouvre en grand et mes beaux-fils se ruent à l'intérieur, répandant sur le sol la terre de leurs crampons, apportant les odeurs mêlées de caoutchouc mouillé, de transpiration et d'herbe nouvelle qui teinte leurs jambes rougeaudes d'un vert irréel. Ils s'esclaffent, montent l'escalier quatre à quatre, haletant.

« Les garçons ! Ôtez vos chaussures ! »

Ils se calment un moment en apercevant un inconnu dans la cuisine. « Bonjour », dit en premier Luke, l'aîné. « Bonjour », dit Max à son tour. Ils restent plantés là, deux grands garçons trempés, les cheveux et les vêtements en bataille. Bien qu'ils aient le teint pâle et délicat de leur mère, il est clair qu'ils posséderont plus tard la haute silhouette de leur père ; Campbell est grand et maigre, ce qui lui donne une apparence à la fois imposante et élégante – mais une démarche parfois si mal assurée qu'on craint de le voir trébucher.

Quand les garçons serrent la main de Ralph – fermement, en le regardant bien en face comme leur père le leur a appris –, je m'aperçois qu'ils ont les mains noires et sont sales de la tête aux pieds. Mais ce laisser-aller me plaît ; c'est un sain antidote à l'atmosphère stérile, parfois monastique dans laquelle je travaille, caractérisée par une grande pièce d'un blanc immaculé, où spectacles et spectateurs vont et viennent sans jamais laisser de trace. Dans cet univers, les couleurs, les formes et les attitudes changent sans cesse, mais la saleté est absente. La poussière n'est pas tolérée.

« C'est vous l'homme des oiseaux ? demande Luke.

— En personne.

— *Cool* », dit Luke simplement, avec conviction. Il se retourne et hisse Henri sur ses épaules. « On t'emmène faire la sieste, mon bonhomme. » Henri pousse des cris perçants tandis que son frère traverse le loft au galop jusqu'à leur chambre.

« Content de vous connaître », dit Max, puis il hurle qu'il prend la salle de bains le premier, et ils disparaissent tous les trois derrière les portes qu'ils referment bruyamment. J'entends la douche couler, le son étouffé d'une guitare électrique ; derrière moi un ballon de football tombe du banc de l'entrée et roule le long de la table pour venir buter contre le bord du tapis qui marque la limite entre la cuisine et le séjour.

« Le paradis des garçons, dis-je.

— La jungle des garçons », corrige Ralph, voyant un reste d'herbe sur les dalles du salon.

Nous nous regardons d'un air joyeux au début, puis tendrement, et enfin avec tristesse.

Ralph dit doucement : « Pouvons-nous revenir à la mélancolie ? Parce que je voudrais vous dire que je suis affreusement désolé pour votre sœur.

— Je le sais et j'en suis touchée. Le temps a passé et j'espère que vous ne vous croyez pas...

— Non, fait-il avec force. Je veux dire que je regrette de ne jamais avoir écrit ou téléphoné quand c'est arrivé. J'en avais l'intention, et j'aurais dû le faire. Nous étions bons amis, bien que nous voyant rarement. Quand j'ai obtenu ma première grosse subvention, j'ai voulu qu'elle vienne travailler avec moi, mais elle avait décidé de se consacrer aux mammifères. Elle aimait écrire et téléphonait de temps en temps. Je me sentais tellement coupable de ne pas avoir pris au sérieux certaines choses la concernant, si bien que... n'ayant pas osé prendre contact avec vous, j'ai ensuite considéré qu'il était trop tard.

— Il n'est jamais trop tard.

— Comprenez-moi. Je me sens encore plus malheureux aujourd'hui. Car c'est vous qui m'avez retrouvé. Je n'aurais jamais tenté de le faire. C'est la vérité.

— Et je n'en aurais jamais rien su. Ni tout remué à nouveau.

— Je suis heureux que vous m'ayez reconnu. Je suis heureux d'être ici. » Sa main droite est posée sur mon bras gauche. Je la recouvre de ma main droite. Je vois les pattes du cormoran bleu qui dépassent de la manche de son tee-shirt. J'ai oublié le rire de ma sœur, mais durant ces vingt-cinq années j'ai conservé l'image de ce simple tatouage : dans le métro, c'est lui que j'ai reconnu, pas le visage de Ralph. Il se tenait debout non loin de moi, le dos tourné, un inconnu dans une rame bondée, mais son bras droit était levé pour tenir la barre métallique. La manche courte s'était retroussée et dessiné distinctement sur son biceps, la tête en bas, volait le cormoran bleu. J'ai encore du mal à croire que j'ai eu le courage de lui taper sur l'épaule.

Je lui offre une autre bière et me verse un deuxième verre de vin. « J'ai fait du gâteau au chocolat. En voulez-vous ?

— Bien sûr. Comment refuser ?

— Laissez », lui dis-je quand il se lève pour débarrasser la table. Je lui tends une assiette avec une part de gâteau et l'entraîne dans le séjour.

Je le vois contempler le plafond, le parachute de plumes à l'envers. Je dis : « L'œuvre a pour nom *Hôte*. J'espère qu'elle ne vous paraît pas trop cruelle ou insensible.

— Cessez de me prendre pour un saint, voulez-vous ? Je suis tout sauf ça. »

Je m'assieds sur le canapé et entame mon gâteau. Il n'est pas assez cuit au milieu, trop dense, mais il contente mon envie de quelque chose de consistant et de riche, qui m'alourdisse.

Je dis : « Quoi que Clem ait pu faire de choquant – les hommes avec qui elle baisait, la brutalité de ses propos à l'égard des gens sur lesquels elle avait fait une croix –, c'est ainsi qu'il m'arrivait de penser à elle, comme à une sainte. À cause de son travail, je suppose. De l'importance qu'elle lui attachait. Du fait que le reste comptait moins pour elle. Mais toutes ces bonnes actions... Peut-être lui paraissaient-elles... Je pense qu'elle craignait qu'elles fussent inutiles. Le reflet d'un orgueil démesuré. Pourtant elle-même se serait moquée d'une expression aussi grandiloquente. »

De temps en temps le regard de Ralph se porte au-dessus de ma tête, vers le ciel à l'extérieur, mais je sais qu'il suit attentivement notre conversation. « Toutes ces bonnes actions, dit-il, paraissent dénuées de sens à un moment ou à un autre. Naïves et stupides. Ce sont les risques du métier. Elle ne l'ignorait pas. »

Et que dire d'un travail qui est réellement dénué de sens ? pensé-je. Comme analyser et vanter des chefs-d'œuvre artistiques ? L'art n'est-il pas, au sens strict, une forme d'excès chez l'homme, et même de gaspillage ? Ne paraît-il pas insignifiant une fois que votre propre univers a été transformé (par exemple) par le cancer, ou par la mort d'un frère ou d'une sœur unique, ou par un attentat terroriste ? Est-ce une « bonne action » de poursuivre la même activité égoïste, de continuer à en profiter coûte que coûte ? La persévérance contribue-t-elle à stabiliser le monde ?

« J'ignore ce qu'elle savait, si vous voulez la vérité, dis-je. J'aimerais que ce soit sans importance, mais ce n'est pas le cas.

— Bien sûr que c'est important. »

Max déboule de la salle de bains et s'élance vers la chambre, enveloppé dans une serviette, laissant un sillage mouillé sur le sol. Luke prend sa place ; les deux portes claquent à nouveau. J'entends Henri crier « Hé, mec ! » de sa voix perçante. Quand il est avec Luke et Max, il semble absorber jusqu'à l'air qu'ils respirent.

Ralph se lève, et je suis prise de panique à la pensée qu'il va partir. Mais il dit : « Je vous ai apporté quelque chose. » Il traverse la cuisine et prend son sac à dos, d'où il sort une enveloppe de papier brun. « J'ai trouvé à mon bureau quelques lettres de votre sœur. Les autres ont probablement disparu – je suis un nomade –, mais vous pouvez garder celles-ci. »

L'enveloppe contient une petite liasse de feuillets, une douzaine de pages arrachées à un carnet à spirale, des lignes bleues couvertes de l'écriture étrangement enfantine de ma sœur : d'une précision empruntée, chaque lettre distincte, le devoir d'une élève appliquée. Je ferme les yeux un instant et les garde sur mes genoux, les deux mains posées à plat sur la première lettre. Je baisse les yeux. *15 mai 1981.*

« L'année qui a suivi notre rencontre, dit Ralph. Après que je vous ai connue également, je pense.

— D'Alaska.

— Elle m'écrivait de tant d'endroits.

— Des endroits étonnants. » Je commence à lire. Je ne peux m'en empêcher. Elle avait vingt et un ans, avec encore une année d'université devant elle. Elle avait obtenu un stage auprès d'une agence gouvernementale qui mesurait l'activité de la pêche à la baleine dans le nord de l'Alaska ; Clem expliquait que la population autochtone avait encore l'autorisation de la pratiquer et gagnait sa vie ainsi. Quand elle s'était engagée dans cette aventure, je me souviens de tout l'équipement qu'elle avait dû acheter, les bonnets, sous-vêtements et bottes d'hiver, bien que ce fût presque l'été. Les baleines se déplaçaient vers le nord, remontant au-delà du cercle polaire à travers la glace qui se fracturait. Clem faisait partie de l'équipe qui recensait les animaux, estimant leur nombre plus par les sons qu'ils émettaient sous l'eau que par leur apparition à la surface.

Elle m'avait écrit aussi, de tous ces endroits étonnants, mais lorsque j'ai cherché ces lettres après sa mort, je n'ai retrouvé que les plus récentes, celles du Wyoming, celles où elle avouait se sentir très seule mais sans jamais paraître désespérée. (Je me disais : son travail est tellement intéressant, elle a de la chance.) Je ne pouvais croire que j'avais jeté toutes ses lettres plus anciennes, et encore aujourd'hui – lorsque je vais voir mes parents à Rhode Island – je fouille dans les mêmes placards, les mêmes boîtes au grenier et dans la grange, certaine que je finirai par les retrouver.

C'est le deuxième jour et je prépare du thé à Point Barrow avec de la glace. Je suis dans la remise à traîneaux et surveille le tableau B transmis depuis Tovak Perch Lead. Mon quart de six heures se termine à dix-huit heures et j'écoute les échos sous-marins : les phoques barbus (les *oogruks* – n'est-ce pas un mot épatant ?), les phoques annelés, les bélougas, les requins marteaux, les baleines à bosse. Stridences, sifflements, cliquetis, roucoulements – on se croirait sous les tropiques, avec des bruits d'oiseaux, de singes, de chats, les bourdonnements des insectes, le goutte-à-goutte des lianes, le ruissellement des rivières. Le plus étrange, c'est le silence total d'EN HAUT, à l'exception du bruit de la glace qui se brise de temps en temps, du crissement de la neige sous nos pieds ou du sourd et mystérieux souffle d'une baleine quand elle remonte pour respirer. De longs vols d'eiders royaux caquettent en passant dans le ciel. Il semble que la vie soit confinée en bas ou en haut, alors que la terre, cette surface exiguë, est incroyablement calme. Dans le petit drugstore, une vieille dame m'a demandé ce que je faisais ici – sans hostilité, simplement curieuse. Je me suis retrouvée en train de m'excuser pour mon intrusion, disant que je savais que nous venions du monde extérieur (de très loin !), et elle a déclaré : « Dieu vous a mis là-bas avec tous ces arbres, ces oranges, ces fleurs et ces montagnes, et vous prenez du bon temps. Il nous a mis ici, et la seule chose que nous ayons, ce sont les animaux. Ce sont eux qui nous font vivre. Vous pouvez vous contenter de les regarder, nous devons les manger. Nous comptons sur eux pour manger. » Elle ne se plaignait pas, elle racontait les choses telles qu'elles étaient.

Je m'oblige à lever les yeux. Ralph regarde par la fenêtre. Je présume que les gens qui observent les oiseaux doivent examiner le ciel aussi souvent que possible, où qu'ils soient. Je pense à cette femme dans la lettre de Clem, puis à Ralph, à la différence radicale de leurs vies, au lien qui les unissait à Clem, à ce qui les unissait entre eux à travers cette lettre.

Ralph dit : « Il vous faut un télescope. Il y a sans doute beaucoup plus à voir que vous ne l'imaginez.

— Je n'en doute pas. Des cinq à sept, des scènes de ménage.

— Oh, bien plus, croyez-moi. » Il fouille à nouveau dans son sac à dos. Il en tire une grosse paire de jumelles.

Je pose les lettres de Clem. Les trois garçons sortent de leur tanière. Ils restent à la lisière du séjour, nous regardant comme s'ils nous surprenaient en train de faire quelque chose de répréhensible. Henri saute sur place, répandant une joie innocente. Je les vois soudain comme deux poulains et un singe, des créatures qui se seraient aventurées dans cette pièce, venant d'un autre monde plus naturel.

« Peut-on avoir de la glace ? Nous sommes pratiquement morts de faim.

— Il y a du gâteau au chocolat, leur dis-je.

— Du gâteau au chocolat avec de la glace. » Max m'adresse son sourire le plus enjôleur.

Je leur dis de se servir tout seuls, de remettre la glace dans le congélateur et de ne pas en manger au-dessus de l'ordinateur. (C'est aussi une règle – on ne mange pas dans la chambre – qui a été suspendue à cause d'Henri.)

Dans la cuisine, c'est le tapage de la chasse aux gourmandises. Ralph est silencieux, absorbé par l'exploration du paysage. « Bingo », dit-il finalement. Il me fait signe d'approcher. Il m'indique la direction et me tend les jumelles. Je suis surprise par leur puissance. Je regarde la toile usée d'une chaise longue en plastique à plus de cinquante mètres de là. En dessous traîne une paire de tongs, décolorées mais élégantes, sur l'une d'elles je parviens à lire le nom du *designer*.

« Plus haut », dit Ralph. Il ajuste les jumelles, ses mains posées sur les miennes. « Là. Vous voyez le nid ? »

Un paquet de brindilles coincées sous une corniche ouvragée au sommet d'un ancien bâtiment industriel. Il y a un mouvement parmi les brindilles.

Des pinsons, me dit Ralph. *Ou peut-être des moineaux*. Après m'avoir laissé regarder un instant, il oriente les jumelles vers un pot de fleurs brisé posé contre la rambarde d'une terrasse inoccupée. « Et là il y a un nid de pigeons.

— Ouf ! Le mystère est éclairci.

— Quel mystère ?

— Vous savez : où sont tous les bébés pigeons ? C'est la question qui hante les New-Yorkais.

— Ils sont partout. Il suffit de regarder », fait Ralph, qui semble ignorer le mythe des pigeons qui arrivent sur terre à l'âge adulte, prêts à être détestés – ou qui fonctionnent à l'inverse des migrations humaines : élèvent leurs petits dans les banlieues, puis viennent s'installer dans les villes.

Les garçons passent en courant près de nous, portant de larges coupes de chocolat crémeux. Avant que j'aie pu leur dire de ralentir, la porte de la chambre se referme.

Ralph explore les toits à la recherche d'autres signes de vie aviaire. Debout derrière lui, je savoure le silence.

« Ralph, aviez-vous la moindre idée qu'elle allait se suicider ? »

Il se retourne vers moi. « Louisa, je voudrais dire non. » Il pose les jumelles sur la table et s'assied.

« Ça veut dire oui ?

— Elle ne plaisantait pas avec vous au sujet de la mort ? Avec moi, si. Elle parlait de partir en fumée quand on est jeune, de se faire définitivement la malle, de préparer sa sortie en pleine gloire. Elle appelait ça “faire sa Patsy Cline” ; vous savez, la chanteuse *country* morte à trente ans dans un accident d'avion.

— Je pensais que cela faisait partie de son goût pour la provocation, dis-je. De son besoin d'être intrépide. Elle le faisait pour impressionner les garçons. Et elle les impressionnait. Tous tant qu'ils étaient.

— Pourtant c'est la vérité. Elle avait *réellement besoin* d'être intrépide. »

Je réfléchis un moment. « Je ne pourrais pas être intrépide même si j'essayais.

— Mais vous n'avez pas besoin de l'être. Vous comprenez ce que je veux dire.

— Qu'affirmer son courage était... un signe de peur ? » À présent c'est moi qui contemple la vue, et je commence à remarquer la quantité d'oiseaux qui passent dans le ciel à un moment ou un autre.

Ralph soupire. « Ce n'est que supposition de ma part. Je n'en sais pas plus. »

Il y a sept ans je me suis inscrite dans un groupe de soutien psychologique. Le sentiment de solitude dû à « ma vie sans Clem » – comme je l'appelais intérieurement – était devenu si aigu que je le sentais, comme un courant sous-marin, m'attirer loin de ceux que j'aimais et qui étaient encore en vie. (Je me mettais facilement en colère. J'avais envie de leur crier : « Vous ne savez pas ce que c'est ! » – pas seulement la perte de quelqu'un, mais tout le reste, la politique, l'art, la lessive, les impôts. Ils me semblaient ignorants et pleins de suffisance, non seulement naïfs mais stupides.) Ce groupe s'adressait à des « survivants du suicide ». J'ai toujours frémi en entendant ce mot, *survivant,* il évoque une endurance qui dépasse tout, hormis un naufrage ou un tsunami, quelque chose qui évoque un violent péril physique. Il me semble mélodramatique de me considérer comme une survivante, même si les normes du cancer me mettent dans cette catégorie. J'étais malade – invisiblement, imperceptiblement malade – et je me sens mieux à présent, du moins jusqu'à ce que la prochaine alerte, ou la dernière, ne survienne. C'est ainsi que je vois les choses. Pas comme une bruyante proclamation annonçant que, oui, je suis une courageuse survivante.

Pourtant j'avais besoin que mon entourage me manifeste une certaine admiration inquiète. J'avais trente-six ans ; personne autour de moi n'avait jamais entendu un médecin lui annoncer une aussi mauvaise nouvelle. Je voulais me sentir – juste un peu – victime d'une tragédie. Six mois plus tard, la tragédie de Clem avait effacé la mienne – et me l'avait rendue, au centuple. *Tu connaîtras la tragédie grâce à moi*, disait-elle avec sa mort.

Pendant quelques années, j'ai eu un statut spécial, implicite : tous autour de moi me devaient un certain degré de tendresse.

En vieillissant, cependant, nos drames perdent de leur grandeur. Pas pour nous, pas personnellement, mais dans ce que mon père appellerait l'ordre cosmique des choses. Parce que la tragédie, telle une fleur sombre et rare qui sème ses graines, prolifère autour de nous. Votre patron succombe à un lymphome. Une amie fait une fausse couche, une autre perd un œil. Les parents de quelqu'un tombent du haut d'une falaise pendant qu'ils visitent l'Écosse en voiture. La belle-sœur d'un autre ami, mère d'un nouveau-né, meurt subitement au gymnase sur un tapis roulant. Vous finissez par comprendre qu'il n'existe pas de quotas pour les coups du sort. Ce n'est pas, hélas, comme si vous aviez subi toute la part qui vous est attribuée. Mais vous vieillissez et c'est ainsi. Un jour vous n'entendez plus « Oh, mon Dieu, je ne peux y croire ! », mais « Ce sont des choses qui arrivent » et « Ç'aurait pu être mon cas ». Et le plus cruel ? Des histoires anciennes, un bruit de fond, des titres de journaux oubliés. C'est la même chose pour tout le monde.

L'idée d'un groupe de soutien me rebutait, ce besoin de se dévoiler – mais c'était précisément mon problème. Je voulais désespérément parler de Clem, rencontrer quelqu'un qui écouterait mon histoire et n'y verrait pas une histoire ancienne, un monument tombant en poussière. J'entendrais d'autres histoires, pensais-je, et elles m'offriraient un semblant de consolation. « Ma vie sans Clem » y trouverait un contexte.

La chose que je n'avais pas prévue était la quête désespérée, plaintive, de réponses. Les neuf personnes qui étaient rassemblées dans la pièce aveugle du sous-sol de l'église cherchaient à tout prix à savoir pourquoi un père, un frère, un conjoint avaient choisi de mourir. Même la fille d'une femme âgée accablée par la douleur et la maladie, qui avait mis fin à ses jours avec l'aide d'un médecin, même la fille de cette femme ne pouvait comprendre que l'espoir de sa mère s'était éteint, que le médecin avait pu accéder à ses prières. L'animatrice qui pilotait le groupe encourageait ces vaines questions. « Vous vous demandez sans cesse pourquoi, c'est normal », disait-elle. Ou : « C'est injuste d'être obligé de continuer seul, sans avoir au moins une bonne raison, concrète – et même l'illusion d'une raison ! »

Après les présentations, quand chacun d'entre nous eut résumé son histoire, Campbell et moi fûmes les seuls à rester silencieux durant la première séance. Clem était morte depuis cinq ans, la femme de Campbell depuis six mois seulement. À la moitié de la deuxième séance, Campbell se pencha en avant sur sa chaise pliante et déclara : « Je me fiche complètement, en ce moment, de ce que pouvaient être ses raisons. Je veux seulement savoir comment je peux parler d'elle à nos enfants sans leur montrer ma fureur à la pensée qu'elle nous a trahis ainsi. »

Il y eut un bruit de chaises, mais personne ne dit mot. Certains hochèrent la tête. L'animatrice prit alors la parole : « La colère n'est pas une mauvaise chose, mais avez-vous, vous et vos fils, imaginé le chagrin qui devait la ronger, l'atroce douleur dans laquelle elle devait être plongée pour abandonner la famille qu'elle aimait certainement plus que tout au monde ?

— Je ne veux pas qu'ils l'imaginent ! dit Campbell. Je ne pense pas que ce soit vraiment leur priorité ! Mes fils ont huit et cinq ans. Pourquoi diable devraient-ils savoir que quelqu'un a éprouvé une douleur insupportable quand ils souffrent suffisamment de leur côté ?

— Ne retenez pas votre colère, fit l'animatrice.

— Je n'ai pas besoin de votre permission, rétorqua Campbell d'un ton sec. Le plus difficile est de savoir jusqu'où je peux être franc.

— Vos enfants suivent-ils une thérapie ? demanda l'animatrice.

— Bien sûr, dit Campbell. Dans quel siècle, dans quelle ville vivons-nous ? C'est tout ce que je peux faire pour les empêcher d'être au Prozac parfumé au chewing-gum. »

La femme fit la moue, comme pour montrer au reste du groupe à quel point elle était forte, elle qui supportait une telle rage avec douceur et patience. Un membre du groupe demanda : « Parlent-ils de leur mère ? Disent-ils qu'elle leur manque ?

— Jusqu'ici non, répondit Campbell. Pas à moi.

— Alors vous devriez les inciter à aborder le sujet, suggéra un autre membre.

— Il le faudrait ? Vraiment ? Tous les jours, depuis le petit déjeuner qu'elle ne prépare pas jusqu'aux histoires qu'elle ne lit pas, ne sont qu'un énorme paquet de regrets. *Mégagéant*, diraient mes garçons. »

Une jeune femme, fille unique dont le père s'était suicidé après son départ pour l'université, se mit à parler de son cas : « Ne m'aimait-il pas assez pour vouloir nous quitter ainsi ? Aurais-je dû rester à la maison ? Ma mère l'avait-elle trompé à un moment donné et aurais-je pu l'en empêcher ? Avait-il un terrible secret ? Ne savait-il pas à quel point je me sentirais coupable ?

— La culpabilité est terrible, dit notre animatrice, hochant la tête avec conviction. Nous sommes tous d'accord sur ce point. »

À la fin de la séance, Campbell et moi partîmes dans la même direction et nous retrouvâmes dans l'escalier de la station de métro de la Vingt-Troisième Rue. « Pas question que j'y retourne, fit-il en cherchant un jeton parmi une poignée de pièces de monnaie.

— Moi non plus, dis-je. Je ne sais pas exactement ce que j'espérais y trouver.

— Peut-être faudrait-il insister un peu ? Non ?

— C'est ce qu'on nous dira si nous y retournons pour les prévenir que nous arrêtons. »

Nous partageâmes un banc sur le quai mal éclairé, attendant tous les deux la ligne numéro 6. Il était évident, car nous étions seuls, que nous venions de rater un métro. Je commençais à me dire que nous ne prononcerions pas un mot de plus quand Campbell se mit à parler : « Vous savez, lorsque nous nous disputions, Janie et moi – et je ne prétends pas que c'était rare et que je me montrais particulièrement patient face à son interminable dépression ; j'étais déçu qu'elle ne cherche pas une aide sérieuse, mais bref... Quoi qu'il en soit, quand nous nous querellions, sur n'importe quel sujet, nous avions tous les deux un mal fou à nous interrompre, à conclure une trêve. C'était une faiblesse que nous partagions. Et elle finissait parfois par crier : "Il faut toujours que tu aies le dernier mot, hein ? Eh bien, vas-y. Félicitations, il est à toi !" Et elle partait en claquant la porte. »

Il me regarda, comme s'il me demandait l'autorisation de continuer. Quand il reprit, sa voix était presque plaintive. « Maintenant, vous savez ce qui est atroce ? J'ai l'impression qu'elle m'a quitté en ayant le dernier mot, le dernier de tous. Qu'elle a claqué la porte et dit "Félicitations !" une dernière fois. Et quand je m'apitoie sur moi-même, c'est à ça que je pense : la manière dont elle m'a puni pour toutes ces disputes interminables alors que j'aurais pu céder, d'autant plus qu'elle était... malade. »

Je savais combien il lui était pénible de prononcer ce mot. J'avais composé de mon côté ma propre litanie : Clem était brillante, elle était douée, elle était passionnée, elle était aimée, mais elle était... malade. Mais, contrairement à Campbell, je ne le savais pas alors. Pourquoi *personne* ne semblait-il le savoir ? Était-elle à ce point rusée ? Étions-nous à ce point aveugles ?

Sur les voies centrales, deux rames express passèrent dans des directions opposées. L'air qu'elles déplaçaient, un vent artificiel, chassa sur le quai de vieux papiers. Le fracas diminua progressivement.

« C'est peut-être elle qui a eu le dernier mot, dis-je. Le suicide n'est-il pas l'ultime dernier mot, la déclaration que personne ne pourra jamais contester ? »

Campbell me jeta un regard intense, presque craintif. Je crus un instant qu'il était effrayé. Notre rame arriva. Nous montâmes et nous assîmes côte à côte. C'est toujours une impression étrange de quitter un quai glauque pour la lumière brutale d'un wagon flambant neuf. Comme si l'on vous arrachait quelque chose. Campbell dit : « Où habitez-vous ? Permettez-moi de descendre à votre station et de vous raccompagner. »

Ralph a l'air décontenancé. Notre tentative d'élucider ce mystère partagé s'est enlisée dans l'habituelle confusion. Le même point d'arrivée sombre, froid, ridiculement banal, où s'arrêtent toutes ces conversations. Je voudrais que Campbell soit là. Il comprend la confusion mieux que personne.

« Bon ! fait Ralph, pour briser le silence morose. Puis-je être extrêmement grossier et demander si nous pouvons aussi avoir de la glace ?

— S'il en reste », dis-je.

Les garçons ont rangé les boîtes, mais il y a des graffitis compliqués de chocolat fondu à la surface du comptoir. « Cy Twombly, dis-je.

— Est-ce un nouveau parfum ? »

Je ris. « Un artiste que j'aime beaucoup. » Je nettoie le comptoir et regarde dans le congélateur. Il y a des quantités de vanille, un peu de banane et pépites de chocolat, et un reste de glace au yaourt. Je partage le tout dans deux coupes. Nous mangeons rapidement et avec gratitude, debout dans la cuisine.

Ralph est le premier à reposer sa coupe. « Ce fut un été heureux. Pour elle. »

Il me faut un moment pour comprendre. « Le Vermont. »

Il hoche la tête. « Elle s'était prise d'affection pour votre tante. Elle en parlait sans cesse. Je n'avais pas bien compris le rapport de génération. Elle avait presque cent ans, si je me souviens bien.

— Presque quatre-vingt-dix-neuf. Un vestige d'une autre époque, la tante vieille fille qui enterre tous les autres membres de la famille. Mais c'est comme ça du côté de mon père. Personne n'arrive à reconstituer leurs liens de parenté parce qu'ils vivent indéfiniment. » Je me rends compte de ce que je viens de dire, mais Ralph ne semble pas le remarquer.

« Vous savez, dit-il, votre tante avait confié à Clem un secret. Elle disait qu'elle devait le partager avec quelqu'un. Clem sans doute. »

Ce quelqu'un n'était pas moi. À nouveau, Ralph ne perçoit pas ce que je ressens. Peut-être est-il nerveux à présent, désireux de partir – mais il continue :

« Elle avait eu un enfant.

— Quoi ? » Je suis prise de panique.

« Oh non. Non... je veux dire votre tante. »

J'essaye de comprendre. « Mais elle n'avait pas d'enfant.

— Je crois qu'il est mort, poursuit-il. Ou qu'il a été adopté.

— Mais cela signifierait...

— J'ai oublié les détails, dit Ralph. Il n'y avait pas de mari, c'est une chose dont je me souviens. »

Le plaisir de me remémorer Lucy s'évanouit, se transforme en chagrin. Cette fois, Ralph lit sur mon visage. Il s'excuse. Je le rassure : tout va bien. Certains secrets – nous le savons tous les deux – ne seront jamais totalement révélés. Ils vous poursuivent comme une forme indistincte qui refuse de sortir de l'ombre.

« Vous avez l'air en forme, si je puis m'exprimer ainsi, dit Ralph. Et même plus qu'en forme. Vous donnez l'impression de mener une vie agréable.

— Elle l'est. Et la vôtre aussi.

— C'est la vie d'un nomade, comme je l'ai dit. Mais elle me convient. Il y a un autre garçon qui se présente de temps en temps sur le terrain. Nos activités se recoupent, ce qui est presque parfait. Et lui comme moi sommes heureux d'être là. Nous sommes... sur la même longueur d'onde, je présume. » Ralph racle les restes de sa glace à la vanille au fond de la coupe. Il me dit alors qu'il est séropositif ; il l'a découvert il y a des années – juste à temps pour prendre les médicaments qui ont maintenu tant de gens en vie. Il avait failli accepter un poste important dans un fonds de préservation de la nature qui lui aurait conféré des responsabilités administratives tout en lui permettant de rester sur le terrain.

« J'ai refusé, car j'imaginais que je n'en avais plus pour très longtemps à vivre. Qu'il valait mieux m'en tenir à ce que je savais faire, le travail pratique, l'accomplir jusqu'à ce qu'il ne me reste plus d'énergie. Le temps était compté. Et aujourd'hui le plus drôle est que je vais devoir penser à ma retraite ! » Je devine la gaieté forcée, une façon polie d'affirmer que la partie tragique de sa vie appartient au passé, que je ne dois pas m'inquiéter si je ne trouve rien à dire.

« Vous espériez que je vous dirais pourquoi elle l'a fait, dit-il.

— Oui. C'est exact. Mais c'est sans importance. J'ai été heureuse de vous revoir. »

Il me dit que lui aussi, que nous devons rester en contact, et j'en conviens.

« Laissez-moi emmener votre filleul au zoo, faire un tour.

— Il serait ravi. Les aînés aussi. »

Je vais chercher le sac à dos de Ralph dans le séjour pendant qu'il enfile son blouson. Nous nous embrassons sur la joue, nous nous étreignons, et je reste dans l'embrasure de la porte jusqu'à ce que l'ascenseur arrive. Nous nous faisons des signes de la main. La porte se referme.

Je mets les coupes dans le lave-vaisselle. Immobile, je m'aperçois que je n'entends pas le moindre bruit en provenance de la chambre des enfants. Je frappe à leur porte, entre quand ils répondent. À l'intérieur, les trois garçons se pressent autour de l'ordinateur de Luke, le visage lumineux, l'air fasciné.

Le jeu consiste à construire un circuit d'obstacles sur lequel on fait courir un petit bonhomme, en s'efforçant d'éviter qu'il soit victime de chausse-trappes, de crashs aériens, de coups de marteau, de gants de boxe qui sortent – bang ! – de nulle part. On entend des réveille-matin, des sifflets, les effets sonores classiques des comédies. C'est un mélange de Pacman et de *Laurel et Hardy*. En fin de compte, le petit personnage se révèle indestructible. Si vous n'abandonnez pas, lui non plus.

Je ramasse Darius sur le sol et le prends sous mon bras ; j'empile les bols qui ont contenu la glace et les emporte à la cuisine. Désœuvrée, je regagne le séjour et m'assieds sur le canapé. Je pose l'ours à côté de moi et m'empare des feuilles de papier couvertes de l'écriture de ma sœur. Je les feuillette au hasard ; il y a la lettre qu'elle a écrite à Ralph après le jour de la chasse. Elle décrit tout avec le soin clinique d'une jeune scientifique – les armes que les hommes utilisaient pour tuer l'animal, les outils pour le hisser sur la glace et transformer son importante anatomie en quelque chose permettant d'assurer la survie quotidienne. Il me semble avoir également reçu une lettre de Clem avec toutes ces informations – peut-être ai-je survolé les passages sanguinolents, incapable de partager l'admiration qu'elle éprouvait pour ce qu'ils avaient accompli.

En quelques heures, l'énorme créature est dépouillée de sa peau afin de recueillir le *muktuk*, elle est équarrie, partagée avec précision entre l'équipage et les aides, chargée sur des traîneaux et transportée à la ville. Les femmes armées de couteaux aiguisés récoltent les dernières bribes de viande de la tête et de l'épine dorsale. À la fin ne restent plus sur la glace qu'une grande tache rouge vif et quelques os mis à nu. Lorsque la glace se retirera, ils disparaîtront eux aussi.

Campbell et moi étions mariés depuis deux ans quand nous nous sommes dit que les dernières heures de Clem et de Janie avaient dû être semblables, une fois franchi l'ultime tournant, le point de non-retour.

Nous buvons rarement quelque chose de plus fort que du vin, mais des amis nous avaient offert une bouteille d'excellente tequila dorée, restée intacte dans un placard durant des mois. Et par une délicieuse soirée d'automne, les garçons partis chez les parents de Campbell pour le week-end, je proposai de faire des margaritas. J'achetai du Grand Marnier et des citrons verts. Je mélangeai le tout dans un mixeur avec de la glace et versai les cocktails dans de grands verres à pied couleur de crépuscule, un cadeau de mariage que nous n'avions jamais utilisé.

Nous étions d'humeur joyeuse. Nous avions marché sans but tout l'après-midi, suivant les tours et détours compliqués des rues de notre quartier. Les ruelles à l'ombre étaient d'une fraîcheur tonifiante, les bords du fleuve délicieusement chauds et ensoleillés. L'odeur des feuilles qui commençaient à tomber et l'air salin de la baie nous emplissaient de souvenirs nostalgiques – que nous avions peu partagés – et d'un optimisme euphorique pour l'avenir, moins incertain que lorsque nous nous étions rencontrés. Marchant du même pas que lui, je me sentais réconfortée par la taille de Campbell, par le contact de son torse robuste sous mes doigts à travers sa chemise. Il est mince, comme l'était mon ex-mari enseignant, et il a les cheveux bruns et lisses de mon ex-cascadeur, mais par bien d'autres côtés il est différent, rassurant.

Nous emportâmes nos margaritas sur la terrasse de l'immeuble. Nous étions seuls. Le coucher de soleil avait toutes les nuances convenues. Nous bûmes, parlâmes, rîmes. C'était parfait. Nous nous attardâmes jusqu'à ce que le ciel prenne la couleur de nos verres. Ma sœur, c'est un souvenir que je gardais pour moi, était célèbre pour ses margaritas d'enfer.

Dans l'ascenseur, en regagnant notre loft, je fus prise d'étourdissement. J'avais la peau du visage raidie par le soleil et n'avais rien mangé depuis des heures. Pourtant je sortis le mixeur du congélateur et remplis à nouveau mon verre. Un poulet rôtissait dans le four, pas tout à fait prêt.

En un éclair, la tequila passa de ma tête à mon cœur. Comme si une valve avait explosé dans ma poitrine, je sanglotai, sanglotai sans pouvoir m'arrêter – dans mes mains, sur la chemise de Campbell et, après qu'il m'eut ôté mon verre et conduite jusqu'au canapé, sur un grand coussin rouge.

« Tu as besoin de manger, dit-il, assis à côté de moi en me caressant le dos.

— J'ai besoin de Clem, dis-je. Toujours. Même quand je n'en ai pas besoin. J'ai besoin qu'elle *existe*. À l'autre bout du monde, n'importe où.

— Oui, Louisa, je sais.

— Et tu as besoin de Janie. Dis-le. C'est normal.

— Non. Je n'ai pas besoin de Janie. Luke et Max ont sans doute besoin d'elle, ils en auront toujours besoin, mais ils vont bien.

— Pourquoi a-t-elle fait ça ? fis-je en sanglotant, sachant que c'était une question qui ne méritait plus d'être posée. Où était-elle, où diable pouvait-elle être quand elle a estimé que c'était une *bonne idée* ?

— Quelque part où elle avait prévu d'aller depuis longtemps. »

C'était un sujet que nous avions abordé peu après avoir décidé de ne plus retourner aux réunions du groupe. C'était Campbell qui avait fait remarquer que Clem, en se tuant deux fois, avait montré qu'elle n'espérait aucune aide.

Il me tint dans ses bras pendant que je pleurais toutes les larmes de mon corps. Je me représentais Clem, ses préparatifs compliqués dans le garage, puis dans l'habitacle de la voiture, ses gestes minutieux : le tuyau, la perfusion, les joints d'étanchéité, les branchements entourés de ruban adhésif. L'échappement. Le rétroviseur. Une veine dans le creux de sa main gauche. L'interrupteur. L'obscurité profonde, cruelle. Y avait-il une fenêtre dans le garage ? Un clair de lune ?

Il me semblait voir une liste dans sa main : 1, 2, 3.

Comme je me complaisais dans ces visions morbides, je sentis l'odeur du poulet rôti de Campbell. Il l'avait enduit de moutarde, arrosé de jus d'orange et du Grand Marnier avec lequel j'avais préparé ces stupides boissons. Je lui demandai d'aller dans la cuisine voir s'il était cuit.

Je le suivis, m'essuyai le visage avec un torchon et bus un verre d'eau. Je le regardai sortir le poulet du four, le poser sur la planche à découper, puis vérifier les artichauts.

Je pris une profonde inspiration. « Je veux savoir ce qui l'a fait basculer. Ça me rend folle de ne pas savoir. »

Mon mari me regarda sans répondre. Son visage était rouge et humide à cause de la vapeur des artichauts. Il avait le regard triste. Il resta immobile près de la cuisinière pendant un moment, avant de prononcer ces mots surprenants : « Que vois-tu exactement quand tu penses à cette fin, sa fin ? Dis-moi. »

Je lui racontai que Clem avait toujours tout planifié. Je décrivis la liste qu'elle avait dû faire. Je lui parlai de l'enveloppe que le directeur des pompes funèbres m'avait remise : les boucles d'oreilles d'argent incrustées de motifs noirs, la bague d'haliotide, le lien de cuir noir qu'elle portait au poignet avec ses perles d'argile, souvenir de quelque endroit lointain resté intact. « Elle savait précisément comment tout allait se passer, dis-je. Elle devait avoir ce petit sourire sur le visage. Peut-être fredonnait-elle. Elle s'était sans doute préparé un café dans la voiture, pour rester alerte, s'assurer qu'elle ne ferait pas de fausse manœuvre. Peut-être avait-elle laissé allumée la lumière du tableau de bord. Oh, mon Dieu, la radio... J'aurais dû demander à voir la voiture, tout ce qu'elle contenait, l'état dans lequel elle était. Je me demande si elle a laissé un mot à la dernière minute, que nous n'avons jamais vu. Les types de la police étaient des idiots. »

Campbell hocha la tête lentement, gravement. Il éteignit le gaz sous les artichauts et souleva le couvercle. Il se recula contre l'évier et croisa les bras. « Et si les choses s'étaient passées autrement ? dit-il. Imaginons qu'elle ait téléphoné à trois amis dans la soirée et pensé : *Si l'un d'eux répond, je ne le fais pas*. Mais non, elle est tombée sur leurs répondeurs et elle a sorti du réfrigérateur une bouteille de vin qu'elle avait l'intention de garder pour un dîner avec son amant, l'homme marié qui avait des chiens. Elle s'est dit : *Je m'en fous*. Peut-être imaginait-elle qu'un verre de vin lui remonterait le moral, la détendrait. Elle a allumé la télévision, mais il n'y avait rien d'intéressant. Elle a bu un peu de vin, sorti quelques vieilles lettres, bu davantage de vin. Et peut-être a-t-elle encore essayé de joindre ses amis, et peut-être n'étaient-ils toujours pas rentrés. Et la radio – oui, la radio. Elle l'a peut-être allumée, et il y avait Bob Dylan, *Knockin' on Heaven's Door*. Ou Bob Marley, *So Much Trouble in the World*. Et elle a fini la bouteille de vin. »

Il me regardait intensément. Le poulet, sur la planche à découper, s'affaissait sur le côté.

Je dis : « Et elle a pensé : *Je suis réveillée, je pourrais aussi bien aller travailler.*

— C'est ce qu'elle a fait.

— Elle a allumé la lumière au néon du laboratoire et s'est sentie encore plus seule. La lumière d'Edward Hopper. C'est alors qu'elle a vu l'anesthésiant sur le comptoir.

— Elle a entendu quelque chose dans le garage – une souris – et ouvert la porte.

— Et il y avait le pick-up. Qui attendait. » Je secouai la tête. « Mais je n'arrive toujours pas y croire. Je ne peux pas.

— Qui le pourrait ? » Campbell tendit les bras vers moi à travers l'étroite cuisine. Il me prit par les épaules. « Tu comprends maintenant.

— Que veux-tu dire ? Que je ne connaîtrai jamais la vérité ?

— Tu le sais comme moi. »

Je sortis deux assiettes du placard. Il s'approcha du comptoir pour nous servir à dîner.

« Et Janie ?
— Asseyons-nous », dit-il.

Je lève la tête, cesse de lire la lettre de ma sœur. Les jumelles de Ralph sont posées sur la table basse.

« Oh ! » dis-je tout haut. Je les prends et regarde par la fenêtre. Sur un toit à presque un bloc de distance, je peux voir les minuscules bourgeons d'un bouleau que quelqu'un a hardiment planté dans une grande caisse en bois. Je cherche à nouveau à distinguer les deux nids et les observe l'un après l'autre, jusqu'à ce que je décèle un mouvement. La mère pigeon va et vient sur une corniche près de sa couvée. Je ne l'entends pas roucouler, mais je vois sa gorge qui se gonfle en cadence, comme un cœur qui bat, tandis qu'elle poursuit son bavardage maternel.

Je pense à la maison de mon arrière-grand-tante Lucy à Winooski, dans le Vermont. Je n'y ai pas pensé depuis si longtemps. Elle était décrépie à l'extérieur, mais élégante et parfaitement tenue à l'intérieur. Je me souviens des mangeoires à oiseaux qu'elle accrochait aux arbres de la cour. Cet été-là, peut-être, Clem et tante Lucy avaient été des âmes sœurs. C'est absurde, mais cette idée me rend jalouse. Elles ne sont plus là, depuis longtemps.

Comme un policier qui fait la circulation, la mère pigeon parade sur sa corniche.

J'appelle : « Les garçons, venez voir ! »

Déboulant en trombe, Henri arrive le premier. Je place les jumelles devant ses yeux, me penchant pour les pointer correctement, ma tête contre la sienne. Je murmure : « Des bébés oiseaux. » Ses cheveux sentent l'encens au bois de santal que Luke fait brûler dans un pot sur son bureau. À côté du pot se trouve une photo de sa mère ; la photo de Janie que Max a placée au-dessus de sa commode est différente. Ils suivent encore une thérapie, mais seulement deux fois par mois.

Max et Luke arrivent tranquillement, pieds nus, les cheveux tombant dans les yeux, rechignant à quitter le monde hypnotique de l'écran. Mais ils ont entendu l'exclamation de joie d'Henri et se relaient pour examiner l'horizon. Henri montre le nid de pigeons. « Incroyable », dit-il.

Le téléphone sonne. Je suis pratiquement sûre que c'est l'un des deux pères qui appelle. Luke va répondre, salue son interlocuteur d'un joyeux « Hé, comment va, mec ? » et revient avec l'appareil près de la fenêtre.

Je me recule, saisie d'un amour possessif pour ces trois garçons, dont aucun n'est techniquement, biologiquement, génétiquement le « mien » – mais qu'importe ? Avant sa mort, je pensais que Clem était à moi – ma sœur –, une pensée qui ne m'a donné aucun pouvoir sur son destin. Je songe à la tristesse, au désespoir de ces gens du groupe de soutien, à cette litanie : *mon père, mon fils, ma mère, mon ami...* Toutes ces illusions détruites, ces certitudes que ces gens étant « nôtres, » nous avions le pouvoir de les retenir.

Je contemple les lettres que Clem avait adressées à Ralph de l'Alaska, une liasse de feuilles de papier ordinaire sur une table ordinaire. Je n'ai pas fini de les lire, mais je sais déjà qu'elles ne renferment aucun indice, rien qui prédise un malheur à venir. Elles seront probablement les derniers mots que je lirai d'elle – les derniers mots que je n'ai pas encore lus. En les voyant, ces mots écrits il y a si longtemps, quand elle était si jeune, avec ses yeux si clairs tournés vers l'avenir, je comprends que j'ai secrètement imaginé depuis sa mort qu'elle allait un jour surgir quelque part – dans un rêve, dans ce groupe de soutien, dans un métro à l'heure de pointe – et me fournir une explication logique.

Un, deux, trois : une liste.

Et je comprends alors, au plus vif de mon chagrin, dans le tumulte de mon cœur, que dans cette vie, la seule vie qui nous est donnée – Clem et moi étions souvent en désaccord, mais nous nous rejoignions sur ce point –, le dernier mot est le mien, et c'est une grâce.

9871

Composition
NORD COMPO

Achevé d'imprimer en Espagne
par BLACKPRINT CPI
le 2 avril 2012.
Dépôt légal avril 2012.
EAN 9782290031162

ÉDITIONS J'AI LU
87, quai Panhard-et-Levassor, 75013 Paris

Diffusion France et étranger : Flammarion